RECLAM-BIBLIOTHEK

Nowolipie – eine Straße, gelegen in jenem Teil Warschaus, in dem zwischen den beiden Weltkriegen fast ausschließlich Juden lebten und der am 1. November 1940 zum Ghetto erklärt wurde. Die Straße war das Zuhause des späteren Schriftstellers Józef Hen. Der 1923 Geborene kann heute auf ein umfangreiches und vielseitiges Werk zurückblicken; 1991 erschien sein bisher persönlichstes Buch: »Nowolipie«. Es erzählt die Geschichte seiner Kindheit und frühen Jugend – von den ersten erinnerten Eindrücken bis hin zu der sehr bewußt erlebten grausamen Zäsur des September 1939.

Die religiösen Sitten und Bräuche, Feste und Feiertage, die den Lebensrhythmus der Familie mit ihrer zahlreichen Verwandtschaft bestimmen, gehören für den Jungen ebenso zum täglich neu zu entdeckenden Leben wie die Hausierer und Hofmusikanten, die Schneider und Schuster; wie die polnische Kinderfrau und das polnische Dienstmädchen, die jüdischen und polnischen Spielkameraden in der Sommerfrische. – In der Nowolipie-Straße kennt jeder noch seinen Platz, man lebt neben- und miteinander ohne drastische Konflikte.

Józef Hen

NOWOLIPIE

Eine jüdische Straße

Aus dem Polnischen übertragen von
Roswitha Matwin-Buschmann

RECLAM VERLAG LEIPZIG

Herausgegeben mit Unterstützung des Sächsischen Staatsministeriums für Wissenschaft und Kunst

ISBN 3-379-01549-0

Die Übersetzung folgt der Ausgabe: Józef Hen, Nowolipie;
Wydawnictwo PROSPERO, 1991

Reclam-Bibliothek Band 1549
1. Auflage, 1996
Reihengestaltung: Hans Peter Willberg
Umschlaggestaltung: Matthias Gubig
Gesetzt aus Meridien
Satz: Offizin Andersen Nexö Leipzig
Druck und Bindung: Ebner Ulm
Printed in Germany

Für meine Enkelkinder
Ewa und Tomek

Der Sonnenfleck

Mein Vater steht neben mir. Er redet mit irgendwelchen Leuten und hält mich an der Hand, und Mutter – ja, Mama ist auch dabei –, und ich, ich beobachte einen großen hellen Fleck, der über eine rauhe Hauswand tanzt ... Ich langweilte mich wohl entsetzlich, wenn ich diesen Sonnenfleck so aufregend fand, aber vielleicht war er wirklich etwas Besonderes. Der helle Fleck auf der grauen Wand ist das früheste Bild, an das ich mich erinnere. In jenem Augenblick wurde mir bewußt, daß ich existiere.

Die Szene hat sich mir eingeprägt wie ein Stück aus einem Film, der plötzlich anhält. Ich glaube, ich wußte schon damals, wo wir uns befanden: auf dem Basar, der die Nowolipie-Straße mit der Leszno-Straße verband. Es muß an einem Samstag gewesen sein, denn rundum war alles leer, die Stände waren geschlossen. Ja, bestimmt war es ein Samstag, denke ich, während ich dies schreibe, denn wie käme sonst Vater hierher, an jedem anderen Tag hätte er zu einem Spaziergang keine Zeit gehabt. Und wenn es ein Samstag war, heißt das, wir wollten über den Basar zu Großmutter in die Solna-Straße (die es nicht mehr gibt). Es ist kalt, ich im Mäntelchen, sicherlich Herbst, ich bin also ungefähr zwei Jahre alt, der Sonnenfleck auf dem rauhen grauen Putz ist bald größer, bald kleiner, offenbar treibt der Wind die Wolken vorbei, zwischen denen sich Durchblicke in einen klaren Himmel öffnen. Ich stehe mit dem Gesicht zur Leszno-Straße, der Sonnenfleck tanzt rechts von mir über die Wand, darum kann ich sogar in etwa die Uhrzeit bestimmen, es war vermutlich elf – stimmt genau, wir gingen zu Großmutter Hamplowa zum Tschulent*, und den Tschulent gab es immer um zwölf.

Dort, in der Wohnung in der Solna 9, warten das Kitzeln von Großvaters Bart und Großmutters nasse Küsse, die das Kind nicht mag, ihre Entzückensschreie, auf die unabdingbar der Sprühregen aus Speicheltröpfchen folgt: »Tfu, tfu, unberufen!«

Sehr sonderbar war diese großelterliche Wohnung, ganz anders als die unsere – man trat durch die Küche ein, in der das Bett von Tante Sabina, einem dicken, vollbusigen Mädchen mit milchiger Haut, stand, dann kam ein langgestrecktes Zimmer, ein einziges, und ich weiß wahrhaftig nicht, durch welches Wunder alles da hineinpaßte: der runde Tisch, der bei Bedarf ausgezogen wurde, die Stühle, die Kredenz, die Schränke, die Kommode und vor allem die beiden Holzbetten, die, das Kopfteil einander zugekehrt, an die Wand gerückt waren, wohl der Schicklichkeit halber, denn ich habe ähnlich aufgestellte Betten auch in anderen jüdischen Wohnungen gesehen, deren Besitzer betagt waren. Offenbar gehörte es sich nicht, daß der Großvater und die Großmutter nebeneinander schliefen. Vom Zimmer kam man auf den Balkon, wo ich mich nicht besonders sicher fühlte. Wir wohnten im dritten Stock, Großmutter und Großvater im ersten, ihr Balkon lag also dichter über der Erde, und ich hatte das Gefühl, sie flöge mir entgegen. Daß mir der Balkon im ersten Stock nicht ganz geheuer und der bei den Basiuks im vierten auch seltsam vorkam und nur bei uns im dritten alles war, wie es sein mußte, beweist, nicht die Höhe, sondern die Andersartigkeit macht einem Kind angst. Daheim ist immer alles, wie es sein muß, und ist bei den Nachbarn etwas anders – in der Küche, bei Tisch oder im Schlafzimmer –, empfindet es das als sonderbar, irgendwie nicht in der Ordnung.

Sagen muß ich – selbst auf die Gefahr, daß man mich

* jüdisches Gericht zum Sabbat, eine Art Auflauf

des Größenwahns zeiht –, seit jenem Samstagmittag auf dem Basar existiere nicht nur ich, es existiert auch die Welt. Denn solange es uns nicht gibt, gibt es auch die Welt nicht. Nie wäre diese Welt Wirklichkeit geworden, wenn ich nicht geboren worden wäre. Unheimlich, nur dran zu denken. Wir können der Welt verzeihen, daß sie ohne uns fortbesteht, wir wünschen sogar, daß sie fortbesteht (und uns irgendwie im Gedächtnis behält), schwerer ist es schon, der Welt nachzusehen, daß sie so lange ohne uns auskam.

Meine Mama scherte sich nicht darum, daß es die Welt ohne mich nicht gab – sie fand, es gebe sie allerdings, wenn es doch sie selber gab –, sie hatte schon drei Kinder, und als sie noch einmal schwanger wurde, war sie keineswegs entzückt. Sie sprang mehrmals vom Tisch – sie hat es mir später selbst gestanden –, um mich loszuwerden, aber es glückte nicht, ich klammerte mich zu sehr ans Leben. Die Welt hatte sich darauf versteift, endlich durch mich zu bestehen.

Mama war eine große Theatergängerin, und im Theater packten sie die Wehen. Man fuhr sie mit der Droschke nach Hause, rief Frau Basiukowa, die Hebamme, die über uns wohnte, und so kam ich in der Nacht vom 7. auf den 8. November 1923 zur Welt. Erst weit nach dem Krieg, im von Marxisten regierten Polen, erfuhr ich, ich sei im Zeichen des Skorpion geboren, was Einfluß auf mein Schicksal und meinen Charakter hätte. In meiner Umgebung gab sich keiner mit Sternbildern ab. Dafür hieß es, da ich von Dienstag auf Mittwoch geboren bin, würde ich einmal reich und weise. Bewahrheitet hat sich das nicht gerade.

Die hagere, bohnenstangenlange, energische Frau Basiukowa erschien noch mehrmals, um eine Schwangere von ihrem Kind zu entbinden, denn Tante Sabina beispielsweise bekam nach ihrer Heirat bei uns die kleine Halinka und danach den kleinen Mareczek. Dabei kreischte die Tante gern ein bißchen, sie schrie uns durch die Wand zu: »Betet die Psalmen! Jungs, erbarmt euch, die

Psalmen!« Später spielten wir, ich und mein älterer Bruder, mit Vorliebe Entbindung, er kreischte, und ich sang dazu selbstkomponierte Psalmen.

Meine älteren Geschwister, das waren zwei Schwestern und dieser Bruder, und am Ende freuten sich meine Eltern doch, daß noch ein zweiter Sohn auf die Welt gekommen war. Die Leute beneideten sie, wie gut das geklappt hatte, jeweils ein Pärchen, und überhaupt, meinten sie, konnte es gar nicht anders kommen, in unserm Haus in der Nowolipie-Straße 53 würden nämlich nur Jungs geboren. (Meine Schwestern kamen zur Welt, als meine Eltern noch woanders wohnten). Die Kons hatten drei Söhne, die Goryns drei, die Rozenkiers drei, die Kacens gar vier – vom Erdgeschoß bis hinauf in den fünften Stock, lauter Jungs. Die Krzyżewskis aus dem vierten besaßen zwar außer den beiden hübschen Söhnen noch eine schöne Tochter, die Karriere gemacht, weil sie einen Oberst geheiratet hatte, wobei sie sich nicht im geringsten genierte, ihn zu ihrem Vater, dem Schuster, mitzubringen, aber sie war, wie meine Schwestern, auch nicht in diesem Haus geboren.

Acht Tage nach meiner Geburt gaben meine Eltern, wie es der Brauch verlangt, ein Fest anläßlich der Beschneidung des Knaben. Sie aßen und tranken und freuten sich, daß die Welt ein weiteres Mal zum Leben erweckt worden war, mich aber frappierte an Mamas späteren Erzählungen am meisten, daß man Bonbons unter die Gäste verteilt hatte. »Und, habt ihr mir welche aufgehoben?« wollte ich wissen. Bestimmt hatten sie das. Ich suchte die Kredenz nach meinen Bonbons ab, nichts zu finden. Wie sich herausstellte, hatten sie gar nicht daran gedacht. Und noch lange empfand ich Groll, daß sie auf diesem Ball fremde Kinder mit Bonbons beschenkt und mich ausgelassen hatten. Das Komischste an alledem aber war, daß ich mir aus Bonbons überhaupt nichts machte.

Mein drei Jahre älterer Bruder Hipek, ein Schelm und Tunichtgut, neckte Mama gern: »Zu meiner Hochzeit lad ich dich nicht ein!« Mama grämte sich eine Weile, klagte, was wachse da für ein ungeratener Junge heran, keine Spur von Dankbarkeit für die Eltern, bis sie ihn einmal ruhiger fragte: »Und warum nicht?« – »Du hast mich ja zu deiner auch nicht eingeladen.« So ähnlich wie mit den Bonbons. Mama war tatsächlich nicht auf seiner Hochzeit, mein Bruder blieb nach dem Lager in Rybinsk irgendwo in Rußland verschollen – ich weiß nicht, was mit ihm geschehen ist –, und Mama war während des Krieges in Warschau im Ghetto. Vielleicht sollte man damit nicht spaßen? …

Die Kinder aber, die bei uns zur Welt gekommen waren, Halinka und Mareczek, sehr liebe, entzückende Kinder, wurden beide nach Treblinka geschafft.

Traurige Augen

Ein Photo aus meiner frühen Kindheit gibt es noch – nur, weil mein Onkel in Argentinien, in Santa Fé, das Negativ besaß. Ich bin mit den Eltern und den Geschwistern darauf. Michalin, Sommer, dreieinhalb Jahre bin ich alt, kauere in der ersten Reihe, einen Ball in der Hand, und starre mit weit aufgerissenen Augen, in denen sich grenzenlose Trauer malt, in die Linse. Dieser mein fragender, trauriger Blick verdroß meinen Vater manchmal. »Schon wieder guckt er wie ein Mondkalb!« fauchte er dann. Ich glaube, Menschen, die Energie aufbringen, die im Leben etwas leisten, etwas erreichen wollen, unwichtig was, ärgert es, wenn jemand traurig ist, geradeso, wie einen eine andere Weltsicht verstimmt. Mir aber wurde, wenn mein Vater zürnte, nur noch trauriger zumute.

Ich will niemandem weismachen, in den traurigen Augen des Kindes habe schon eine Vorahnung von dem gelegen, was geschehen sollte, mit ihm und mit allen ringsum. Nein, das konnte niemand ahnen. In den Ferien zogen Zigeunerinnen durch die Sommerkurorte, sie verströmten einen starken, charakteristischen, irgendwie angenehmen Geruch, lasen aus den Karten, sagten ein langes Leben voraus. Und mitunter behielten sie recht mit »dem brünetten Herrn zur Abendstunde« oder mit der »langen Reise in warme Länder«, aber das war auch schon alles. Die Mütter fragten, ob das Kind zu einem Herrn Doktor heranwachsen oder ob es ein Handwerk lernen werde, ob sie es aufs Gymnasium oder besser zu einem Tischler geben sollten, ohne zu ahnen, daß das Ungeheuer schon auf der Lauer lag, daß es wartete, bis seine Zeit gekommen wäre.

Würde ich heute jenem Kind aus der Nowolipie-Straße begegnen, ich hätte ihm eine unglaubliche, geradezu phantastische Geschichte über sein Leben zu erzählen, welche zugleich enttäuschend wäre. Denn dieses sein Leben sollte zum großen Teil aus einem Mit-dem-Kopf-gegen-die-Wand-Rennen bestehen.

Die Traurigkeit, die das Kind quälte, war von gewöhnlicherer Art. Ein Menschlein war geformt, dem Nichtsein entrissen, seiner Nichtexistenz war Gewalt angetan worden. Da bist du, lebe, dies ist deine Welt, eben dies, eine andere gibt es nicht. Und diese Welt kam mir, dem Kind, schwierig, wenig verlockend vor. Sie erfreute mich durchaus nicht, seit ich ihr als kleines Individuum etwas bewußter die Stirn bieten mußte. Kindsein ist furchtbar schwierig, Korczak wußte das, er verlangte Achtung für das Kind, aber sehr oft wissen die Erwachsenen das nicht und nicht immer die Kinder, und viele sind gedankenlos mit sich selbst zufrieden.

Ich war nicht zufrieden. Ich hatte Angst vor der Welt und ihren Anforderungen. Manchmal war mir, als drehte sich etwas wie eine Grammophonplatte mit atemberaubender Geschwindigkeit in meinem Kopf, ganz so, als sei eine Katastrophe im Anzug. Ein andermal wieder hatte ich den Eindruck, alles rundum laufe unnatürlich schnell ab, auch die Leute redeten überstürzt, ich weiß nicht, wie lange das anhielt, bestimmt nur ein paar Minuten, aber es war sehr quälend, und obendrein glaubte mir niemand.

Ich fühlte, wie winzig, schwach, abhängig ich war, ohne sie, die Erwachsenen, wie hilflos. Und wenn ich meine kleine Enkelin beobachte, denke ich, Kinder wissen das, sie suchen Schutz, Zuflucht, Zärtlichkeit, mitunter gehen sie den Erwachsenen raffiniert um den Bart, schmeicheln ihnen – oh, keine Sorge, Kinder kennen ihre Bedürfnisse. Ein Kind weiß, daß es in seinem Körper gefangen ist – einem schwachen, anfälligen Körper, der sein Feind sein kann – weiß instinktiv, worauf der nierenkranke Philosoph erst nach jahrelangem Grübeln kommt. Wieviel Fallen, wieviel Unannehmlichkeiten hält der hinterhältige Körper für es bereit! Warum das Fieber? Warum die schmerzende Schwellung beim Ziegenpeter? Der würgende Keuchhusten? Warum der Schnupfen mit der unerträglichen Rotznase, das Halsweh, die Brandblase, der Juckreiz?

Ich aber war besonders tolpatschig und trottelig, alles ließ ich fallen. Mein unerschrockener Bruder schlug Purzelbäume, stand und lief auf den Händen, machte halsbrecherische Schwünge an der Teppichstange, kletterte auf Bäume und sprang von oben herunter. Einmal stand er mitten im offenen Fenster im dritten Stock, ein andermal baumelte er kopfunter am Balkongeländer – was Mama dann durchmachte, kann man sich ausmalen. (Mir träumte manchmal, ich balanciere über ein Brett von unserem Balkon zum Balkon der Goryns, und plötzlich, plautz, sause ich in die Tiefe, bin tot, erwache im Abgrund, immer noch tot – lange konnte ich nicht fassen, daß ich nur geträumt hatte.) Mein Bruder, der die Treppe in Sätzen hinunterstürmte, daß es nur so dröhnte, hatte den blankgeschorenen Schädel voller Beulen, auf die er sehr stolz war. Als einmal das Blut geschossen kam, hieß es, er hat ein Loch im Kopf. Mama rannte mit ihm zur Nothilfe in die Leszno-Straße, wo ihm der diensthabende Feldscher, vielleicht auch der Herr Amstdiener, den alle fürchteten, höchstpersönlich einen Verband anlegte, die Wunde reichlich mit Jod beträufelnd, mein Bruder biß die Zähne zusammen und muckste sich nicht. Ich fühlte mich gedemütigt, denn mein Bruder gab mit seinem bandagierten Kopf entsetzlich an. Glücklicherweise stolperte ich eines Morgens, als ich verschlafen aus dem Bett stieg, und rumste mit dem Kopf gegen die Metallkante des verzierten Kachelofens (er war grün, weiß ich noch), das Blut kam geschossen – ein Loch im Kopf! ein Loch im Kopf! –, Mama rannte in heller Aufregung mit mir, der ich noch nicht mal angezogen war, zum Rettungsamt. Der Herr Amtsdiener (oder vielleicht doch der diensthabende Feldscher) drückte mir schnaufend und schwatzend die jodgetränkte Gaze auf die Wunde (ich biß wohl auch die Zähne zusammen), und dann bandagierte er mir den Kopf nach allen Regeln der Kunst, und ich kehrte stolzgeschwellt in die Nowolipie-Straße zurück.

Wahrhaftig, ich weiß nicht, wo ich, während ich dies erzähle, den leichten Ton hernehme, der hier ganz fehl am Platz ist – ich schreibe wohl doch mit der herablassenden Distanz des Erwachsenen, während mein Leben als Kind, ich entsinne mich, ohne fremdes Verschulden beschwerlich war, beschwerlich und voller Ängste. Eine Zeitlang verfolgte mich die Leiche des Nachbarn aus dem zweiten Stock, ich fürchtete mich, an seiner Tür vorbeizugehen, er lauerte mir auf, ich rief meinen Bruder oder Emilka, sie sollten mich holen. Kein Zureden half, ich wußte mein Teil: Er stand dort, unsichtbar für die anderen, stand und streckte die Knochenhand nach mir aus.

Ich war nicht nur schlechter als mein Bruder. Auch in der Fröbelschule – so nannte man damals den Kindergarten – war ich ein Tölpel. Die anderen Kinder bauten Doppeldecker aus Stöckchen oder Häuser, Zäune, Hundehütten, mir geriet niemals was. Die anderen Kinder konnten zeichnen, manche malten sogar schön, bei mir wurde alles schief und krumm, die Farben verliefen, und überall prangten Kleckse. Meine Finger waren stets bekleckert, und auf dem Zeichenblock hatte ich, statt eines Krugs mit bunten Blumen wie die anderen, ein verschwommenes Geschmiere im Farbton von Aufwischwasser. Onkel Kuba, Tante Sabinas Mann, brachte seinen zehnjährigen Neffen manchmal zu uns, um sich mit ihm zu brüsten, weil der schön zeichnen konnte, besonders Pferde. Ich betrachtete seine wunderbar geschickten Finger, diese Pferde voller Anmut und Bewegung, und ich begriff, der ist begabt, der ja, ich nicht, kein bißchen, bloß gut, daß mich wenigstens Mama lieb hat. Aber wenn sie merkt, daß ich zu gar nichts tauge, hört sie vielleicht auf, mich zu lieben?

Ich schämte mich, zu sagen, daß ich zur Toilette muß, und es passierte, daß ich mir in die Hosen machte, die Kinder entdeckten das sofort und hielten sich die Nase zu, und ich weinte vor Schmach und wurde nach Hause gebracht. Daß hin und wieder eine Katastrophe geschah, hielt ich für ein dem Dasein, namentlich meinem Dasein innewohnendes Übel. Zudem wollte Mama, daß ich fesch war, sie kaufte mir ein Anzügelchen, das aus einer himmelblauen Bluse und hinten zu knöpfenden blauen Höschen bestand; das kriegte man schrecklich schwer auf, kein Wunder, daß es mir manchmal nicht gelang. Ich erinnere mich auch an einen Anzug aus brauner Rohwolle, der Saum der kurzen Hosen rieb mir die Schenkel wund, ich entsinne mich, wie ich weinte: ich zieh sie nicht an, weil sie kneifen, und Mama: sie sind so schön, so teuer, reine Wolle, und das Gezeter, was für ein böses, bockiges Kind. (Sie fühlte sich schuldig, nicht wahr? Es fällt schwer, einen Fehler zuzugeben.) Ich habe diesen Anzug niemals vergessen. Und darum denke ich, ein Kind hat fast immer recht, wenn es etwas nicht anziehen will.

Ich hatte eine alte Kinderfrau, »die Michałowa« genannt, ich weiß, daß ich sie liebte, so wie Kinder oft alte, zärtliche Frauen lieben. Ich sehe, wie mich die Michałowa aus einem weißen Napf mit in Milch eingeweichter Semmel füttert, ich mochte das nicht – welches Kind mag das schon –, aber ich gab mir Mühe, zu essen, um sie zu erfreuen. Später, als sie uns verließ, wahrscheinlich weil sie nicht mehr gebraucht wurde, vielleicht auch, weil sie schon zu alt war, hatte ich Sehnsucht nach ihr und fragte immerzu, wann sie käme. Und auch sie hing wohl an mir, denn einmal besuchte sie uns, um nach mir zu sehen. So als gehörte ich ihr. Sie starb bald darauf. Wieso schreibe ich über sie? Vermutlich, weil es in meinem Leben einmal so eine gute Michałowa gab, die lebte und verging, und weil Tausende solcher einfachen alten, wunderbar zärtlichen Frauen sich abrackerten und vergingen, die der Welt nichts verdanken, während die Welt ihnen vieles verdankt – darum will ich hier die meine erwähnen.

Meine Fröbelschule befand sich in der Nowolipki-Straße, gegenüber der Kirche aus roten Ziegeln, dem einzigen Gebäude, das das Ghetto überstand und dann traurig über dem Trümmerfeld aufragte. Leiterin und Besitzerin war eine große, stattliche Madame, die auf einen Stock gestützt ging. Wenn sie uns Verschen beibrachte (darin war ich nicht schlecht, und bei Familienzusammenkünften mußte ich mich auf Mamas Geheiß häufig vor Tanten und Onkeln produzieren), stand sie mitten im Salon, wir zogen im Kreis um sie herum, rezitierten und sangen, und sie klopfte mit ihrem Stock den Takt dazu. Sie beehrte uns selten mit ihrer Person. In Wahrheit gab sich ihre Gehilfin mit uns ab, ein schlankes junges Mädchen, das ich mochte. Dafür hatte ich vor der Madame große Angst, genau wie die andern Kinder, so war das nun mal eingerichtet, vor einer Madame, später dann vor einem Herrn Direktor, hatte man Angst zu haben, allein bei der Bezeichnung verschlug es den Kindern, aber auch den Lehrerinnen, vor Respekt den Atem ... Ich hatte so ein zylindrisches Kästchen aus Pappe, das ich an einer Schnur über der Schulter trug. In dieses Kästchen paßten eine Kaisersemmel mit Butter und eine Flasche Milch. Die Madame sammelte unsere Kästchen ein, ihre Gehilfin kochte die Eier und die Milch. Mich hob es bei diesem Frühstück von dem Eier- und Milchgeruch, die Madame beklagte sich bei Mama, ich äße schlecht. Ich war blaß und wuchs nur widerstrebend. An schönen Tagen gingen wir mit dem jungen Mädchen in den Krasiński-Park. Dort bezauberten mich das Palais und die Reliefs an seinem Tympanon, ich konnte den Blick nicht von ihnen lassen, so anders waren diese Menschen, schön, von schlankem Wuchs, in kurzen Röckchen oder beinahe nackt, mit merkwürdigen steinernen Augen. Im

Park gab es auch einen wundervoll rauschenden Wasserfall, und es gab einen Hügel, auf dem die Kinder im Winter Schlitten fuhren, ich aber hatte Angst vor der rasenden Abfahrt, und wieder war ich schlechter, und wieder wurde etwas von mir verlangt, was die Pein vermehrte.

Die Kinder wurden zur Mittagszeit nach Hause geholt, aber mich holte ewig keiner. Ich hockte mutterseelenallein in dem großen Salon, am Haken hing nur noch mein Mäntelchen, die Madame aß schweigend zu Mittag, ich saß traurig da, mit einem Gefühl der Kränkung, aber ich entsinne mich nicht, daß ich geweint hätte. Die Zeit verstrich, draußen wurde es dunkel, und ich wurde immer unglücklicher. Sie hatten mich vergessen! Vielleicht wollten sie mich nicht mehr? Ich war verlassen worden, ja, schon damals, verlassen von meinen Angehörigen. Da ging unverhofft die Tür auf, eine meiner Schwestern stürzte herein und zog mich in fliegender Hast an, weil ihr schwante, daheim setze es eine Abreibung. Es kam vor, daß die Madame Mitleid mit mir (oder vielleicht mit sich selber) hatte, dann durfte ich allein nach Hause, doch das muß später gewesen sein, als ich schon fünf war und man sich darauf verlassen konnte, daß ich den kopfsteingepflasterten Fahrdamm überqueren würde, ohne unter ein Fuhrwerk zu geraten.

Das denkwürdigste Ereignis in meiner Fröbelschulzeit war die Aufführung. Alles arrangierte der Mann unserer Madame. Er erschien selten, dann verstummten die Kinder, weil er sehr gefürchtet war, noch mehr als seine hinkende Frau, denn er sprach nicht, er erteilte nur Befehle, runzelte die Brauen und trug eine Brille, und eine Brille, zumal eine aus Horn, war eine Rarität in der Nowolipie-Straße. Bei uns hieß er der Herr Direktor, das hatte sich so eingebürgert. Wir sollten das Stück von Hänsel und Gretel und der bösen Hexe spielen. Der Herr Direktor teilte mir keine Rolle zu, was mich durchaus nicht kränkte, es gab ja ältere und bestimmt talentiertere Kinder, ich und noch ein paar sollten die Engel machen, die über Hänsel und Gretel wachten, während sie im Wald schliefen. Man brachte uns ein Liedchen bei, auf den Proben befahl man uns, die Arme wedelnd zu heben und zu senken, wie es bekanntlich Engel tun, wenn sie über der Erde schweben. Zur Vorstellung mußte ich ein weißes Hemd und weiße Höschen mitbringen. Der Herr Direktor heftete mir weiße Papierflügel an, und auf ein verabredetes Zeichen stieß er uns auf die Bühne. Nur hatte man mir vorher nicht gesagt, daß ich über mir einen dunkelblauen Himmel, goldene Sternchen und mittendrin einen silbern leuchtenden Mond erblicken werde. Ich stand da, den Mund weit aufgesperrt, und vergaß Lied und Armewedeln. Die Kinder scharten sich um Hänsel und Gretel, die unter einem Pappbaum schliefen, und sie sangen, was verlangt war, nur ich, der Dummerjan, stand wie angewurzelt und begaffte das Wunder von Mond. Man rempelte und schubste mich, weil wir längst abtreten mußten, Mama verging fast vor Scham, der Herr Direktor putzte mich herunter. Wieder eine Niederlage, wieder Tränen. Nein, das Leben war entschieden zu schwierig.

Aber vielleicht habe ich auf der Photographie nicht deshalb traurige Augen, vielleicht besagt dieses einzelne Photo ja gar nichts; wahrscheinlich riß ich die Augen weit auf, weil ich das Piepvögelchen sehen wollte, das aus dem Kasten flöge, sobald der Herr Momentanphotograph (so rief er, wenn er in Michalin von Villa zu Villa ging: »Mo…mentan…pho…tographie!«) das Objekt enthüllen und, lautlos die Lippen bewegend, die Sekunden abzählen würde. So dreist belog man uns Kinder, damit wir nicht zappelten und hinsahen, wo wir hinsehen sollten. Mein Bruder und ich durchschauten rasch, daß das nur eine Art Dummenfang war – wenn hier einer einen reinlegt, dann wir die und nicht die uns, wie meine älteste Schwester, die Gymnasiastin, zu sagen pflegte –, wir verhielten uns auch ohne die Schwindelei still, weil uns die Zauberwelt der Photographie in ihren Bann schlug. Zuerst holte der Herr das Negativ aus dem Kasten – das durften wir uns angucken, es war alles verkehrt herum drauf –, dann klebte er es kopfunter auf ein aus dem Kasten ragendes Brettchen, wieder enthüllte er das Objektiv (oder drückte ein birnenförmiges Gummibällchen) und zog – hokuspokus – Pappstücke hervor, auf denen in der Entwicklerschale mit den Reagenzien allmählich unsere Gesichter erschienen. Hexerei! Unsere Mutter verzog jedes Mal das Gesicht: wie schlecht die Kinder getroffen sind, und sie selbst, statt zu lächeln, hat sie eine besorgte Miene – »für so ein Bild müßten Sie mir noch was draufzahlen«. Schließlich einigte man sich auf fünf, sechs Abzüge, denn einer mußte nach Argentinien geschickt werden, einer zum Onkel nach Rußland und einer nach Radzyń, zu Vaters Eltern.

Noch eine Photographie aus Michalin will ich hier erwähnen, eigentlich zwei, die ich nicht besitze, an die ich mich aber erinnere. Auf beiden stehen wir vier, der Größe nach hintereinander aufgereiht, ich natürlich als erster, hinter mir mein Bruder, dann die schwarzäugige Mirka und schließlich Stella mit ihrem langen Hals, denn sie war sehr in die Höhe geschossen, und der Hals am meisten. Auf dem einen Bild halte ich einen Ball, und mein Bruder preßt ein Gewehr an seine Schulter, ich weine, und er lacht beglückt, auf dem andern habe ich stolz das Gewehr geschultert, dafür vergießt Hipek, gedemütigt durch den Ball in seiner Hand, bittere Tränen!

Tja, so ist das! Mein Bruder wollte doch keineswegs Soldat werden, damals hatte er sich gelobt, er würde Fuhrmann, und trotzdem wird jeder zugeben, ein Photo mit einem Ball hält einem mit Gewehr nicht stand. Wir schossen mit Korken und mit Zündblättchenpistolen, ich träumte von einem Säbel, Mama kaufte mir einen Ulanentschako, Hipek bastelte sich selbst Katapulte, mit denen er genau zielte, und einmal gab es sogar Krach deswegen, weil er hinterm Zaun hockte und einen Herrn gefährlich traf – aber keiner von uns wurde Militarist. Obwohl ich bei der Wehrertüchtigung und später in der Armee stets ein fleißiger und disziplinierter Soldat gewesen bin, aber das ist eine andere Geschichte – richtig: Geschichte, das Wort ist am Platz.

Deshalb schüttle ich nur den Kopf, wenn ich die Leute lamentieren höre, die Kinder spielten mit Panzern und Maschinenpistolen, und später würden dann Kriegsfanatiker aus ihnen. Ich habe meinem Sohn einmal eine herrlich Funken sprühende Pistole gekauft und ihn noch drum beneidet, denn zu meiner Zeit wurden derlei Wunderdinge wohl nicht hergestellt, bestimmt aber gelangten sie nie in die Nowolipie-Straße. Ich glaube, Jungs, die in ihrer Kindheit Rattatata und Pengpeng und so weiter spielen, werden später, wenn sie zu Männern reifen (falls sie reifen), genauso, wie sie geworden wären, hätten sie diese Spiele nicht gespielt, und womöglich in dieser Hinsicht sogar noch ein ganz klein wenig besser. An mir selber getestet.

Die aus Radzyń und die aus Warschau

»Limonade – Biere!« hörte ich es rufen und erwachte. Ich lag auf dem Schoß meiner Mutter, die in einem engen Waggon voller Federbetten saß. Dieser vollgepferchte Wagen und die Rufe der fliegenden Händler vor dem Fenster – das ist meine zweite ganz frühe Erinnerung. Sie ist so deutlich, so einzigartig in ihrer Melodie, daß sie mir noch heute unverfälscht in den Ohren klingt, so wie dem alten Marcel aus Prousts großem Buch jenes Glöckchen aus der Kinderzeit, das er nach Jahren wieder vernimmt. »Limonade – Biere!« höre ich es rufen, mit der Betonung auf dem einleitenden »Li« und dem abschließenden »Re«, höre es, während ich an diesem Buch schreibe. Wozu halte ich das fest? Ich weiß es nicht – vielleicht um mir selbst zu beweisen, daß jedes Zum-Leben-Erwachen aus solch vereinzelten Zeichen, Tönen, Bildern besteht, die uns wer weiß warum bleiben.

Mama brachte uns vier nach Radzyń, zu den Eltern meines Vaters. Wir hatten Bettzeug mit und bestimmt eine Menge Krimskrams. Von Radzyń habe ich nur wenig behalten: eine Gasse mit niedrigen Häuschen und eine Vorstellung in der Feuerwehrremise mit allerhand komischen Kunststückchen, ja mit einem Feuer auf der Bühne; natürlich schlief ich dabei ein, und ich entsinne mich, daß mich ein Dröhnen hochriß, das aus einer riesenhaften kupfern funkelnden Tuba kam. Alles andere verschwimmt im Nebel. Die Großeltern hatten, vermute ich, ein Häuschen wie alle anderen und einen Stall mit ein paar Kühen, sie stellten Butter her und verkauften sie. Bestimmt lebten sie nicht im Überfluß. Der Radzyńer Großvater war ein schöner gesetzter Mann mit langem schwarzen, schon silbern gesprenkeltem Bart und klugen, zärtlichen Augen. Ich hatte ihn gern, aber an den Umgang mit ihm erinnere ich mich nicht. Dafür war die Großmutter (o Gott, nicht einmal ihren Vornamen weiß ich mehr), also die Schwiegermutter meiner Mutter, unerbittlich fromm, finster, herrisch, so wie es sich für eine Schwiegermutter geziemt, und ich glaube, Mama war nicht sonderlich von ihr begeistert. Sie kam manchmal vor Pesach* (also vor Ostern) zu uns, um ein Auge darauf zu haben, daß bei den Vorbereitungen auch ja alle Gebote befolgt wurden. Das Geschirr, das wir das ganze Jahr über benutzten, kam in die Speisekammer, die sich im Treppenaufgang befand, und für die acht Festtage wurde das andere, das Pesachgeschirr hervorgeholt, das durchaus nicht schöner, im Gegenteil, das irgendwie unansehnlich war, aus Steingut von schmutzigweißer Farbe und nicht verziert. Mußte man zu Pesach die gewöhnlichen Teller und Töpfe benutzen, hieß es, sie erst koscher zu machen, also sie gründlich zu brühen. Dafür gab es Spezialisten, die von Haus zu Haus zogen. So einer erschien mit einem Kessel auf Rädern, in dem das Wasser kochte, auf dem Hof und rief: »Koscher mach ich! Koscher mach ich!« In dem Feuer unter dem Kessel konnte man auch »chumetz«, irgendwelchen Kleinkram, verbrennen, über den man im

* wird zum Gedenken des Auszugs des Volkes Israel aus Ägypten gefeiert

Zweifel war, ob durch ihn nicht die Feiertage treife* würden. Wir Kinder verbrannten manchmal kaputtes Spielzeug, und einmal verfiel ein Junge darauf, die leicht brennbaren Photoplatten, mit denen wir das ganze Jahr gespielt, die wir gesammelt und getauscht hatten, seien treife. Da war guter Rat teuer, wir mußten sie opfern! Wir verteilten die Platten rund um den Hof und steckten sie auf einer Seite in Brand. Herr Jan Śnioch, der Hausmeister, rückte mit dem Besen gegen die Flamme an, die vor ihm davonlief, na und das war ein Anblick!

Am nächsten Tag, schon nach der Seder-Feier**, fanden wir uns am Tor ein und beäugten kritisch die neuen Festanzüge, die wir trugen. Dann spielten wir Nüsserollen auf einem schräg an die Hauswand gelehnten Brett. Eine das Brett hinunterrollende Nuß mußte eine schon auf dem Pflaster liegende andere treffen – wem das gelang, der durfte alle einsammeln. Ich kam jedesmal ohne Nüsse nach Hause.

Wenn die Radzyner Großmutter zu den Feiertagen kam, jagte sie Mama und das Dienstmädchen aus der Küche und buk zwiebeldurchwirkte Fastenkuchen, am stolzesten war sie jedoch auf ihre mazzeähnlichen*** ungesäuerten Fladen, die sie vor dem Backen mit einer Gabel anstach. Danach setzte sie uns die vor, aber keinem schmeckten sie, außer Vater. Sie brachte Mama eine Graupensuppe mit Klößchen aus geriebenen Kartoffeln bei, und die mundete wirklich. Aber ansonsten war ihre Küche wohl einfach, Bauernkost, und nur mein Vater erwähnte hin und wieder verklärt ihre Suppen. Dann erwiderte Mama aufgebracht: »Deiner Mutter werd ich natürlich nie das Wasser reichen!« Am besten gefiel uns, wenn die Radzyner Großmutter abreiste, denn dann nestelte sie für jeden eine Fünfzig-Groszy-Münze aus ihrem Schnupf-

* (jidd.) den jüdischen Speisegesetzen nicht gemäß, nicht koscher
** Festmahl zur Einleitung des Pesach-Festes
*** Mazza: ungesäuertes Brot, das während der acht Tage des Pesach-Festes gegessen wird

tuch. Dieses Geld hieß »der Reisetaler«. Das Ende ihres Besuchs war also erfreulich.

Als die Radzyner Großmutter krank wurde und nicht mehr kam, spürte man im Haus eine Lockerung im Befolgen der österlichen Gebote. Aber zuvor starb noch Großvater – in unserer Wohnung. Er hatte Magenkrebs, war nicht lange krank, trug es mit Würde, murrte und klagte nie. Ich glaube, Mama verehrte ihn sehr. Ich war damals vier Jahre alt, aber dieser Tod machte mir keine Angst. Großvater lauerte mir nicht auf, sicherlich weil er immer gut gewesen war, und nach seinem Tod lag er so friedlich auf dem Fußboden im kleinen Zimmer (demselben, in dem Tante Sabina ihre Entbindungen hinter sich brachte), und dann erschienen irgendwelche schwarzgekleidete Männer, trugen den in ein schwarzes Leichentuch gehüllten Großvater hinaus, im Hof stand der schwarze Leichenwagen, davor schwarze Pferde, und als der Wagen anfuhr, blieben von den Pferden dampfende ziegelfarbene Äpfel zurück, die der Herr Śnioch mit seinem Besen auf seine Schippe fegte. Danach sahen wir uns häufig Photos von Großvater an, und daher weiß ich, daß er ein gutaussehender Mann gewesen war und schöne Augen gehabt und um den Hals einen Seidenschal mit schwarzweißen Streifen getragen hatte, mit Fransen daran. Und während ich ihn so betrachtete, krampfte sich mir nicht das Herz zusammen, weil er tot war, für ein Kind ist es natürlich, daß die Gesichter auf alten Photographien Menschen gehören, die es nicht mehr gibt.

Mein Vater hatte viele Brüder und eine einzige Schwester, aber keiner war bei den Eltern in Radzyń geblieben, wo es offenbar nichts zu tun gab. Als erster machte sich mein Vater (und euer Urgroßvater) aus dem Staub, er war damals fünfzehn, es muß also 1906 gewesen sein – wirklich und buchstäblich aus dem Staub. Er hatte sich mit einem Bauernburschen geprügelt, ihm einen Stein über den Kopf gehauen. Der war umgefallen, und euer Urgroßvater, ein ganz schönes Früchtchen, wie man sieht, war überzeugt, er habe ihn totgeschlagen. Daher die

Flucht – in Warschau konnte man sich am leichtesten verstecken, in der Menge untertauchen. Hinterher stellte sich heraus, daß der andere lebte, aber mein Vater ging – ob er nun die Rache fürchtete oder inzwischen Geschmack an der Warschauer Freiheit gefunden hatte – nicht mehr nach Radzyń zurück. Er bekam Arbeit in der Klempnerwerkstatt des Herrn Mann, dort lernte er Schlosser und Klempner. Über diesen Herrn Mann, einen Warschauer Deutschen, den Wohltäter meines Vaters, hörte ich Wunderdinge, was für ein anständiger Mensch das gewesen war. Er ließ Vater die Gesellenprüfung machen, und danach wurde mein Vater mit dem Segen des Herrn Mann ein selbständiger Herr Meister. Es ging ihm gut, denn in Warschau wurde kurz vor dem großen Krieg 1914 sehr viel gebaut. Noch besser ging es ihm, als die Russen abzogen und die Deutschen einmarschierten. Es gab Arbeit, und das Geld war noch etwas wert. Mein Vater verdiente, und er kaufte einen Obstgarten in Wilanów, mit einem Teich, auf dem Mama Boot fuhr. Sie erzählte oft von diesem Teich und dem Boot (mir fiel auf, daß alle guten Dinge passiert waren, als ich noch nicht auf der Welt war), sie trug ein weißes Kleid und sah aus wie gemalt. Dann hielt in Warschau der Hunger Einzug, man buk Kleiebrot, aß Kartoffelschalen, und die Deutschen beschlagnahmten die Türklinken, weil sie das Messing für ihre Kanonen und Maschinengewehre brauchten.

Meine Eltern ließen sich kurz vor dem Krieg trauen. Vater fand, ein solider dreiundzwanzigjähriger Unternehmer müsse eine Familie gründen, also wandte er sich gemäß der natürlichen Ordnung der Dinge an einen Heiratsvermittler, und der führte ihn in die mir bekannte Wohnung in der Solna-Straße 9, damit er sich ein gewisses schüchternes junges Mädchen mit großen schwarzen Augen ansah. So ein Besuch hieß »Beguck«. Dem jungen Mädchen machte ein anderer den Hof, ein Kaufmann, angeblich ein gefährlicher Verführer. Manchmal dachte ich voll Grausen daran, daß »dieser Spezialist für den Handel mit frischer Luft«, wie ihn Vater im Streit mit Mama einmal nannte –

daß der mein Papa sein konnte. Angeblich hatte er Mama nie vergessen, erkundigte sich, wie es ihr ginge, und Vater hielt ihr manchmal giftig vor, der Paradiesvogel, der zum Ehemann geradeso taugte wie er, Vater, zum Feldmarschall, habe ihr den Kopf verdreht. Es war eine gestiftete Ehe, aber das schließt, wie man weiß, Liebe nicht aus. Angeblich hatte Vater nach dieser ersten Begegnung mit Fräulein Ewa (von der du, Ewunia, deinen Namen hast) auf der Treppe zu dem Heiratsvermittler gesagt: »Die oder keine!«

(Die Heiratsvermittler! Vater hatte einen Kunden, Herrn D., einen reichen Spiegelfabrikanten, dem das Schicksal seiner häßlichen Tochter Kopfzerbrechen machte. Als man endlich einen jungen mittellosen Arzt gefunden hatte, stiftete der Heiratsvermittler die Ehe. Es wurde ein Vertrag aufgesetzt, wie es der Brauch war. Und in diesem Ehevertrag gab es, dafür hatte der Brautvater gesorgt, einen Passus, der den künftigen Gatten zu einer bestimmten Anzahl von Annäherungen und zu zärtlichen Gutenmorgen- und Gutenachtküssen verpflichtete. Nichts war dem Zufall überlassen. Was aus Herrn D., seiner Tochter und ihrem Ehemann, dem Arzt, geworden ist, ich weiß es nicht.)

Es ist mir nicht zu Ohren gekommen, ob das schüchterne Fräulein auch schwor, den oder keinen, oder ob ihr vielmehr das Herz blutete bei der Erinnerung an den Paradiesvogel, der viel redete, aber es mit dem Heiraten nicht eilig hatte, jedenfalls, sie heiratete, und sie lernte ihren Mann lieben. Sie war ein sittsames junges Mädchen, nicht im mindesten für das Leben gerüstet, denn ihre leichtsinnige, ewig vor sich hin trällernde Mutter (und eure Ururgroßmutter) hatte ihr nichts von alledem beigebracht, was eine junge Frau wissen muß. Kochen lernte Mama von ihrem ersten Dienstmädchen, dessen sie voll Rührung gedachte, und was die anderen Dinge betrifft, so genügten wohl der Instinkt einer gesunden Frau und der leidenschaftlich verliebte Ehemann. In ihrem Schlafzimmer ging es hoch her, was ich ungewollt mitbekam. Und das war so, obwohl mein Vater hart arbeitete und von Geschäften in Anspruch genommen war.

Hier muß ich unbedingt einflechten, daß das eheliche Zusammenleben meiner Eltern meine Persönlichkeit in keiner Hinsicht beschädigt hat. Ich nicke verständnisvoll, wenn man mir von jemandes Ödipuskomplex erzählt, aber in meiner Kindheit entdecke ich nicht die Spur davon. Meine Mutter war nie ein Objekt der Begierde für mich, mein Vater nicht mein Rivale, und mich hat nie die Lust angewandelt, ihn zu töten. (Obwohl er selber im Zorn mitunter schrie, er bringe mich um, aber das ist was anderes.)

Mamas Eltern hatten es nicht so üppig, und die Mitgift, die sie bekam, war wohl nur symbolisch, vielleicht auch gleich Null, jedenfalls hörte ich nichts darüber. Viel hörte ich hingegen über die Daunenkissen. Denn Mama hatte, wie jede Versprochene, eine Aussteuer bekommen: Bettwäsche, Leibwäsche, Handtücher. Noch zwanzig Jahre nach der Hochzeit, immer wenn er sich einmal schlechtgelaunt zu Bett legte, schnaufte mein Vater: »Steine, keine Kopfkissen sind das! Das sollen Gänsedaunen sein? Deine Mutter muß einen immer übers Ohr hauen, das steckt ihr im Blut!«

Überhaupt Mamas Familie, diese Hampels! Sie waren Warschauer seit Menschengedenken, Jahrhunderte in der Hauptstadt, ja! – jedenfalls länger als mancher von denen, die herumposaunen, nur sie seien die »wahren Polen«. Mama brüstete sich, ihre Familie stamme von den aristokratischen Mendelssohns und von irgendwelchen sagenumwobenen Spielvogels ab, nicht mehr und nicht weniger! Aber Vater zuckte die Achseln: Die Spielvogels! Die Mendelssohns! Irgendwie habe er nicht bemerkt, daß die sich zu dieser Verwandtschaft bekannten. Kein Wunder auch. Die Hampels handelten ja mit dem Schaum auf der Suppe und mit dem Schnee vom vergangenen Jahr.

Das waren zwei gegensätzliche Sippen, zwei diametral entgegengesetzte Mentalitäten: die Familie meiner Mutter und die meines Vaters. Die einen – bewegliche, lärmende, herausfordernde Kaufleute ohne Kapital, eigentlich Budenhändler, immer lustig, trällernd, musikalisch, leichtsinnig, mit losem Mundwerk. Sie stritten sich rasch, und sie entschuldigten sich rasch. Mit ihnen gab es immer eine Menge zu lachen. Sie warfen ihr Geld für gutes Essen hinaus (»wieder Freßberge«, schimpfte mein Vater, »wenn man kein Geld hat, feiert man nicht auf Pump große Feste, sondern kocht eine nahrhafte Graupensuppe, die für die ganze Familie reicht. Aber das ist gegen die Wand geredet, die denken nie an morgen«). Am Samstagabend kamen sie zum Kartenspiel zusammen, mal bei den einen, mal bei den andern, am liebsten fielen sie bei uns ein, weil sie wußten, es gäbe genügend heiße Kartoffelpuffer oder Wurstbrote, die Onkel Kuba, der hagere langbeinige Mann von Tante Sabina, meisterlich belegte. Oft spielte man eine Art Kartenroulett, bei dem selbst die Kinder gewinnen konnten, man mußte einfach Glück haben und auf die richtige Karte setzen, und dabei Lachsalven, Lärm und Gezänk, denn die Hampels schummelten für ihr Leben gern, und das auf Deibel komm raus, vor aller Augen, und jeder Reinfall wurde mit dröhnendem Gelächter quittiert. Selbst die Großmutter (also eure Ururgroßmutter) mogelte heimlich, zog mit Unschuldsmiene ihr Geld zurück, das sie fatalerweise auf die roten Buben gesetzt hatte, aber ihr ließ man das durchgehen, alle taten, als sähen sie die verstohlene Handbewegung nicht, nur wir Kinder, wir ahnungslosen Wichte, riefen manchmal: »Großmutter mogelt! Großmutter mogelt!«

Die Großmutter aus der Solna-Straße – von ihr hatten die Hampels wohl das Temperament und die Musikalität, denn was den Großvater betrifft, so erinnere ich mich auch nicht an einen einzigen Satz, der mich bezaubert hätte. Dafür die Großmutter, ja, die schmetterte Melodien aus Lehár- und Kálmánoperetten. Und als das Radio mit Lautsprecher aufkam, hatte sie ein Verhältnis zu ihm wie zu einer komischen Art von Grammophon, und sie bat: »Stell einen Tango an.«

Samstags, nach dem Mittagessen, suchte die Großmutter aus der Solna-Straße bei uns Zuflucht vor ihrem nörgelnden Mann, meinem Großvater. Bei diesen Besuchen schlürfte sie laut ihren Tee, den sie aus dem Glas auf den Unterteller kippte, wie das angeblich die russischen Kaufleute taten, und hielt, gleichfalls nach russischer Manier, das Zuckerstück zwischen den Lippen. Während die Radzyner Großmutter eine Perücke von kastanienbrauner Farbe trug, trug die Großmutter aus der Solna-Straße eine glänzende schwarze. Da sie dunkle Augen und rote Wangen hatte, auf denen man die Äderchen sah, hieß es allgemein, die Großmutter sei, unberufen, wunderschön, und ich begriff erst später, daß so rote Wangen durchaus kein Zeichen von Gesundheit sind. Ich überlegte mir auch nie, wie die Großmutter wohl ohne Perücke aussähe. Und so erlebte ich einen Schock, als sie sich mir einmal aus Zerstreutheit mit ihrem kahlen Schädel und den dünnen weißen Haarsträhnen zeigte. Auch die Großmutter war beschämt und jagte mich aus dem Zimmer. Zum Tee aß sie gern Konfitüre, manchmal gönnte sie sich einen Apfel, den sie nur gerieben aß, denn sie hatte keine Zähne. Niemandem kam in den Sinn, daß man ihr ja Zähne machen lassen konnte. Wozu brauchte sie Zähne wenn sie doch eine Großmutter war? Das waren Zeiten, da sich die Menschen nicht nur mit ihrem Platz in der Gesellschaft, sondern auch mit ihrem Alter abfanden. Wenn die Großmutter mit dem Teetrinken fertig war und ihren geriebenen Apfel gegessen hatte, legte sie sich aufs Kanapee und schlief ein. Manchmal fragte sie vorher, ob es nicht irgendwas anzunähen gebe, aber das tat sie nur, um sich anzubiedern, denn in Wirklichkeit hatte sie viel zu schwache Augen, um noch zu nähen. Niemandem kam in den Sinn, ihr eine Brille machen zu lassen, obwohl Großmütter mit Brille geradezu sprichwörtlich sind und in vielen Kindergedichten vorkommen. Aber ich hatte keine gedichtete, ich hatte eine richtige Großmutter.

Großmutter hatte nicht immer auf dem Markt gestanden. Als ich sie kennenlernte (denn es ist wohl so, daß ein Kind seine Umgebung allmählich kennenlernt, so wie ein Ankömmling aus fremden Landen), waren meine Großeltern noch nicht so verarmt, sie besaßen noch immer ihr Geschäft mit Porzellan und Steingut in der Gnojna-Straße und außerdem den kleinen Laden mit Süßwaren und gegasten Getränken hinter dem Żelazna-Tor. In diesem Lädchen versuchte sich Tante Sabina, damals gerade jungverheiratet, als Kaufmannsfrau. Für Mama war das sehr bequem, sie konnte dort vorbeischauen, wenn sie mit mir in den Sächsischen Garten ging, und mich manchmal zu der Tante in Obhut geben. Gegenüber dem Laden befand sich die Endhaltestelle der Straßenbahn, ich wurde auf einen Schemel gesetzt, und ich beobachtete die Schleifen ziehenden Bahnen. Ich entsinne mich, daß es die 5 und die 2 war, was mich in Aufregung versetzte, denn ich war überzeugt, die 2 sei eine umgekehrte 5, und ich wollte das unbedingt richtigstellen. Das begann schon damals, dieses Verlangen, die Welt zu verbessern. Die Großmutter oder Tante Sabina gaben mir schokoladeüberzogene Bonbons, ich nahm sie vertrauensselig an, aber gleich darauf spuckte ich, denn in dem Bonbon war Likör. Glücklicherweise gab man mir auch Selterswasser, und ich konnte die auf der Zunge brennende Schokolade hinunterspülen. Es ist erstaunlich und zugleich wohl auch ganz normal, daß mir der Geschmack dieser Enttäuschung fürs ganze Leben geblieben ist: das verlockende Schokoladenbonbon, der Augenblick der Wonne und gleich darauf der brennende Gaumen. Dafür schmeckte Tante Sabina alles, was es in ihrem Laden gab. Sie wurde dick und dicker, ihre ungeheuren Brüste waren schwer, beim Sitzen stützte sie sie auf der Theke auf. Schließlich verkaufte man das Lädchen, denn Tante Sabina fraß, wie es hieß, mehr auf, als sie verkaufte.

Mitunter kam Onkel Heniek in den Laden gestürmt und schrie, wenn er mich sah: »Hallo, Kościuszko!«, weil ich damals eine aufgestülpte Nase hatte. Diese Nase bekümmerte mich sehr, und es bekümmerte mich der Spitzname, erst später, als ich in Mirkas Lehrbuch das Bild von Kościuszko sah, ging mir auf, daß es keinen Grund gab, sich zu grämen, doch da nannte mich längst keiner mehr so, ich weiß nicht warum, vielleicht hatte sich die Form meiner Nase verändert.

Wozu das mit der Nase? Weil ich über die Kümmernisse des Kindes schreibe, und einem Kind bereitet alles Kummer, was es erniedrigt. Wenn die andern spotten, heißt das, es ist schlechter. Der Grund ist bedeutungslos.

Die Familie meines Vaters, jene aus Radzyń Zugereisten, waren das genaue Gegenteil derer aus der Solna-Straße. Solide Handwerker, die Worte ernst, mit Bedacht wählend und überhaupt eher schweigsam, skeptisch, in öffentlichen Dingen verläßlich, mit sozialem Verantwortungsgefühl – unter ihnen gab es einen Vorsitzenden des Einzelhändlerverbandes, es gab einen Dentisten, berühmt in der Nowolipki-Straße, so geschickt zog er Zähne. Obendrein sahen die Radzyner ausnehmend gut aus, schwarzäugig, männlich, gepflegt, nicht solche Schlamper wie diese Hampelschen Hallodris, ähnelten sie den Helden von Hollywood.

Es leuchtet ein, daß jeder der beiden Klans auf den anderen herabsah. Die Handwerker auf die Krämer, weil die das leichte Brot bevorzugten, alleweil Streit suchten. Die Hampels auf die andern, eben weil die Handwerker waren. Und überhaupt war es wohl so, daß jeder für jeden leise Geringschätzung empfand und sich auf den eigenen Beruf etwas einbildete. Die Hampels versuchten uns Kinder zu überzeugen, daß Kaufleute freie Menschen seien, selbst ein Straßenhändler sei sein eigener Herr, hat er Lust, handelt er, hat er keine, geht er heim und haut sich aufs Ohr, aber der ausgemacht schäbigste von allen Berufen sei Schlosser, also der Beruf meines Vaters. Auf unserm Hof gab es mindestens zwei Schuster, beide im Kellergeschoß, das zur Straße lag, die lebten vom Flicken alter Schuhe – und die befanden sich gewiß auf der alleruntersten Stufe der lokalen Leiter. Die Kellerwohnungen waren gleichsam das Sinnbild für einen Platz tief unten. Schneider gab es in unserm Mietshaus drei oder vier, was sage ich, fünf waren es, ich weiß wirklich nicht, wovon sie lebten, jedenfalls nicht von uns, denn wenn Mama für uns etwas nähen ließ, dann immer anderswo, außer Haus, obwohl einer von den Schneidern ein Täfelchen mit der Aufschrift »PARISER SCHICK, im Hof, Parterre« im Tor aufgehängt hatte. Wir Kinder stritten uns in der Einfahrt, wessen Eltern wichtiger seien. »Dein Vater wühlt in der Scheiße«, sagten die andern zu mir, um mir den Todesstoß zu versetzen, weil Papas Firma Klosettbecken installierte. Ich erlebte das als tiefe Schmach, obwohl ich wußte, daß es nicht stimmte. Mein Vater pflegte manchmal zu sagen: »Schuster und Schneider sind keine Menschen« und manchmal: »Arbeit schändet nicht«, je nach den Umständen. Aber eines steht fest: Als ich ein Kind war, wußten die Menschen noch, wo sie hingehörten.

Die aus Radzyń waren nicht gesellig, jeder ging seine eigenen Wege, hingegen konnten die Hampels, ewig verzankt und zerstritten, ohne einander nicht leben. Sie rannten in die Theater, besonders in lustige Stücke, hatten Trichtergrammophone mit Plattensammlungen, meistens waren das Schlager aus Operetten und Straußwalzer (ihnen verdanke ich meine erste Begegnung mit der Musik), sie fielen gierig über die Zeitungen her, polnische wie jiddische, nahmen sich das Schicksal der Heldinnen in den Fortsetzungsromanen zu Herzen, versuchten zu erraten, wie es weiterginge, lachten über die Humoresken, vergötterten irgendwelche mir unbekannte scharfzüngige Feuilletonisten und palaverten lauthals über Politik. – »Hitler! Hitler!« – dieses schon damals von Grauen erfüllte Wort hörte ich zum ersten Mal aus dem Mund von Onkel Heniek, der vor dem Haß warnte, der einem von dort entgegenschlage. Kalt überlief es mich auch, wenn ich von den Bolschewiken hörte (obwohl einer von Vaters Brüdern über die Grenze in eben diese Richtung geflüchtet war). Und dann gab es noch Wörter wie »Revolution«, »Tscheka«* und »Dzierżyński«. Trotz alledem brüllte Onkel Heniek, der Weltenbummler, der als Junggeselle bis nach Palästina

* für: (russ.) Tschreswytschajnaja Komissija; 1917–22 die politische Polizei in Sowjetrußland, geleitet von Feliks Dzierżyński

gewandert, Chaluz* im Kibbuz gewesen war, mit der Spitzhacke in der Hand beim Straßenbau gearbeitet hatte (was eine Photographie belegte, auf der er in klaffendem Hemd und kurzen Hosen zu sehen war, neben ihm ein Araber, ein kariertes Tuch um den Kopf) – es brüllte also dieser geschäftstüchtige Kaufmann Heniek voller Leidenschaft, er sei Kommunist. In seinem Laden »Glas und Porzellan«, den er von der Großmutter übernommen hatte, betrieb er einen Großhandel. Er hatte auch einen Kommis, dem er fünfunddreißig Złoty pro Woche zahlte. Hin und wieder war ich Zeuge von erbitterten politischen Wortgefechten zwischen Chef und Kommis. Der Kommis stand hoch oben, fast unter der Decke, auf einer Leiter, um irgendein Steingutservice herunterzuholen und nahm das kapitalistische System in Schutz, der Chef, mein Onkel, hingegen brüllte: »Die Kapitalisten enteignen, alle Macht den Räten«, denn nur so werde die Ausbeutung des Menschen durch den Menschen beendet. Darauf der Kommis, der Verteidiger des Kapitalismus, völlig logisch: »Warum zahlen Sie mir dann fünfunddreißig Złoty die Woche, wenn Sie selber wer weiß wieviel verdienen!« – »Das ist etwas anderes«, erwiderte darauf mein Onkel. Dieses »Das ist etwas anderes« hörte ich später immer, wenn jemandem was nicht in sein bevorzugtes Schema paßte. Und sofort stand mir mein Onkel Heniek vor Augen und sein Kommis, auf der Leiter, dicht unter der Decke.

Was die Großmutter aus der Solna-Straße betrifft, sie hatte Glück, sie starb kurz nach dem Einmarsch der Deutschen in Warschau, sie mußte nicht ins Ghetto, und man konnte ein anständiges Begräbnis für sie richten, zu dem, wie mir Mama nach dem Krieg erzählte, viele Leute kamen, sämtliche Kaufleute vom Żelazna-Tor. Von Großvater weiß ich nur, daß er sich, als die Reihe an ihn kam, auf dem Umschlagplatz** stellte und nach Treblinka fuhr.

* (hebr.) Pionier
** im Original deutsch; von hier gingen die Transporte in die Vernichtungslager

Auf Dachboden und Hof

Mein Bruder Hipek trieb sich dauernd auf dem Hof herum, kam schwarz von dort herauf, voller blauer Flecke und Kratzer, mit einem Bärenhunger, und manchmal warf er mit frisch aufgeschnappten Ausdrücken um sich, von denen es hieß, sie wären schmutzig. Wenn Mama sich bei Vater beschwerte, kriegte er eine Tracht mit dem Riemen, aber nur dafür, nicht für irgendwelchen Schabernack. Mein Vater vertrug eine vulgäre Redeweise nicht, das lag bei ihm in der Familie, ich habe aus seinem Mund nie dergleichen gehört.

Im Gegensatz zu Hipek wurde ich gelobt – ich war ein braver Junge, ein »Topfgucker«, denn ich hockte gern in der Küche und sah zu, wie Mama einen Karpfen schuppte, wie sie, sich die Tränen fortreibend, Zwiebeln schnitt (diese Arbeit hätte sie keinem Dienstmädchen anvertraut) oder wie an einem abgetrennten Fischkopf das Maul noch zuckte, ein Fischherz noch lange auf der Untertasse schlug. Sie kauften mir sogar einen Metallherd mit Feuerstellen und Kochtöpfen. Ich stellte eine brennende Kerze in den Herd, setzte ein Töpfchen mit Kartoffeln auf, aber das Wasser wollte nicht heiß werden, und mir verging die Lust am Kochen. Ich war so still, daß es hin und wieder hieß, ich sei Mamas Söhnchen (was sich anhörte wie Mamasöhnchen), so ein liebes sanftes Schnurrkätzchen, und Hipek war der Rüpel vom Hof. Das alles verletzte meinen Stolz, darum stieß ich einmal hervor: »Ich bin auch ein Rüpel, bloß einer aus dem Salon!«, was in der ganzen Familie die Runde machte. Später merkte ich freilich, daß dem Wort »Salon« nichts Ehrenvolles anhaftete, und ich bestand nur noch auf dem Rüpel.

Mein Bruder fand bestimmt, es sei langweilig zu Hause, aber dem war durchaus nicht so, mit mir brauchte keiner zu spielen. Im Kinderzimmer, das wir zeitweilig alle vier bewohnten, rankte sich ein Bandmuster an der Decke entlang, das eine ländliche Landschaft zeigte. Es war ein leichtes, sich mittendahinein zu versetzen, barfuß mit den Dorfkindern über die Wiese zu laufen, die Gänse mit der Gerte zum Weiher zu treiben oder ein Feuer zu machen und in der Asche Kartoffeln zu backen. Das Zimmer hatte noch einen Anziehungspunkt: eine Nische mit einem kleinen vergitterten Fenster, das den Blick in einen fremden, seltsamen Hof freigab – wie das Tor zu einem geheimnisvollen Garten. Darin geschah eigentlich nichts Besonderes, Kinder sah man dort nicht, niemand machte Krawall, von Zeit zu Zeit fuhr ein pferdebespannter Lieferwagen vor, auf den Brot aus der Bäckerei im Hinterhaus aufgeladen wurde, ansonsten war alles still, sauber, ganz anders als in unserem lärmenden Hof, und schon deshalb erschien er mir als eine andere, etwas unwirkliche, gleichsam verzauberte Welt, und ich beobachtete sie verstohlen, und kein Mensch ahnte, daß Hof, Lieferwagen und Pferde mir gehörten.

Durch mein Fenster sah ich auch den Feuerwehrturm auf dem Mirowski-Platz, auf dessen kleinem Balkon sich zuweilen ein Feuerwehrmann in funkelndem Helm zeigte und ausspähte, ob es nicht irgendwo brannte.

Unser Kinderzimmer war, als es mich noch nicht gab, ein dunkler Alkoven gewesen. Vater hatte die Wand durchbrechen lassen, worauf der Besitzer des Grundstücks in der Leszno-Straße, dessen Hof mich so sehr faszinierte, Vater verklagte, weil er das Licht von seinem Grundstück nutze. Auch wenn das heute unvorstellbar anmutet, das Recht war auf seiner Seite, Vater verlor den Prozeß, aber das Urteil war milde: ein Schmerzensgeld und das Anbringen eines Gitters vor dem Fenster, um eine Zumauerung anzudeuten. Gar nicht verkehrt, denn dank dem Gitter konnte ich ungefährdet in meiner Nische hocken.

Noch überwältigender war die Aussicht vom Dachboden, wo die Dienstmädchen die nach Chlor riechende nasse Wäsche aufhängten. Durch die schmalen Fensterschlitze sah man den Feuerwehrmann im funkelnden Helm noch genauer. Und auch hier gab es eine andere, mir unbekannte, im täglichen Leben nicht sichtbare Welt zu entdecken: die Blechgefilde der Dächter mit ihren kantigen Formen, die Vielfalt der Rinnen, Schornsteine, kreisenden Wetterhähne. Es war eine rätselhafte, verlockende Landschaft, deren Schönheit mich anzog. Ich war durch und durch ein Stadtkind, und in der Stadt, in ihrer dichten Bebauung, fand ich Zauberstätten, geheime Plätze, die mein Herz höher schlagen ließen, so wie das Landkind sie im dunklen Wald findet.

Denen, die da über das Dach eines fünfstöckigen Mietshauses spazierten, galt meine Bewunderung: nicht nur den Schornsteinfegern, sondern zum Beispiel auch Maniek Krzyżewski und Bolek Niemirowski, die eine Antenne von dem einen Seitenflügel zum anderen zogen. Sie balancierten am Rande des Abgrunds, verständigten sich durch Zuruf, und immerzu war mir, gleich, gleich würden sie abrutschen und in den Schacht des Hofes stürzen. Hinterher träumte ich von diesen Dachtouren, und dann fiel ich tiefer und tiefer, bis ich aufwachte, und als ich Mama meinen Traum erzählte, sagte sie, das kommt vom Wachsen. Manchmal träumte mir ein riesiger Zeppelin, der über den Dächern dahinglitt wie ein apokalyptisches Ungeheuer und den Himmel verdunkelte. Aber war das wirklich nur ein Traum? Ein am Himmel entlangziehendes Luftschiff hatte ich doch ganz bestimmt schon gesehen! Zu meiner Zeit ging ja über New York ein Zeppelin in Flammen auf, und alle Passagiere darin kamen ums Leben. Kameraleute hatten das festgehalten, und hinterher wurde in allen Kinos gezeigt, wie das Luftungetüm sich zusammenrollte, sich krümmte und abwärts glitt, und man hätte schwören mögen, man höre die Schreie der im Feuer sterbenden Menschen. Nimmt es wunder, daß das Bild in den Träumen des Kindes als Alp wiederkehrte?

Steigen wir in den Hof hinunter. Es lohnt sich, denn hier rollte ein unaufhörliches Schauspiel ab. Das Leben war öffentlich, alles geschah unter den Augen der Leute, kein Kummer und keine Schande ließ sich verbergen. Besonders die aus dem Parterre, die ihre Küchenfenster zum Lüften weit aufrissen, mußten sich damit abfinden, daß alle über sie im Bilde waren... Es genügte, nur einmal zu schnuppern: Aha, heute gibt es Kohlsuppe, heute Kartoffelsuppe mit angebratener Zwiebel, sie lassen Gänseschmalz aus. Jeder Familienkrach wurde notiert, jedes gereizte Türenschlagen. Pah, es brauchte in der Nowolipie nur überhaupt etwas zu passieren, selbst wenn es ein paar Häuser weiter war, und sofort kam Lajbuś Kac (von den Kacens mit dem PARISER SCHICK) oder der Szmulek vom Laternenanzünder aus dem Souterrain angerannt und rief atemlos: »Jungs, Keilerei!« Wir flitzten über das Kopfsteinpflaster in Richtung Smocza oder noch weiter, bis zur Żelazna-Straße, wo wir uns an den saftigen Flüchen der mit einem Strick gegürteten Lastenträger ergötzten, sie hatten hier ihren Stellplatz, manchmal kam es wirklich zu Handgreiflichkeiten – nein, ein besseres Theater gab es nicht. Dann wieder brachte ein Pferd einen überladenen Kohlenwagen nicht vom Fleck, der wutschnaubende, vielleicht auch nur beschämte, in seiner Berufsehre gekränkte Fuhrmann hieb gnadenlos auf das Tier ein, bis sich auf seiner Haut blutunterlaufene Striemen zeigten. Das Pferd trippelte kraftlos, ich sah das entsetzt, und ich begriff, es war zwar nicht gut, ein kleines Kind zu sein, aber als Pferd geboren zu werden, war noch schlimmer. Zu jener Zeit der Pferdesklaverei kamen die Leute gar nicht auf die Idee, es könne grausam sein, ein Tier so auszupeitschen, es gab kein anderes Mittel, das Vieh war undankbar und faul, schließlich bekam es für die Arbeit Krippe und Futtersack – am Ende krempelten die Männer, die die Szene verfolgten, die Ärmel hoch und halfen dem Wagen mit einem lauten »Hau-ruck!« von der Stelle.

Als ich noch sehr klein war, bestimmten die Feiertage den Lebensrhythmus auf dem Hof. Später, in den dreißiger Jahren, stahlen sich immer mehr Familien aus der Tradition, und viele Formen des religiösen Gemeinschaftslebens verschwanden. Als ich klein war, fand ich das Laubhüttenfest* am schönsten. Acht Tage lang war der ganze Hof mit hölzernen Hütten vollgestellt, mit Dächern aus Kalmusblättern, sie standen dicht an dicht, und man konnte sich nur durch einen schmalen Gang zwischen ihnen hindurchzwängen. Die Krzyżewskis hatten, soweit ich mich erinnere, nichts dagegen, denn der Hof sah wirklich malerisch aus, und für die Kinder war es gefundenes Fressen, so viele Möglichkeiten zum Versteckspielen gab es. Die ganzen Feiertage über mußte in diesen Laubhütten gegessen werden, unter dem grünen Dach, durch das der Himmel schimmerte, so wie unsere Vorfahren in Zelten gegessen hatten, erläuterten uns die Erwachsenen, oder unter dem nackten Himmel, nach dem Auszug aus Ägypten.

Natürlich gab es bessere und schlechtere Hütten. Welche, die zusammengehauen waren, wie es gerade kam, aus ungehobelten, genagelten Brettern, aufs Hofpflaster gestellt, ohne Boden. Darin saßen die Schneider und Schuster, die armen Schlucker vom Hof, sie aßen laut, und sie sangen laut die Zmires, also die Festtagslieder. Aber es gab auch phantasievollere Hütten. Die schönste gehörte dem Herrn Kohn, dem bärtigen, reichen frommen Kohn aus dem ersten Stock im Vorderhaus – denn es gab noch einen zweiten, der schrieb sich Kon und wohnte auch im ersten Stock, aber im Seitenflügel, und der war ein Ungläubiger und ein armer Teufel und saß nicht in der Laubhütte. Das ganze Jahr wartete Herrn Kohns Hütte im Keller. Zum Fest wurde sie hervorgeholt und binnen einer Stunde zusammengesetzt, ohne daß ein einziger Nagel benutzt worden wäre. Sie bestand aus Eichenholz, war hellbraun gestrichen, hatte einen gebohnerten Boden und ein Klappdach, es war also darin nicht stickig. Auch eine elektrische Lampe gab es, die ein Monteur an einem Draht anschloß, obwohl das etwas fragwürdig anmuten konnte, denn unsere Vorväter waren in der Wüste doch wohl ohne Licht ausgekommen …

* hebr.: Sukkot, jüdisches Erntedankfest (Anfang Oktober)

Es schmerzte mich, daß mein Papa keinerlei Ehrgeiz an den Tag legte, was die Laubhütte betraf, nie baute er rechtzeitig eine für uns, es störte ihn nicht im geringsten, bei den armen Teufeln aus dem Erdgeschoß zu sitzen, heute glaube ich, er hielt die ganzen Feiertage für eine lästige Pflicht. Ich hingegen war sehr stolz, wenn der Vorderhaus-Kohn Vater einlud, bei ihm das Festmahl zu essen, denn das bedeutete, daß mein Papa wer war. Ich saß steif neben Vater, alle in Herrn Kohns Hütte saßen steif da, auch Mama fühlte sich unbehaglich, wenn sie die Terrine mit der heißen Bouillon hereinbrachte, alle aßen schweigend, dann geruhte der Herr Kohn vor sich hin zu summen, während er mit den Fingern auf die eichene Tischplatte trommelte, schließlich dankte er meinem Vater für die nette Gesellschaft und segnete den Allerhöchsten. Vielleicht ging es hier nicht so frei zu wie in den ungehobelten Hütten, doch dafür konnte man sich was drauf einbilden.

Kurz vor dem Krieg war zum Fest mehr Platz auf dem Hof, die Leute verzichteten darauf, in den Hütten zu essen, sie hatten weder die Zeit, noch waren sie in der Stimmung, niemand warf ihnen das vor, auch die Eichenhütte des Herrn Kohn verschwand – mir scheint, der Herr Kohn war gestorben.

Keiner kannte sich im jüdischen Kalender so blendend aus wie der Herr Śnioch, unser Hausmeister. Groß, hager, mit grauen Haarbüscheln, die ihm unter der Schirmmütze hervor in die Stirn fielen, lang herabhängendem Schnurrbart wie der Pat aus dem Kino, in einer Weste, die die Hosenträger verdeckte, manchmal in Schürze wie auf den Bildern in alten Illustrierten – kurz, er sah aus, wie ein Hausmeister auszusehen hat, der noch aus der Zarenzeit stammt. Er hieß, wie sichs gehörte, mit Vornamen Jan, und das Lied »He, Jan, spann den Wagen an …« eignete sich dazu, ihn zu ärgern. Er wurde fuchsteufelswild, wenn wir das sangen, jagte uns hinterher und stieß im Rennen fremde zischende Wörter aus, und sobald er begriff, daß er uns nicht einkriegen würde, schleuderte er den Besen und hieb dem letzten die Beine weg. Aber eigentlich war er gut zu uns Kindern, wenn es heiß war, spritzte er uns ab, und manchmal durften wir die Spritze sogar halten, was als höchste Auszeichnung galt. An heißen Tagen mußte Herr Śnioch das Trottoir und die Fahrbahn täglich zur Hälfte sprengen, wehe, er versäumte das, oho, da war gleich der Revierpolizist zur Stelle, den Riemen unterm Kinn, und es setzte ein Bußgeld. Die andere Hälfte der Fahrbahn sprengte der Hausmeister von gegenüber, der von den geraden Nummern. Seine Spritze betrachteten wir voller Geringschätzung, sie hatte keine Messingspitze wie die unsere. Herr Śnioch bewohnte mit seiner Frau und mehreren halbwüchsigen Kindern eine lange schmale Stube im Parterre, in der sich, wie bei meiner Großmutter in der Solna-Straße, alles drängte: Herd, Schrank, Betten und wohl auch eine Wiege, ein Tisch, Heiligenbilder an den Wänden, zu Weihnachten auch noch ein großer Tannenbaum. In der Stube hingen Kohlgeruch und die Dunstschwaden gebratenen Specks. Freitags ging Herr Śnioch von Wohnung zu Wohnung und sammelte das »Freitagsgeld« ein, für gewöhnlich zwanzig Groszy. Der Brauch stammte gewiß noch aus der Zeit, als ein christlicher Hausmeister am Freitagabend für die Juden das Licht angezündet oder Feuer gemacht hatte, aber jetzt tat er das nicht mehr, manche Mieter hatten ein Dienstmädchen, die anderen waren in der Mehrzahl Sünder, die die Verbote in den Wind schlugen, selber Feuer im Herd machten, und wenn sie Tschulent aßen, der am Freitag, wenn es dunkelte, beim Bäcker in den Ofen gestellt und am nächsten Tag knusprigbraun, heiß gegen eine Marke abgeholt wurde (nie wußte man, ob der Tschulent »gelingen« würde, ob die Kartoffeln nicht roh oder, im Gegenteil, verkohlt wären, ein regelrechtes Lotteriespiel, und darum Klagen, Wutausbrüche, Vorwürfe gegen den Bäkker, der den Topf zu dicht an die Glut oder zu weit weggestellt hatte) –, wenn sie also ihren Tschulent aßen, dann, weil er ihnen schmeckte.

Mit dem halbwüchsigen Wacek Śnioch, der gut zuhaute, war mein Bruder befreundet, und später ging

Wacek sogar eine Zeitlang bei meinem Vater in die Lehre. Noch später, als der Herr Śnioch starb, wie es hieß, an Darmverschlingung, zogen die Śniochs aus, ich verlor Wacek und seine Geschwister aus den Augen, und in jene längliche Stube zog ein neuer Hausmeister, ein weit jüngerer, gutaussehender Mann mit schwarzem, dünn ausrasiertem Bärtchen, auch ein Jan, aber ihn trauten wir uns nicht mit dem Lied zu ärgern, vielleicht waren wir auch einfach vernünftiger geworden. In der Stube des neuen Herrn Jan ging es ebenso eng zu, und die Luft war ebenso dick vom ausgelassenen Speck und gekochtem Sauerkohl. Aber zu Weihnachten ragte am Stubenfenster ein märchenhaft glitzernder Tannenbaum auf, noch höher als der bei den Śniochs, ich stand auf der Straße und betrachtete ihn verzaubert, manchmal nahm mich auch einer mit in die Stube, und dann mußte ich zugeben, bei ihnen war es hübscher als bei uns.

Es war nicht üblich, daß die Mieter einen Hausschlüssel besaßen, das wäre einem Anschlag auf die Macht und die Einnahmen des Hausmeisters gleichgekommen. Um elf Uhr wurde das Tor abgesperrt, und jeder, der später hereinwollte, mußte einen Zwanziger fürs Aufschließen bezahlen, für junge Leute kostete es weniger. Auf die Art wußte jeder Herr Jan genauestens Bescheid, wie sich wer führte. Als meine älteste Schwester anfing, zu Stelldicheins zu rennen und nach Mitternacht nach Hause zu kommen, lautete meines Vaters gewichtigstes Argument: »Ich schäme mich vor dem Hausmeister!«

Möglich, daß es auch auf unserem Hof Stunden gab, wo die Luft vor Langeweile erstarrte, aber jetzt, in der Erinnerung, die die vergangenen Ereignisse verdichtet, steht er mir als ein fortwährender Jahrmarkt vor Augen, bei dem auch die Hausierer, die Altwarenhändler, die Bettler nicht fehlten. Namentlich an Freitagen gab es viele Bettler. Ich entsinne mich an einen Taubstummen, der grauenhafte Laute ausstieß, er bekam am schnellsten das meiste, bloß damit er ging.

Uns Kinder faszinierte das Töpfelöten und das Scherenschleifen. Es kam auch ein Mädchen mit einem Korb voll noch warmer, duftender geflochtener Bajgel, Teigbrezeln, die man beim Essen aufflechten konnte, was ein zusätzlicher Zeitvertreib war. Sie verkaufte das Stück für einen Fünfer, aber ihre Konkurrentin schlug sie, indem sie rief: »Drei für einen Zehner! Drei für einen Zehner!« Bis zu uns in den dritten Stock hinauf stieg ein dicker, grauhaariger Mann mit einem Köfferchen. Wenn er das aufmachte, schlug einem der Duft von Tee und Schokolade entgegen. Ich mochte den Dicken sehr, warum, weiß ich nicht mehr, Mama mochte ihn übrigens auch, er wirkte solide und ehrlich (obwohl ich mich fragte, woher seine Ware stamme, ob auch wirklich vom Grossisten?), wenn er das dritte Stockwerk erklommen hatte, keuchte er so, daß Mama ihn bat, sich doch zu setzen und einen Tee zu trinken, denselben, den sie bei ihm kaufte. Ich weiß wahrhaftig nicht, warum ich über ihn schreibe. Wen interessiert es, daß es einmal einen dicken alten Mann gab, der sich und seine halbwüchsige Tochter, wie er uns erzählte, damit am Leben erhielt, daß er in einem Köfferchen Tee und Schokolade austrug? Warum verspüre ich das Bedürfnis, ihn hier zu erwähnen?

Er gehörte zur Landschaft meiner Kindheit, zur Landschaft meiner Straße. Zu ihr gehörte auch ein gedrungener schnauzbärtiger Mann, der Kohlen in einem Korb brachte, den er auf die Schulter gebunden trug. Wir hatten, wie alle, für den Winter einen Kohlenvorrat im Keller, aber außerdem gab es im Treppenaufgang die mit einem Vorhängeschloß abgesperrte Speisekammer. Im oberen Teil standen Flaschen mit Likören, Weckgläser mit Konfitüren und auch die verstaubten Teller, die des Pesachfestes harrten. Den unteren Teil bildete eine offene Kiste, und dahinein schüttete der Mann den Inhalt seines Korbs: einen halben Zentner Kohlen. Für die Kohlen und das Bündel Holz bezahlte man beim Händler in der Nummer 50, und er, der Athlet, schleppte das dann in den dritten Stock. Ich weiß nicht, wer er war, wie er hieß, ob er Familie, ob er Kinder hatte, ich erinnere mich nicht an seine Stimme, habe ihn wohl nie etwas sagen hören. Ich erinnere mich nur an den schwer ächzenden Korb auf dem gebeugten Rücken, das Rumpeln der fallenden Kohlen und den hochwirbelnden schwarzen Staub, der das schweißnasse Gesicht des Mannes verklebte.

Es kamen Taschenspieler und Akrobaten, sie breiteten kleine Teppiche aus, auf denen sie Atemberaubendes vollbrachten. Feuerspeier, Messerschlucker, Zauberer in schwarzen Zylindern und roten Pelerinen. Einmal und noch einmal erschien ein Herr mit einem tragbaren Kino. Das war ein großer Guckkasten mit einem Bildschirm in der Mitte. Wer für zehn Groszy durch einen schwarzen Ärmel in den Kasten sah, konnte verfolgen, wie Tom Mix in einer Staubwolke auf seinem Schimmel den Banditen nachsetzte oder wie der gescheite Hund Rintintin dicht vor einer heranbrausenden Lokomotive ein Bündel mit einem Neugeborenen von den Gleisen zerrte. Mehr brauchten wir nicht: allein daß sich diese Bildchen bewegten und noch von etwas erzählten, ließ uns schon vor Wonne erschaudern.

Ich entsinne mich an zwei Musikanten, von denen der eine eine Trommel auf dem Rücken trug. Wenn er den Fuß bewegte, hob sich ein Hämmerchen an einer Feder und schlug den Takt. Als ich später in einem richtigen Orchester eine Trommel sah, war ich enttäuscht, daß sie nicht auf dem Rücken getragen wurde.

Zuweilen gab es auch ganz spezielle Vorführungen, wie zum Beispiel die eines Exhibitionisten, der im Hof der Großeltern in der Solna-Straße aufkreuzte. Tante Sabina stand auf dem Balkon, da hörte ich plötzlich ihre gellenden Schreie: »Polizei! Festhalten! Haltet ihn!« Wir stürzten nach draußen, ich und der Onkel Kuba, und die Tante zeigte mit wogendem Busen auf einen zum Tor hinaus huschenden mageren Mann: »Dort, dort! ... Das ist er! Der holt seine Portion raus und führt sie mir vor!« (Ich erinnere mich genau, daß sie das Wort Portion benutzte.) »Renn ihm nach!« schrie sie hysterisch. »Haltet ihn!« Worauf Onkel Kuba phlegmatisch fragte: »War das denn gar so was Außergewöhnliches?« Tante Sabina bekam Krämpfe vor Wut.

Was das Singen betrifft, so war das mitunter auch politisch. Ein einarmiger Mann in grüner Soldatenuniform ohne Borten erzählte vom Krieg des Jahres zwanzig, davon, wie sie ihm befohlen hatten, sich für das Vaterland zu schlagen, aber als er ohne Arm heimkehrte, war in dem Vaterland kein Platz mehr für ihn. Worauf er mit mächtigem, rachsüchtigem Bariton anstimmte:

> Es gibt kein Brot,
> die schwere Not,
> sie ist dem Arbeiter bestimmt,
> die Glocken dröhnen
> in harten Tönen,
> drin lautes Kettenklirren schwingt!

Manchmal schaute zu meiner Freude ein russisches Weißgardistenpaar in unsern Hof. Über den Mann wurde getuschelt, er sei ein ehemaliger General, wohl weil er aussah, wie ein General des Zaren auszusehen hatte – gestutzter Bart, russische Bluse, ein Gürtel um den dicken Bauch und Militärreithosen, die in hohen Stiefeln steckten. Er sang mit tiefem Baß (»ein zweiter Schaljapin«, schwärmte meine Großmutter), während die Frau, wesentlich jünger, dunkelhaarig, schön und anmutig, mit wohltönendem Sopran sang und Gitarre dazu spielte. Sie sangen »Moi kostjor w tumane swetit« und »Wolga, Wolga, mat rodnaja« und »Po dikim stepjam Sabaikalja«*, so daß mir später, während des Krieges in Rußland, viele Lieder vertraut klangen und ich bei einem Glas Selbstgebranntem in den wehmütigen Gesang mit einfallen konnte. Niemand zog die beiden zur Rechenschaft für die Teilung Polens, die blutig niedergeschlagenen Aufstände, die Russifizierung, für Sibirien, niemand sagte zu ihnen: »Geschieht euch recht, ihr Schurken«, es waren wirklich

* »Mein Lagerfeuer leuchtet im Nebel« ... »Wolga, Wolga, Mutter Heimat« ... »Durch die wilden Steppen hinter dem Baikal«

andere Zeiten, man empfing sie voll Mitgefühl, aus allen Fenstern hagelte es in Zeitungspapier gewickelte Münzen. War er vorher, in seiner vorrevolutionären Gestalt, eine bedeutende Person gewesen? Schon möglich. Wenn ich an die beiden denke, erinnere ich mich mit besonderer Bewunderung (und zusammengekrampftem Herzen) an jene junge, edle Schönheit, die ihrem gescheiterten Mann durch sein Emigrantenleben folgte.

Die Hofkapellen mit der damals modernen Mandoline sind nicht zu zählen. Ach, die blutenden Herzen, zertreten in der Menge! ... Ach, wieviele Seufzer, Schwüre, wieviel Betrug, wieviele Tränen und wieviel Bitterkeit ... Die Dienstmädchen hatten ihre Lieblinge. Für gewöhnlich trug der Solist für Liebeslieder einen dicken hellen Scheitel im brillantineglatten dunklen Haar, manchmal genau in der Mitte. »Ein zweiter Rudolf Valentino«, stöhnte man dann verzückt, und mein rüpelhafter Bruder nannte so einen im Falsett Schmachtenden einen »Seufzerich« oder, eleganter, einen »Walenty Rudolfino«. Einer dieser Valentinos trat immer barfuß auf, bei strengstem Frost trippelte er mit seinen nackten Füßen auf dem Pflaster und erregte das Mitleid der aus den Fenstern hängenden Frauen, während seine Kameraden ungerührt auf ihren Mandolinen klimperten. Schon damals ahnte ich, das sei nur so ein Trick, um die Herzen der Zuhörer zu rühren, denn es war schier undenkbar, daß sich nicht ein Paar alte Latschen für ihn gefunden hätten, der Bursche mußte einfach verdammt abgehärtet sein, aber die Wirkung war garantiert, wieder und wieder landeten Münzen im Hof.

Die Dienstmädchen hatten ein offeneres Herz und waren empfänglicher für die Musik als ihre gnädigen Frauen. Manche sammelten gedruckte Schlagertexte, die man für einen Fünfer bekam, um sie auswendig zu lernen. Es gab welche, die sich von ihren Ersparnissen Grammophone und Platten kauften. Wir hatten natürlich auch ein Grammophon, die Feder brach immerzu, so daß Onkel Kuba, zuständig für das Einsetzen der neuen, alle Hände voll zu tun hatte. Die Platten stammten meist von der Firma »His master's voice«, auf dem Etikett war ein Hund aufgemalt, der der Stimme seines Herrn aus dem Trichter lauschte.

Nicht genug, daß es im Hof laut zuging, plärrte es auch noch bei geöffneten Fenstern aus den Grammophonen. Und dennoch fiel es niemandem ein, »Ruhe!« zu schreien. Allen erschien das natürlich: Es ist so, punktum. Kein Schriftsteller hätte in diesem Haus leben können, er wäre wahnsinnig geworden. Zum Glück wohnte kein Schriftsteller dort. Dort wohnte ein Kind.

Für alles

Die allererste war die Schönste: Genia. Das heißt die erste, an die ich mich erinnere. Sie war dunkelhaarig, hatte eine wohlgeformte, etwas aufgewölbte, spitze Nase, einen klaren Teint, herrlich geschnittene blaue Augen unter dunklen Brauen, ein ovales Kinn, ich sehe sie vor mir in ihrem dunkelblauen Kleid mit dem weißen Schürzchen, ich sehe die deutlich umrissenen Hüften und die kräftigen Arme. Sie glich einem Filmstar. Es ist wahrhaftig schwer zu begreifen – heute, wo hübsche Mädchen so viele Chancen haben –, was sie dazu getrieben hatte, Dienstmädchen zu werden. Offenbar ging es nicht anders. Denn obendrein hatte Genia Talent, mindestens Talent – fürs Malen. Ich erinnere mich, was für wundervolle Piłsudski-Porträts sie zeichnete, sie hätte sie verkaufen können – in der Uniform, mit seinen Orden, in der Schirmmütze oder ohne, mit dem kurzen Stachelhaar, strahlte er Ernst und Würde aus, und so hat er sich mir am festesten eingeprägt: nicht der Piłsudski von den Photographien, nicht der von Kossaks offiziellem Bildnis, sondern der auf den Zeichnungen unserer Genia. Auch wunderschöne Frauenbildnisse zeichnete sie, ein wenig ihr selber ähnlich, die feinen Nasen leicht nach oben gebogen, die Augen blau ausgemalt, nachdenklich-melancholisch. Für meine Schwestern erledigte sie die Hausaufgaben im Zeichnen, alle ihre Einsen für die Blumen, Krüge, Bäume, waren Genias Einsen, ja, das mußte einmal gesagt werden. Wir bewunderten sie also, waren stolz auf so ein Dienstmädchen, alle Hampels beneideten uns um sie, und sie saß abends mit uns im Eßzimmer am Tisch, malte oder stickte bunte Blumen auf dunkelblaue Samtkissen und plauderte mit Mama. Zu jener Zeit hing in den Eßzimmern neben dem Kronleuchter ein Drücker für eine Klingel, die in der Küche schellte, man klingelte nach dem Dienstmädchen, wenn es etwas bringen oder tun sollte, aber Genia betraf das nicht, nach Genia läutete man nicht, das war ein ganz anderes Verhältnis.

Mein Vater stand bestimmt in ihrem Bann, denke ich heute bei mir, nie zeigte er vor ihr irgendwelchen Unmut, aber Mama verübelte ihm das wohl nicht, denn sie war selber von Genia entzückt. Dabei war Genia seelisch zart gebaut – manchmal hatte sie Tränen in den Augen, ein paar Mal wurde sie ohnmächtig. Mama knöpfte ihr eilig die Bluse auf, besprengte ihr die Brüste mit Wasser und hielt ihr ein Fläschchen mit Ammoniak unter die Nase. Es ging uns allen sehr nahe. (Zu der Zeit pflegten die Frauen noch in Ohnmacht zu fallen. Meine älteste Schwester sank bei jeder Kleinigkeit – »Ach, ach, mir wird so schwach«, genau wie im Kino – auf einen Stuhl. Mein Bruder und ich, wir hielten das für Theater, wieso wurden wir denn nie ohnmächtig, na? Und warum fiel Stella nie zu Boden, sondern immer nur auf einen Stuhl?) Dann tauchte in Genias Leben ein Mann auf: gutaussehend, blond, ein Elektriker, mein Vater flüsterte mir im Vertrauen zu: ein Kommunist. Die wahnwitzige Genia, was anderes hatte sie nicht finden können! Genia verließ unser Haus, zärtlich verabschiedet, später schaute sie manchmal vorbei, einmal kam sie bleich, wie nach längerer Krankheit, aber immer noch schön: der Mann im Gefängnis. Vielleicht wollte sie zu uns zurück, aber sie sagte nichts, weil sie sah, daß ihre Stelle besetzt war. Ich weiß es nicht. Ich habe sie nie wieder gesehen. Mama, die sie hin und wieder auf dem Basar traf, sagte, Genia schlage sich durch. Sie ging wohl am Ende aufs Dorf zurück …

Wenn ein Dienstmädchen ging, setzte man keine Annonce in die Zeitung: »Hilfe im Haushalt dringend gesucht«, sondern man begab sich zur Vermittlerin. Die Vermittlerin wohnte in der Nummer 49, in einer geräumigen Stube im Kellergeschoß. Die Fußböden waren dort nicht gebohnert, sie waren altersgrau, überhaupt weiß ich nicht mehr viel von jener Stube, in die ich mit Mama die Stufen nach unten stieg, nur eben jenes Grau, erzeugt vielleicht durch das spärliche Licht, das durch die kleinen, in Bürgersteighöhe gelegenen Fenster sickerte. Ich erinnere mich an das graue Tuch auf dem Kopf der Frau und an die grauen Mädchen, die mit gesenktem Kopf auf Eisenbetten hockten, Bündelchen, manchmal einen abgeschabten Koffer zu ihren Füßen.

Mama tuschelte eine Weile mit der Vermittlerin, und dann erschien sie mit der Kandidatin bei uns zu Hause. Die Befragerei begann. Kann sie kochen. Ist sie sauber. Ist sie ehrlich. Ist sie selbständig. Warum ist sie von der vorigen Herrschaft weg. Ist sie womöglich ein lockerer Vogel, ich wünsche keinerlei Besuche. Die Vermittlerin war nicht gesprächig. Sie versicherte nur, die Anwärterin sei eine wahre Perle. Die Gnädige wird zufrieden sein. Oder ich will den morgigen Tag nicht mehr erleben. Als ob ich nicht weiß, was Madame brauchen! Und zu dem Mädchen: Du kriegst eine Gnädige, wie du im Leben keine hattest, du wirst den Tag segnen, der dich über diese Schwelle führte. Hier kommt es auf den Löffel Zucker nicht an. (Das stimmte. Es stand alles offen, und es wäre Mama nie in den Sinn gekommen, bei den Dienstmädchen am Essen zu knapsen, etwas abzuzählen oder wegzuschließen). Nun die Reverenzen. Die Kandidatin öffnete ihre Handtasche, zog ein Leinensäckchen hervor und daraus die vergilbten, zusammengeleimten »Empfehlungsschreiben«, immer die gleichen: selbständig, ehrlich und so weiter. Ich wunderte mich bloß, weshalb sie, wenn sie alle so außergewöhnlich waren, so oft die Stellung wechselten. Das Schwerste für Mama war, sich an den neuen Namen zu gewöhnen, noch lange nach Genia hieß die Nachfolgerin Genia, und als sie sich endlich an das »Emilka« gewöhnt hatte, bestand die nächste schon darauf, »Weronka« oder noch anders zu heißen.

Für uns, mich und Hipek, waren die Empfehlungsschreiben nicht ausschlaggebend, sie mußte vor allen Dingen hübsch sein. Das war im übrigen auch für meine Schwestern nicht bedeutungslos: ein Dienstmädchen hatte gut auszusehen. Einmal stellte Mama eine angeblich erfahrene Köchin ein, eine untersetzte Frau mit flachem, von Pockennarben übersätem Gesicht. Sie war keine Woche da. Wenn sie das Eßzimmer mit der Terrine betrat, drehten wir den Kopf weg, um sie nicht anzusehen. Wir sagten Mama, sie raube uns den Appetit. Da war guter Rat teuer: Mama mußte sie entlassen, aber sie war sehr ungehalten und vergaß uns das lange nicht. Auch ich habe die von uns gedemütigte Frau nicht vergessen, bis heute nicht, und darum schreibe ich über sie.

Einmal schickte uns die Vermittlerin gleich zwei Frauen auf einmal, eine ältere und eine jüngere, Mutter und Tochter: Russinnen, die aus der bolschewistischen Hölle geflohen waren, wie die Ältere sagte. Dienstmädchen bei uns sollte die Tochter werden, die neunzehnjährige, hochgewachsene, schlanke, schwarzhaarige Natascha. Ihre energische, redselige Mutter sollte nur die Bedingungen aushandeln. Natascha war strahlend, unbekümmert, voller Zärtlichkeit für mich, als ich den Scharlach bekam, sie kannte eine Menge russische Verschen, die sie mir beibrachte, wir mochten sie alle, aber mit ihrer Mutter war es nicht auszuhalten. Täglich kam sie angerannt, außer Atem, um zu prüfen, ob ihrem Kind (das schon bessere Zeiten gesehen hatte, o ja, Gnädige, wir hatten eine eigene Villa und fünf Dienstboten) auch kein Leid geschah. Man kann ja das Herz einer Löwenmutter verstehen, aber die ständige Überwachung war unerträglich. »Mein Kind wäscht Wäsche!«, »Mein Kind bringt den Müll hinunter!«

Es kam zu Auftritten zwischen ihr und Mama. Natascha weinte beschämt und rief immerzu schluchzend: »Idi, idi, ja tjebje goworju ...«* Aber nichts half. Ihre Mutter hielt meinen Eltern den niedrigen Stand vor, ihre Tochter, ein Kind aus vornehmem Haus, müsse jemandem aufwarten, den man nur über den Dienstboteneingang eingelassen habe, sie mache sich die Hände kaputt, irgendwann würden es meine Eltern bereuen, würden dafür bestraft werden, worauf meine Mama (und dies beschämte nun mich) schrie: »Raus! Wir sind hier nicht bei den Bolschewiken!« Das war nicht gerade logisch, da die beiden ja eben vor den Bolschewiken geflüchtet waren, aber solche Ausbrüche haben ihre eigene Logik. Im übrigen, wer weiß, ob an Mamas Spruch nicht etwas dran war. War die Ältere, die den Arbeitgebern ihrer Tochter schließlich mit einem nebulösen »Tag der Vergeltung« drohte, nicht schon vom Bolschewismus infiziert?

Das Mädchen mußte zu meinem Kummer gehen, tränenüberströmt und nach einer gräßlichen Szene des Satans von Mutter, aber wenn ich mich an Natascha noch erinnere, dann ja vor allem wegen ihrer Mutter, wegen dieser nicht alltäglichen Konstellation: die hübsche, verzärtelte Tochter geht »in Stellung«, weil man von etwas leben muß, und die Mutter, die ihr zu dieser Stellung verhilft, kann sich damit nicht abfinden. Ein sehr simpler Grund für ein hysterisches Gebaren.

Ich erinnere mich nicht, daß mein Vater jemals an derlei Auftritten teilgenommen, daß er auch nur ein Wort eingeworfen hätte. Er war wohl der Ansicht, das sei eines Mannes nicht würdig. Nur manchmal kam es vor, daß er an der Küchenschwelle erschien und dem Mädchen schüchtern (er wurde dann schüchtern) auftrug: »Emilka! Machen Sie mir ein Glas starken, intelligenten Tee.« Warum sagte mein Vater gern, natürlich im Spaß, er wolle einen »intelligenten« Tee? Vermutlich fand er, dieses Beiwort beschreibe den Gipfel an Qualität! Er war ein Tee-

* »Geh, geh, sage ich dir ...«

kenner, und überhaupt beklagte sich Mama, er sei wählerisch, ein Mäkler, manchmal fragte sie giftig: »Gib schon zu, in welchem Restaurant hast du deinen Appetit gelassen?« Vater aber hielt sich keineswegs für einen Mäkler. Wenn es zu Zwistigkeiten wegen des Wirtschaftsgeldes kam, schwor mein Vater, er persönlich brauche gar nichts, keinerlei Leckerbissen. »Ein Stück Brot mit Butter genügt mir!« Aber das Drum und Dran zu dieser Butter und diesem Stück Brot! Schuhe trug mein Vater nur eigens für ihn angefertigte, wobei der Schuhmacher zum Maßnehmen ins Haus kam. Hin und wieder, wenn Vater erkältet war, kam auch der Friseur zum Haareschneiden und zum Rasieren.

Mama lag manchmal gern lange im Bett und las »Unsere Rundschau«*, die der Zeitungsjunge vor sieben unter der Tür durchsteckte. Dann stand das Dienstmädchen mit dem Korb in der Schlafzimmertür und fragte: »Was solls heute dann sein, gnädige Frau?« Mama gab ihre Anordnungen, und das Mädchen ging ins Geschäft von Herrn Hochgelernter in der Nummer 52 Kaisersemmeln, Milch, Butter und Käse holen. In der Nummer 51 gab es auch einen Lebensmittelladen, aber Mama hatte nur zu Herrn H. Vertrauen, sein Geschäft war geräumig und blitzte vor Sauberkeit, es besaß einen schwarz-weißen Kachelfußboden. Im übrigen weckte schon sein schwer auszusprechender und bedeutungsvoller Name Respekt und schmeichelte den Käufern. Wenn es ein erfahrenes Mädchen war, bekam sie ein Zwei-Złoty-Stück in die Hand und bezahlte selber, aber hatten wir gerade mal ein begriffsstutziges Trampel, trug Herr Hochgelernter die Einkäufe in ein Heftchen ein, und am Ende der Woche ging Mama es mit ihm durch und beglich die Rechnung. Was die Backwaren betrifft, so fand mein Vater, ein großer Kenner, die besten gebe es in einem gewissen kleinen Laden in der Karmelicka-Straße, aber Mama nahm das nicht ernst, wenn es also mitunter aus einem anderen Anlaß zu

* s. S. 146 f.

Streitigkeiten kam, tauchte auch die Frage der Backwaren wieder auf, die »besser sein könnten«. Soweit ich mich erinnere, tat Mama Vater nie den Gefallen, diese seine Sehnsucht zu befriedigen.

Samstags hielt der Herr Hochgelernter, wie alle jüdischen Kaufleute, sein Geschäft geschlossen, und sonntags war es verboten, Handel zu treiben. Zu jener Zeit wäre es jedoch niemandem eingefallen, zwei Tage in der Woche zu ruhen, in der Bibel ist deutlich von sechs Tagen Arbeit und einem Tag Ruhe die Rede – aber hier ging es nicht nur um die Bibel, sondern jeder Tag, an dem der Laden geschlossen blieb, war eine Einbuße für die ganze Familie. Nach acht Uhr abends durfte man auch keinen Handel mehr treiben. Wieder Einbußen! ... Glücklicherweise grenzte der Laden von Herrn H. an seine Wohnung im Erdgeschoß – so richtete man sich für gewöhnlich ein –, seinen Stammkunden konnte er die Waren also vom Hof aus verkaufen. Nur durfte man zu derlei Einkäufen nicht das Dienstmädchen schicken, sonst wäre die Sache sofort aufgekommen, es gingen wir Kinder. Das waren wahrhafte Heldenexpeditionen, gleich erzähl ich, warum. Um den Aufgang zu erreichen, mußte man einen schmalen, gepflegten Hof der Länge nach durchqueren, direkt vor der Nase der Staatsgewalt, denn dort, gegenüber diesem Treppenaufgang, wohnte – nun, eben! wohnte – ein Polizist. Und zwar nicht irgendeiner, sondern der Herr Vorsteher. Ich hatte ihn einmal gesehen: groß, breitschultrig, in blitzenden Stiefeln, strenger, durchdringender Blick, der bloße Anblick ließ mein Herz flattern. Dazu wachte an seinem Fenster ein Hund, ein dicker Schäferhund. Ich marschierte an ihm vorbei und schaute vor mich hin, als sähe ich weder das Ungetüm noch den Polizisten, ja als wäre ich selber gar nicht da. Ich betrat das finstere Treppenhaus, klopfte an der Tür rechts. Sie tat sich nur ein wenig auf, in dem schmalen Spalt erschien die kleine Tochter von Herrn H., meistens sie. Ich reichte ihr meine Schulmappe und das entsprechende Geldstück hinein und sagte hastig meine Bestellung auf: »Ein Brot, zehn Deka Butter, fünfzehn Deka Schweizer Käse«. (Wir hatten damals keine Ahnung von Käse, jeder gelbe wurde »Schweizer« genannt.) Geduldig wartete ich ein paar Minuten, dann ging die Tür wieder einen Spaltbreit auf, ich kriegte meine Mappe zurück, schon gefüllt, und das Restgeld. Jetzt kam das Allerschlimmste: Ich mußte mich mit der prallen Mappe unter dem Fenster des Polizisten vorbeistehlen. Und wenn er mir nun plötzlich den Weg vertrat, auf die Mappe zeigte und fragte: »Und was ist das da?« Erst auf der Straße atmete ich ruhiger: Hier würde mich niemand mehr anhalten.

Das Leben ging trotz der Wachsamkeit des Polizisten irgendwie seinen Gang. Dieses Brot, immerhin am Sonntag gekauft, war ja durchaus nicht altbacken, im Gegenteil, es war frisch, duftete, hatte eine goldbraune Rinde, es mußte also jemand in der Nacht gebacken und irgendwie in den Laden geliefert haben. Überhaupt war auf den Herrn Hochgelernter in jeder Hinsicht Verlaß. Wenn um neun Uhr abends Gäste zum Kartenspiel hereinschneiten oder irgendwelche Freundinnen von Stella zum nächtlichen Hausaufgabenpauken und in aller Eile Brote gemacht werden mußten, ging man auch zu Herrn H. – ein Klopfen, er öffnete selbst, manchmal in langen Unterhosen, Bändchen um die Knöchel, er wurde nicht böse, er murmelte keine Flüche in seinen Bart. Müde, abgespannt, war er immer bereit, etwas zu verkaufen. (Wie er, seine Frau und seine Töchter umgekommen sind – ich weiß es nicht.)

Sie, die Ladenbesitzer, waren für uns da, aber wir auch für sie. Wenn eine arme Verwandte in unserm Haus Hochzeit hielt und ein rauschendes Fest stattfinden sollte, durfte bei den Bestellungen keiner in der Gegend übergangen werden. Jeder sollte ein bißchen was verdienen. Die Kaufleute kamen in die Wohnung, um an Ort und Stelle zu besprechen, was sie zu liefern hätten. Und dann schleppten sie Kisten mit Limonade, Selters, Bier und wer weiß was an. Zahlen? Wozu gleich zahlen? Da haben Sie erst mal, essen und trinken Sie mit Ihren Gästen, wohl bekommen solls Ihnen, bezahlen tun Sie später. Nun, höchstens ein kleiner Vorschuß, damit ich was habe, um Ware einzukaufen …

Mit dem Wein verhielt es sich anders, für den Wein war der schwarzbärtige Chaskiel zuständig. Ein junger Mann, außerordentlich gutaussehend, mit Augen voller Glanz, stets ein Lächeln um die Lippen. Chaskiel besuchte seine Kunden vor jedem Feiertag und notierte die Bestellungen. Was für ein Wein, wieviel Flaschen. Er hatte einen hübschen Laden in der Nowolipie-Straße, aber zog es vor, nicht zu warten, bis Kunden hereinschauten, Chaskiel schaute lieber bei den Kunden vorbei.

Er handelte nur mit koscherem Wein, der sich für die Segenssprechungen eignete, empfohlen wurde »Karmel«, eine süße Sorte aus dem Lande Israel. Sicherlich, weil seine Weine koscher waren, mußte sich Chaskiel orthodox kleiden, er trug also einen schwarzen Kaftan und eine häßliche Mütze, worüber meine Schwestern untröstlich waren. Wenn Chaskiel zu uns kam, um die Bestellung aufzunehmen, begannen sie ungeheures Interesse für Weine zu bekunden, sie nahmen am Tisch Platz, starrten in seine glänzenden schwarzen Augen, und Mama servierte Tee mit Sandkuchen. Und danach, wenn er gegangen war, schwärmten sie alle drei: »Was für Augen!«

Der andere Mann, dessen Kommen die weibliche Hälfte unserer Familie in Aufregung versetzte, war der Herr Borensztajn. Er genoß einen finsteren Ruhm. »Ein Don Juan«, sagte Mama schaudernd, und auch mich flog sofort Furcht an, obwohl ich nicht wußte, was das Wort bedeutete. Herr Borensztajn arbeitete als Buchhalter in einer gewissen Eisenwarenfirma, war fast dreißig Jahre alt, noch immer Junggeselle und partout nicht zur Heirat zu bewegen. Von Blume zu Blume, nein so was! Und jede Frau durchbohrt er schamlos mit Blicken. Als Vater zum ersten Mal seinen Besuch ankündigte, erfaßte meine Schwestern und Mama eine seltsame Erregung, geradeso als sollte etwas Furchtbares geschehen, der Einfall der Tataren oder so in der Art. Auch ich war schrecklich gespannt. Es erschien ein recht beleibter, bestimmt kurzsichtiger blonder Mann, der dicke Brillengläser in einer Hornfassung trug (»eine amerikanische Brille«, brüstete er sich, und Mama verglich ihn sofort mit Harold Lloyd), kein bißchen dämonisch, vielmehr mit einem Zug von Verweichlichung im Gesicht, mit fleischiger Nase und dicken feuchten Lippen. Vielleicht, daß diese Lippen ... Er schien verlegen wegen seines Rufs, man hatte ihm, wie es Gombrowicz später nennen sollte, eine Fresse verpaßt, was er vermutlich wußte, zumal Mama mit spitzen Bemerkungen nicht sparte. Auch sein Chef, Herr Świeca, ein schwarzhaariger langer Kerl mit dichten Brauen, wurde nicht müde, pikante Anspielungen zu machen, als läge ihm an der anstößigen Bewunderung für einen Menschen, der bei ihm angestellt war.

Selbst wenn meine Schwestern irgendwie keine Enttäuschung zeigten, so außer Frage stand für sie, daß der Herr Borensztajn mitsamt seiner Hornbrille ein durch und durch verderbtes Individuum war – ich fühlte mich geprellt. Dieser uninteressante Kerl sollte der Herzensbrecher sein, dessen Blick die Frauen versengte und ihrer Sinne beraubte? Die paar faulen Witze, das sollte die berüchtigte Verderbtheit sein? Ich muß gestehen, jener erste »Don Juan«, dem ich begegnete, sollte mich für mein ganzes Leben dieser Gattung gegenüber mißtrauisch machen.

Herrn B. verloren wir später aus den Augen. Es hieß, er habe sich schließlich doch verheiratet und zwar keineswegs schlecht. Ich weiß nicht, was letztlich mit ihm passiert, weiß nicht, wie er umgekommen ist.

Ich weiß auch nicht, was mit dem liebenswürdigen, immer lächelnden, schönäugigen Chaskiel, dem Verkäufer koscherer Weine, geschah.

Der Herr Balbus und der Herr Doktor

Krank zu werden schreckte uns Kinder gar nicht. Durch Kranksein wurden wir unerhört wichtig. Natürlich, was Feines war das nicht – Fieber, Erbrechen, Ohrenschmerzen beim Ziegenpeter, das grausliche In-den-Hals-Gucken mittels eines Löffels, aber es lohnte, das zu ertragen, denn die Eltern machten sich Sorgen und redeten zu uns mit sanfter Stimme. Wenn ich krank war, war ich wichtig, und mein Bruder hatte sich entsprechend zu benehmen, wurde er krank, war er wichtig, und ich zählte nicht. Der Gesunde beneidete den Kranken und sagte: »Schau den, wie der sich hat!«

Wenn einer krank war, rief man den Hausfeldscher. Das war der Herr Balbus, an den Mama mehr glaubte als an hundert Doktoren – dick, schnaufend, mit einem Spitzbart ähnlich dem jenes weißgardistischen Generals, der auf dem Hof sang. Der Herr Balbus (Oberfeldscher, so lautete sein voller Titel), fühlte dem Kranken den Puls, öffnete den Deckel seiner großen, an einer Kette über dem Bauch hängenden Taschenuhr und zählte fast lautlos. Alle wußten, das war nur Zirkus, denn es gab gar keinen Puls, die Ärzte taten nur so, um den Kranken was vorzumachen, und der Oberfeldscher Balbus, obschon ein ehrlicher Mann, mußte auch so tun. Dann fing das Abgeklopfe, das Abgehorche an, bitte mal einen Löffel, sag »aaa«, den Mund weiter auf, noch einmal »aaa«, der Rachen ist belegt. Hierauf dachte der Herr Balbus angestrengt nach, während Mama ihn anstarrte wie ein Heiligenbild. Der Herr Balbus verordnete Einreibungen, Gurgeln, manchmal auch Schröpfköpfe, schrieb schließlich, die Brauen runzelnd, ein Rezept aus, auf welches er einen zuvor ausgiebig behauchten Stempel mit seinem Namen drückte. Die Medizin! Allein bei dem Gedanken an das, was mir bevorstand, wurde mir übel. Fünfmal täglich einen Eßlöffel voll. Ich war nahe dran, mich zu übergeben. Nun ja, dachte ich bei mir, ich muß eben so lange bocken, bis ein Teelöffel draus wird. Mit dem Rezept lief man in die Karmelicka-Straße, denn als ich klein war, gab es in der Nowolipie noch keine Apotheke. Erst ein paar Jahre vor dem Krieg wurde eine nußbaumgetäfelte Apotheke aufgemacht, über dem Eingang hing eine grüne Neonschrift, die einzige Leuchtschrift in unserer Straße und weithin sichtbar – sie faszinierte uns und war Gegenstand unseres Stolzes. Vor dem Herrn Magister, einem schnauzbärtigen sarmatischen Typ, graulten sich die Kinder ein bißchen, weil er mit gestrenger Stimme Stille gebot, wenn einer sich vergaß, und in der Tat war es in dieser Apotheke so still, daß einem bange wurde, ganz so, als ob gleich einer sterben sollte.

Zuerst verdonnerte der Herr Balbus den Kranken zum Fasten. Nach zwei, drei Tagen stattete er ihm einen Besuch ab, trickste wieder etwas mit dem angeblichen Puls, guckte in den Hals, erklärte, es sei schon besser und erlaubte etwas Hühnerbrühe mit Ei, Stampfkartoffeln mit Butter, meinetwegen auch mit Sauermilch. Nichts Fleischernes, nichts Gebratenes. Später eine Semmel mit Haferbrei. Übermorgen geben Sie ihm ein Hühnerflügelchen. Niemand traute sich, an den Anordnungen des Herrn Balbus etwas abzuändern, zumal sich die Behandlung wirklich als erfolgreich erwies. Jede Art von Fieber verband sich mir in einem solchen Maße mit einer strengen Diät, daß ich, als man mir bei Angina im Ferienlager meines Gymnasiums in Krościenko Sülze zu essen gab, das für einen haarsträubenden Anschlag auf meine Gesundheit hielt. Ich aß sie trotzdem, ermuntert von Fräulein Nina, einer schwarzäugigen Studentin des Konservatoriums in Lwów, die außerordentliches Ansehen genoß, denn sie war zauberhaft und spielte uns wunderbar die Nocturnes von Chopin vor – auf der Blockflöte. Ich aß also die Sülze, und mir passierte nichts, was meinen Glauben an die Methoden des Herrn Oberfeldschers Balbus ins Wanken brachte.

Aber das war sehr viel später. Vorerst mußte ich die widerliche Mixtur schlucken, die der Herr Feldscher verschrieb. Sie enthielt bestimmt Anis, denn nach Jahren erkannte ich den Geschmack im Pernod wieder, den die Franzosen so sehr lieben, und den ich schlicht nicht ausstehen kann – zu ihrer Verwunderung, aber wie ihnen plausibel machen, daß mir dabei meine kindliche Angina einfällt. Für jeden Löffel kassierte ich fünf Groszy, für einen »Wiener Trunk«, so eine Scheußlichkeit zum Abführen, zahlten die Eltern, um mich geneigt zu stimmen, das Doppelte, und wenn sich die Krankheit glücklich in die Länge zog, konnte ich es bis auf zwei Złoty bringen. Wenn das Fieber hoch war, öffnete mein Vater sein allergeheimstes Geheimfach im Nachttisch und gab mir ein goldenes Zigarettenetui und andere wertvolle Dinge zum Spielen. Ich aber grübelte, was ich mir kaufen würde, sobald ich gesund wäre. Vielleicht eine Druckmaschine, um die Bücher zu drucken, die ich einmal schriebe? Wenn ich von der Krankheit genesen und das Medizineinnehmen vorüber war, sagte Mama für gewöhnlich: »Gib das Geld mir, ich bewahr es für dich auf«, und danach kam es irgendwie nie mehr zu mir zurück – fand Mama es nicht wieder oder was …?

Manchmal war es etwas Ernstes, und dann sagte der Herr Balbus mit einem Seufzer: »Bitte rufen Sie den Doktor.« Mutters Miene, wenn der Herr Oberfeldscher eingestand, daß er machtlos war! Fast, als hätte er gesagt: »Es liegt alles in Gottes Hand.« Der Arzt, der gerufen wurde, hieß Doktor Zaks und war ein schlanker, asketischer Mann, graumeliert, mit gesammeltem Blick hinter dem Binokel. Er wusch sich die Hände länger als der Oberfeldscher, lächelte nicht, seine Anordnungen waren wie Befehle, die er weniger Mama, als vielmehr dem Herrn Balbus erteilte. Er flößte sogar Mama Furcht ein, so daß sie sich nie traute zu fragen: »Wieviel?« Wozu auch, es stand ja fest, daß das Honorar zehn Złoty plus einen Złoty für die Droschke betrug, und Mama händigte das Geld in der Diele aus, wenn der Herr Doktor im Begriff war zu gehen. Anders verhielt es sich mit dem lieben Herrn Balbus: Da konnte sie feilschen, manchmal nahm der Herr Balbus fünf Złoty, und zwar dann, wenn die Sache ernsthafter war, manchmal zwei, wenn es sich um eine gewöhnliche Erkältung handelte, manchmal aber, wenn gerade eine Grippe umging und der Herr Balbus alle Hände voll zu tun hatte, er also nicht aus seinem Haus in der Nowolipie-Straße kam, sondern von einem Patienten, mußte man auch bei ihm das Geld für die Droschke drauflegen. Kurz gesagt, der Herr Zaks sah aus und benahm sich wie ein Doktor und der Herr Balbus wie ein Feldscher. Mir scheint, als ich klein war, sahen die Leute überhaupt aus, wie sie auszusehen hatten. So, wie man es von ihnen erwartete. Die kleinen Jungen trugen kurze Buxen oder übers Knie reichende »Pumper«, die kleinen Mädchen Faltenröckchen und Zöpfchen mit Schleifen, in den Gymnasien hatten wir Uniformen, und später – je näher dem Reifezeugnis – hatte es jeder eilig, endlich erwachsen zu sein, sich in einen richtigen Anzug zu zwängen, in Lackschuhe, Krawatte, Manschettenknöpfe, sich einen Hut oder gar eine Melone aufzustülpen, die Taschenuhr an baumelnder Kette, über den Schuhen Gamaschen, und sich ein Bärtchen stehen zu lassen, sowie auf der Lippe nur irgendwas sproß. Und erst gar ein Familienvater, der hatte vor allem solide zu wirken, besonders, wenn er hinter der Ladentheke stand. Niemand gab sich Mühe, jünger zu erscheinen, als er war.

Die aus den frommen Häusern traten am frühesten ein ins Erwachsenenleben. Ein dreizehnjähriger Knabe beging öffentlich seine Bar-Mizwa, also seine feierliche Konfirmation, da mußte er ein Stück aus der Tora vorlesen, dann gab es ein Fest, und wenn der Junge aus vermögendem Hause stammte, beglückte man ihn mit einer Uhr, dieses Geschenk bedeutete, daß er erwachsen war. Von da an hatte er das Recht, sich als Mann zu betrachten, zumindest was das selbständige Beten betraf. Er bekam also ein Gebetbuch (den Sidur) in einem Samttäschchen mit dem aufgestickten Davidstern, und er durfte sich im Bethaus benehmen wie jeder andere Betende. Er wiegte sich nach rechts und nach links, vor und zurück, so wie er es bei den alten frommen Juden sah, wie sie übersprang er mit Gemurmel die für den Herrgott weniger wichtigen Strophen, und wenn wir, die Jüngeren, kicherten und tuschelten oder unruhig zwischen den Bänken herumstrichen, drehte er sich entrüstet um und ermahnte uns zur Ruhe, indem er die gestrenge Stimme der Väter nachahmte: »Pst, still, ihr unartigen Kinder!« Ich glaube, dann war so ein Junge fast glücklich.

Später sah ich vor der Klagemauer in Jerusalem solche jungen Greise. Dasselbe gespielte Erwachsensein, dieselbe Inbrunst bei diesem Spiel. Eine kleine Schar ins Gebet Versunkener im traditionellen Schwarz – in einem von neuem, modernem Leben durchpulsten Land. Schreibend versuchte ich, das Wesen dieses Phänomens zu erfassen und während ich sie betrachtete, meine eigenen Empfindungen, also mich selbst zu verstehen.

Szulims Verrat

Mein Vater stand für gewöhnlich als erster auf, vor sieben, denn dann fanden sich in der Diele die Monteure ein, denen Vater die Arbeit zuteilte. Das Stemmblei nahmen sie von uns zu Hause mit, es lag bei den Eltern im Schlafzimmer, erst kurz vor dem Krieg begann man zu munkeln, das sei ungesund, Blei strahle. Gewindeschneider, Rohre und das schwere Gerät befanden sich in der Niederlage, so hieß eine weitläufige, aus zwei Räumen bestehende Kellerwohnung, wo auf betoniertem Boden die Bohrmaschinen und Schraubstöcke standen, es nach Eisen und Schmieröl roch. Manchmal kriegten die Arbeiter Geld für eine Droschke, wenn empfindlichere Armaturen befördert werden mußten, meistens fuhren sie mit der Straßenbahn. Die Stunden zählten von ihrer Ankunft auf der Baustelle und nicht vom Abholen der Werkzeuge an. Aber man verdiente anständig in diesem Beruf, ein Monteur bekam zwei Złoty pro Stunde und einer, der nichts konnte und nicht genügend Grips hatte, um einen Beruf zu erlernen, also ein Ausschachter, fünfundsechzig Groszy. Mit den Schachtern war es schwierig, denn im Winter gab es für sie nichts zu tun. Manchmal ließ sich Vater was einfallen, manchmal kamen sie bei der Schneeräumung unter.

Der Lohn wurde freitags nach Feierabend ausgezahlt. Als ich noch sehr klein war, stellte meine Cousine Ewa die Lohnliste auf, die Tochter des frommen Mendel, dessen Lebensaufgabe es war, zu beten und sich beim Herrgott für uns alle verdient zu machen. Das ging, solange Ewa unverheiratet war, schließlich fand sich ein Bräutigam, gerade noch rechtzeitig, man hatte schon befürchtet, sie würde sitzenbleiben – es war ein Weber, und mein Vater rüstete die beiden mit einem Webstuhl aus, sie sollten eine kleine Konfektionsfirma betreiben, aber bald darauf machten sie pleite. Als nun diese Ewa, bei uns geliebt wie eine leibliche Tochter, ihren eigenen Hausstand gründete, wurde meine schwarzhaarige Schwester Mirka Vaters Sekretärin, und fortan stellte sie die Lohnliste zusammen. Ich war gern bei diesen Lohnauszahlungen dabei, die im Eßzimmer stattfanden, und ich mochte wohl unsere Arbeiter. Mirka liniierte den Bogen sorgfältig, teilte ihn in Rubriken ein: Name und Vorname – Zahl der Arbeitsstunden – Lohn pro Stunde – Abzug für die Krankenkasse – auszuzahlende Summe – Unterschrift. Sie unterschrieben leserlich, hielten auf ihren Namen. Die Lohnlisten müssen gewissenhaft angefertigt gewesen sein, denn ich erinnere mich an keinen einzigen Streit, keinerlei Gefeilsche. Irgendwann, schon unter Mirkas Zepter, vielleicht auch auf ihre Anregung, bürgerte es sich ein, daß man am Lohntag ein Gläschen Schnaps trank. Es standen vollgeschenkte Gläser auf dem Tisch, eine Schüssel mit Heringsröllchen auf Zahnstochern, Butterbrote. Meist trank man auf das Wohl des Herrn Meisters (also meines Papas) und »auf daß es uns ...« Alles gesittet, manierlich, ohne billige Witze. Dieses Glas Schnaps mit den Heringsspießchen am Zahltag schuf ein besonderes, familiäres Klima zwischen Chef und Arbeitern.

Die beiden besten Monteure trugen polnische Adelsnamen, zudem nicht irgendwelche: Miciński und Czajkowski. Czajkowski, schon angegraut, groß, hager, war bissiger als der Herr Leonard, das heißt, Miciński, der immer zu Späßen aufgelegt war, aber seinen Beruf verstand und goldene Hände hatte. Leider verpatzte Miciński, dunkelhaarig, Mittelscheitel und kurz gestutzter Schnauzer, häufig eine Arbeit, weil er schrecklich trank. Statt zu tun, was seines Amtes war, fiel er, sobald er sein Viertel intus hatte, wie ein Klotz in eine von den noch nicht installierten Badewannen – »Ich bin dann hier, Jungs, und ihr macht, na, ihr wißt schon was.« Miciński mochte den gehorsamen Michał Zaorbrajt mit dem roten runden Gesicht und den hellen Wimpern, dessen seltsamer Name sich mir eingeprägt hat – mochte ihn, eben weil er gehorsam war, stillhielt, wenn man ihn herunterputzte. Unbegabt, also ungefährlich, aber fleißig, gefügig, gab er sich mit der Stellung eines Monteurgehilfen zufrieden, strebte nicht nach mehr. Allerdings baute sich unser Zaorbrajt schließlich ein Häuschen in Młociny, worauf er zu Recht stolz war. Mein Vater fuhr hin, um es zu begießen, was dem Gehilfen zu noch größerem Ruhm gereichte. Hingegen konnte Miciński es nicht verwinden, daß mein Vater mit der Zeit Bolek Niemirowski bevorzugte, den Hosenscheißer, der erst ein paar Jahre zuvor als Lehrling angefangen hatte. Aufgenommen aus Mitleid (der Sohn des verstorbenen Freundes meines Vaters), war er ihm ewig zwischen den Beinen herumgelaufen, wußte nicht, wie eine ordentliche Arbeit auszusehen hatte, und nun sagte der Meister in einem fort: der Bolek dies, der Bolek das, der arbeitet sauber und genau, wenn auch ein bißchen langsam, ein »Feinmechaniker«, aber intelligent im Umgang mit den Kunden, und immer schickte er den mit den teuren Armaturen aus. Eines Abends, meine Eltern waren im Theater und meine Geschwister weiß der Himmel wo, es muß ein Samstag gewesen sein, und ich war mit Emilka allein zu Hause, stürzte der Herr Miciński herein und begann zu toben. Er kam mir sehr groß und sehr gefährlich vor. Er schrie, dauernd werde er schlecht behandelt, ihn bezahle der Meister in bar, aber für Bolek, für den gebe es manchmal einen Wechsel. Für Bolek Wechsel und für ihn Bargeld, immer nur Bargeld! Offenbar fühlte er sich sehr zurückgesetzt. Emilka bat ihn, zu gehen, die Herrschaften seien nicht zu Hause, darauf er, nein, er wartet, bis der Meister kommt und wird ihm alles auf den Kopf zusagen, ja! Hätte Emilka ein paar Złoty gehabt, sie hätte sie ihm gegeben, damit er einen heben gehen konnte, aber sie hatte nichts. Der Herr Miciński tobte noch eine Weile, weinte sich aus, und plötzlich schlug er der Länge nach hin, in den schmalen Gang zwischen Tisch und Kredenz. Ein Wunder, daß er sich bei dem Sturz nichts tat! Er erschien mir riesenhaft, wie er so dalag, schrecklich in seiner Reglosigkeit, aber er schlief fest, woraus ich schloß, daß uns keine Gefahr drohte. Die Eltern kamen aufgekratzt aus dem Theater – man kann sich ihr Entsetzen ausmalen, als sie den bewußtlosen Mann auf den Dielen des Eßzimmers fanden. »Ruf die Polizei!« kreischte Mama. Ein Polizist vom Kommissariat Nummer drei in der Nowolipki-Straße kam. Ich sah mit an, wie geschickt er den Herrn Leonard zur Besinnung brachte: Er rieb einfach seine Ohren. Dann hievte er ihn hoch, drehte ihm die Arme auf den Rücken, bis er aufjaulte, und führte ihn ab.

Natürlich muß ein Säufer abgeführt werden, der in einem anständigen Haus ein Kind erschreckt hatte, und dennoch hatten meine Eltern, daran erinnere ich mich, eine betretene Miene, besonders mein Vater. Wie es also am nächsten Morgen an der Tür klopfte, öffnete mein Vater sie, nicht ohne ein banges Gefühl, nur einen Spaltbreit. »Wer ist da?« – »Miciński«, hörte ich eine demütige Stimme. Vater sagte über die Türkette hinweg: »Was wollen Sie noch, Miciński? Sie dringen in meine Wohnung ein, verschrecken mir das Kind …« – »Herr Meister, bei den Wunden … Nur fünf Złoty … Ich arbeite es ab …« Klar, er hatte am Tag zuvor alles vertrunken. »Vielleicht ist es wirklich besser, ihn in Wechseln zu bezahlen«, sagte mein Vater später lachend. Er kam mit Micińskis Frau überein, daß sie von nun an freitags mit zur Auszahlung erschiene, damit ihr Mann nicht alles vertrank.

Sie trennten sich noch mehrmals, mein Vater und sein bester Monteur, aber Miciński kam immer zurück, und mein Vater nahm ihn immer wieder auf. Als könne die Firma nicht ohne ihn existieren ... Im übrigen rissen die Konflikte kurz vor dem Krieg ab. Herr Miciński trank nur noch wenig, das heißt, er leerte zu Mittag, während der Pause, ein Hundert-Gramm-Fläschchen zu seinem Wurstbrot. Er trug ständig das mit dem Kommunismus sympathisierende »Populäre Tageblatt«, dann das »Volkstageblatt« mit sich herum, las Tadeusz Hollenders satirischen Fortsetzungsroman »Polen ohne Juden«. Manchmal kam er sonntags mit seinem kleinen Sohn, der wohl nicht sehr helle war – kam, um sich zu brüsten, auf welch vertrautem Fuße er mit dem Meister stand, oder auch, um mich ihm zu zeigen – »sieh ihn dir an und nimm dir ein Beispiel«. Der kleine Sohn erwiderte dann: »Ja schon«, und der Vater zog die Zeitung aus der Jacke und sprach: »Herr Meister, ich sag ihm immer wieder: Paß auf, wie das sein wird, wenn uns die Juden verlassen, finster wie im Grab wird das, leben wird man nicht können, verstehst du?« – »Ja schon«, erwiderte der kleine Sohn verstört. Weder er noch wir ahnten, daß der Roman, zumindest sein Titel, nichts Phantastisches hatte. Und nichts Lächerliches.

Ich weiß nicht, was aus Herrn Miciński geworden ist. Vermutlich überlebte er den Krieg. Möglich, daß seine goldenen Hände beim Wiederaufbau Warschaus von Nutzen waren, falls er nicht ganz der Trunksucht erlag. Sein kleiner Sohn wuchs vielleicht zu einem braven Mann heran, nicht ausgeschlossen, daß er oder Herrn Leonards Enkel lesen, was ich hier über ihren Großvater schreibe. Ich bitte sie, mir das nicht zu verübeln. Ich erinnere mich voller Sympathie an ihn, und von jenem abendlichen Überfall berichte ich, um von der Angst des Kindes zu erzählen. Der Angst vor einem bewußtlosen Menschen.

Als ich noch sehr klein war, hieß es, Klempner ist kein Beruf für einen Juden. Schlosser, das geht noch, aber Wasserleitungen und Kanalisation, das nicht mehr. Ich weiß nicht, weshalb. Sogar mein Vater sagte das hin und wieder, dabei war er doch selbst der beste Beweis, daß das nur Geschwätz war. Aber so ist das nun mal, selber hält man sich für eine Ausnahme: »Bei mir ist das was anderes« … Vater nahm also Bolek Niemirowski in die Lehre, weil sich einer um ihn kümmern mußte, seit er keinen Vater mehr hatte. Dann kam die Reihe an Vaters eigene Brüder und irgendwelche entfernte Verwandte, für die es in Radzyń keine Arbeit gab. Zuerst Szulim, hochgewachsen, breitschultrig, mit hübschen klaren Zügen. Szulim stotterte ein bißchen, besonders, wenn er aufgeregt war. Darüber wurde viel gelacht. Über Stotterer kursierten fast ebenso viele Witze wie über Schwiegermütter, nur mußte man sie erzählen können. Mein Bruder brachte es darin zur Meisterschaft. Ansonsten mochten wir Szulim, er war so ganz anders als die Familie meiner Mutter, die verrückten Hampels, ruhig, sachlich, männlich bestimmt, mein Vater konnte sich auf ihn verlassen. So schien es wenigstens. Und auch Mama mochte ihn – später sollte es ihr sehr weh tun, daß sie eine Schlange an ihrem Busen genährt hatte. Szulim heiratete die Tochter einer Händlerin, die große, vollbrüstige, breithüftige Dora, die ein lautes Wesen hatte und andauernd in ein Gelächter ausbrach, von dem die Scheiben klirrten. Ich weiß nicht, was er als Mitgift für sie bekommen hatte und ob es überhaupt eine gab, denn Szulim war einfach hingerissen von Dora: So viel Weib in einem einzigen Mädchen! … Ich entsinne mich, daß Mama (abfällig) sagte, Szulim stünde völlig unter dem Pantoffel. Doch obwohl man tuschelte, Tante Dora sei gewöhnlich, habe keine Manieren, waren ihre Söhne – Fredek, der erste, Wituś, der nächste – außerordentlich zarte Kinder, sanft und wohlerzogen.

Als ich fünf war, war Fredek gerade zwei und ein entzückender kleiner Kerl mit blonden Locken und blauen Augen. Es gab für mich keine schönere Belohnung als am Samstag mit Mama oder dem Dienstmädchen in die Mylna-Straße zu gehen, wo die Szulims wohnten. Dann brachen wir gemeinsam zum Spaziergang in den Krasiński-Park auf, ich, der Ältere, hielt meinen kleinen Cousin Fredek an der Hand, und alle staunten, wie innig wir uns liebten. Aber dann wurde Fredek größer, verlor die puttenhaften Züge, wurde irgendwie ungeschlacht, und auch sein Phlegma, das an Stumpfsinn grenzte, brachte mich auf. Wituś, zwei Jahre nach ihm geboren, war anders – dunkeläugig, schmächtig, eigentlich nur Haut und Knochen, aber ein vergnügtes, lebhaftes, sympathisch übermütiges Kind.

Es wird noch von ihnen die Rede sein, weil sie eine gewisse Rolle in meinem Leben spielten, zunächst aber zurück zu Szulim. Er erlernte nicht nur den Beruf, er verwaltete auch das Unternehmen meines Vaters, er war sein erster Stellvertreter, besaß sämtliche Vollmachten – so stellte ihn mein Vater den Ingenieuren und den neue Mietshäuser bauenden Kapitalisten vor. Ich weiß nicht, was eigentlich vorgefallen war, ging es um mehr Lohn, hatte Szulim eine Beteiligung am Gewinn verlangt, oder handelte es sich um irgendwelche Ambitionen, die Tante Dora schürte – jedenfalls brach Szulim eines Tages mit Vater und machte sich selbständig. Er nahm zwei, drei Arbeiter von uns mit, darunter Kuba Nummer zwei, einen entfernten Cousin, von Vaters Seite, der vorher ein bißchen im jüdischen Sportklub »Makabi« geboxt hatte; er besaß sogar ein Photo, auf dem er, in Boxerhaltung und Handschuhen, seine prachtvoll gewölbte Brust zeigte – ein »zweiter Zygmunt Brajtbard« (das war so ein jüdischer Athlet, der im Zirkus auftrat und unverhofft an einer Blutvergiftung starb). Kuba, der Boxer, brach mit einer Gruppe Gleichaltriger per Fahrrad nach Palästina auf und kam sogar bis Griechenland, von dort brachte er eine Photographie mit: drei vor Hunger abgemagerte Burschen, die Hände auf dem Lenker. »Das ist in Thessaloniki«, erklärte mir Kuba. Später diente Kuba beim Militär und bekam einen Preis fürs Schießen: das Recht, »Achselschnüre« zu tragen oder wie das hieß. Vom Militär brachte er kein Photo mit, dafür tauchte er selber in Uniform auf, weil er, wiederum als Auszeichnung, Urlaub bekommen hatte, da konnte ich mir diese Schnüre anschauen. Er nahm das Koppel mit dem Bajonett ab, und ich durfte damit spielen. Mama sagte, Kuba sei ein »Windmacher«, so nannte man in unserer Straße Leute, die gern prahlten. Einmal hinterbrachte ich ihm das (»Mama hat gesagt, du bist ...«, und so weiter), es gab ein bißchen Theater, Mama stritt glattweg alles ab, schob es auf mich, das verlogene Kind, aber irgendwie ging die Sache noch glimpflich aus, weil Kuba wußte, er imponierte mir wirklich – als Boxer, als Reisender, als Soldat und überhaupt –, wenn er Wind machte, dann hatte er allen Grund dazu. Als Kuba, der Boxer, im Range eines Obergefreiten das Militär verließ, wußte er nicht, wohin, die Schützenschnüre halfen ihm wenig, und er fing bei uns an. Er war muskulös, darum spezialisierte er sich rasch darauf, Löcher für Balkonträger in die Hauswände zu stemmen. Und nun hatte dieser Kuba Verrat begangen: Er war Szulim gefolgt. Wann immer Szulim hörte, bei einem unserer alten Kunden gäbe es etwas zu tun, rannte er hin und übernahm den Auftrag, der Kunde wußte oft nicht, daß Szulim nicht mehr für uns, sondern auf eigene Rechnung arbeitete. Manchmal wußte er es sogar, aber es scherte ihn nicht: Szulim war billiger, weil er sich lange nicht registrieren ließ, unter Vaters Namen geführt wurde und keine Steuern zahlte. Verrat, der reine Verrat! Vater traf Szulim dann und wann, wenn der mit Kuba, die Werkzeugkästen geschultert, durch die Straßen zog, sie taten, als kennten sie einander nicht – ein Bruder kannte den anderen nicht! –, tja, wenn Verrat im Spiel war ... »Der kommt noch mal auf Knien angekrochen«, sagte Mama, »der wird schon noch merken, daß es kein Zuckerschlecken ist, allein eine Firma zu führen ... Als ob der dafür taugt, der armselige Stotterer? Alle werden sie ihn fallenlassen, sobald er was verpfuscht.« Aber die Kunden (die Verräter!) fanden keineswegs, daß Szulim pfuschte. Es hieß, seine Firma blühe und gedeihe. Szulim arbeite gar nicht mehr selber, sondern erschiene im dunklen Anzug und Hut auf den Baustellen. Ich sah nicht, daß

Vater sich das zu Herzen genommen hätte. Wer hat Szulim den Beruf denn beigebracht? Arbeit gibt es eine Menge, in Warschau wird gebaut, es reicht für mich, und es reicht für ihn. Aber sie kannten einander nach wie vor nicht, denn Verrat bleibt Verrat, und außerdem, wer hätte den ersten Schritt tun sollen?

Alle diese Familienhändel konnte ich nicht ausstehen, ich teilte den obligatorischen Unmut gegen Szulim nicht, obendrein litt ich darunter, daß ich Fredek nicht sehen durfte (Wituś war schon tot), ja sogar die laute Tante Dora nicht, die ich sehr spaßig fand. Einmal kam Mama vom Basar heim und erzählte, sie habe Dora getroffen und lange mit ihr geschwatzt, über Fredek, Kleider, Dienstboten. Sie hatte erfahren, daß sie aus der Mylna in eine große Wohnung in der Grzybowska-Straße gezogen waren, und sie trennten sich zwar nicht im Überschwang, aber auch nicht im Haß. Im September 1939, an jenem schwarzen Montag, fünf Tage vor der Kapitulation Warschaus, als die deutschen Bomber ungestraft über die Dächer der Stadt flogen, schlug sich Szulim mit Frau und Kindern, mit einem einzigen Bündel, so wie sie standen, zu uns durch. »Nehmt ihr uns auf?« fragte Tante Dora auf der Schwelle der Souterrainwohnung, in der wir hockten. Und sofort ertönte ihr lautes Schluchzen, sie fiel Vater um den Hals, auch Vater kamen die Tränen, und bis zum Einmarsch der Deutschen waren sie bei uns. Dann gingen sie in die Grzybowska-Straße zurück, ich begleitete sie in ihre Wohnung, die verschont geblieben war …

Später, als das Kleine Ghetto geräumt wurde, in dessen Grenzen die Grzybowska-Straße lag, mußten sie sie bestimmt verlassen. Von Mama erfuhr ich, daß Dora und Fredek vom Umschlagplatz nach Treblinka deportiert worden waren. Szulim hatte sich retten können, er erlebte noch den Aufstand im Ghetto, dann kam er nach Majdanek, aber … »Weißt du, was mit ihm war?« erzählte Mama. »Der hielt das Stehen beim Appell nicht aus, er wackelte in der Reihe, weil er ein Geschwür am Knie hatte, wahrscheinlich von der Unterernährung.« Sie wollte, daß ich mir selber zusammenreimte, was geschehen war, aber ich war den Krieg über in Rußland gewesen und konnte mir nichts zusammenreimen. Sie mußte mir bis zu Ende erzählen, was mit Szulim passiert war. Ein SS-Mann, ungehalten über den jüdischen Mangel an Disziplin, hatte ihn beim Appell abgeknallt.

Mein Vater hatte in Majdanek keinerlei Geschwüre gehabt, hatte beim Appell aufrecht gestanden, war, gut genährt, glücklich durch die Selektion gekommen, nach der Selektion hatte man ihn in eine Munitionsfabrik nach Skarżysko-Kamienna geschafft. Mama war auch in dieser Fabrik gelandet, im Frauenblock. Später, im Januar 1945, als die Offensive der Roten Armee beginnen sollte, evakuierten die Deutschen die Häftlinge. Die Frauen wurden nach Leipzig gebracht, auf die Weise hatte Mama überlebt. Im August fünfundvierzig begegnete ich ihr auf der Straße, der Targowa-Straße. Ich trug die Leutnantsuniform, und Mama erkannte mich nicht. Breitbeinig stellte ich mich vor sie hin, da blieb auch sie stehen, verwundert, was der junge Offizier von ihr wollte. Ich stammelte: »Mama ...«, und die Tränen stürzten mir aus den Augen, ja, stürzten, sie rannen nicht, und sie näßten das Pflaster. Auch die Passanten, die die Szene mit ansahen, weinten.

Die Männer wurden aus dem Lager in unbekannte Richtung deportiert. Ich weiß nicht, was meinem Vater zugestoßen ist ... Wir warteten noch lange nach dem Krieg auf ihn, schließlich gaben wir die Hoffnung auf, er könne überlebt haben. Ich weiß nicht, wo sich das Grab meines Vaters befindet. Es hieß, sie seien alle in der Gegend von Częstochowa erschossen worden, dort gebe es irgendwelche Massengräber. So wenig hatte gefehlt, und er wäre mit dem Leben davongekommen. Ein, zwei Tage vielleicht.

Mojsze war jünger als mein Vater, aber älter als Szulim. Er besuchte uns an den Samstagen. Er war schlank, trug einen kurz gestutzten Bart, saß im Hut bei Tisch, doch er war durchaus nicht fromm, er lästerte über die Rabbiner und wetterte gegen die Betbrüder. Die ganze Woche lang mußten wir für ihn die Zeitung aufheben, am Samstag, nach dem Tee mit Kuchen, legte er sich im Eßzimmer aufs Kanapee – und dann hatte ich mich still zu verhalten, denn Onkel Mojsze las. Aber schon nach einer kurzen Weile konnte ich mich wieder gehenlassen, denn Onkel Mojsze schlief.

Diese Besuche bei uns waren vielleicht eine Flucht vor seiner besitzergreifenden beleibten Frau und dem lauten Fettwänstchen von Tochter – endlich durfte er mal die Zeitung lesen und nach Belieben schnarchen. Wovon er lebte? Er hatte einen kleinen Lebensmittelladen, ein enges Loch in der Muranowska-Straße. Mir sind die goldenen Sprotten und die Bücklinge in Erinnerung geblieben, die in Reih und Glied in Kisten lagen. Auf der Straßenseite gegenüber befand sich ein beliebtes billiges Lokal. Immer wenn die Schar von unserem Hof zum Fußballspielen durch die Muranowska zum Waffenplatz zog – zuerst mit dem Stoffball, später mit einem Lederball –, blieben wir davor stehen, nicht um den Duft der Graupen- oder Kohlsuppe, sondern um die Reklame im Fenster zu bewundern. Das Bild zeigte zwei Männer, der eine hager, finster, mit gelbem Gesicht, der andere dick, mit Grübchen in den roten Wangen, genüßlich lächelnd. Der Magere fragte den Dicken: »Wo hast du denn dieses Fett angesetzt?« – »Bei Chaskielberg!« lautete die Antwort. Wir spielten die Szene manchmal unter Gelächter in unserem Hof nach ... Damals zählten die Leute noch nicht so genau die Kalorien. In der Pension der Madame Lewin in Świder sagte, wie ich mich erinnere, eine recht beleibte Dame mittleren Alters bei der Abreise vorwurfsvoll zu dem Besitzer: »Herr L., ich hab auch nicht ein bißchen zugelegt, ein halbes Kilo! Wofür hab ich eigentlich mein Geld bezahlt?«

Onkel Mojsze speiste wohl nicht bei Chaskielberg, denn er wurde zusehends dünner, und in seinem kurzen Bart zeigten sich Silberfäden. Warum sollte er den Laden nicht aufgeben und einen Beruf erlernen, so wie Szulim? Aber Szulim war stark, geradlinig, nicht so ein politisierender Zeitungsfresser. »Aus diesem Mojsze wird nie ein Klempner«, pflegte Papa zu sagen, »aber vielleicht ist er auf dem Bau zu gebrauchen.« Mojsze machte seinen Laden dicht, schor seinen Bart noch kürzer und begann das schwere Leben eines Wächters auf dem Bau. Er hatte einen Schuppen mit einem eisernen Öfchen und einem Feldbett dort, einen Schafpelz, eine Petroleumlampe und Zeitungen. Der Verdienst war bescheiden, aber beständig, er brauchte nicht zu feilschen, nicht wegen ein paar kümmerlicher Heringe vor den Kunden Kniefälle zu machen, er war zufrieden. Er härtete sich ab, kräftigte sich körperlich, manchmal griff er sich einen Spaten und verdiente als Ausschachter im Akkord dazu, er gewöhnte sich an den Umgang mit Leuten, die schwielige Hände und eine rauhe Sprache hatten, wurde auch von ihnen akzeptiert, langsam machte er Fortschritte im Beruf, bekam eine Lohnerhöhung. Mein Vater war nicht immer freundlich zu ihm – Mojsze machte am Anfang Verlust –, aber allmählich wurde er, wie vorausgesehen, ein wertvoller Gehilfe, Ohr und Auge des »Alten«, treu und ehrlich. Ja, ehrlich, das war wichtig, denn von nun an befanden sich die teuren Armaturen unter seiner Aufsicht. Und treu, denn Szulim hatte Verrat begangen, Mojsze tat es ihm nicht nach, er blieb ohne zu zögern bei Vater.

Ich weiß nicht, wie Mojsze umgekommen ist, und nicht, wie seine dicke, herrschsüchtige Frau und das fette Töchterchen. Ich weiß lediglich, daß keiner von ihnen überlebt hat.

Der einzige Bruder, den Vater nicht bei sich anstellte, war der Älteste, Mendel oder vielmehr, zärtlich, Mendełe, weil er so zierlich war. Mendełe hatte einen langen ausgefransten Bart, dunkel, mit Goldfäden darin, er war fromm und gelehrt, das heißt, er kannte die Fünf Bücher Mosis und alle Kommentare der Mischna*, bestimmt auch den ganzen Talmud, aber dafür kann ich mich nicht verbürgen. Das kam, weil es Mendełes Pflicht war, für die ganze Familie zu beten, besonders für den vermögenden

* (hebr.) die Lehre; grundlegender Teil des Talmuds

Bruder, also für meinen Vater (euren Urgroßvater), denn bekanntlich hatte der nicht immer die Zeit, es dem Herrgott recht zu machen. Als gelehrter und gottesfürchtiger Jude war Mendełe Melamed*, aber nicht angestellt im Cheder, dazu fehlte ihm wohl die nötige Ausbildung, sondern in privaten Häusern. Die Not eines Melameds war, obwohl er wegen des Stellenwerts, den die Gelehrsamkeit besaß, geachtet wurde, sprichwörtlich. Am Donnerstagabend kam sich Mendełe bei seinem reichen Bruder zehn Złoty für das freitägliche Abendmahl abholen. Es wäre eine Mißachtung der göttlichen Güte gewesen, hätte er den Sabbat nicht mit Fisch, Hühnerbrühe, einem Stück gebratener Gans und süßem Pfefferkuchen begrüßt. Anderntags, am Samstag, gehackte Leber mit Zwiebel und Tschulent. Dazu mußte man mit süßem Wein wenigstens die Lippen befeuchten, wenn man den Segen sprach. Daß Mendełe alles gewissenhaft zu erfüllen hatte, was der Herrgott verlangte, verstand sich von selbst. Wenn mein Vater überhaupt für einen seiner Brüder etwas wie Verantwortung empfand, dann ihm, dem Ältesten, gegenüber. Mein Vater war, mit Verlaub gesagt, ein ungebildeter Mann, er hatte nicht das Sitzfleisch für die Schulbank, Hipek war ihm nachgeschlagen, und darum hatte mein Vater wohl solche Hochachtung vor Mendel (den Mama als Schnorrer verachtete).

Als ich vier Jahre alt war, übernahm es Mendełe, mir das heilige Alef-Bet beizubringen, damit ich später aus dem Büchlein beten könne. In der ersten Unterrichtsstunde gab er mir ein Blatt, auf dem das ganze Alphabet aufgedruckt war. Doch mit dem Lernen haperte es bei mir. Mendełe sprach nicht, sondern murmelte etwas in seinen Bart, hastig, nuschelig, und wenn er die Geduld verlor, war überhaupt nichts mehr zu verstehen. Ich sollte von da bis da lernen, von Alef bis Dalet, vermute ich, wenn er in einer Woche wiederkäme, müsse ich ich das auswen-

* Lehrer, gewöhnlich im Cheder, der religiösen Grundschule, die Knaben ab dem dritten Lebensjahr besuchten

dig können. Aber ich verbummelte das Blatt mit dem Alef-Bet, für das Mendełe fünf Groschen bezahlt hatte. Mendełe schimpfte mich aus und zog ein neues Blatt aus der Tasche, und alles begann von vorn. Ich weiß nicht, wieso, aber das zweite Blatt ging wieder verloren, und so jede Woche. Mendełe schrie, haute mir auf die Finger (das Recht hatte er, es war so üblich), aber es half nichts: entweder ich war so schwer von Begriff, oder aber er hatte verhängnisvolle Erziehungsmethoden. Ich weinte, ich verstünde nichts, also einigte man sich, ich sei begriffsstutzig – Mama drückte mich an ihr Herz, bekanntlich liebt man ein mißratenes Kind am meisten –, und man verzichtete auf die Stunden, die für uns beide eine Qual gewesen waren.

Mendel wohnte mit seiner vielköpfigen Familie in einem Holzhäuschen in der Wołyńska-Straße, wo er eine einzige große Stube besaß, in der waren: ein Herd und ein Ausguß, ein Tisch und Holzbetten, abgeteilt durch Vorhänge, die ihre Farbe verloren hatten und aussahen wie Scheuerlappen. Sie lebten im Halbdämmer, zwischen dunklen, niederdrückenden sepiabraunen Wänden, obwohl sie selbst nicht niedergedrückt wirkten.

Als die Töchter heranwuchsen, wurde es dort ein wenig besser, denn beide waren praktisch veranlagt und fleißig. Von den drei Söhnen setzte man die größten Hoffnungen in Symcha (der Name bedeutet »Freude«). Symcha war sehr klein, aber kräftig gebaut und hatte ein hübsches Gesicht. Von Kind an assistierte er dem Chasen* im Bethaus und wollte selbst Chasen werden. Mendełe brachte ihn hin und wieder zu uns, damit wir uns seinen Gesang anhörten. Symcha ließ sich nicht lange bitten und sang seine religiösen Lieder, zum Entzücken der Großmutter aus der Solna-Straße (»ein zweiter Kiepura!«), er schmetterte das hohe C, daß sich die Adern an seinem Hals blähten. Mir schien, Symcha brülle ein bißchen zu sehr, so mit Gewalt, aber bittesehr, ich verstehe nichts davon. Symcha machte

* (hebr.) Aufseher. Vorbeter in der Synagoge; auch für Kantor

nicht Karriere, obwohl man ihm einen dunklen Anzug nähen ließ und eine schwarze Fliege für ihn kaufte. Kantor wurde er nicht, im übrigen wäre das nur eine Beschäftigung für den Sabbat gewesen, meist eine unbezahlte. Symcha fand Anstellung in einem Betrieb für Herrenkonfektion und konnte dem Herrgott dafür dankbar sein. Sein Bruder Abramek, ein kräftiger Junge und glücklicherweise ohne jeden Hang zur Kunst, kam schließlich zu uns, um einen Beruf zu lernen, und er war schon ein recht geschickter Klempner, als die Belagerung begann.

Dann ... Ich weiß nicht, was dann mit ihnen geschah. Mama erzählte nur ungern davon. Ich weiß nicht, ob der Typhus oder der Hunger sie hinwegraffte, oder ob sie sich gehorsam auf dem Umschlagplatz einfanden. Sie hatten keinerlei Chance, das steht fest. Als einziger rettete sich Symcha, der verhinderte Kantor, der den Bug überquerte und auf die sowjetische Seite entkam. 1940 erhielt ich von ihm einen Brief aus Wyborg: Er arbeite in einer Textilfabrik, habe geheiratet. Nach dem Krieg erreichte mich auf Umwegen ein Brief von den Eltern seiner Frau: Der Sohn des Melamed Mendel habe in der Roten Armee gekämpft und sei gefallen, seine Frau (ihre Tochter) sei an Typhus gestorben, übriggeblieben sei der Sohn, den sie, die Großeltern, aufzögen. Als es mir 1956, schon während des Chruschtschowschen »Tauwetters«, gelang, nach Moskau zu fahren, schickte ich diesen Großeltern, die den einzigen lebenden Enkel des gottesfürchtigen Mendel aufzogen, etwas Geld. Ich erinnere mich, daß ich dem Jungen schrieb, das Geld wäre für ein Fahrrad und sein Vater sei ein rechtschaffener Mann gewesen und habe eine schöne Stimme gehabt. Sein Vorname bedeute »Freude«. Später riß die Verbindung ab ...

Das Fräulein Lehrerin

Mitte September, in jenem Jahr, in dem ich das sechste Lebensjahr vollenden sollte, puderte und schminkte sich Mama, zog auch mich sorgfältig an und führte mich an der Hand in die Schule des Herrn Krelman in der Nowolipki-Straße 24. Das war eine Knabenschule mit vier Abteilungen, »Klassen« gab es erst später, im Gymnasium. Der Herr Krelman empfing uns in seiner Kanzlei, in der ich sofort meine eigene Winzigkeit empfand, vermutlich durch das von den schweren Stores erzeugte Halbdunkel und den massiven Schreibtisch mit der Messinglampe und der erlesenen Schreibgarnitur, deren Zierde in einem riesigen Tintenlöscher bestand.

Der Herr Krelman – groß, beleibt, mit graumeliertem Spitzbart, dem Oberfeldscher Balbus ähnlich, aber ohne dessen Gutmütigkeit, tja ... und nicht so schnaufend, weil wesentlich jünger und gesünder – erhob sich aus seinem Sessel, trat auf mich zu, geradeso, als wollte er mich untersuchen, und fragte, was ich so könne. Dank meinem Starrsinn gegenüber Mendełe konnte ich gar nichts, was gut aufgenommen wurde. Darauf mußte ich ihm sagen, wie ich heiße und wo ich wohne, was überhaupt nicht schwer war, jeder Dummkopf wußte so etwas, doch Herr Krelman strahlte vor Zufriedenheit, als wäre ich wer weiß wie klug, aber vielleicht wollte er auch nur Mama eine Freude machen. Dann hörte ich mit einmal: »Zwanzig Złoty«. Mama hätte den Preis gern heruntergehandelt, aber an Herrn Krelmans Miene erkannte sie, er hatte immer das letzte Wort. Sie empfand auch sofort Hochachtung vor Herrn Krelman (hinterher sagte sie zu Vater, dort spürt man, daß die Kinder eine gute Erziehung genießen, nicht so wie in Hipeks Räuberschule, wo sie sich in der Pause prügeln und man nie weiß, ob das Kind als Krüppel nach Hause kommt), und so förderte sie denn aus ihrer allerfeinsten Ausgehtasche einen Geldschein mit dem Konterfei der Emilia Plater zutage, Herr Krelman tauchte eine lange Feder, die vorgab, von einer Gans zu stammen, ins Tintenfaß und schrieb mich ins Register ein, worauf er die Eintragung sorgsam mit jenem wundervollen Löscher trocknete. Er tätschelte mir die Wange und sprach: »Jetzt bist du ein Schüler. Komm.«

Und er nahm mich bei der Hand. Mama ging, ich aber ließ mich, nun ganz ohne Angst und dessen eingedenk, was für ein wichtiger Tag das sei, in die Klasse, also in die erste Abteilung führen, wo mich der Herr Krelman als Neuen vorstellte. Ich erinnere mich wirklich nicht mehr, wie das aufgenommen wurde, vermutlich schweigend, denn vor Herrn Krelman fürchteten sich alle, am meisten aber das Fräulein Lehrerin. Daß sie mir sofort gefiel, daran freilich erinnere ich mich. Sie war furchtbar groß, hager, trug eine lange schwarze Schürze. Sie war weder besonders sanft noch lieb, aber sehr ausgeglichen, sachlich, nicht unnötig streng. Ich hatte nichts mit, kein Heft und keinen Bleistift (Herr Krelman sagte Mama erst, was sie kaufen sollte), ich saß also mucksmäuschenstill und sah nur zu, wie das Fräulein Lehrerin den Buchstaben A an die Tafel malte und alle Kinder sich mühten, das gleiche in ihre Hefte zu malen. Überhaupt war ich still und brav, und ich begriff nicht recht, weshalb manche in den Pausen so brüllen und toben mußten, was zur Folge hatte, daß der Herr Krelman brauenrunzelnd auf der Schwelle seines Büros erschien und mich in Angst und Schrecken versetzte.

Das Fräulein Lehrerin hatte täglich zwei Stunden bei uns, sie brachte uns das Schreiben, Lesen, Addieren und Subtrahieren bei, unterrichtete uns in Zeichnen und im Singen. In den darauffolgenden Jahren kam eine andere Singlehrerin zu uns, füllig, schwarzhaarig, mit einem liebreizenden Lächeln, in die wir uns alle verliebten. Zwei weitere Stunden waren dem Hebräischen und allerhand Wissenswertem aus der Religion vorbehalten, doch davon später. Am liebsten hatten wir, wenn das Fräulein Lehrerin uns Märchen vorlas. Dann saßen alle still, selbst die, die sonst immer herumhampeln mußten. Als ich in die zweite Abteilung versetzt wurde, stellte sich heraus, daß sie unsere Klasse nicht weiterführen würde, weil sie immer mit den ABC-Schützen begann. Mir war so traurig zumute, als hätte ich meine Liebste verloren. Aber manchmal, wenn der neue Herr Lehrer, den wir nie liebgewannen, weil er gereizt herumbrüllte, krank war, machte das Fräulein Lehrerin bei uns Vertretung. Dann schrien die Jungs sofort im Chor: »Ein Märchen! Ein Märchen!« Sie ließ sich erweichen, in diesen Vertretungsstunden las uns die Liebe immer ein Märchen vor, weshalb wir uns nur um so sehnlicher wünschten, dieser Herr Glanc (von dem noch die Rede sein wird) möge krank sein und zwar lange. Das letzte Märchen, das sie uns vorlas, hieß »Der Däumling«. Ich lauschte hingerissen, lachte und hatte Tränen in den Augen, vielleicht, weil ich selbst so ein Däumling war, der Kleinste der Klasse. Im übrigen liebten ihn alle, denn keiner von uns war älter als acht, und darum erscholl, als die Pausenklingel da mitten dazwischenfuhr, ein allgemeines Stöhnen. Das Fräulein Lehrerin versprach, einmal wiederzukommen und uns die Geschichte zu Ende zu lesen. Aber es kam nie dazu. Jahrelang wartete ich auf den Schluß der Geschichte. Vergeblich. Immer wenn ich an den Däumling denke, empfinde ich eine Art kindlichen Schmerz. Als hätte man mir etwas weggenommen. Und so weiß ich bis heute nicht, wie die Geschichte ausgeht. Natürlich hätte ich später zu dem Märchen greifen, in Erfahrung bringen können, was mit dem Däumling geschehen war, aber irgendwie brachte ich es nicht über mich. Ich ahnte wohl, es wäre nie wieder so wie damals, als unser Fräulein Lehrerin für uns las.

Nur vor Feiertagen hielt der Herr Krelman selbst bei uns Unterricht. Dann erzählte er eine ganze Stunde lang über das Fest und wie sich ein Kind bei Tisch zu benehmen, welche Fragen es zu stellen hatte. Für gewöhnlich ging es bei diesen Festen sehr lustig zu, man gedachte ja der Tage des Schreckens, die sich durch Gottes Beistand in Tage des Triumphes verwandelt hatten – zum Beispiel des Makkabäeraufstands zu Chanukka im Spätherbst, wenn die

Kinder bunte Kerzen anzünden durften, zuerst zwei und dann Abend für Abend eine mehr, bis wir bei der achten anlangten, dann war das Fest vorüber. Oder Purim im frühen Frühjahr, das an den Triumph der persischen Königin Esther über den bösen Haman erinnerte, der alle Juden umbringen wollte, das war wirklich ein Fest der Kinder, wir zogen von Tür zu Tür, Pappmasken vor dem Gesicht, und sangen im Chor die Purimlieder und erbaten Geld dafür, so wie die christlichen Jungs zur Fastnacht, die übrigens fast um die gleiche Zeit stattfand. (Als Hitler in Deutschland an die Macht kam, sagten die frommen Juden, das sei ein zweiter Haman und Gott werde ihn ebenso züchtigen. Deshalb brauche man sich keine Sorgen zu machen.) Vor Pesach, also dem Osterfest, brachte uns der Herr Krelman vier Fragen auf Hebräisch bei, die wir dem Vater am Seder-Abend stellen mußten. Die Litanei begann mit der Frage: »Ma nischtana?«, was heißt: »Worin unterscheidet sich diese Nacht von allen anderen Nächten?« Als Antwort schlug Vater die Haggada auf und las hastig die Geschichte vom Auszug aus Ägypten und allerhand Geschichten über die Weisheit der Rabbinen vor – zum Beispiel, wie sie leidenschaftlich über die Größe Gottes debattierten und erst durch das Krähen der Hähne merkten, daß sie nicht gegessen und nicht geschlafen hatten. Auch wenn die Haggada sehr spannend war und lustige, wie für Kinder geschaffene Lieder enthielt, konnten wir kaum erwarten, bis Vater geendet hatte, denn erst dann durften wir das hartgekochte, in Salzwasser getunkte Ei essen, dem die Brühe mit den Klößchen aus Mazzemehl folgte. Vater legte an Geschwindigkeit zu, verschluckte ganze Sätze, undeutlich murmelnd, was Mama entrüstete, so daß sie jedesmal ihren bekannten Spruch zum besten gab, Vater sei es nicht um die Haggada zu tun, sondern um die Klößchen.

Der Herr Krelman hatte einen jüngeren Bruder, der für die Ordnung in der Schule verantwortlich war. Der wurde nicht der Herr Krelman junior genannt, das war einfach der Jankiel, so wie ihn sein älterer Bruder vor uns rief. Er putzte ihn auch vor uns herunter, was natürlich nicht zur Stärkung von Jankiels ohnehin kümmerlichem Ansehen beitrug. Mit diesem Jankiel war wirklich kein Staat zu machen, und für Herrn Krelman, der die Statur eines Senators hatte, war er eigentlich kompromittierend. Hager, mit nervös auf und ab hüpfendem Adamsapfel, ewig im schlampigen braunen Anzug, unterrichtete er nur, wenn ein Lehrer fehlte. Seine einzige Aufgabe bestand dann darin, die Klasse ruhig zu halten, und genau das gelang ihm nicht. Sowie Herr Jankiel die Klasse betrat, wurden wir unausstehlich. Jankiel war erregt, er lief rot an, der Adamsapfel zuckte, er zeterte, zerrte einen Jungen am Ohr aus der Bank, was sehr schmerzhaft war, und hieb ihm das Metallineal über die Pfoten. Nichts half. Dabei war es keineswegs so, daß wir ihn nicht gemocht oder ihn gehaßt hätten. Wir hatten einfach keine Achtung vor ihm. Er war für uns der dumme Bruder, ein Pauker, der die richtigen Lehrer vertrat, mehr nicht.

In Hebräisch unterrichtete uns Herr Becher. Seine Stunden hatten keinen religiösen Anstrich, von Festen und Feiertagen war nicht die Rede, er unterrichtete, wie man jede andere Sprache unterrichtet – und nicht etwas Heiliges. Der Herr Becher war groß, hatte schütteres helles Haar, ich sehe ihn noch im beigen Anzug und erinnere mich, daß sich beim Sprechen die Spucke in seinen Mundwinkeln sammelte. Die Jungs tuschelten, er habe Tuberkulose, und ich weiß nicht, ob wegen der Tuscheleien oder wegen der Spucke, aber ich mochte es nicht, wenn er mich auf seinen Schoß nahm und mir mit seiner feuchten Hand über den Kopf strich. Aber das war später. Vorerst brachte uns der Herr Becher Vokabeln bei. Er hängte allerhand Bildchen an die Wand, zeigte mit einem Stab darauf und erklärte: der Hahn – tarnegol, die Henne – tarnegolet, das Pferd – sus, die Tafel – luach, die Wand – kir, der Vogel – zipor, das Fenster – chalon, der Tisch – schulchan, und so weiter, wir aber sprachen ihm diese Wörter laut nach, und zwar mehrere Wochen lang. Ich saß die ganze Zeit mucksmäuschenstill, und wenn ich dem Herrn

Becher mal was nachsprach, dann flüsternd. Ich hatte kein bißchen Zutrauen zu mir, ich wußte ja, ich vermasselte immer alles. Und so wollte ich auch hier bloß nicht schlechter sein als die andern, mehr nicht. Freilich konnte ich aus der Vorschule eine Menge Verschen auswendig und machte sogar selber welche, manchmal mußte ich sie bei Familienzusammenkünften aufsagen, dann hielten sie sich den Bauch vor Lachen, und die Großmutter bespuckte mich wie üblich und rief: »Tfu, tfu, unberufen!«, aber das änderte nichts an meinem Mißtrauen mir selbst und der Welt gegenüber, die mir nach wie vor feindselig und zu Spott aufgelegt zu sein schien. Bis der Tag kam, da der Herr Becher zu prüfen beschloß, was wir behalten hatten. Er rief ein paar Jungs an die Tafel, und die glänzten, wie ich mich entsinne, nicht sonderlich. Wenn einer wußte, wie Fenster auf hebräisch hieß oder Vogel, Tisch oder Wand, dann blieb er beim Hahn oder bei der Henne hängen. Ich weiß noch, wie ein Junge namens Robinson zur Tafel mußte. Weiß es noch, weil mich verblüffte, wie tänzelnd, beinahe hüpfend er nach vorne zog. Ich habe ihn noch immer vor Augen, und selbst jetzt, nach fast sechzig Jahren, könnte ich seinen Gang nachahmen. Wie launenhaft und selektiv das Gedächtnis doch ist! So viele Namen habe ich vergessen, und an Robinson, mit dem ich nie befreundet war, erinnere ich mich, weil er einen so seltsamen Gang hatte. Sollte das Seltsame, das Andersgeartete die Bedingung dafür sein, daß uns jemand im Gedächtnis bleibt? … Dieser Robinson also ging tänzelnden Schrittes zur Tafel, ja er hüpfte beinahe, aber er konnte, wie sich herausstellen sollte, gar nichts. Das wunderte mich gewaltig, denn es war doch alles so einfach. Nach Robinson rief der Herr Becher mich nach vorn, sicherlich ohne zu erwarten, daß ich besser sein würde, schließlich saß ich stets mucksmäuschenstill und hob nie die zwei Finger bei seinen Fragen. Aber je mehr Gegenstände es waren, auf die er zeigte, um so mehr strahlte er, das Stöckchen tat Freudensprünge, ich aber wußte alles, wirklich alles. Schließlich waren wir beim Hahn und bei der

Henne angelangt – tarnegol, tarnegolet! Der Herr Becher faßte mich bei den Schultern, hob mich auf den Tisch und zeigte mich der ganzen Klasse. Seht ihn euch an, bewundert ihn! Dann küßte er mich auf beide Wangen (was mich keineswegs entzückte) und schrieb mir die höchste Note ins Tagebuch: Eins plus.

Das hatte noch andere Folgen. Mama kam aufgeregt vom ersten Elternabend nach Hause – Herr Becher hatte ihr gesagt, ich sei ein »Genie«. Eigentlich hatte er »Schenie« gesagt, denn gewisse Wörter sprach er nicht immer richtig aus, und ich fiel sofort dem Spott meines Bruders zum Opfer (»Scheenes Schenie!«), der stolz seine Vieren zur Schau stellte. Ich muß gestehen, Herrn Bechers Begeisterung brachte mich in Verlegenheit, ich sah nichts Außergewöhnliches darin, daß ich mir eine bestimmte Anzahl von Vokabeln gemerkt hatte, die mir von selbst in den Kopf gingen. Dafür hieß es, als ich in den Jahren darauf etwas nachließ, auf den Elternabenden, der Erfolg hätte mich verdorben, und wörtlich: »Er ruht sich auf seinen Lorbeeren aus.« Was auch nicht stimmte.

Im übrigen sorgte das Leben sehr bald dafür, daß ich nicht allzu viel von mir hielt. Den Ranzen auf dem Rücken, stand ich in der Toreinfahrt des Hauses, in dem sich die Krelmansche Schule befand, ich wartete wohl auf jemanden, da rannte ein Mädchen an mir vorbei und zischte: »Du lausiger Jude ...« Sie verschwand mir so rasch aus den Augen, daß ich sie nicht einmal fragen konnte, was sie meinte. Wir kannten uns nicht, ich wußte nur (oder vermutete vielmehr), daß sie die Tochter des Hausmeisters und etwa acht Jahre alt war. Natürlich war ich erstaunt – sie kennt mich doch gar nicht, was will sie von mir? Dennoch schwante mir, ich sei wahrscheinlich etwas Schlechteres. Ich weiß nicht, warum – aber auf jeden Fall etwas Schlechteres. Ich fand mich wohl auf Anhieb damit ab – daß das so ein Erkennungszeichen sei. Fürs ganze Leben. Ein Fluch aus der Kindheit. Das heißt nicht, daß ich in jeder Minute und zu jeder Stunde daran dachte. Aber eine Art Bürde war es bestimmt. Das erklärt manche meiner Verhaltensweisen. Mitunter habe ich etwas unterlassen, habe etwas nicht weiterverfolgt – nur deshalb. Später gab es schrecklichere Dinge, ich aber höre noch immer das Zischen jenes achtjährigen Mädchens, das mich nicht kannte.

Jadwiga und Jagiełło

Wohl Ende Februar, jedenfalls aber in der zweiten Hälfte des Schuljahres, bekam ich hohes Fieber, und der Herr Balbus mußte kommen. Der Herr Balbus befand, ich sei erkältet, ordnete an, mich im Bett zu behalten, mit Haferschleim zu füttern, verschrieb jenen greulichen Wiener Trunk, für den ich doppelt bezahlt wurde, Onkel Kuba setzte mir Schröpfköpfe an. Nach ein paar Tagen ging es mir schlechter, der Herr Balbus sagte besorgt, nun müsse der Doktor Zaks her, der kam, erhielt ein frisches Handtuch, in der Wohnung herrschte angespannte Stille, Mama fürchtete sich, laut zu atmen, Herr Zaks beguckte mich, er brauchte mich nicht einmal abzuklopfen, um zu verkünden: »Scharlach«, woraufhin er dem Herrn Balbus allerhand Anweisungen gab. Ich aber wußte inzwischen, diesmal gäbe es eine Menge Medizin, und sobald ich gesund wäre, könnte ich mir irgendein heißbegehrtes Spielzeug kaufen. Ich träumte von einer Draisine, die man mir leider nie geschenkt hatte – »Ich bin kein Rothschild«, fauchte mein Vater.

Ich lag einen ganzen Monat krank. Hinterher erfuhr ich, daß es einen Moment gegeben hatte, da der alte Feldscher Balbus verkündete: »Es ist alles in Gottes Hand«. Aus der Zeit der Genesung ist mir die Erinnerung an die unangenehme Rauheit meiner sich schuppenden Haut geblieben. Mama kaufte eine Blechwanne mit einer hohen Lehne, man saß wie in einem Sessel darin, und darin badete sie mich. Auch eine spezielle Seife hatte ich und eigene Handtücher, in die Mama mich einwickelte, wenn ich aus der Wanne stieg, und so eingehüllt saß ich dann auf ihrem Schoß, am Fenster, damit ich zuschauen konnte, wie die Jungs auf dem Hof schlitterten oder sich mit Schnee bewarfen. Mama machte überhaupt kein Hehl mehr daraus, daß ich ihr geliebtes Mamasöhnchen war, und wenn der Herr Wysocki und der Herr Dobrzański, zwei Bautechniker, zu Vater kamen, um bei Wodka und gefülltem Karpfen die Installationspläne zu besprechen, nannten sie mich »das Nesthäkchen«. Vor allem befolgte Mama gewissenhaft jede Anordnung von Herrn Balbus: Erleichtert atmete sie auf, als er ihr endlich erlaubte, mir Hühnerbrühe mit Semmel zu geben, danach ein Flügelchen, Kartoffeln mit Butter – ja, allmählich wurde ich gesund und hatte immer mehr Fünf-Groszy-Stücke in meinem Sparschwein.

Während meiner Krankheit las ich die ganze Fibel aus. Dabei ging es keineswegs um die Kunst des Buchstabenzusammensetzens, nein, es ging um die Entdeckung einer neuen verlockenden Welt. Genau wie damals, als ich durchs Fenster in jenen unbekannten Hof geschaut hatte. Das Mädchen Ala aus der Fibel wurde zum wirklichen Mädchen, und der Hund As zum wirklichen Hund. Und es gab dort wirklichen Schnee mit riesigen Flocken und Kinder auf der Rutschbahn – der Winter in dem Lesestück war wirklicher als der vor dem Fenster. Seine Beschreibung wirkte auf die Vorstellungskraft und legte sich über jenen anderen Winter, den auf der Straße. Durch die Fibel wurde sie mir vertraut, diese seltsame Ala, der ich zunächst nur auf den Bildern begegnete und die ich mir dann aus den Buchstaben herbeizauberte. Ein Zaubergarten aus Buchstaben ... Ich glaube, später, im Leben, sucht man, was einem aus den Lesestücken bekannt ist – ein ebensolches Mädchen, ein ebensolches Dorf, einen ebensolchen Bach, und nicht umgekehrt – in den Lesestücken die Bestätigung dessen, was man im Leben gesehen und erlebt hat.

Als ich die Fibel einmal und ein zweites Mal durch hatte, begann ich mich zu langweilen. Da brachte mir

Mama vom Basar ein Heftchen mit, graues Papier, verschwommener Druck – die Geschichte einer wunderschönen Königin, die zu allen gut war, besonders zu den Armen. Die Königin hieß Jadwiga, wohnte auf dem Schloß in Krakau und war die Frau eines aus Litauen stammenden Königs. Ich las die rührende Geschichte, bis mir die Augen wehtaten, sie brannten mir ohnehin von den vergossenen Tränen, denn die edle Königin Jadwiga, die Beschützerin der Armen, starb jung. Ich beschloß bei mir, auch ich würde Geld an die Armen verteilen – natürlich sofern ich König wurde, womit ich im Innersten rechnete. Dann kaufte mir Mama auf dem Basar eine Geschichte Polens aus dem vorigen Jahrhundert – sie war ohne Einband, so daß ich nicht einmal weiß, wer der Verfasser war –, eine, die den Kindern im aufgeteilten Land die vaterländische Geschichte nahebringen, patriotischen Geist wecken sollte. Ich weiß nicht, wie sie auf die Kinder damals wirkte, bei mir jedenfalls schlug sie ein. Ich triumphierte bei den siegreichen Attacken der Husaren, und über den Abschied des sterbenden Czarniecki von seinem Schimmel weinte ich bitterlich. Ich merkte mir eine Menge Sprüche von der Art wie: »Des Königs Hetman war er, ohne Fehl und Tadel« oder »Jungs, stürmt mir die Geschütze!« Lediglich das von den Verfassern des Werks besonders bevorzugte Wort »sintemalen« verstand ich nicht. Was hatte es zu bedeuten? In meiner Umgebung benutzte es niemand, nicht nur die Hampels oder Wacek Śnioch, sondern selbst ein so gebildeter Mann wie der Doktor Zaks.

Als ich, endlich genesen, in die Schule zurückkam, zählten meine Kameraden schon bis zehn und fingen an, mit Tinte zu schreiben, was mir eine Qual war, aber dafür war ich im Lesen geübt, die Fibel enthielt keinerlei Geheimnisse mehr für mich. Ich nahm mir die Geschichtsbücher meiner Schwestern vor, sie waren illustriert, die alten Stiche beflügelten am stärksten die Phantasie, sie waren es, die über die Sympathien des kleinen Lesers entschieden. Der König Stanisław August war elegant und gepflegt, Kościuszko zart und edel, und er sah wunderschön aus bei seinem Schwur auf dem Krakauer Marktplatz. Abscheulich war der Fürst Konstanty, der Zar Alexander dafür schön, sympathisch, von Zar Nikolai wußte ich, der war grausam gewesen und hatte die Polen nicht gemocht, und ich erkannte das in seinen Zügen wieder. Wielopolski wirkte abstoßend, im übrigen erschienen mir alle mit Backenbart als fies, Traugutt hingegen, der Diktator mit der Brille, gleichsam einer von uns, er ähnelte dem Herrn Ołtuski, dem Buchhalter, der einmal im Jahr für meinen Vater die Papiere ordnete und sie in schönster Schönschrift abschrieb – dieser Traugutt wiederum war ein seltsamer und unglücklicher Held. Vor allem jedoch war ich ein Anhänger Bonapartes und bin es ein bißchen noch heute. Napoleons Niederlage vor Moskau konnte ich nicht verwinden, mich schmerzte seine Verbannung nach St. Helena. Ich war sicher, ich hätte ihn nie verlassen, ich hätte bis zum Schluß auf dieser fernen Insel bei ihm ausgeharrt. Für ein Kind ist der »Personenkult« etwas Natürliches. Schließlich ist es der Heldenkult, den uns alle Abenteuerromane einpflanzen. Gleichfalls natürlich für ein Kind ist, daß der, der regiert – ob König, Kaiser oder General –, tut, was er will, er brüllt, befiehlt, und alle gehorchen, und alle fürchten ihn, daheim ist es ja auch nicht anders, dort ist der Vater König, er regiert, brüllt, befiehlt, und alle unterstehen ihm. Folglich war ich auch ein Anhänger von Piłsudski, denn Piłsudski regierte uns, sah schön und heldenhaft aus und ließ nicht zu, daß den Juden ein Leid geschah. Ich habe nie aufgehört ein »Mann Piłsudskis« zu sein, und als ich, schon als alter Mann, nach Jahrzehnten »Die erste Brigade« zum ersten Mal wieder hörte, empfand ich Rührung. Es ist sehr schwer, sich von seiner ersten Liebe loszusagen. Und lohnt es? Ist die nächste es wert?

Durch die Lehrbücher meiner großen Schwestern, die zu meiner Lieblingslektüre wurden, erwarb ich früh recht gründliche Kenntnisse in Geschichte. In den folgenden Jahren las ich mit hochrotem Kopf vom Kampf der Päpste gegen die römischen Kaiser deutscher Nation (»der Streit um die Investitur« – ich behielt das schwierige Wort) und im Lehrbuch der neueren Geschichte von der Herausforderung Luthers. Ich glaube, die Leichtigkeit, mit der ich mich später, schon als Schriftsteller, der Vergangenheit zuwandte, verdanke ich dieser Leidenschaft aus meiner Kindheit.

Einmal, wohl in der zweiten Abteilung (ich muß also sieben Jahre alt gewesen sein), hatte ich etwas ausgefressen, was, weiß ich nicht mehr, aber der Herr Krelman war vermutlich sehr wütend, denn er ließ mich nach dem Unterricht in der Kanzlei nachsitzen. Das war eine Strafe, die er manchmal verhängte: eine Stunde nach dem Unterricht in der Kanzlei oder auch zwei. Die Eltern wußten Bescheid und ängstigten sich nicht. Wir waren also zu zweit, Herr Krelman und ich, er saß an seinem Schreibtisch und trug etwas in ein vor ihm liegendes dickes Buch ein, seufzte hin und wieder, als fügten sich die Eintragungen zu einem betrüblichen Ganzen, ich aber saß auf einem Stuhl an der Wand und stierte auf die bunte Landkarte des biblischen Palästina, auf der jeder in der Bibel erwähnte Ort gekennzeichnet war. Die blaue Wasserader des Jordan ging in den lyraähnlichen See Genezareth über (das Wort »kineret« bedeutet ja Geige), und dann in das Tote Meer, das auf hebräisch das Salzmeer heißt. Ich denke, während dieser zwei Stunden als Strafe verhängter, verdichteter Langeweile hatte ich Gelegenheit, die Landkarte recht gut zu studieren. Plötzlich erhob sich Herr Krelman von seinem Stuhl, nahm den Spazierstock und sagte: »Gehen wir«. Auf der Straße eröffnete er mir, ich käme jetzt mit zu ihm nach Hause. Die Strafe wurde verlängert, und mich erfaßte Furcht. Was erwartete mich dort, bei ihm? Sperrte er mich in eine Kammer? Vielleicht gab er mir die Rute? Wir wußten, daß Herr Krelman in der Nowolipki-Straße, in der Nähe der Kirche wohnte. Den ganzen Weg über sagte er kein einziges Wort. Ich ahnte Furchtbares.

Bei sich daheim führte mich Herr Krelman ins Eßzimmer. Dann rief er die ganze Familie zusammen: Frau,

Tochter und Sohn, auf den er sehr stolz war, weil er schon aufs Gymnasium ging. Gleich geht es los, dachte ich schreckensstarr. Herr Krelman ließ sich vernehmen: »Hört euch das an.« Und an mich gewandt: »Erzähl uns von Bolesław dem Tapferen.«

Ich sprach überstürzt, verschluckte die Wörter, weil ich glaubte, dies sei als Strafe für mich gedacht. Jahre später ging mir auf, daß ihm längst nicht mehr daran lag, mich zu bestrafen. Als ich fertig war, brummte er etwas zu seinen Kindern, etwas wie: »Habt ihr das gehört?«, und trug dem Gymnasiastensohn auf, mich nach Hause zu bringen.

Ich weiß nicht, was für ein Schicksal der Herr Krelman hatte noch Jankiel, sein schlechterer Bruder, noch seine Frau, seine Tochter, sein Sohn, der ein so vorzüglicher Schüler war und einmal Professor werden sollte. Ich weiß nicht, wer von ihnen überlebt hat. Weiß gar nichts.

Stammvater Abraham

Zu uns in die erste Abteilung kam manchmal, als Vertretung, der Herr Akerman, der erst später, nach den Ferien, unser Lehrer werden sollte. Der Herr Akerman war nicht groß, hatte ein Bärtchen und ein paar dunkle Stoppeln am Kinn, trug einen abgewetzten Anzug und eine Krawatte, von der selbst ich wußte, daß sie liederlich gebunden war. Weil er von Gott sprach, trug er während des Unterrichts einen Hut auf dem Kopf, aber er war wohl nicht allzu fromm, denn ich hatte selber gesehen, wie er im Lehrerzimmer aß, ohne den Kopf bedeckt zu haben. Er sprach sehr schlecht polnisch. »Askalon, Gad ...«, zählte er die Städte der Philister auf. »Was ist das, Askalon?« fragte er laut. »So einer Stadt«, gab er sich selbst die Antwort. »So einer Stadt«, klingt es mir heute noch in den Ohren.

Keiner lachte. Wir verziehen Herrn Akerman die Schnitzer, wir verziehen ihm sogar mehr, denn der Herr Akerman war – nach dem eben Gesagten mag das verblüffen – ein wahrer Magier des Worts. Eine Unterrichtsstunde bei Herrn Akerman war ein regelrechtes Fest oder, genauer gesagt, sie war glänzendes Theater. Jede seiner Geschichten besaß Dramatik, fesselte, war spannend oder lustig. Das Pausenklingeln quittierten wir mit einem Seufzer des Bedauerns. Herr Akerman erzählte uns tragische Episoden aus der biblischen Geschichte und nahm sie sich derart zu Herzen, als spielten sie jetzt, seine Wangen glühten, Schweißperlen traten ihm auf die Stirn, seine Stimme bebte, so daß auch mich ein Schauer überrieselte. Ich entsinne mich – als er von Hanna erzählte, die nacheinander sieben Söhne verlor, weil sie sich nicht vom Glauben der Väter lossagen wollte, und dann Selbstmord beging, traten ihm die Tränen in die Augen. Nun, und natürlich weinten auch wir allesamt. In solch einem Moment hätte auch ich mich lieber von den griechischen Landsknechten des Antiochus Epiphanes niedermetzeln lassen, als dem Glauben meiner Ahnen abzuschwören.

Trotz dieser tragischen Episoden war die Geschichte der Juden in Herrn Akermans Darbietung einigermaßen gezähmt. Herr Akerman kannte alle Geheimnisse göttlichen Denkens, er wußte, wann Gott seinem auserwählten Volk zürnte (und er zürnte immer gerechterweise, denn das Volk war verstockt und sündig und leichtfertig, ein wenig verwöhnt, wie der unausstehliche Schüler in der letzten Bank, der »sich auf seinen Lorbeeren ausruhte«) – und dabei liebte er es doch, also verzieh er ihm schließlich und war ihm gnädig. In Herrn Akermans Geschichten hatte Gott eine Menge Humor. Er stellte sein Volk gern auf die Probe, aber er war auch zu Streichen aufgelegt, und er spielte sie besonders gern den Feinden seines Volkes.

Drollig war Herrn Akermans Geschichte – aus den Apokryphen, im Pentateuch gibt es sie nicht – vom jungen Abram (dem späteren Abraham), der den Tongötzen, mit denen sein Vater Terach handelte, die Nasen einschlug, und als der Papa fragte, was mit den Nasen passiert sei, mit Unschuldsmiene erklärt: »Die haben sich geprügelt«, worauf der Vater sagt: »Was faselst du da, sie sind doch aus Ton.«

– »Aha«, darauf der gewitzte Abram, »es sind also gar keine Götter.« Oder wie der Herrgott dem König Abimelech, der Abraham die Sara wegnehmen will – er denkt freilich, sie sei dessen Schwester –, im Traum erscheint und ihm mit dem Finger droht: »Rühr sie nicht an! Sie ist seine Frau!«

Überhaupt gab es in den Fünf Büchern Mosis eine Fülle von solch drolligen Listen, von Verkleidungen, Feilschereien mit Gott, gefährlichen Wanderungen, bösen Menschen aus Sodom und Gomorrha, trotzigen Frauen, die in Salzsäulen verwandelt wurden, Zauberkunststückchen, brennenden Büschen, redenden Eselinnen, edlen Engeln und kämpfenden Engeln, von Aufständen, Schlachten, Duellen und verliebten Stammvätern und eifersüchtigen Stammüttern – und Herrn Akermans Geschichten entfalteten sich in ihrer ganzen schillernden Pracht, besonders in der zweiten und dritten Abteilung, als wir die ersten beiden Bücher der Tora durchnahmen (die ich im Original fast auswendig konnte), denn danach wurde es ermüdender – langwierige Ausführungen, was erlaubt ist und was nicht, oder Wiederholungen. Aber was ich liebte, das war die Aufzählung der Stammbäume. Die exotischen Namen von Noahs Ahnen schlugen mich in ihren Bann, und daß sie fünfhundert und mehr Jahre alt geworden waren, gehörte gleichfalls zu einer höchst seltsamen, märchenhaften Welt.

Aber nicht nur die Geschichte der Juden war in diesen Erzählungen gezähmt, auch ihre Feinde waren oftmals nur komisch. Beispielsweise die Geschichte von den zehn ägyptischen Plagen. Es waren lästige Plagen, doch durch die kreative Phantasie des Herrn Akerman und sein komödiantisches Talent waren sie für uns nicht grausam. Die Ägypter stopfen sich mit Heringen voll, sie kriegen Durst, und aus der Traum – statt Wasser haben sie Blut in ihren Gläsern. Sie wollen sich was zu essen kochen, und mit einmal hüpfen aus allen Töpfen nur Frösche. Oder sie haben die Köpfe voller Läuse – geschieht ihnen ganz recht, aber so schrecklich ist das nun auch wieder nicht, schließlich haben Kinder mitunter auch Läuse, und es gibt sogar besonders engzinkige Kämme, um sie auszukämmen. Oder es bricht eine solche ägyptische Finsternis herein, daß sich alle an der Schrankkante die Nase einstoßen. Wir kugelten uns über diese Plagen und über die lustigen Streiche des Herrgotts. Gewiß, zum Schluß fliegt der Engel des Todes über die Häuser der Ägypter, worauf alle Erstgeborenen sterben, aber das wollte in Wahrheit keiner, da war der Pharao selber dran schuld, der hatte versucht, den Ewigen ein letztes Mal zu hintergehen, und wollte das auserwählte Volk nicht aus Ägypten fortlassen. Und dann durchqueren die Juden trockenen Fußes das Rote Meer. Entgehen in letzter Minute dem Tod – genau wie in dem Western mit Ken Maynard, den dicht vor dem Abgrund sein Schimmel Tarzan rettet!

Diese beiden, die polnische und die biblische Geschichte, konkurrierten in meinem Herzen nicht im mindesten miteinander, im Gegenteil, sie bestätigten sich gegenseitig. Im übrigen kamen sie mir, nicht ohne Grund, recht ähnlich vor. Hier wie da bewegte sich alles von Größe zu Verfall und Untergang, endete jeder Aufstand mit einer Niederlage (in der Geschichte der Juden gab es freilich den einen siegreichen der Makkabäer, der den Staat Juda für nahezu zweihundert Jahre wiedererstehen ließ), hier wie da Gefangenschaft, Deportation, Martyrium und Heldentum. Und vor allem – böse Mächte, die den kurz bevorstehenden Triumph noch in letzter Minute in eine Katastrophe verkehren, so daß die grausamen und mächtigen Invasoren gewinnen, dort der Reihe nach die Assyrer, Babylonier, Römer und hier die ewig siegreichen Moskowiter und Preußen. Als fanatischer Geschichtsbuchleser kannte ich nur tragische Ausgänge. Ich konnte mir damals nicht vorstellen, irgendein Volk könnte eine andere Geschichte haben. Niederlagen, Eroberungszüge, Aufstände und Sklaverei – das war der natürliche Lauf der Dinge, für ein Lehrbuch gab es nichts anderes zu erzählen. Erst später entdeckte ich, daß beispielsweise die Franzosen, Engländer oder Spanier, obwohl es in ihrer Geschichte auch genug Blut und Gewalt gab, auf andere Erfahrungen zurückblicken können.

Kam es durch Herrn Akerman, wer weiß – jedenfalls liebte ich von allen Stammvätern den Abraham am meisten. Wohl unter dem Eindruck alter Stiche stellte ich mir vor, wie er an der Spitze einer Schafherde dahinschritt, umringt von Dienern, groß, mit weißem Bart, in wallendem Gewand, den Wanderstab in der Hand. Überhaupt zogen mich die Landschaften an, die die Bibel vor mir ausbreitete, und manchmal kam es mir vor, als kennte ich sie, als sei ich schon einmal dort gewesen. Die Sanddünen, die Brunnen im Schatten vereinzelter Palmen, Kamele, Schafherden auf den Hügeln, von wo aus der Himmel, der Sitz Gottes, so nah war, und über alledem die glühende Sonne. Die Geschichte von Isaak, den Abraham Gott zum Opfer darbringen soll, erschreckte mich überhaupt nicht. Was die Erwachsenen aufbringt und zweifeln läßt, nimmt das Kind als natürlich hin: Gott hat es befohlen, weil Gott es so wollte und Schluß, er mußte doch Abrahams Gehorsam auf die Probe stellen – mir stockte der Atem in der Brust, und die Tränen schossen mir in die Augen. Ich war der kleine Isaak, der seinem Vater unschuldig zusieht, wie er das Holz aufschichtet und fragt: »Vater, du schichtest Holz auf, aber wo ist das Opferlamm?« Der Vater antwortet nicht, und ich weiß nun, ich soll Gott geopfert werden. Ich weine, aber ich widersetze mich nicht, ja, ich bin sogar ein klein wenig stolz. Da alles gut ausgeht und der Herrgott Menschenopfer verbietet, gewann ich die Gewißheit, Abraham habe von Anfang an nicht gezweifelt, daß der Herrgott seinen Sohn im letzten Moment retten würde. Abraham hatte schließlich eine neue Religion ersonnen und einen Bund mit Gott geschlossen. Womöglich stürzte der Optimismus dieser Geschichte viele Menschen ins Verderben …

Auch ich wollte eine neue Religion erfinden, zumindest aber einen Bund mit dem Herrn schließen. Ich war mir sicher, dies sei meine Bestimmung. Immerhin war ich gottesfürchtig und nahm mir Herrn Akermans Geschichten zu Herzen. Gott mußte mich auf die Probe stellen. Er mußte mir eine Aufgabe zuteilen, bei der ich meinen Gehorsam unter Beweis stellen konnte. Meine Phantasie war angefüllt mit religiösen Szenen, ich zeichnete ganze Bildgeschichten (obwohl wir damals noch keine Comics kannten), deren Helden bärtige Patriarchen zwischen Zelten in der Wüste waren. Niemand lobte mich dafür, ich habe schon immer unbeholfen gezeichnet, aber mich störte das nicht, ich ließ meiner Phantasie freien Lauf.

Und siehe, eines Nachts erschien mir der Herr im Schlaf. Ich befand mich mutterseelenallein in einer steinigen Wüste, über mir wölbte sich die Kuppel eines tiefblauen, sternenübersäten Himmels, und um mich war eine große Helligkeit. Ich fühlte im Schlaf, wie unheimlich die Szenerie, wie klein und verloren ich im Angesicht der ungeheuren Weite jenes lichten, leeren Raums war. Und ich vernahm eine Stimme vom Himmel: Knie nieder! Ich kniete nieder, und die Stimme befahl mir, alle Teegläser samt Untersetzern aus der Küche in eine Schüssel zu sammeln, zu zerschlagen und in die Wüste zu tragen. O Graus, dem Willen jener Stimme folgend, sollte ich es mir mit den Eltern verderben und ihnen das ganze Geschirr zerdeppern! Ich begriff, ich wurde auf die Probe gestellt. Und wenig später war ich wieder in der Wüste, kniete neben der Schüssel mit den Scherben und hob den Blick auf zu dem sich über mir wölbenden tiefblauen Himmel.

Als ich erwachte, sagte ich mir nicht: »Ach so, das war bloß ein Traum«, nein, ich befand, der Bund sei geschlossen. Darüber geriet ich keineswegs aus dem Häuschen, im Gegenteil, ich hielt es für ganz natürlich, daß ich mit Gott auf vertrautem Fuß stehen sollte. Ich erzählte es niemandem , wozu auch – ich erzähle es jetzt zum ersten Mal, und zwar euch, damit ihr wißt, was euer Großvater als Kind für einer war. Es kam mir auch nicht in den Sinn, den Auftrag, den ich im Traum erhalten hatte, in der Wirklichkeit, nach dem Erwachen, auszuführen. Ein Traum ist auch Wirklichkeit, wenn ihr die Bibel lest, wird euch das aufgehen. Der Herrgott erscheint seinen Auserwählten im Traum, und die

Gespräche, die er dann mit ihnen führt, sind sehr wichtig. Der Herrgott erteilt uns einfach, wenn wir träumen, seine Anweisungen. So war er auch mit mir verfahren. Indem ich im Traum dem Herrn gehorchte und das Hausgeschirr zertrümmerte, hatte ich einen göttlichen Befehl befolgt. Und war ein Prophet. Wie der Stammvater Abraham.

Das hatte keinerlei Einfluß auf mein Verhalten und auf den Alltag. Ich erinnere mich nicht, daß ich damit geprahlt oder darüber erschrocken gewesen wäre. Ich war jetzt ein Prophet, weil ich unvermeidlich einer hatte sein sollen, so wie ich der Sohn eines Klempnermeisters und Bewohner der Nr. 53 in der Nowolipie-Straße war. Dennoch fühlte ich, immer wenn mir jener Traum einfiel, ein Art Druck auf der Seele. Und einen Schauder, wie man ihn angesichts des Unbegreiflichen empfindet.

Mein Vater ahnte nicht, daß sein Sohn längst ein Erwählter war, eines jedoch wußte er mit Bestimmtheit: Der Bengel kann ganze Kapitel aus den Fünf Büchern Mosis auswendig, und wer weiß, was aus dem noch mal wird. Was Hipek betraf, da war alles klar. Ein Stromer, der will nicht lernen, er wird in der Firma arbeiten. Ich fand, Vater bevorzuge meinen Bruder, und mit mir sei er irgendwie nicht recht zufrieden. Heute bin ich mir durch gewisse Bilder, die plötzlich aus der Erinnerung hochtauchen, dessen nicht mehr so sicher. Da sehe ich mit einmal, wie sich mein Vater die Zigarette, die er sich eben anzünden wollte, hinters Ohr steckt und, vor sich hin summend, mit dem Taschenmesser sorgfältig (alles, was er tat, tat er mit Sorgfalt und ohne Hast) einen Bleistift für mich anspitzt, der Objekt meines Entzückens war. Niemand brachte an einem Bleistift eine so feine Spitze zuwege wie mein Vater. Oder ich sehe, wie Vater eine Orange schält und sie mir vor dem Schlafengehen ans Bett bringt. Das muß Ausdruck einer zurückhaltenden, männlichen Zärtlichkeit gewesen sein, die der Geständnisse nicht bedurfte. Heute denke ich, mein Vater, der in seiner Kindheit gewiß keine Orangen gegessen hatte (obwohl es bestimmt in diversen Gärten Birnen, Äpfel und Pflaumen die Fülle gab), muß wohl stolz darauf gewesen sein, daß er seinem eigenen Kind eine so teure und schöne Frucht geben konnte. Und wenn ein frommer Jude zu uns nach Hause kam, was freilich nicht oft geschah, reichte mir mein Vater »die chumesch« (also die Bibel), und ich mußte mich produzieren. Für gewöhnlich wählte ich Abrahams Gefeilsche mit Gott um die Zahl der Gerechten in Sodom, die nötig waren, um die Stadt vor der Vertilgung zu bewahren, denn die Geschichte besaß die Lebendigkeit einer Theaterszene und den Rhythmus eines Poems.

Wenn ich mich heute an meine kindliche Frömmigkeit zurückerinnere, stelle ich mit Staunen (und nicht ohne Stolz) fest, daß sie frei war von Bigotterie. Obwohl uns Herr Krelman die verschiedensten Gelegenheitsgebete für morgens, abends und mittags beibrachte und die Segenssprüche vor dem Essen, dem Trinken, dem Waschen lehrte, heißt das durchaus nicht, daß ich sie gewissenhaft betete. Offenbar war ich der Ansicht, der Herrgott, mein guter Beschützer, verlange das keineswegs von mir. Im Gegenteil, Leute, die mit verschleiertem Blick Gebete murmelten, kamen mir komisch vor, genau wie meinem Bruder, und zu unseren Lieblingsspielen gehörte die Darstellung eines Bethauses, die uns zu einer gehörigen Posse geriet, und selbst Mama tat vor Lachen der Bauch weh.

An den wichtigsten Feiertagen aber ging ich gern ins Bethaus, denn ich hatte meine Lieblingsgebete. Vater mietete einen Platz in einer bescheidenen Betstube in der Nowolipki-Straße, die, um die Wahrheit zu sagen, ein Klassenzimmer war. Ich fühlte mich deswegen keineswegs gedemütigt, denn in dieser Betstube sangen die wichtigsten Gebete zwei Kantoren, »hinter denen sich Kusewicki mitsamt Sirota verstecken« konnten, wie meine Mama sagte. Einer dieser Kantoren, Herr Wierzbicki, hatte einen wundervollen seidenweichen Tenor, von dem Mama schwärmte, und wenn einmal nicht er, sondern der andere mit dem Kol Nidre, dem den Versöhnungstag einleitenden erschütternden Gebet, an der Reihe war, war Mama untröstlich und drauf und dran, das

Geld für den Platz in der Betstube zurückzuverlangen. Mama ging am Versöhnungstag ins Bethaus wie zu einem Konzert, das Wichtigste war für sie der Auftritt des Kantors, dann teilte sie uns ihre Eindrücke, das heißt ihre Begeisterung, mit und gewöhnte auch uns ein wenig daran. Dieser Herr Wierzbicki, ein großer, eleganter, lächelnder, glattrasierter blonder Mann, der sich zu den Gebeten einen teuren seidenen Tallit überhängte, brauchte nicht als Kantor dazuzuverdienen, er sang aus reiner Liebhaberei, denn er war ein reicher Industrieller und angeblich nicht sonderlich fromm, jedenfalls wollte man gesehen haben, wie er einmal am Versöhnungstag in der Droschke zum Bethaus kam. Aber man vergötterte ihn derart, daß keiner einen Ton sagte. Er produzierte sich gern ein paarmal im Jahr mit seiner außergewöhnlichen Stimme. Nach den Gebeten nahm er Danksagungen und Gratulationen entgegen, und ich weiß noch, wie er lächelte und eine ganze Reihe Goldzähne blitzen ließ.

Mein Vater hatte den anderen lieber. Dieser andere, an dessen Namen ich mich nicht mehr erinnere, war ein athletisch gebauter, dunkelhaariger Mann mit kurzgestutztem Bart, und er hatte keine seidige, sondern eine tiefe, kräftige und rauhe Stimme, die sich im Verlauf der Gebete immer mehr aufrauhte. Dieser Kantor mit der Stimme eines Armstrong nahm uns allmählich für sich ein. Sein Gesang, selbst jenes wunderbare Kol Nidre, das doch ausschließlich für den Herrn Wierzbicki bestimmt zu sein schien, klang dramatischer, erschütterte tiefer. Wenn er zu Gott schrie, wenn er sich an die Brust schlug und heiser hervorstieß: »Ja, wir haben gesündigt, getötet, gestohlen« und bei jedem Schlag ein weiteres Verbrechen aufzählte, schwoll seine Stimme vor Schmerz, der sich entlud in dem tränenreichen »Slach lanu! Mechal lanu! Kaper lanu«, also »Erbarme dich! Verzeihe uns! Vergib uns!«, dann durchrieselte es uns kalt, und uns ergriff Bewunderung und Dankbarkeit für den Beter. Am Ende nahm er Mama für sich ein, sie gestand, dieser Kantor mit der kratzigen Stimme bringe sie leichter zum Weinen, und darum ging es schließlich. Ich denke, »Armstrongs« allmählicher Sieg war ein Zeichen, daß sich etwas veränderte. In unserem Geschmack und in unserer Umgebung.

Von meiner eigenen Religiosität einmal abgesehen – der verzieh ich, daß sie hinkte –, was meinen Vater betraf, so wollte ich, er solle ein Muster an Frömmigkeit sein. Er solle inbrünstig und laut beten, Gott so ehren, daß die Menschen ihn dafür bewunderten. Doch Vater machte irgendwie gar nichts her. Bloß das Nötigste. Eigentlich unterwarf er sich nur der Tradition. Die Gebete haspelte er herunter. Später gab es Anzeichen dafür, daß er in der Stadt Schweinefleisch aß. Bestimmt mit Herrn Dobrzański oder Herrn Wysocki, diesen Bautechnikern, die mit der Firma zusammenarbeiteten. Vater kam dann seltsam lustig aus der Stadt zurück, weil es natürlich nicht ohne Wodka abgegangen war, er umarmte Mama zärtlich, die ihn von sich stieß. Vater nannte sie in solchen Augenblicken »mein kleines Frauchen«, und das stimmte, denn sie war wirklich nicht groß.

Einmal, am Versöhnungstag, an dem man für volle vierundzwanzig Stunden absolutes Fasten einhalten mußte, verdrückte er sich aus dem Bethaus und begann in der Küche herumzustöbern. Er schnitt sich eine Scheibe Brot ab und verschlang sie rasch. Und als er mich in der Tür stehen sah, legte er den Finger an die Lippen und flüsterte: »Pst ... sag es Mama nicht ...« Auf die Art wurde ich zum Mitwisser seiner Sünde. Damals war ich schon ein halbwüchsiger Skeptiker, und Vater konnte auf mich bauen. Ich muß hinzufügen, daß in unserer Familie (ich weiß nicht, ob auch in anderen) bei den Kindern das Fasten nicht so streng genommen wurde. Nur rissen sich die Jungs selber darum zu fasten, sie brüsteten sich hinterher, wer am längsten durchgehalten hatte: – wie lange hast du gefastet? – und du, wie lange? – du lügst –, und sie flunkerten wirklich, geradeso wie nach einer Fußballschlacht.

Es ist jedenfalls Tatsache, daß mein Vater im Laufe der Jahre seinen Glauben verlor. Ob allmählich, durch Grübeln, Abstumpfung, oder ob er einen Schock erlebt hatte?

Vielleicht weder das eine noch das andere. Mein Vater war von seiner Veranlagung her ein Rationalist, und ich vermute, er warf, im Umgang mit den Leuten und mit dem normalen Leben konfrontiert, allmählich alles ab, was er für unnötigen Ballast hielt. Gott verlangt von uns keine Gebete – Gott verlangt, daß wir anständige Menschen sind.

Ein sehr wichtiger Bestandteil des Gottesdienstes am Sabbat und an den Feiertagen war die öffentliche Verlesung des für die jeweilige Woche gültigen Abschnitts der Tora, also der Fünf Bücher Mosis. Die geachtetsten Teilnehmer holten die mit einer Krone geschmückte Torarolle aus dem Schrein, der die Bundeslade des Tempels vorstellen sollte, und trugen sie rund um den Raum, und die Gläubigen berührten den Samtmantel mit den Fingerspitzen, die sie danach küßten. Darauf wurde die Rolle des heiligen Buches auf einem Tisch ausgebreitet, welcher auf einer Erhöhung stand, und man schritt zur Auktion. Wer am meisten bot, dem wurde die Ehre zuteil, den Abschnitt vorlesen zu dürfen. Das Geld war für den Unterhalt des Bethauses bestimmt. Man begann niedrig, doch allmählich entflammten die Leidenschaften, als gäbe es wer weiß was für einen Schatz zu ersteigern. »Reb Mosche zwei Złoty. Zwei Złoty zum ersten, zum zweiten …«, deklamierte der Bethausverwalter, also der Gabe, mit monotoner Stimme. »Zwei fünfzig«, warf jemand ein. »Zwei fünfzig zum ersten … Zwei fünfzig zum zweiten …« – »Drei Złoty!« Ich feuerte meinen Papa an, mitzubieten und alle durch seine Freigebigkeit zu verblüffen, aber vergeblich. Es wurmte mich, daß er sich nie an diesem Wettlauf um die Ehre beteiligen wollte. Das heißt, manchmal, in der Anfangsphase, nannte er knurrend eine Summe, gewiß, aber sobald der Einsatz stieg, ließ er sich nicht mehr vernehmen. Und ein anderer stieg auf die Bima* und verlas, stammelnd und schweißnaß vor Erregung, den Toraabschnitt, den der Gabe ihm mit dem Zeiger wies. Mein Vater

*(hebr.) Vorlesepult, Bühne; der abgesonderte, umgrenzte Platz in der Synagoge

aber zuckte, wenn ich ihm, enttäuscht und beschämt, schüchterne Vorwürfe machte, nur die Achseln.

Damals glaubte ich, es täte ihm um die fünf oder sieben Złoty für etwas leid, das lediglich ein Symptom der Eitelkeit war. Heute denke ich, er fürchtete einfach, sich zu blamieren. Er war ja ungebildet. Vielleicht bewunderte er deshalb so meine Gewandtheit. Ich muß hinzufügen: der Toratext auf der Pergamentrolle war handgeschrieben, die kunstvollen Lettern sahen sich etwas anders an als die Buchstaben in den jüdischen Zeitungen, die mein Vater an freien Tagen zu lesen pflegte, wobei er Mama Ausschnitte aus seinen Lieblingsfeuilletons bot. Zudem hatte man, den tonalen Zeichen folgend, mit denen die Tora wohl im Mittelalter versehen worden war, in einem bestimmten Singsang zu lesen. Kurz gesagt, etwas für Musterschüler, nicht für meinen Papa.

Mein Vater las ja nicht einmal polnisch; in seiner Schule in Radzyń, die er im übrigen nicht durchstand, hatte man polnische Buchstaben nicht gelehrt. Und dann war alles irgendwie so schnell gegangen, und er hatte es als Erwachsener nie mehr nachgeholt. Er las jiddisch und konnte bestimmt das russische Alphabet, denn seine Unterschrift bestand aus seltsamen kleinen, an das Kyrillische erinnernde Zeichen, aber mit dem Polnischen haperte es. Es kam vor, daß ihm ein Ingenieur auf der Baustelle oder in einem seriösen Büro ein Papier hinschob, einen Vertrag oder etwas in der Art, und sagte: »Lesen Sie sich das gründlich durch und unterschreiben Sie.« Dann begann mein Vater seine Taschen abzusuchen und ließ sich gleich darauf bekümmert vernehmen: »Ich habe meine Brille vergessen. Können Sie mir das vorlesen, Herr Ingenieur?« Oder er sagte: »Das ist eine wichtige Angelegenheit. Ich muß meine Ewunia um Rat fragen.« Das heißt, meine Mama. Diese vermeintliche Abhängigkeit meines Vaters von »seiner Ewunia« wurde schließlich sprichwörtlich und in unseren Kreisen Anlaß zu Sticheleien. Doch bis zum Schluß, das heißt bis zum Krieg, kriegte keiner der Mitarbeiter der Firma, nicht einmal die

Herren Wysocki und Dobrzański, spitz, daß mein Vater einfach nicht polnisch lesen konnte. Und wir, seine Kinder, hielten das für eine natürliche, wenn auch ein bißchen peinliche Sache.

Die ganze Geschichte kehrte während des Krieges noch einmal zu mir zurück, im Jahr 1940, als es mich schon nach Wolhynien verschlagen hatte, während mein Vater und meine Mutter in Warschau geblieben waren. Kehrte plötzlich zurück als eine Woge der Scham. Wie hatte ich das zulassen können! Wieso hatte ich, der ewig mit Büchern, mit Kritzeleien befaßte Bengel, ich, der ich Meisterwerke verschlang, wieso hatte ich nicht einfach gesagt: »Papa, ran an die Arbeit!« Mein Vater hätte alles, was nötig war, doch binnen einer Woche beherrscht und angefangen zu lesen. Und mir kam der Gedanke, daß er womöglich auf so ein Angebot gewartet hatte, daß er zu ehrgeizig und zugleich zu schüchtern gewesen war, mir das selber vorzuschlagen. Wie hatten wir, seine Kinder, zulassen können, daß er all diesen Demütigungen ausgesetzt war!? Meine Schwestern!?... Und Mama!? Wieso war es ihr nicht in den Sinn gekommen, sich ein paar Abende für ihn Zeit zu nehmen und ihm das Alphabet einzutrichtern? Das war ja geradeso, als habe er sein Lebtag der Taugenichts bleiben sollen, der irgendwann einmal keine Lust gehabt hatte zu lernen. Ich will erklären, weshalb: Weil mein Vater daheim ein despotischer Herrscher war und sein Makel jedem von uns ein heimliches Gefühl der Überlegenheit gab. Dort, in Dąbrowica, schwor ich mir, sowie ich nach dem Krieg wieder in Warschau wäre, sofort mit dem Unterricht zu beginnen. Ich stellte sogar eine Liste mit Büchern zusammen, die Vater würde lesen müssen. Nach anderen würde er selber greifen. Aber ich habe ihn nie wiedergesehen.

Obwohl mein Vater keine Bildung besaß, genoß er allgemeine Achtung und galt sogar als weiser Mann (woran sein maßvoller, aber solider, aus ehrlichen Quellen herrührender Wohlstand nicht unbeteiligt war). Die Leute wandten sich ziemlich oft an ihn, damit er einen sich lange schleppenden Streit schlichte. Das war eine Ehre, die Vater nicht ausschlug, es sei denn, er hatte es mit irgendwelchen widerlichen Querulanten zu tun. Das Wort »din-tojra«, also »Gericht nach der Tora«, gelangte aus dem Hebräischen in die Gaunersprache und wurde, abgewertet, zum Synonym für eine rücksichtslose Abrechnung. Aber in unserer Straße bedeutete es noch einen Schiedsspruch, den ein weiser, das Vertrauen beider Parteien besitzender Mann sprach. Und so ein Mann war mein Vater, euer Urgroßvater. Ihr habt also keinen Grund, sich seiner zu schämen. Wenn sich die beiden Widersacher in unserer Wohnung trafen, konnte auch ich bei der Dintojra dabeisein. Zuerst flüsterte Vater in einer Ecke mit dem einen, dann mit dem anderen. Manchmal ging er mit einem ins Schlafzimmer, um dort, hinter dicht verschlossener Tür, zu disputieren, das dauerte lange, und inzwischen wartete der andere im Eßzimmer, bleich, nervös, an seinen Fingern zerrend oder sich am Tee verbrennend, den Mama reichte. Dann war es umgekehrt: Der andere betrat mit Vater das Schlafzimmer, und der erste wartete aufgeregt. Das konnte ein paarmal so gehen. Schließlich verkündete mein Vater das Urteil, gegen das man nicht Berufung einlegen konnte: sich dem Urteil zu fügen lag der Einwilligung in dieses Schiedsgericht zugrunde. Die Parteien reichten sich die Hand und tranken gemeinsam den Tee aus.

Meistens betraf der Streit Geldangelegenheiten. Mitunter war es auch ein Ehrenhandel: Wer sollte wem Abbitte tun, und mußte das öffentlich sein, oder genügte es, wenn es privat geschah, im Beisein des Friedensrichters, also meines Vaters. Manchmal handelte es sich um eine Entschädigung für ein nicht eingehaltenes Eheversprechen, die Rückgabe der Geschenke, die Erstattung gehabter Ausgaben oder ausschließlich um ein Schmerzensgeld für die vergossenen Tränen der gewesenen Verlobten. Dann verfügte mein Vater, gemäß dem Brauch, die Einzahlung einer bestimmten Summe in die Gemeindekasse, zugunsten der Armen.

Nach so einer gütlichen Beilegung des Streits durfte man einander nicht mehr gram sein. Im übrigen kam es vor, daß sogar Freunde, die einen Streit nicht beenden konnten, die Hilfe des Schiedsrichters in Anspruch nahmen. Daß, wenn sie einander die Hand gereicht und den Tee oder ein Glas Wein zusammen getrunken hatten, der eine oder der andere vor sich hin murmelte: »Trotzdem ist das ein ganz schöner Halunke«, steht auf einem anderen Blatt. Das war dann seine Sache, mein Vater brauchte davon nichts zu wissen.

Michalin

Mehrere Wochen vor Schuljahresschluß erwirkte Mama meine Freistellung bei Herrn Krelman und nahm mich mit in die Sommerfrische. Nach den Ferien handhabte sie es genauso: Alle gingen schon zur Schule, und nur ich genoß noch immer »die frische Luft«. Mama kümmerte es überhaupt nicht, daß ich dadurch irgendwie ins Hintertreffen geraten konnte – er wird doch sowieso versetzt, was kann man Kindern in drei Wochen denn schon beibringen, was mein Söhnchen nicht aufholt. Mir aber war das peinlich, es sah ja aus, als hielten wir uns für etwas Besseres. Außerdem stellte sich hinterher heraus, daß die anderen inzwischen doch mehr wußten, daß sie neue, mir unbekannte Wörter kannten. Wenn die frische Luft noch irgendwas geholfen hätte, aber nein – ich war blaß wie eh und je, hatte keinen Appetit und wuchs nur kümmerlich.

Der Umzug selbst aber gefiel mir. In aller Herrgottsfrühe fuhr der jüdische Fuhrmann aus Wiązowna mit seinem Leiterwagen im Hof vor, um die Sachen abzuholen. Das Aufladen von Bettzeug, Kleidern, Töpfen und Tellern begann, wir trugen Liegestühle und Hängematte, Ball, Nachttopf und Besen nach unten, in der Wohnung herrschte ein entsetzliches Durcheinander, die Schränke leerten sich, und zu guter Letzt deckte der Fuhrmann, der ein poltriges Wesen hatte und in der Gestalt an Tewje den Milchmann erinnerte, alles mit einer Plane zu, schnürte es mit Stricken fest, damit bei dem Geschuckel unterwegs nichts verlorenging. Mein Bruder hatte sich ertrotzt, mit dem Fuhrwerk nach Michalin zu fahren, er saß auf den Sachen neben dem Kutscher, bekam eine Peitsche in die Hand, mit der er die Pferde antrieb, mitunter sogar die Zügel, und hinterher brüstete er sich, er habe selber kutschiert, und der Jude aus Wiązowna widersprach nicht. »Aus dem wird ein Fuhrmann!« sagte der Mann mit einem prophetischen Funken im Auge voraus, und mein Vater nahm das voller Genugtuung auf, was mich damals nicht verwunderte, heute hingegen schon. Ganz ausgeschlossen, daß Mama mir so was erlaubt hätte. Ich hatte bei ihr zu sein, ebenso wie meine Schwestern.

Michalin war ein Sommerkurort »auf der Linie Otwock«, das heißt, zuerst kam die Bahnstation Wawer – den Namen rief der Schaffner aus –, es folgten Radość, Miedzesyn, Falenica (das Stellas Freundinnen spöttisch Falle-Nizza nannten), nun hieß es sich fertigmachen, auf der nächsten stiegen wir aus, denn dann kam dieses Michalin (sie sprachen das französisch aus: Michelin), und hinter Michalin, was mich lange Zeit überhaupt nicht interessierte, Józefów, Świder und schließlich Otwock. Die ganze Strecke mit den kleinen Bahnstationen wurde »die Linie« genannt – die Juden hatten sich die Kurorte entlang dieser »Linie« auserkoren. Damals fuhr man noch vom Danziger Bahnhof ab. Nicht weit von diesem Bahnhof befand sich während des Kriegs der Umschlagplatz, von dem aus die Warschauer Juden nach Treblinka gebracht wurden. 1968 fanden sich wieder Juden auf dem Danziger Bahnhof ein, nunmehr die allerletzten, von dort gingen die Züge über Wien ab nach Israel.

Wir reisten immer in den Wagen dritter Klasse (damals gab es sogar welche vierter Klasse) mit harten Bänken, wohingegen die zweite und die erste Klasse bunte weiche Polstersitze hatten, was wir sahen, wenn wir durch das

Fenster einen Blick nach drinnen warfen; auch reiche Leute sahen wir dann, die sich mit furchtbar hochnäsiger Miene darin räkelten. Unsere Fahrkarten waren aus simpler Pappe, aber diese Leute, die Reichen aus der zweiten Klasse, hatten blaue oder grüne Fahrkarten, die manchmal sogar glänzten. So eine Karte zu ergattern, von einem, der in Michalin ausstieg, das galt etwas bei uns, man mußte ja den Mut aufbringen, so einen Reichen anzusprechen, und der konnte einen anblaffen und beschimpfen, denn die Reichen hatten es gar nicht gern, wenn man ihnen ins Gehege kam. Hinterher zählten wir, wer die meisten Karten ergattert hatte.

Auf der Bahnstation in Michalin nahm Mama eine Britschka, obwohl wir nicht weit zu fahren hatten, aber es ging nicht anders, wir führten ja immer noch eine Menge Päckchen und Schachteln mit uns, die teuersten und zerbrechlichsten Dinge nahm Mama mit, um nichts in der Welt hätte sie sie dem Fuhrwerk anvertraut. »Dieses Michalin ist jedes Geld wert«, pflegte Mama zu sagen, während sie einen Blick in die Runde warf und den Duft von Harz und Kiefernnadeln einsog. »Welch eine Luft!« rief sie verzückt. Die Britschka schaukelte durch die tiefen Sandfurchen, der Staub, der unter den Hufen der Pferde aufstob, verstopfte einem die Nase. Aber Mama störte das gar nicht. »Keine Luft, der reinste Honig ist das «, redete sie sich selber zu.

Für gewöhnlich wartete das Fuhrwerk schon, wenn wir an Ort und Stelle eintrafen, der Kutscher döste unter einer Kiefer, die Mütze über die Augen geschoben, mein Bruder schnitzte Muster in einen Stock, der vor Harz klebte, und das Pferd war ausgeschirrt und rupfte das spärliche Gras. Aber das war nicht immer so. Es kam auch vor: Wir sind schon lange da, sitzen auf der Veranda der Villa, die die »Kronsche« heißt (weil der Herr Kron der Besitzer ist), und von dem Fuhrwerk mit den Sachen weit und breit keine Spur. Die Töpfe müssen her, das Kind braucht was zu essen, und der treibt sich in der Weltgeschichte herum. Womöglich ist was passiert? Als das Fuhrwerk endlich auftaucht, weiß Mama Bescheid. Der hat noch Sachen von anderen mit aufgeladen! So was von Chuzpe! Mama hat ihn schließlich für uns allein gemietet! Der Fuhrmann erklärt mit finsterer Miene, ein paar andere Herrschaften hätten auch noch gern mitgewollt und noch ein paar, nur wenig Sachen, auf Ehre und Gewissen, er konnte es nicht abschlagen (»Das haben Sie doch nicht für umsonst getan!«), bitte, meine Dame, beruhigen Sie sich, beste Kundin, gleich laden wir ab, bin schon dabei. Ich verstand nicht recht, warum Mama so wütend war, was schadete es, daß er noch jemandes Sachen mitgenommen hatte, mich kränkte das keineswegs (schon damals wußte ich, daß sich die Menschen wegen Lappalien das Leben vergällen), mich also ärgerte das nicht, Mama schon, sie war empört, fühlte sich hintergangen in ihrem Recht auf Ausschließlichkeit. Ich bemerkte nur, daß das Pferd des Fuhrmanns aus Wiązowna sehr abgehetzt war.

Ich war vier oder fünf Jahre alt, als neben der Kronschen Villa ein Feuer ausbrach. Das Nebenhaus brannte. Mama war gerade in Warschau, bei uns war Genia. Sie weckte uns, schnürte die Sachen zusammen, mit diesen Bündeln rannten wir durch die von den Flammen erhellte Nacht, ich erinnere mich noch an die Rauchwolken, die uns nachjagten. In einer benachbarten Villa durften wir uns auf unsere Bündel hocken, und so hockten wir bis zum Morgen, als von dem Haus nichts mehr übrig war, nur noch eine schwelende Brandstätte und der bittere Geruch von Verkohltem, den ich nie mehr vergaß.

Wir kehrten in unser Zimmer zurück, wo noch ein paar Sachen von uns waren, zum Glück war nichts gestohlen worden. Mittags kam Mama aus Warschau, sie sah sich mit uns die Trümmer des Hauses an, es war bis auf die Grundmauern niedergebrannt, in den Kellern glomm noch hie und da ein Funke, die Leute standen herum und debattierten, die einen sagten, das Gebäude sei durch einen umgefallenen Primuskocher, andere, es sei durch eine Petroleumlampe abgebrannt, und noch andere behaupteten, wahrscheinlich habe es der Besitzer selber angesteckt. Es fiel mir schwer zu glauben, der Besitzer könne so dumm gewesen sein, aber die anderen meinten, im Gegenteil, der sei unerhört gerissen, doch ob ihm der Trick mit der Auszahlung der Versicherungssumme auch glücken würde, das sei noch nicht heraus, es werde zu viel darüber geredet.

Und dann war es vorbei mit der Sommerfrische in fremden Villen. Mein Vater beschloß, eine eigene zu bauen. Es war eine Zeit höchster wirtschaftlicher Blüte, besonders bei meinem Vater, denn während des ungewöhnlich strengen Winters 1929 (damals sprach man noch nicht von »Jahrhundertwintern«) barsten die Rohre, daß es eine Lust war, es gab furchtbar viel zu tun, das Telefon läutete Sturm, schicken Sie jemanden her, zu Hilfe. Miciński und Czajkowski tummelten sich, noch mehr Arbeiter mußten eingestellt werden, kurz – ein göttlicher Segen. Vater kaufte einen Morgen sandigen Boden in Michalin und begann, zwischen Kiefern eine Villa zu bauen. Zu Mama sagte er, das werde »eine Villa mit allen Bequemlichkeiten« (so hieß das in den Annoncen) – Kochherde für Holz und Kohle, elektrisch Licht, keine Petroleumlampen, fließendes Wasser in den Zimmern und, hinter dem Hauptgebäude, Toiletten mit Kanalisation. Luxus! Und er hielt Wort.

Es gab dort zehn Wohnungen, sechs davon mit Veranda, nur die beiden »Junggesellenwohnungen« waren ohne Küche; ansonsten gingen die Küchen alle nach einer Seite, so daß die Dienstmädchen und Hausangestellten auf der Treppe hocken und schwatzen konnten, und die Herren auf der nach vorn hinaus gelegenen Veranda es nicht mitzuhören brauchten. Es wurde eigens ein Häuschen für den Hausmeister gebaut, das hatte eine große Stube und eine Küche, und bald zog auch ein junges Paar dort ein, das glücklich war, es so getroffen zu haben. Der Józef war nicht sonderlich schön, blondes Flaumhaar und Stupsnase, fleißig und geschickt, alle Zimmermannsarbeiten bei der Fertigstellung der Veranda machte er selber, sägte die Herzen und Rhomben aus, er hatte »goldene Hände« –

Mama konnte ihn nicht genug loben. An den Namen seiner Frau erinnere ich mich nicht, wie sollte ich auch, die Ehefrauen hatten ja oft keinen eigenen Namen, sie hieß einfach »die vom Józef«, aber ich weiß noch, daß sie hübsch war, hochgewachsen, mit geschwungenen Hüften, manchmal, wenn ich unverhofft bei ihnen hereintappte und sie beide im Bett lagen, war sie rot im Gesicht bis unter die Spitzen ihres hellen Haars. Und ich weiß auch noch, daß die Kinder nur so gepurzelt kamen.

Sie kriegten, wenn ich mich recht entsinne, zwanzig Złoty pro Monat, aber außerdem sammelte der Józef jede Woche von den Mietern noch den »Freitagsgroschen« ein, und er bestellte auch noch ein Stück sandigen Bodens (anderen gab es dort nicht), das Mama ihm zugeteilt hatte. Rund um das Gärtchen wuchsen Sonnenblumen, und in der Mitte Gurken, Kürbisse, Zwiebeln und bestimmt Kartoffeln, denn ohne die ging es schwerlich.

Zweimal täglich pumpte der Józef eine ganze Stunde lang mit der Hand Wasser in den Behälter im Türmchen, und wir Jungs halfen ihm gern dabei. Die Pumpe, die rot gestrichen war, hieß MIRA, also so wie eine meiner Schwestern, die jüngere, und das machte sie mir irgendwie lieb und teuer.

Vater legte Wert darauf, daß der Zaun immer hübsch gestrichen war, die Wege abgeteilt und gefegt, er schützte die Kiefern, pflanzte rund um das Haus Akazien und Ebereschen, dafür tobte Mama sich bei den Blumen aus. Das hatte sie gemeinsam mit Józef, dem großen Spezialisten für Blumen und Beete. Zusammen legten sie Rabatten und Beete an, Józef faßte sie mit weiß gekalkten Ziegelsteinen ein. Die Rabatten leuchteten, lachten und dufteten – von Glockenblumen, Stiefmütterchen, Löwenmäulchen, Kapuzinerkresse, Pfingstrosen, Georginen (die ich aus irgendwelchen Gründen am meisten liebte), schließlich kam die Reihe an die Astern und Rosen, und wenn es aus dem Grammophon zärtlich sang: »Herbstliche Rose, schöne Teerose des Herbstes ...«, war ich überzeugt, daß das Lied ausschließlich unseren Rosen galt. Abends, wenn

Józef die Blumen mit großen Gießkannen sprengte und die Kinder ihm dabei halfen, dufteten die Levkojen betörend. Später dann hatte ich eine eigene Villa, ich baute sie mir aus Sand – man brauchte nicht viel tiefer als einen halben Meter zu graben und stieß auf goldgelben, feuchten Sand, ich baute ebensolche Villen wie die unsere, mit Blumenbeeten, Wegen und einem Zaun mit zwei Gartentürchen.

Ende Mai pflegten die Sommergäste anzureisen, aber Mama mußte schon im April in der Villa sein, um die Zimmer zu vermieten. Am schlimmsten war es mit der eigenen Familie – Tante Sabina wollte natürlich mit den Kindern in die Sommerfrische kommen, Tante Dora auch, und selbstredend zum halben Preis, kein reines Vergnügen, wo sie einem doch schon das ganze Jahr über bis oben hin standen. Die richtigen Sommergäste führten Vermittler zu uns, welche man Makler oder Faktoren nannte. Das waren unerhört redegewandte, aufdringliche, energiegeladene Leute, die auf der Bahnstation die Kunden abfingen und sie zu uns brachten, ihnen goldene Berge und höchsten Komfort versprachen. Hier, bei uns, an Ort und Stelle, führten sie ihnen die Wonnen einer Toilette mit Kanalisation und den Blitzableiter vor, drehten die Hähne auf, um ihnen das Wunder fließenden Wassers zu zeigen, knipsten das elektrische Licht an, das den künftigen Mieter um den Verstand bringen sollte, der Schrank, die Kredenz, die Küche mit Tisch und Hockern, selbst die gelbgestrichenen Fensterläden – all das war in ihren Worten etwas Unbeschreibliches. Luxus! Und für das bißchen Geld! ... Und die Matratzen, Madame, bitte, fassen Sie nur einmal die Matratzen an! Von der Station nicht zu weit entfernt, aber auch nicht zu nahe dran, die vorbeifahrenden Züge nicht zu hören (man hörte sie sehr wohl) – Komfort, Kultur –, hier steigt nicht jeder arme Schlucker ab, Madame Ewa (mit andern Worten, meine Mama und eure Uroma) vermietet einfach nicht an jeden. Worauf der Makler die künftigen Gäste, von denen er doch gar nichts wußte, vor Mama in den Himmel hob. Wieso nichts, Verehrteste, hob er an, vor einem Jahr haben sie gegenüber gewohnt, bei Ryng, und noch ein Jahr davor... Er wußte alles! Und immer – nun wandte er sich an meine Mama – sind die Wirtsleute mit den Herrschaften zufrieden gewesen, vermehren sollten sie sich, solche Sommergäste, die Kinder artig, sauber, machen nichts kaputt, das ist einen kleinen Rabatt wert... Und der Makler begann nach zwei Seiten hin zu arbeiten – flüsternd zum Kunden: So eine Gelegenheit, für einen Pappenstiel, in so einer Villa, neu, ohne Wanzen, da muß man sich rasch entscheiden, in einer Woche ist hier alles vermietet. Und flüsternd zu Mama: Gehn Sie was runter, man muß sich die Mieter schnappen, die Preise fallen rasend, Krise. Und dann, wenn man sich einigte, und die Dame Mama einen Vorschuß zahlte, steckte der Makler heimlich sein Vermittlergeld ein, wünschte Glück und hetzte zur Station zurück, um wieder Jagd auf Kunden zu machen, während sein Kollege, an dem er vorm Haus vorbeikam, schon die nächsten Mieter anschleppte – und sofort begann das ganze Spektakel von vorn, mit Wasserhahnaufdrehen, Lichtanknipsen und Lobreden auf die Vornehmheit meiner Mama. Ich bewunderte diese Makler, und zwar in einem Maße, daß ich niemals den Wunsch verspürte, auch einer zu werden, weil ich wußte, ich könnte ihnen nie das Wasser reichen. Mama hatte ihre Lieblinge unter ihnen, deren Reden und Scharfsinn sie besonders hinrissen. Nur, was trieben sie, wenn alle Sommerfrischeplätze in allen Villen endgültig vermietet waren? Wovon lebten sie? Ich habe keine Ahnung.

Als Salon des Kurorts konnte die Bahnstation gelten. Damals, noch vor der Elektrifizierung der Strecke, war das ein kahler, kiesbestreuter Perron, auf dem nur das Büdchen des Kassierers stand und zwei Laternen, die Angst einflößten, wenn der Vorsteher sie um die Dämmerung an einem knarrenden Seil herunterließ, um die Petroleumlampe darin anzuzünden. Auf der Station war viel los. Die Jungs zogen dorthin, um jemanden abzuholen, der angeblich erwartet wurde, in Wirklichkeit aber, um sich die adretten Mädchen anzuschauen, die hier stets paarweise promenierten. An trockenen heißen Abenden wimmelte es auf dem Perron von jungen Leuten, es duftete – zuerst der Flieder, dann die Akazien, dann der Jasmin, die Linden und Levkojen, und immer mischte sich dieser Duft mit dem süßlichen Geruch der Jauche aus dem hölzernen Abort. Zwischen den jungen Leuten strich, jedermann durchdringend ins Auge blickend, als wollte er die verborgensten Dinge ergründen, ein Kerl mit dunklem Backenbart und welliger Haarmähne herum, über den man sich zuraunte: »Das ist unser Geheimagent, er sucht nach Kommunisten.« Er bestritt das nicht, und alle machten, vorsorglich, einen großen Bogen um ihn. Ein paar Jahre später, als auf der Strecke ein Triebwagen kursierte, setzte man ein Stationsgebäude auf den Perron, wo man vorm Regen Schutz suchen, Plakate, die vor den verhängnisvollen Folgen des Sprittrinkens warnten, studieren und am Buffet Dropse, eine Limonade namens »Orsi«, ja sogar die »Sportrevue« kaufen konnte. Statt der Laternen mit den häßlich puffenden Petroleumlampen stellte man elektrische Laternen auf, und so verschwand das allabendliche Mysterium des Lampenangehens, und überhaupt verschwand sehr vieles. Aber zu der Zeit hatten wir Michalin schon verlassen, kein Grund also, hier zu lamentieren.

Mich faszinierten die in Richtung Otwock laufenden Schienen am meisten. Wenn ich mich auf den Perron stellte und in die Ferne schaute, hin zu mir unbekannten Ortschaften, sah ich – ich hätte es beschwören können –, sah ich deutlich, wie die Gleisstränge enger zusammenrückten, um sich, irgendwo weit weg, endgültig zu berühren. Dabei fuhren doch Züge in jene Richtung, täglich, zu bestimmter, festgesetzter Stunde fegte sogar der Expreß Warschau-Lemberg-Bukarest wie ein Orkan vorbei, hinter dem Staubwolken aufstiegen und Papierfetzen flatterten. Wie bewerkstelligten sie das? Ich vertraute meine Zweifel einem Kumpel aus der Ryngschen Villa an, und wir beschlossen beide, der Sache auf den Grund zu gehen und nachzuprüfen, was es mit den Schienen auf sich hatte. Wir legten ein Stück Weges auf den Gleisen zurück, aber sie rückten und rückten nicht zusammen. Dafür tauchte etwas weiter weg wieder diese Verengung auf. Wir gingen also weiter, während dieser Punkt immer vor uns davonlief, als handelte sich es um einen Zaubertrick. Und so gelangten wir zwei Knirpse auf den Bahngleisen nach Józefów. Dort gab es ein Mordstheater, weil man auf der Station bemerkte, daß sich da zwei fremde Jungs herumtrieben. Ein Polizist erschien und schickte uns mit dem Zug nach Michalin zurück. Müde und stolz kamen wir daheim an. Ich kriegte eine Tracht Prügel, und als ich zu erklären versuchte, ich habe nur sehen wollen, an welcher Stelle die Gleise zusammenstoßen und wie die Züge damit zurechtkämen, hieß es, ich sei ein Dummkopf und so eine Stelle gebe es gar nicht. Ich empfand das als eine Art Schwindel der Erwachsenen. Später sollten derlei Täuschungen und Irreführungen sich mehren.

Um meine Schwester, die schon ein Backfisch und sehr gut entwickelt war, strichen junge Burschen herum, die die Hausangestellten Kavaliere nannten. Sie wohnten nicht in Michalin, sie kamen aus Warschau angereist, aber nicht mit dem Zug, sondern über die Landstraße, auf Rädern, zwei von ihnen hatten sogar schon an Rennen teilgenommen. Sie hatten andere Räder als die normalen Jungs, schnelle, mit hochgestelltem Sattel, und am Lenker waren irgendwelche Flaschen mit einem stärkenden Getränk befestigt. Sie liefen in Pumphosen herum, in bunten Hemden, auf ihrem Kopf saß ein gelbes Mützchen mit Zelluloidschirm. Der Stärkste von ihnen, der große, breitschultrige Henryk Golde mit den gewaltigen Waden, hatte sogar an der »Tour um Polen« teilgenommen, sie aber nicht beendet ... Trotz allem imponierte er mir so sehr, daß ich, wäre er Stellas Bräutigam geworden, bestimmt mit ihm geprahlt hätte. Aber ehrlich gesagt hatte ich den schlanken Lopek lieber, der zwar schwieg, aber mich auf die Stange seines Rennrads setzte und lange mit mir herumfuhr. Die Stange drückte mir den Schenkel ab, aber ich muckste mich nicht, ich konnte von diesen Fahrten nicht genug kriegen, an denen mich alles berauschte: das Knistern des Unterholzes und der trockenen Fichtennadeln, das mühsame Erklimmen einer Anhöhe, die Fahrt hinunter, wenn dem Rad Flügel wuchsen und es in meinen Ohren sauste, das Überspringen hervorstehender Kiefernwurzeln, der Atem des schweigenden Lopek und die Nähe seiner starken, beschützenden Arme. Ich erinnere mich, daß ich bei diesen Fahrten auf der Querstange glücklich war. Der Mensch weiß selten, daß er glücklich ist. Damals wußte ich es.

Lopek kutschierte mich wohl deshalb so, weil er verliebt war in meine Schwester, aber er liebte schweigend, geduldig, also ohne Chancen, und daß er den Bruder seiner Liebsten herumfuhr, sollte ohne Folgen bleiben. Es ist nicht leicht, sich jemandes Liebe zu verdienen.

Der Sommer ging vorüber, die Radfahrer fuhren in alle Richtungen davon, und zu den nächsten Ferien wollte meine Schwester nicht mehr mit in unsere Villa, sie maulte, in Michalin sei es langweilig, sie habe keine Gesellschaft, bis zum Świderek sei es drei Kilometer und nicht mal schwimmen könne man dort, das Wasser ginge einem bis zur Stirn, freilich nur, wenn man sich auf den Kopf stellt, und solcher Sprüche und Nörgeleien mehr. Wenn mein Vater sagte, er hätte kein Geld für irgendwelche Kaprizen, erwiderte ihm meine Schwester, er sei ein Bourgeois, die Welt ginge einer Revolution entgegen, und bald werde sowieso alles anders. Ich verstand nicht recht, und auch heute verstehe ich es noch nicht, was das eine mit dem andern zu tun haben sollte, die Ferien in Michalin mit der Revolution, aber ich wußte, meine Schwester hatte einen reichen Jungen kennengelernt, und der wollte Revolution machen, wollte seinem Vater die Mietshäuser wegnehmen, er saß sogar im Gefängnis, und Stella konnte stolz erklären, auch sie sei Kommunistin, Vater hingegen ein Bourgeois. Sie ertrotzte sich, daß Vater ihr Sommerferien in Kazimierz, in Krynica oder im Ferienheim des Gymnasiums in Jaremcze spendierte, im Winter dann fuhren meine Schwestern zum Skilaufen nach Zakopane, wo sie die gebührende Gesellschaft hatten, fortschrittliche, intelligente junge Leute, von denen freilich nicht alle die Revolution herbeisehnten. Von jeder dieser Reisen brachten sie mir als Andenken einen Spazierstock oder eine Federtasche mit der entsprechenden Aufschrift mit, nun, und Geschichten über Geschichten, wie sie zum Beispiel Hals über Kopf auf ihren Brettern den »Idiotenhügel« hinuntergefegt waren. Michalin blieb also uns, den Jungs, vorbehalten.

Die Ferien zogen sich in die Länge, aber ich langweilte mich nicht. Selbst wenn es regnete und die Kinder Lotto spielten, was ich nicht mochte, vielleicht, weil ich immer verlor, verbrachte ich meine Zeit gern allein und stellte mir die verschiedensten Dinge vor. Die Ferienspiele von Jungs sind sich, im großen und ganzen, immer irgendwie ähnlich, ich will die meinen nicht aufzählen, sie waren nichts Besonderes. Auch Mama langweilte sich nicht, es gab so viele Frauenzimmer ringsum, daß man seine Zunge eher in acht nehmen mußte. Schwierigkeiten mit der Versorgung hatten wir auch nicht, neben unserer Villa gab es einen kleinen Laden, in dem man ausnahmslos alles bekam – nicht nur Milch, Butter und Käse, Wurstwaren, Gemüse, Kartoffeln, Süßigkeiten, Seife und Petroleum, sondern sogar Hefte, Schreibfedern und Tinte. Außerdem kamen Händlerinnen mit schweren Körben aus Otwock und Karczewo, Jüdinnen und Nichtjüdinnen, sie brachten Hühner und allerhand Obst und riefen schon von weitem, was sie feilzubieten hatten. Samstags und sonntags erschien ein junger Mann aus der Konditorei in Otwock mit Tortenschachteln, die er auf dem Kopf trug, und die ganze Woche über gingen Eisverkäufer mit Vanilleeis herum, das sie so geschickt auf der Waffel plazierten, daß es nach viel aussah, und erst, wenn man ein paarmal geleckt hatte, stellte sich heraus, daß die Waffel leer war. Aber dieses Vanilleeis schmeckte irgendwie anders als das Eis in Warschau, es hatte den unvergleichlichen Geschmack von Ferieneis, ich spüre ihn sogar jetzt noch im Mund, während ich nach so vielen Jahren darüber schreibe.

Weniger freudig begrüßten wir den Wanderfriseur, der uns ein angegrautes Laken um den Hals band und sich mit einem stumpfen Maschinchen über unsere Haare hermachte. Wir schrien: »Es ziept! Es ziept!«, denn es ziepte wirklich, und der Friseur wand sich unter Mamas gnadenlos kritischen Blicken. »Sein Pony ... Was machen Sie denn mit seinem Pony?« Aber es war schon zu spät, das Malheur passiert, den Pony klebte keiner mehr an, im übrigen: »Das wächst ja nach, ich versichre es Ihnen, meine Dame.« – »Wie das Kind aussieht!« jammerte Mama, zur Verzweiflung des Friseurs. »Als ob das Kind vorher ein Wunder an Schönheit gewesen wäre!« hätte er ihr entgegenschleudern können, aber er schwieg, er wird doch nicht eine Kundin beleidigen. Er fragte, darf es mit Einsprühen sein, Mama überlegte, denn das Einsprühen mit Kölnisch Wasser kostete extra, aber der Friseur wartete die Antwort nicht ab und hatte das Parfüm schon über meinem Kopf versprüht, und das entschädigte mich für die ganze Qual. Hinterher beschnupperten wir einander voller Stolz und Wonne. Ich schob Papa meinen Kopf unter die Nase: »Riech mal. Gut?« Ich war dümmer als ihr, meine Enkelkinder.

An Feiertagen, wenn die Familienväter anreisten, tauchten in Michalin Scharen von Bettlern auf. Sie zogen in ganzen Gruppen von Villa zu Villa, hatten ihre Anführer. Manche waren durchaus sauber und höflich, aber es gab auch Widerlinge darunter. Aufdringlich und aggressiv, erwiesen sie einem eine Gnade, wenn sie die Zwei-Groszy-Münzen annahmen (die die Sommerfrischler für diesen Zweck bereithielten), und ließen durchblicken, das täten sie nur für uns, die hartgesottenen Sünder, denen sie dabei behilflich seien, Gottes Vergebung zu erlangen. Denn wer ein Almosen gibt, der macht sich vor Gott verdient. Gäbe es keine Not, keine Bettler, der Reiche hätte keinerlei Chance – deshalb haben in Israel die zerknirschten Reichen, seit die Bettler von den Straßen verschwunden sind, Mühe, ihre Schuld zu sühnen. Ich entsinne mich an einen rothaarigen Bettler im Kaftan der Chassidim, der entsetzliche Verwünschungen ausstieß, alle hatten vor ihm Angst und gaben ihm mehr als den anderen (»Herr Rothschild«, sagt in einem bekannten Witz ein aufdringlicher Bettler, »Sie sind vielleicht Millionär, aber wie man bettelt, das versuchen Sie mir mal lieber nicht beizubringen.«). Mama hatte, wie gewöhnlich, ihren Favoriten – das war ein graumelierter, korpulenter Mann, Vater zweier kleiner Mädchen, die ihn manchmal begleiteten, und Mama bewirtete ihn immer mit einer dicken Bohnensuppe, die sie eigens für ihn aufhob. Ich sehe ihn noch, wie er auf der Treppe sitzt, sich mit dem Ärmel über den Mund wischt, den leeren Teller zurückgibt und sich bei Mama bedankt und die leckere Suppe lobt. Das war ein Bettler, wie man ihn sich nur wünschen konnte, der nahm, was man ihm gab, verschmähte auch ein Essen nicht, nicht so wie die andern, die nur Geld haben wollten und entrüstet waren, wenn man ihnen was zu essen anbot, so als beleidige man sie in ihrer Berufsehre.

Jenseits der Eisenbahngleise gab es weniger Sommerfrischler aus dem Warschauer Muranów, mehr Jungs vom Ort, hellblond, spöttisch und jederzeit zu Prügeleien bereit. Es gab auch weniger Holzvillen mit Veranden, dafür hier und da ein gemauertes Häuschen mit Säulen, Eigentum der Herren Ingenieure und Ärzte, und von solchen Häuschen hieß es, das seien »Herrenhäuser«. Auf der andern Seite der Gleise war auch mehr Platz zum Ballspielen, und später, als wir schon größer waren, zogen wir dort hin, um uns das Match eines »Sturmwind« oder »Blitz« oder der »Michalinianer« anzusehen, denn solche Namen trugen die Mannschaften. Einmal geriet ich auf die Leichtathletikmeisterschaft von Michalin. Ein paar Damen, verheiratete Frauen, liefen, Kreuzchen auf dem wogenden Busen, 60 Meter über einen grünen Rasen bis zu einem Band, das zwei Herren gespannt hielten, ein anderer Herr stoppte mit der Uhr die Zeit und sagte, das sei der Rekord von Michalin, dann sprangen dieselben Damen über eine Schnur, und dann wurden feierlich die Siegermarken verteilt. Eine der Damen, ein langbeiniges dürres Gestell von männlichem Aussehen, weinte sogar vor Rührung. Ja, das war noch Sport, nicht was sich heute so nennt ...

Doch wenn sich mir jene »andere Seite« eingeprägt hat, dann wegen der Einladungen ins Theater. »Einladung«, das sagt sich so hin, in Wahrheit mußte man mehrere Tage vorher für die Eintrittskarte, die aus einem rosa Block gerissen wurde, zehn oder fünfzehn Groszy bezahlen. Alles fand in einem kleinen Saal statt, wahrscheinlich dem der Schule. Es gab einen Vorhang aus Bettlaken, und ein magerer junger Mann sagte die einzelnen Nummern an. Zuerst bot man uns die dramatische Geschichte eines Mädchens, das sein Haus auf dem Krakauer Markt verläßt und sich verläuft. Die Mutter wartet, die Stunden (durch das Trompetensignal auf dem Turm der Marienkirche gemessen) vergehen, die Mutter leidet, schluchzt, schließlich fällt sie in einer Eingebung auf die Knie und betet zur Gottesmutter – und da, das Wunder, das Mädchen taucht auf. Dann klatschte man zwei Kindern Beifall, die einen Krakowiak tanzten und dazu sangen »Ein Mädel aus Krakau bin ich«, kräftig mit den Füßen aufstampfend.

Besonders das Mädchen gefiel uns, das beim Tanz anmutig das kurze Röckchen lüpfte, unter dem die weißen Spitzenhöschen zu sehen waren. Es folgten diverse komische Nummern, von denen eine Szene über eine schiefmäulige Familie die spaßigste war: Sie versuchten alle der Reihe nach eine widerborstige Kerze auszublasen, aber es gelang ihnen nicht, weil sie daneben pusteten, und jeder stammelte mit verzerrtem Mund: »Ich kann die Kerze nicht ausblasen. Was fange ich an?« Die Zuschauer bogen sich vor Lachen, so unverständlich sprachen sie die Worte aus. Bis schließlich der einzige Geradmundige kommt, pustet – die Kerze erlischt. Beifall, Beifall, die Darsteller treten vor den Vorhang und verbeugen sich. An dieser Stelle gestehe ich stolz, daß mir diese Szene nicht behagte. Mir war überhaupt nicht zum Lachen zumute. Ich hatte das Gefühl, jemand weide sich an meinen Qualen. Eben deshalb hat sich mir die Szene so fest eingeprägt, und immer wenn ich zurückdenke an dieses Theater, höre ich sofort jenes gepeinigte, durch den schiefen Mund hervorgequetschte: »Ich kann die Kerze nicht ausblasen. Was fange ich an?«

Auf Anhieb beschlossen wir, in unserer Villa auch eine Vorstellung zu geben. Was die andern konnten, konnten wir längst. Auch uns sollte man Beifall klatschen. Neid – ja, aus Neid war das geboren. Kinder können andere um die verschiedensten, die unverhofftesten Dinge beneiden: Also, wir spielen auch Theater und verkaufen Eintrittskarten. Wir dachten uns sogar einen Zweck aus, für den der Erlös bestimmt sein würde. Das war an dem allen übrigens das Spannendste: die Nachbarvillen abzuklappern, den Block in der Hand, und den Müttern Karten für ihre Kleinen anzudrehen. Wir verlangten fünfzehn Groszy, aber waren auch mit zehn einverstanden, das galt dann als »Ermäßigung«. Manchmal wurden wir weggejagt, aber am Ende hatten wir etliche Karten verkauft – und wir konnten mit dem Theater beginnen.

Der Termin rückte gefährlich näher, wir aber hatten keine Ahnung, was das für eine Vorstellung sein sollte. Wir wollten auf der Veranda spielen, aber keiner von den Mietern gab seine dafür her, auch Mama nicht. Wir beschlossen, im Freien zu spielen. Zwischen zwei Bäumen würden wir den Vorhang aus Bettlaken aufhängen, auf der einen Seite würden wir spielen, auf der andern stünden die Zuschauer. Und das Stück? Ja was denn, hatten wir nicht gesehen, was die andern gespielt hatten? Unser ganzes Programm sollte ein einziges Plagiat sein. Also käme das verirrte Mädchen vor (nur das Knien vor dem Bild der Muttergottes durfte nicht vorkommen, statt dessen gäbe es einfach ein Gebet zum Herrgott), und ein Krakowiak würde getanzt werden, danach folgten ein paar lustige Szenen. Es gelang mir, die andern zu überzeugen, daß die mit der Kerze aus technischen Gründen nicht möglich wäre. Es fand sich ein Mädchen, das tanzen konnte. Sie hatte kein Krakauer Kostüm, aber sie hatte eine ehrgeizige Mutter, die flickte ihr irgendwas zusammen, wir machten eine Probe und alle sagten: gar nicht schlecht. Wir hatten niemanden für die Rolle der verzweifelten Mutter, also beschlossen wir, sie hätte eben einen verzweifelten Bruder, und der wäre ich. Auf die Art entstand ein Text, in dem der Knabe spricht: »Es hat schon die neunte Stunde geschlagen, und von meinem Mariechen weit und breit keine Spur!« Das sollte ich herzzerreißend vortragen.

Die von jenseits der Gleise hatten einen Erwachsenen gehabt, der ihr Theater anleitete, das war, soviel ich mich erinnere, der Lehrer, wir hatten so jemanden nicht, und es herrschte die totale Anarchie. Keiner hatte Lust zu den Proben, mein Bruder störte nur, aber er beteuerte, ich brauchte keine Angst zu haben, er würde schon alles aufsagen, wie sichs gehörte. Schließlich kam der schreckliche Tag, es gab ja keinen Zweifel mehr, daß er mit einer Katastrophe enden würde. Es war ein Sonntag, es kamen also eine ganze Menge Leute, Mütter mit Kindern, Jungs aus den Nachbarvillen, sogar die aus der Frydschen (mit denen wir im Krieg lagen), obwohl sie bestimmt keine Karten gekauft hatten.

Es gab Ärger mit dem Vorhang, aber nicht davor fürchtete ich mich am meisten. Das verirrte Mariechen brachten wir irgendwie hinter uns, das »Mädel aus Krakau« fiel recht jämmerlich aus, die Zuschauer hielten mit spöttischen Bemerkungen nicht an sich, aber das Schlimmste sollte noch kommen. Ich und mein Bruder in einer komischen Szene. Er als Gast in einem Restaurant und ich als Kellner im Chaplin-Kostüm. Natürlich bin ich ein Tolpatsch, gieße ihm die Suppe über den Kopf, und er jagt mich um den Tisch herum, der Tisch kippt um, ich gebe ihm einen Tritt in den Hintern und so weiter. Aber losgehen sollte es damit, daß der Gast eine Suppe bestellt, was niemals erfolgte. Mein Bruder erstickte fast vor Lachen und konnte kein Wort hervorbringen. Er wollte sprechen

– und konnte nicht. Ich sage ihm vor, stoße ihn an, trete nach ihm – und der – nichts, der platzt fast vor Lachen. Das Publikum fängt auch an zu lachen, schrille Pfiffe, ich spreche an seiner Statt (»Ach, der ehrenwerte Herr wollen eine Kohlsuppe bestellen«), mein Bruder schüttelt den Kopf, lacht und rennt, sich den Bauch haltend, plötzlich hinaus. »Geld zurück!« schreien die Zuschauer, und am lautesten die aus der Frydschen Villa, die keinen Groschen bezahlt haben. Gegen die Pfiffe mime ich, Tränen in den Augen, Charlie Chaplin, sie aber pfeifen und grölen, und es wäre wer weiß was passiert, wenn es nicht angefangen hätte zu gießen. Alle rannten auseinander, der Regen hatte uns gerettet. Aber die Schmach blieb.

»Bloß weil mit dir nichts geht!« schrie ich meinen Bruder an, der sich die Blamage nicht im mindesten zu Herzen nahm. Es stimmte nicht ganz, daß mit Hipek nichts ging, manchmal gelang es uns ja, zu zweit einen Krieg zu gewinnen. Im Kriegführen war mein Bruder wirklich erfinderisch und irrsinnig mutig, wodurch er den Gegner überraschte. Wir führten einen erbitterten Krieg mit der Villa Fryd, hauptsächlich, weil Felek, ihr Anführer, ein großer, schlanker, biegsamer Junge beim Herumlaufen derart schwungvoll die Arme schwenkte, als gehörte die ganze Welt ihm, und überhaupt war er so schrecklich selbstsicher, daß uns das ärgerte. Zwei Knüppelduelle zwischen meinem Bruder und Felek gingen unentschieden aus, aber beim dritten gelang es Hipek, diesen Felek in unsere Villa zu locken, wo er ihn gefangennahm. Jetzt ging es los. Mein Bruder fesselte ihm die Arme und band ihn mit seinem eigenen Hosengürtel an einen Baum. Felek stand mit gesenktem Kopf, und mein Bruder demütigte ihn, indem er in einem fort wiederholte: »Du hast Schwein, daß ich so großmütig bin, das ist nun mal mein Charakter!« Als das meine Schwester Mirka sah, schlug sie Krach, Felek bekam seinen Gürtel zurück und wurde aus der Gefangenschaft entlassen, aber er tauchte nie wieder auf. Ich weiß nicht, ob er auch nach dieser seiner Niederlage die Arme noch so herausfordernd schwenkte.

Auch in der Nowolipie-Straße führten wir mit anderen Häusern Krieg, schlossen Bündnisse, sammelten Waffen. Außerhalb der zwischen den Parteien vereinbarten Schlacht drohte einem keine Gefahr, man konnte die Straße entlanggehen, ohne fürchten zu müssen, daß einen aus der feindlichen Toreinfahrt einer angriff. Die festgesetzten Regeln wurden geachtet. Am tiefsten hat sich mir eingeprägt, daß wir zuerst als Sieger antraten, unsere Keulen schwangen und »Hurra!« brüllten, und dann, ich weiß nicht, weshalb, kehrtmachten und panisch die Flucht ergriffen, während die andern hinter uns her rannten, ihre Keulen schwangen und »Hurra!« brüllten. Als ich einmal so davonrannte, packte mich der alte Schlosser Rachmil (an dessen Brille ich mich erinnere, weil sie ein Drahtgestell hatte), griff mich also dieser Rachmil am Arm und schüttelte mich: »Junge, was machst du da? Ich sags deinem Vater!« In diesem Moment – vielleicht, weil mich die Panik entsetzte, die auf so unerklärliche Weise entstand – wurde mir die Idiotie unseres Spiels bewußt. Als hätte ich einen Schock erlebt. Blitzartig war ich erwachsen geworden.

Und doch, wir mußten Michalin aufgeben. Während Mama mit Józef die Rabatten verschönerte, nahm die Krise, die Arbeitslosigkeit im Land zu, die Not wurde größer. Die Preise fielen, Waren gab es genug, nur hatten die Leute kein Geld, sie zu kaufen. Das Baugeschäft stagnierte. Mein Vater trauerte jenem kalten Winter nach, als er mehrere Dutzend Arbeiter gebraucht hatte, um mit den Aufträgen nachzukommen, jetzt hatte er nur noch ein paar, und auch für die gab es nicht immer genug zu tun. Sie kamen jeden Morgen, wie früher, standen in der Diele, knüllten ihre Mützen in den Händen, seufzten, versuchten zu scherzen, schließlich ließ der Herr Miciński sich vernehmen: »Tja, dann wohl bis morgen, Meister, was?« Und Vater kratzte sich den Kopf, weil ihm nichts einfiel. Einmal erklärte er mir, was eine Krise ist – eben das: Es passiert nichts im Geschäft, weil alle sparen, statt Geld auszugeben ... Die Preise sackten weiter ab, die Arbeiter begnügten sich mit immer niedrigeren Löhnen, folglich schrumpfte die Schar der Käufer ... Bei Tisch berieten die Eltern, wie die Ausgaben einzuschränken seien. Das Dienstmädchen konnte man nicht wegschicken, bei vier Kindern wäre Mama allein nicht zurechtgekommen – im übrigen war das Dienstmädchen nun weiß Gott keine so große Ausgabe. Meine große Schwester brach den Unterricht im Gymnasium der Frau Dickstein ab, Vater sorgte dafür, daß ihr Herr Wolanow Arbeit in seiner Lottosammelstelle gab, für fünfundsiebzig Złoty im Monat adressierte Stella acht Stunden täglich Kuverts mit Losen – alle spielten damals in der Lotterie, man konnte ein Viertellos kaufen und das noch mit jemandem zusammen, man gab dem Herrgott eine Chance, wie es hieß. Aber später entließ der Herr Wolanow meine Schwester, weil sie, wie er zu Vater sagte, das Geld nur für ihre persönlichen Ausgaben brauchte, dabei gab es eine Unmenge Mädchen, die gar nichts zum Leben hatten. Und außerdem kam es vor, daß sie den anderen von Zakopane, von Tanzlokalen und Ballkleidern erzählte, und das, meinte er, war schädlich für die Firma. Nach einem Jahr kehrte meine Schwester also ins Gymnasium zurück, um Abitur zu machen. Zum Abitur trug sie ein eigens für den Zweck genähtes Kleid, das einen Gürtel mit kleinen Taschen für die wie eine Harmonika gefalteten Spickzettel hatte, ich aber schrieb diese Spickzettel fleißig von anderen Spickzetteln für sie ab, und ich weiß noch genau, daß ich manchmal den Stil, ja sogar den Inhalt korrigierte. Aber das war später, als ich mich schon des Ruhms eines Hausdichters erfreute.

Als wir das nächste Mal mit Mama nach Michalin in die Ferien fuhren, vermieteten meine Eltern für diese Zeit ein Zimmer unserer Wohnung an ein Ehepaar. Das waren Intellektuelle, die Familie eines bekannten Dichters, und mein Vater war stolz, solche Untermieter zu haben. Später dann fiel die stille Entscheidung, daß wir zusammenrücken, die Wohnung gegen eine kleinere tauschen müßten. In »Unserer Rundschau« füllte die Rubrik »Angebotene Wohnungen« mitunter eine ganze Seite aus.

Mama nahm mich mit, wenn sie sich diese »angebotenen Wohnungen« anschauen ging. Ich sah fremde Höfe, fremde Zimmer, fremde Möbel – und alles erschien mir abstoßend und sonderbar. Nichts gefiel mir, nichts. Schon der Gedanke, wir könnten unsere Wohnung verlassen und in eine von diesen »angebotenen« ziehen, erschien mir demütigend. Ich verhehlte meinen Widerwillen und meine Niedergeschlagenheit nicht. Mama gefielen die Wohnungen im übrigen auch nicht, überall entdeckte sie Nässe und irgendwelche ekelhaften Gerüche – und das alles erzählte sie Papa. Nun, und wir zogen nicht aus. Auf diese Weise gehört diese unsere Wohnung immer noch mir, auch heute noch, wenn sie mir in meinen Träumen erscheint.

Wenn schon gespart werden mußte, konnte auch nicht die Rede davon sein, daß man mir einen neuen Mantel kaufte. Mama beschloß, den hellbeigen Mantel meiner großen Schwester für mich zu wenden. Diese Idee behagte mir gar nicht, alle meine Kameraden hatten einen dunkelblauen Mantel, aber Mama versicherte mir: »Er wird entzückend, du wirst schon sehen.« Ich ging mit Mama bis in die Gęsia-Straße zu einem Schneider, der ausschließlich Änderungen vornahm. Das war ein wahrer Meister, dem konnte man einen völlig zerschlissenen Anzug bringen, und er versprach, noch was daraus zu zaubern und beteuerte: »Das wird wie neu.« Dieser Schneider hatte ein sanftes, sympathisches, glatt rasiertes Gesicht, und ich erinnere mich an den warmen Blick seiner dunklen Augen. Ich wußte, er nahm jede Änderung an, weil er arm war, aber er trug sein Schicksal mit Würde, sah sich den Stoff sorgfältig an, sprach langsam und besonnen, ohne sich anzubiedern, sachlich. Ich erinnere mich auch, daß ich, als wir die Treppe zu ihm hinaufstiegen (die vom Dampf getränkt war, der unter dem Bügeleisen aufstieg), ein mageres, schüchternes Mädchen sah, wie an der Wand klebend, sein Töchterchen, und daß Mama mir ins Ohr flüsterte: »Sie hat die Schwindsucht.« Das Wort muß mich mit Grauen erfüllt haben, wenn es sich mir so ins Gedächtnis gegraben hat. Und der Änderungsmeister tat mir noch mehr leid.

Der Schneider nahm Maß, veranschlagte fünf Złoty, Mama feilschte nicht, der Mantel wäre ja wie neu, billiger ging es nun wirklich nicht. Dann, als Mama den Mantel beim Schneider abholte, konnte sie ihn nicht genug loben. Ein paar Tage ging ich darin zur Schule und ertrug geduldig die boshaften Bemerkungen meiner Kameraden. Schließlich kam die Katastrophe. Eines Tages ging ich in die »Distribution« in der Nummer einundfünfzig (mit andern Worten, in einen Schreibwarenladen), um mir Umschläge für meine Hefte zu holen. In der Distribution mußte man immer ein bißchen warten, die Kinder kauften dort Aufkleber, Gummiarabicum, Kaleidoskope und andere Wunderdinge, und so wartete auch ich – und plötzlich höre ich, wie mich die Besitzerin fragt: »Und du, meine Kleine, was solls für dich sein?« Ich rannte aus dem Laden, wie mit siedendem Wasser übergossen. Stürmte nach Hause, riß mir den Mantel vom Leib und weinte und schrie, nie mehr, nie, nie mehr würde ich ihn anziehen. »Die Frau hat gedacht, ich bin ein Mädchen!« Und nun schluchzte ich erst richtig los.

Mama versuchte nicht mehr, mich zu überreden. Offenbar hatte sie ihre Schuld erkannt. Es war, trotz der Krise, nicht gelungen, an mir zu sparen, man mußte mir einen neuen Mantel kaufen. Ein Glück, daß ich nicht allzu schnell wuchs.

Mein Vater rang einige Jahre mit dem Wunsch, die Villa zu verkaufen. Ein paarmal rückten ihm Vermittler auf den Leib, aber sie boten zu wenig, jedesmal weniger. Also machte Vater einen Rückzieher, sagte, man müsse die entsprechende Konjunktur abwarten, aber die Krise verschärfte sich, die Preise fielen, man bekam nur noch wenig Geld fürs Ferienzimmervermieten. Vater entschloß sich zum Verkauf, als der Preis den Tiefpunkt erreicht hatte. Ich erinnere mich an diesen Widerling, den selbstzufriedenen Kapitalisten, der uns für unsere heißgeliebte Villa siebzehntausend Złoty bezahlte, und gekostet hatte sie, errechnete Vater, vierzigtausend. Nun ja, aber ein bißchen Freude haben wir gehabt, tröstete Vater uns und sich selbst, und ein bißchen Nutzen haben wir auch, kein Grund zur Traurigkeit, um ein Geschäft zu führen, braucht man Bargeld und nicht Bäume und einen Zaun. Ein bißchen was mußten wir auch noch dem Räuber von Vermittler ablassen und ihn mit einem Abendessen bewirten.

Dafür begann das Geld, das kleine Kapital, sowie es sich auf Vaters Konto befand, wie unter der Berührung einer Wünschelrute, Profit abzuwerfen. Wieder kam Schwung ins Baugeschäft. Die Kapitalisten bauten Mietshäuser.

Wir fuhren nie wieder nach Michalin. Mama wollte nicht einen Blick auf die Villa werfen, in der sich jetzt fremde Leute breitmachten. Als hätte die Villa uns verraten – als wäre es ihr egal, wer sie besaß. In die Ferien fuhren wir von nun an nach Świder, in fremde Villen, dafür nahe am Flüßchen mit dem Sandstrand gelegen. Während der deutschen Besatzung riß die ortsansässige Bevölkerung die meisten hölzernen Bauten ab, die Villen mit den Veranden und die gestrichenen Zäune verschwanden. Józef schafften sie angeblich nach Auschwitz, von wo er nie zurückkam.

Hahnenkampf

»In der ersten Abteilung Einsen zu haben, ist keine Kunst«, sagten meine großen Schwestern, »wart nur ab, was passiert, wenn erst mal die Bruchrechnung drankommt, du wirst dich noch umgucken.« Beide legten es darauf an, mir angst zu machen, und sie taten es so erfolgreich, daß ich die Furcht vor durch einen Strich getrennten Zählern und Nennern lange nicht verlor. Beim bloßen Anblick eines Bruchs gefror mir das Hirn. Das war vermutlich ein bedingter Reflex, was der Umstand bezeugen mag, daß ich mit Dezimalbrüchen keinerlei Schwierigkeiten hatte: Ich eignete sie mir rasch an und mochte sie mit der Zeit sogar, besonders bei Leichtathletikergebnissen.

Auch das Einmaleins erschien mir, infolge der grauenerregenden Erzählungen meiner Schwestern, als ein Geheimwissen, das nicht zu bekommen war, und, recht betrachtet, beherrschte ich es erst in der ersten Klasse des Gymnasiums, als ich schon zwölf war. Später stellte sich heraus, ich war gar keine solche mathematische Niete, wie ich mir eingeredet hatte, die Not brachte sogar eine gewisse Begabung an den Tag. Deshalb denke ich, jeder Mensch von einiger Intelligenz ist imstande, das Nötige an Mathematik zu beherrschen, doch davon zu berichten, wird noch Gelegenheit sein.

In Wirklichkeit schreckten mich vom Rechnen nicht meine Schwestern, es schreckte mich der Herr Glanc, unser Lehrer in der zweiten Abteilung, ab. Herr Glanc, klein, breitschultrig, fast kahl, noch ziemlich jung, geriet leicht in Wut, und dann ging er in die Luft und schimpfte uns Idioten. Er packte einen am Ohr und stieß einen erbittert in die Ecke, wo man bis zur Pause knien mußte. Mir war das unbegreiflich, eine Katastrophe in meinem Leben, zumal ich bei dem Fräulein Lehrerin einen Stein im Brett hatte. Als der Herr Glanc erfuhr, daß ich bei ihr der beste Schüler war, begann er zu brüllen, ihn werde hier keiner für dumm verkaufen und so weiter. Ich haßte ihn, und er wohl auch mich. Ich machte die Rechenaufgaben nicht, verstand nichts mehr und bekam Vieren, durchaus zu Recht.

Eines Morgens rebellierte ich. Beim Aufwachen sagte ich zu Mama, ich ginge nicht länger in die Schule. Andere Kinder in meinem Alter fingen jetzt erst mit dem Lernen an, und ich, ich hätte schon ein ganzes Jahr lang Pflichten, statt zu spielen, müsse ich früh aufstehen, Schularbeiten machen, und vorher – und hier brachte mich das Gefühl der mir angetanen Schmach zum Weinen –, vorher hatte ich schon zwei Jahre lang in die Vorschule gehen müssen. Und noch davor hatte mich Mendel mit seinem Alef-Bet gequält. »Ich hatte überhaupt keine Kindheit«, schrie ich, tränenüberströmt, mich an dem eigenen Unglück berauschend. »Du willst also nicht mehr zur Schule gehen?« fragte Mama nach. »Nein, ich will nicht!« – »Dann geh nicht.«

Ich blieb zu Hause. Ich wollte spielen, das Leben genießen, um es mal so zu nennen, aber irgendwie wußte ich nicht, wie ich das angehen sollte. Die Jungs vom Hof guckten sonderbar, als ich ihnen erklärte, ich habe die Schule an den Nagel gehängt. Mama verlor kein Wort darüber, es gab weder Bemerkungen noch Vorwürfe. Morgens leerte sich das Haus, alle gingen ihren Geschäften nach, ich blieb mit Emilka allein, streifte durch die Wohnung, aber ich fühlte mich immer unwohler in meiner Haut. Nach ein paar Tagen packte ich, ohne jemand etwas zu sagen, meinen Ranzen und ging wieder in die Schule. Mama blies nicht die Siegesfanfare. Keines von meinen Geschwistern sagte schadenfroh: »Na, bitte.« Der Herr Glanc verpaßte mir die nächste Vier für nicht gemachte Hausaufgaben, und alles war wie vorher.

Der Herr Krelman hatte gewisse Ambitionen, was seine Schule betraf. Er trug Sorge für bildende Unterhaltung. Zum Beispiel kam ein Mann mit einem Kino zu uns. Zuerst wurden von jedem Kind zwanzig Groszy eingesammelt, dann hängte der Mann ein Laken an die Wand und verdunkelte die Fenster. Der Apparat begann zu schnurren – und auf der Leinwand erschienen verschwommen und schwankend der magere Pat und der dicke Patachon oder Harold Lloyd mit Brille im rückwärtsfahrenden Auto und manchmal Charlie Chaplin höchstpersönlich. Ein andermal nahm uns das Fräulein Lehrerin alle mit ins Theater, in die Operette »Die Försterchristel«. Man glaubte, das würde uns gefallen, denn das war bunt und ging ins Ohr, aber mir gefiel es nicht, dieses Mädchen, das in einem fort »Oh, Kaiiiser, o Kaiiiser!« sang, die andern Worte verschluckte sie, interessierte mich nicht im mindesten, und die Melodie war mäßig, mir jedenfalls ging sie nicht ins Ohr. Daß Herrn Krelmans Schule eine Schule war, wie sichs gehörte, bezeugt am besten der zweimalige Besuch des Inspektors, eines schlanken Herrn im schwarzen Anzug und mit einem bösen Funkeln hinter der Brille. Aber selbst ohne das böse Funkeln starben alle fast vor Angst. Am meisten fürchteten ihn die Lehrer. Bei uns hielt das Fräulein Lehrerin die Stunde vor dem Inspektor, weil sich der Herr Glanc plötzlich nicht wohl fühlte und Herr Krelman sagte, es wäre besser, er ginge nach Hause. Den Inspektor interessierten nicht unsere Fortschritte in Religion oder im Hebräischen – er wollte wissen, ob wir lesen und schreiben, was wir über Mieszko I. berichten und wie weit wir zählen konnten. Zum Glück fragte er nach dem Einmaleins nicht mich, sondern Lewinson, einen hübschen, sympathischen Jungen, der noch jünger als ich und wirklich begabt war und immer alles wußte, und trotzdem zeigte ihm unser Fräulein, zitternd und bleich, hinter dem Rücken des Inspektors mit den Fingern, wieviel drei mal vier ist. Mich hätte der Inspektor in Geschichte oder sogar in Geographie aufrufen können, aber mich fragte er nach nichts, die anderen stammelten was, und er seufzte schwer. Ich weiß nicht, ob er ahnte, daß das vor Angst geschah, aber ich weiß, wenn uns einer angst machen wollte, dann mußte er nicht mit dem Teufel drohen und nicht mit der Polizei oder mit einer Vier in Betragen, sondern lediglich mit dem Inspektor, wenn der kommt, dann erlebt ihr euer blaues Wunder.

Ich erinnere mich nicht, ob wir schon damals oder erst im folgenden Jahr Pflichtturnen hatten. In Herrn Krelmans Gebäude gab es dafür keine Halle, wir gingen also zweimal pro Woche zum Turnen in eine andere Schule, und zwar nach dem Unterricht. Dennoch ließ ich nie eine einzige Stunde aus. Unser Lehrer war ein kurzgeschorener, kleiner, muskulöser junger Mann, der eben sein Studium am Institut für Körpererziehung in Bielany beendet hatte – Herr Beniek Goldberg. Er war selber bestens durchtrainiert, und außerdem spielte er beim Arbeiterverein »Stern« in der Verteidigung. Das war damals die beste Mannschaft des Bezirks Warschau, die zweimal nahe daran war, in die Liga aufzusteigen. Manchmal spielte Herr Beniek sogar in der Warschauer Repräsentation, an der Seite des großen Martyna! Für uns war er natürlich eine unerhörte Autorität, gehorsam führten wir alle möglichen Verrenkungen zum rhythmischen Gegelle seiner Trillerpfeife aus und hatten dabei das Gefühl, daß durch ihn etwas aus uns würde: aus mickrigen Buben, die in engen stickigen Höfen mit dem Stoffball »gebolzt« oder in dunklen Treppenhäusern Ringkämpfe mit Beinstellen veranstaltet hatten, entwickelten wir uns zu richtigen Jungs.

Beniek Goldberg dachte sich allerhand Lockerungsspiele aus, teilte uns in Gruppen ein, um unseren Kampfgeist zu wecken, und war überhaupt sehr einfallsreich. Aber das größte Erlebnis war der Hahnenkampf, bei dem jeder einzeln anzutreten hatte. Zwei Mannschaften standen einander gegenüber, vom kleinsten bis zum größten, so wie bei den Gewichtsklassen im Boxen. Der Kampf bestand darin, daß man, auf einem Bein hüpfend, die Arme auf dem Rücken verschränkt, den Gegner Brust gegen Brust so anzurempeln hatte, daß der die Balance verlor und das zweite Bein herunterließ. Mir gegenüber stand ein Junge von meiner Größe, genauso ein Hänfling wie ich – Icek Fiszer. Icek tat sich in der Klasse durch nichts Besonderes hervor, er war weder schwer von Begriff noch besonders geistreich, er sprach nicht viel, brüstete sich nicht, las eine ganze Menge, Fußball spielte er bestimmt schlechter als ich. Vielleicht bildete ich mir deshalb ein, ich würde ihn mühelos bezwingen. Ich rückte scharf vor, Fiszer griff als erster an – und ich erlitt eine schmähliche Niederlage. In der nächsten Stunde hatte ich ihn wieder zum Gegner. Ich war schon vorsichtiger, aber ich verlor erneut. Am meisten betrübte mich, daß ich mich vor Herrn Beniek blamierte. Fortan übte ich das Hüpfen auf einem Bein, ich verfiel auch darauf, daß es vielleicht gut wäre, einen Angriff nur vorzutäuschen und dann, wenn Icek auf mich zukäme, auszuweichen, dann mußte er das Gleichgewicht verlieren. Ich glaube, bei unserer dritten Begegnung war Icek, der zweifache Sieger, seiner selbst allzu sicher. In aller Ruhe verfolgte ich meinen Schlachtplan, und als er schwankte, sprang ich von der Seite hinzu und rammte ihn mit der Brust. Fiszer ging in die Knie – ich hatte gewonnen und unserer Mannschaft einen Punkt eingebracht. Nun war für alle klar, daß es zwei unerbittliche Rivalen gab. Wie Kusociński und Petkiewicz. Wie Dempsey und Tunney. Wie Tilden und Cochet. Ich – und Icek Fiszer. Jedesmal, wenn wieder ein Hahnenkampf stattfinden sollte, fieberten die Jungs bei uns. Die großen Gegner sind wieder angetreten! Das Ergebnis stand niemals fest. Mal gewann er, mal ich, keiner war dem andern eindeutig überlegen.

Nicht ausgeschlossen, daß wir einander nicht mochten. Aber ich erinnere mich, daß es nie außerhalb der Turnhalle irgendwelche Zusammenstöße zwischen uns gab. Wir verhielten uns kühl, aber korrekt zueinander. Keine Streiche, kein böses Wort. Wir »ließen« alles dort »raus« – beim Hahnenkampf.

Bis ich eines Tages in der Kolumne »Was gibts bei uns?« in der »Kleinen Rundschau«* einen Brief las, der unterzeichnet war mit »Icek Nowolipek«. Ich wußte, das war er, denn er hatte angedeutet, er schreibe was für sie. Ein Messerstich mitten ins Herz! Er – in meiner »Rundschau«! Und das zu einer Zeit, als es bei mir entschieden nicht gut lief – sie hatten mir etwas abgelehnt, die Zusammenarbeit war abgerissen. Ein paar Wochen später, wieder am Freitag, in der »Rundschau« ein Brief, unterschrieben mit »Icek Nowolipek«. Er hatte gewonnen. Ja, er hatte gesiegt. Ich konnte nicht gegen ihn antreten. Ich hätte etwas für das Blatt schreiben müssen – aber was. Mein Kopf war leer.

Als ich die vier Abteilungen beendet hatte, erwirkte Herr Krelman die Genehmigung, eine fünfte Abteilung aufmachen zu dürfen. Ihr teilte er ein kleines Zimmer zu, in dem wir fünf Schüler saßen, mit dem glänzenden Le-

* s. S. 146 f.

winson, doch ohne Icek. Ich verlor ihn aus den Augen. Unsere Gefechte fanden ein Ende. In der »Kleinen Rundschau« stieß ich nie wieder auf einen mit »Icek Nowolipek« unterschriebenen Brief. Vielleicht empfand er, als der Wettstreit in der Turnhalle vorbei war, nicht mehr das Bedürfnis, auf dem Papier mit mir zu wetteifern?

Ich weiß also nicht, was aus meinem Herausforderer geworden ist. Vielleicht hat er überlebt und erinnert sich bisweilen daran, daß wir einmal Rivalen waren? Vielleicht hatte er es gar nicht bemerkt? ... Ich weiß es nicht.

Esau, mein Bruder

Als ich mit der Schule anfing, war mein Bruder zwei Abteilungen über mir, aber nicht in meiner, sondern in einer anderen Schule, in der von Herrn Karp in der Nowolipie-Straße, irgendwo hinter der Karmelicka. Dieses Haus des Herrn Karp wurde mitunter abfällig »der Cheder« genannt, was man nie von Herrn Krelmans Schule sagte. Fest stand jedenfalls, bei Herrn Karp war es billiger, und es gingen die größten Rabauken dorthin, der Abschaum, der weder Vater noch Mutter ehrte, dort droschen die Lehrer mit dem Lineal drauflos, ja griffen sogar zur Rute. Einmal war ich mit Mama dort, der magere, müde Herr Karp mit dem langen Ziegenbart hatte sie zu sich bestellt, um sich über meinen Bruder zu beschweren, es war eben Pause, und – Leute! – ich habe sie noch immer vor Augen, diese Hals über Kopf die Treppe hinunterstürmenden, grölenden einer über den anderen stolpernden Jungs. Ich pries mich glücklich, daß ich nicht hier, sondern in der ehrenwerten Schule des Herrn Krelman war.

Unter diesen Rüpeln tat sich mein Bruder, man male sich das aus, noch besonders hervor. In der dritten Klasse blieb er sitzen, nicht mal Herrn Karps Rute hatte gefruchtet. Mama ließ ihn zu Herrn Krelman umschreiben, aber das nutzte nicht allzuviel: Auch hier machte er nie seine Hausaufgaben. Die Schulbank zu drücken, war für ihn eine Tortur. Er türmte mit seiner Aktentasche zum Waffenplatz oder in den Tischtennisklub »Maraton« in der Bielańska-Straße, oder er lungerte in der Stadt herum, prügelte sich mit den Jungs in den Toreinfahrten, bloß, um nicht in der Klasse zu hocken. Er hatte sich darauf versteift, nichts zu können, nicht mal die Jahreszahl für die Schlacht bei Tannenberg wollte er sich merken, er wußte weder von König Łokietek noch von Kazimierz dem Großen, konnte nicht einen Vers aus der Bibel. Das Jahr darauf blieb er wieder hängen, ich wurde versetzt (trotz der Vier im Rechnen bei Herrn Glanc), und nun saßen wir in derselben Klasse – ich und mein drei Jahre älterer Bruder.

Ich fühlte mich unbehaglich, so als wäre ich daran schuld. Zumal Herr Becher den Unterschied zwischen uns gern noch hervorhob, um sich an meinem Bruder auszulassen. Der nämlich wollte nach wie vor nichts können. Ja, er wollte nicht. Gedemütigt durch die Situation, verbiß er sich nur noch mehr. Wieder verschwand er aus der Schule. Nur wenn er schwänzte, war ihm wohl und – beim Fahrradfahren. Ich legte es nicht darauf an, ihn zu demütigen, ich wollte das keineswegs, einmal passierte es, aber ich war noch ein kleiner Junge, grade acht, und ich konnte – so wie heute noch – nicht rasch genug reagieren, obwohl ich spürte, da geschah vor den Augen der Klasse etwas Schlimmes, und ich, ich weiß es noch, wütend war auf den Herrn Becher und seine bloßstellende Vorführung. Ja, ich erinnere mich, wie niedergeschlagen ich war, und wie angewidert danach, daß ich mitgemacht, meinen großen Bruder preisgegeben hatte.

Als nun alles darauf hindeutete, daß Hipek die dritte Klasse ein viertes Mal würde machen müssen (was vermutlich eine Art Rekord gewesen wäre), nahmen ihn meine Eltern von der Schule. »Der geht arbeiten«, entschied Vater und dachte vielleicht: Mein eigen Fleisch und Blut, ich war genauso.

Mein Vater zeigte nicht die geringste Verärgerung, im Gegenteil, er brachte Hipek nur noch größere Zuwendung entgegen, seit der in der Firma arbeitete, das heißt auf den Bau ging und allmählich das Handwerk erlernte. Da stand schon fest, aus dem würde mal was, der ging im Leben nicht unter, es war schon jetzt eine Freude, wie er ein Gewinde schnitt oder mit dem Stemmeisen hantierte, während meine Zukunft unabsehbar war. (Wer konnte schon ahnen, daß das die Zukunft aller, durchweg aller betraf.) Überhaupt hatte Vater endlich eine Wahl getroffen: Er mochte meinen Bruder mehr als mich und meine jüngere Schwester Mirka mehr als Stella. Dahinter stand ein gewisser rationaler Grund: Meine älteste Schwester war eine kostspielige Tochter – das Gymnasium, die Garderobe, Zakopane und so weiter. Umschwärmt von Verehrern, kam sie erst spät abends aus den eleganten Tanzlokalen nach Hause, rauchte Vater die Zigaretten weg, spielte mit ihren Freundinnen Bridge, wobei alle vier Dämchen pafften, daß das Zimmer blau war vor Rauch – die Firma hatte nichts von ihr. Ich mochte im übrigen Stellas Freundinnen, allesamt waren sie hübsch und dufteten, Dianka Swider war sogar eine Schönheit, hochgewachsen, schlank, schwarzhaarig, eine echte Jagdgöttin Diana, und irgendwie waren sie auch zärtlich zu mir, wenn ich schlafenging, kamen sie und überhäuften mich mit Küssen, vor allem Dianka Swider, die ich insgeheim liebte (vielleicht ahnte sie das auch?), und diese Küsse raubten mir die Besinnung, was sie nicht wußten (obwohl … vielleicht doch? …). Sie behandelten mich wie ein Kind, und wenn sie mich küßten, ließen sie ihren erwachenden mütterlichen Gefühlen freien Lauf, aber ich war ja schon zehn oder elf, für mich waren sie wunderschöne junge Mädchen, bezaubernde und beunruhigende Geschöpfe des anderen Geschlechts … Ich weiß nicht, was aus ihnen geworden ist, aber von Dianka Swider hab ich gehört, sie habe sich retten können, sei irgendwo auf der anderen Halbkugel, und dem Herrgott sei Dank dafür.

Mirka war das ganze Gegenteil von Stella. Schüchtern, hing sie an der Familie, hatte Komplexe (klein, schwarzhaarig, schwarzäugig, ohne die geringste Ahnung, was für ein entzückendes Gesichtchen sie hatte, ein bißchen zu vollbusig, aber dafür – was für herrliche Beine! Und dieses Lächeln der strahlend weißen Zähne!), Mirka war nervös, hatte häufig Migräne (dann mußte ich in die Apotheke des Herrn Frankenstein laufen und Kopfwehpulver »mit dem Hahn drauf« holen), sie bewunderte auch ihre elegante und so viel glücklichere Schwester. Nach sieben Klassen Grundschule willigte Mirka, die eine glänzende Schülerin gewesen war, gehorsam ein, das Lernen aufzugeben und Vater in der Firma zu helfen. Sie erwies sich als sehr tüchtig, manche Arbeiter nannten sie »die Frau Chefin«, denn sie fertigte die Lohnliste aus und verwaltete die Kasse. Vater schätzte sie, weil sie so gut zu wirtschaften verstand, lobend hob er hervor, sie sei sparsam, vielleicht sogar geizig, der kann man wer weiß was anvertrauen, die vergeudet nichts, nicht ein Groschen kommt bei der um. Sie war Papas Lieblingstöchterchen. Aber auch ich war »dicke« mit ihr, Mirka mochte mich, sie wahrscheinlich von allen am meisten, und wenn ich Geld fürs Kino oder für etwas anderes brauchte, auf sie war Verlaß, sie zweigte was aus der Hauskasse für mich ab, auf eigene Verantwortung. Manche Jungs vom Hof waren verliebt in sie (die »Kavaliere«), aber eigentlich waren sie alle nicht das Rechte, was Mama mächtig verdroß, weil sie Mirka nur die Zeit stahlen. Mama verübelte es Stella ein bißchen, daß Mirkas Zukunft sie so gar nicht interessierte und sie mit ansah, daß die Schwester abends zu Hause hockte, während sie sich selber auf den Tanzböden austobte, und so nahm Stella Mirka hin und wieder mit ins »Paradies«, vielleicht sogar in die »Adria«, aber ich erinnere mich nicht, daß was Wichtiges dabei herausgekommen wäre. Kurz vor dem Krieg begann Mama Bettlaken und flauschige Handtücher für Mirkas Aussteuer zusammenzutragen, ja sie bestimmte im Schlafzimmerschrank eigens ein Fach dafür und inspizierte von Zeit zu Zeit die angehäuften Schätze.

Wenn Vater Mirka und Hipek begünstigte, mußte Mama notgedrungen Stella und mir den Vorzug geben –

so verlief die natürliche Trennlinie, die bisweilen sogar ziemlich scharf hervortrat, und zwar immer dann, wenn Vater sein Mißfallen gegenüber unnützen Essern zum Ausdruck brachte. Meine Mutter war stolz auf Stella, weil sie in höheren Kreisen verkehrte und auf dem Gymnasium Französisch lernte. Was mich betraf, ich verkehrte in gar keinen Kreisen, aber ich war blaß und der Jüngste, später fänden sich vielleicht noch andere Eigenschaften, die die Schwäche meiner Mutter für mich erklären würden, vorerst jedoch mußten diese genügen, zumal mein Vater alsbald ohne jede Hemmung seine ganze Liebe eindeutig meinem Bruder zuwandte.

Irgendwie kannte ich diese Situation, ich mußte darüber gelesen, sie womöglich schon selber erlebt haben, sie hatte etwas Vertrautes, ja Althergebrachtes, bis mir mit einmal die Ähnlichkeit zu der biblischen Geschichte von Jakob und Esau aufging. Ich war Jakob, der Zarte, zu allem Untaugliche und folglich Ungeliebte, mein Bruder hingegen der rauhe, ewig mit blauen Flecken herumgehende, stoppelbärtige Esau, der Liebling des alten Vaters Isaak, der gewandte Jäger, der das Haus mit Wild versorgte. Mama schmerzte das, so wie es die Urmutter Rebekka geschmerzt hatte, ich aber empfand, als mir bewußt wurde, daß mein Schicksal in diesen edlen Rahmen paßte, eine Art Stolz, und statt um die väterliche Liebe zu kämpfen, faßte ich den Entschluß, die Sache der Zeit zu überlassen. Er kommt schon noch dahinter, er wird schon noch sehen, verhieß ich mir selber. Aber leicht hatte ich es nicht, und hin und wieder geriet ich heftig mit ihm aneinander. Ich benahm mich nicht wie der gehorsame Sohn, o nein, und ich brachte es auch nicht fertig, ihm um den Bart zu gehen – anstatt zuzugeben, daß man keinerlei Nutzen von mir hatte, nur Ausgaben, einzig und allein Ausgaben, hätte ich wenigstens noch ordentlich gelernt, aber auch das nicht –, nun, anstatt untertänigst beizupflichten, einzugestehen, daß ich ein Schmarotzer war, Besserung in der Schule und Gehorsam zu geloben (ja, Gehorsam, das ist das Wichtigste, Vater und Mutter ehren – sprach mit erhobener Stimme mein Vater, wobei er natürlich nur den Vater, dessen despotische Macht meinte), anstatt also Demut zu üben, brauste ich auf, verteidigte meine Beweggründe, meine Ehre, das, was ich trieb, ließ mich hinreißen und sagte Dinge, die ich hinterher bereute. Dann redeten wir ein paar Tage nicht miteinander. Die Stimmung war belastend, ich kam mir wie Abschaum vor, ich entsinne mich, daß ich innerlich fröstelte, ich ging gekrümmt umher, als sei ich bis ins Mark durchgefroren. Vater tat mir leid, doch ich selber tat mir auch leid, ich fühlte mich schuldig und ungerecht behandelt zugleich, ich konnte schließlich kein anderer sein, und alles was ich trieb, diese verachteten Beschäftigungen, waren mir selbst wahnsinnig wichtig. Für gewöhnlich führte Mirka die Versöhnung herbei, ich bat um Entschuldigung, danach hatte es den Anschein, als sei überhaupt nichts geschehen, aber der Schein trog, Frostigkeit und Mißtrauen blieben.

Aber, aber ... Jetzt sind die Pferde mit mir durchgegangen, diese Konflikte stauten sich ja erst später an, erst in meiner Gymnasialzeit, und ich wollte doch erzählen, wie das mit meinem Bruder war, als er die Schule schmiß und eine Lehre anfing. Mein Bruder, der ungebildete Flegel, hatte, was vielleicht verwundert, trotz allem prima Kameraden, die intelligent und belesen waren. Auch er selbst las viel, und nicht nur, was ihm so in die Hände fiel, sondern Hamsun und Feuchtwanger, und vor allem die nach der Revolution entstandene russische Literatur – Gladkow, Newerow (»Taschkent, die brotreiche Stadt«), Ehrenburg, Pilnjak, später Scholochow –, das waren die Namen, die er mir unter die Nase rieb, wenn ich ihn mit der Frage nach der Jahreszahl der Schlacht bei Płowce überraschte. Eines Tages hörte ich von Mama, Hipek habe sich in die Abendschule für Berufstätige eingeschrieben und sei – ich weiß nicht, wie er das bewerkstelligt hatte – gleich in die fünfte Abteilung aufgenommen worden. Drei Jahre lang ging er fleißig nach der Arbeit in seine Abendschule, schrieb seine Notizen in dicke Schmierhefte und schloß die Schule mühelos ab. Auf die Art hatte er es mir gezeigt, wodurch auch ich ihm sympathischer wurde. Er pflegte mich »das Herrchen« zu nennen, aber nicht ironisch, vielmehr zärtlich. Ich weiß nicht, weshalb er mich so nannte, ich war nicht vornehm, trug schon damals meine Gymnasiumsuniform mit den blauen Paspeln, die Hosenbeine waren unten immer ausgefranst vom Fußballspielen, durchgewetzt die Schuhe (feste Schuhe, wir kauften sie immer bei demselben christlichen Schuhmacher, der hatte in der Wielopole-Straße seinen kleinen Laden inmitten der zahlreichen jüdischen Lädchen, was von einem noch völlig normalen Zusammenleben zeugt, ohne jene drastischen Konflikte, zu denen es in der Zukunft noch kommen sollte; Mama war im übrigen der Ansicht, wenn auch nichts über einen jüdischen Schneider ginge, von den jüdischen Schustern könne man das nicht sagen, Meister im Schuhmacherhandwerk seien die Polen). Vielleicht war es ihm eben um diese eleganten blauen Paspeln zu tun oder darum, daß ich mir vor dem Kämmen die Haare naß machte und schon einen Scheitel trug, vielleicht aber auch darum, daß er, der angehende Schlosser und Klempner, immer schmutzig von der Arbeit heimkam, durchtränkt von Eisen- und Schmierölgeruch?

Aber sein Fahrrad wollte er mir nicht leihen. Dieses Fahrrad, das er für sein selbstverdientes Geld gekauft hatte (Vater hatte freilich noch was draufgelegt), mit der »Torpedeo«-Fußbremse, war sein Stolz und sein Abgott, und für mich Objekt der Begierde. Manchmal erlaubte er mir gnädig, ein paar Hofrunden zu drehen, rings um das mit einer Eisenbalustrade eingefaßte Gärtchen, mehr nicht. Er folgte mir mit dem gestrengen Blick des Besitzers, und immer, wenn ich gerade richtig in Fahrt gekommen war, hörte ich das »Genug!«, das mich in die Wirklichkeit zurückrief. Mein Bruder war, wie jeder Kapitalist, unnachgiebig, und es konnte nicht die Rede davon sein, ihm noch ein paar »Runden« abzubetteln. Im übrigen hätte ich es für erniedrigend gehalten, hätte ich darum betteln müssen.

Fahrrad fahren lernte ich im Velodrom in der Nowolipie-Straße 30. Dort konnte man sich für eine halbe Stunde oder auch für zehn, ja für fünf Minuten eine alte Karre leihen. Ein paar Runden um den Bretterzaun, und schon kam der Herr Meister aus der Garderobe und schrie: »Genug!« In der Garderobe standen Fahrräder für jede Körpergröße. Im Winter setzte der Besitzer den Platz unter Wasser, und es entstand eine Eisbahn. Über der Eisbahn brannten bunte Glühlämpchen, aus den Lautsprechern strömte Musik, meistens Walzermelodien, damit man paarweise laufen konnte, und in der Garderobe, in der die Meisterin heißen Tee und prickelnde Orangeade verkaufte, wärmten wir uns an dem rotglühenden Öfchen auf und trockneten die nassen Handschuhe. Schlittschuhe konnte man ausleihen, man mußte nur Metallplättchen an den Schuhen haben.

Wenn mein Bruder das Haus verließ und sein Fahrrad in der Diele zurückblieb, war die Versuchung, darauf zu fahren, unwiderstehlich. Im übrigen fand ich es ungerecht, daß er eins hatte und ich nicht. Ich drehte also in seiner Abwesenheit unzählige Hofrunden, siegte gegen die besten polnischen Rennfahrer, ja, gewann die Tour de France. Hinterher putzte ich gründlich das Rad, was nicht viel nutzte. Mein Bruder warf, kaum war er zur Tür herein, einen Blick darauf und befand sofort: »Du bist gefahren!« Ich stritt das ab, er glaubte mir nicht, zeigte mir die Spuren – da, hier und hier und hier –, es endete mit einem Streit, manchmal mit einer Prügelei. Immer das gleiche. Ich hatte es satt, beschloß, nicht mehr mitzuspielen, und eines Tages, als er wieder streng fragte: »Bist du gefahren?«, erwiderte ich einfach: »Ja.« Soviel Dreistigkeit verschlug ihm die Sprache, doch wenig später sagte er mit wissendem Lächeln: »Du schwindelst.« – »Nein«, behauptete ich steif und fest, »ich bin gefahren«, und fügte, noch unverschämter, hinzu: »ungefähr eine halbe Stunde.« Er warf einen Blick auf das Rad, an dem ich die Spuren der Eskapade dieses Mal nicht entfernt hatte, und glaubte mir trotzdem nicht. »Du spinnst«, sagte er und winkte ab. Ich würde ihm nichts weismachen, das sollte ich mir bloß nicht einbilden. Zum ersten Mal gab es keinen Krach. Diese Episode prägte sich mir fürs ganze Leben ein. Die überaus seltsame Funktion der Wahrheit, die besser schützt als die Lüge, einer Wahrheit, die die Lüge ersetzt.

Ich glaube, ich hatte, als ich mich entschloß, meine Tat so freimütig zu bekennen, insgeheim mit genau dieser Reaktion gerechnet. Ich war ein beginnender Psychologe, ein aufmerksamer Beobachter menschlicher Schwächen. Im übrigen, was brachte mir das Lügen denn ein? Nur Theater. Versuchen wir also, wie die Wahrheit wirkt. Darum, denke ich, lohnt es, diese banale Geschichte zu erzählen. Für mich, für mein Verständnis der Welt, war sie nicht banal.

Vom Radfahren abgesehen, trieb mein Bruder, ein muskulöser, durchtrainierter Bursche, der sich gern mit irgendwelchen Rüpeln schlug, keinerlei Sport. Im Fußball war ich besser als er, ich beherrschte die Kunst des Dribbelns und des Kopfballs nicht schlecht und ging überhaupt geschickter mit dem Ball um. Wenn wir »bolzten«, gelang es ihm nie, mir den Ball abzunehmen, es sei denn, er stellte mir ein Bein, worin man vielleicht ein gewisses Vorläufertum zum heutigen Fußball sehen kann. Aber einmal, noch in Michalin, stellten wir ihn ins Tor – und da hatte mein Bruder seinen großen Tag. Undenkbar, ein Tor zu schießen. Mit der Tollkühnheit eines Kaskadeurs warf er sich mitten zwischen die Spieler, stürzte über Baumwurzeln – wir spielten ja im Wäldchen, nicht auf einem Fußballplatz –, bekam Fußtritte gegen den Kopf, aber immer gehörte der Ball ihm. Hinterher sagten alle, er sei der Held des Matches gewesen, und ich stolzierte, weiß der Teufel, weshalb, wie ein Pfau herum.

Wenn wir später darauf zu sprechen kamen, quittierte er seinen Erfolg stets mit seinem Lieblingsspruch: »Der Herrgott ist gerecht: Wenn er jemandem ein zu kurzes Bein gibt, macht er, daß das zweite länger ist.« Er hatte eine Menge solcher witzigen Redensarten parat. Abends, vor dem Einschlafen, im dunklen Zimmer, pfiff er manchmal gefühlvolle Melodien (heute glaube ich, er war verliebt), er brachte es darin zu großer Vollendung, wodurch er Erfolg bei den Mädchen hatte. Am meisten aber bezauberten Mama seine abendlichen Pfeifserenaden, und nach dem Krieg sagte sie, immer, wenn sie eine alte, zu Herzen gehende Melodie hörte: »Das hat Hipek gepfiffen«, und brach in Tränen aus.

Es wird niemanden verwundern, daß dieser ungebärdige Junge die Welt verändern wollte. Daheim tauchten, dank seiner belesenen Freunde, allerhand rot eingebundene Broschüren auf, durch die er sich weiterbildete, ich entsinne mich an den Titel einer von ihnen »Der 18. Brumaire des Louis Bonaparte«. Ich erinnere mich, daß ich sie mit in die Ferien nach Świder nahm und fand, der Verfasser sei durchaus kein Langweiler, sondern ein temperamentvoller Polemiker. Als der Bürgerkrieg in Spanien begann, verschwand mein Bruder, ebenso wie einige seiner Freunde. Sie kamen sogar bis Łódź – damals sagte man: »sogar bis« –, von dort holte die Polizei, von den kleinmütigen Eltern alarmiert, sie zurück. Ich war in den Ferien in Świder, als in unserer Wohnung in der Nowolipie-Straße eine Haussuchung stattfand. In der Couch meines Bruders entdeckten sie ein paar verbotene Schriften. Er wurde verhaftet, aber nach vierundzwanzig Stunden wieder freigelassen, wobei man meinem Vater empfahl, ihm gehörig das Fell zu gerben. Offenbar hatte der Polizist nüchtern eingeschätzt, ein Junge aus einer soliden Handwerkerfamilie könne nicht das Zeug für einen gefährlichen Kommunisten haben. Kubuś, ein Kumpel meines Bruders vom selben Hof, Sohn eines arbeitslosen Intellektuellen, der sich wohl stärker im Jugendverband engagierte, hatte nicht soviel Glück, er wurde zu gut ein paar Jahren verurteilt und kam erst kurz vor Kriegsausbruch aus dem Gefängnis. Mein Vater gerbte Hipek zwar nicht das Fell, aber ohne Vorhaltungen ging es nicht ab, und Mamas nervliche Verfassung verschlechterte sich zusehends. Was meinen Bruder wiederum in dem Gefühl bestärkte, er leide für die Sache.

Hipeks größte Errungenschaft im Kampf gegen den Kapitalismus war seine Teilnahme am Streik in unserer Firma. Ich würde nicht so weit gehen, zu behaupten, er persönlich, mein Bruder, habe zu dem Streik aufgerufen, aber immerhin schloß er sich ihm an und war leidenschaftlich daran beteiligt. Es ging um einen höheren Stundenlohn. Daheim diskutierte Vater mit Hipek nicht über den Streik, das Familienleben verlief weiter in den gewohnten Bahnen, morgens zog Hipek mit den anderen Arbeitern auf den Bau und saß dort die vorgeschriebenen acht Stunden ab. Der Herr Miciński und noch ein paar Monteure beteuerten meinem Vater insgeheim, sie seien dagegen, es ginge ihnen hier nicht schlecht, aber diese jungen Burschen hätten halt Lust auf Klassenkampf, so wie das im »Volksblatt« geschrieben stünde. Vater willigte ein, daß die Gewerkschaft vermittelte. Ich erinnere mich an diesen Herrn von der Gewerkschaft, der in unsere Wohnung kam, um einen Tarifvertrag aufzusetzen, ein schlanker Dreißigjähriger mit glattgekämmtem, blondem Haar, in hellem Anzug mit Krawatte. Es stellte sich heraus, daß die offiziellen Stundenlöhne oftmals niedriger waren als die, die mein Vater zahlte. Mein Bruder knurrte, kein Wunder, diese Gewerkschaft sei klassenmäßig suspekt, Sozialverräter und so weiter. Dafür war Vater nach dem ganzen Theater glänzender Laune. Im übrigen hatte ich den ganzen Streik über nicht gesehen, daß er beunruhigt gewesen wäre. Hipeks Beteiligung nahm er mit stoischer Gelassenheit hin.

Zu hitzigen Disputen zwischen mir und meinem Bruder kam es, als die Moskauer Prozesse begannen. Die Zeitungen berichteten des langen und breiten darüber. Ich konnte irgendwie nicht glauben, daß die ehemaligen Revolutionäre, deren Namen durch die Prozesse bekannt wurden – Bucharin, Rykow, Radek, Tomski, Pjatakow, Tuchatschewski –, Spione der Japaner oder Hitlers seien und dem Staat schadeten, den sie selbst gegründet und in dem sie hohe Ämter innehatten. Ein Ministerpräsident, der den eigenen Staat vernichten will – nein, das war undenkbar. Ein Bolschewik, der die kapitalistische Gesellschaftsordnung einführen will, auch das war kaum glaubhaft. Die Menschen, mit denen ich in Berührung kam, waren in der Regel ganz normal, keine Teufel und keine Dämonen, manchmal unsympathisch und eitel, gewiß, aber keinem kamen derart satanische Dinge in den Sinn wie jene, zu denen sich diese Revolutionäre bekannten. Warum taten sie das? Das war am schwersten zu begreifen. Dimitroff attackierte beim sogenannten Reichstagsbrandprozeß in Leipzig von der Anklagebank aus den Zeugen Görings, er versetzte die ganze Welt in Staunen und Begeisterung – Bücher wurden über ihn geschrieben, Lieder komponiert, ich selbst las eine im Handumdrehen herausgegebene Broschüre –, er hatte vor nichts Angst, dieser Kommunist, weshalb bekannten sich dann diese Kommunisten, die dem Zaren gegenüber derart unerschrocken gewesen waren, zu so unerhörtem Blödsinn? Wovor fürchteten sie sich?! Als ich meinem Bruder sagte, ich glaube nicht an alle diese Anklagen, antwortete er mir von oben herab: »Naiv bist du. Du weißt eben nicht, wozu der internationale Imperialismus fähig ist.«

Er überzeugte mich nicht, ich blieb bei meiner Meinung. Was unmöglich ist, ist unmöglich. Damals las ich schon Boy-Żeleński, Shaw, die Haltung der Skeptiker sagte mir zu. Ich kleiner Rationalist lehnte Fanatismus und Haß ab, und vor Fanatismus und Haß trieften die Reden des Staatsanwalts. Es waren die Reden eines Wahnsinnigen und eines Lügners – so reagierte mein Knabenverstand auf sie. Gleich nach dem Krieg las ich das Buch »Die große Verschwörung gegen die UdSSR«, welches zu dokumentieren versuchte, was im Titel stand. Aber auch dieses gekonnt geschriebene Buch überzeugte mich nicht, auch wenn die Autoren zwei Amerikaner – zwei arme Naivlinge – waren. Hätten sie nur behauptet, die damals hätten Stalin beseitigen wollen, hätten um die Macht gekämpft, ich hätte es vielleicht noch akzeptieren können. Aber diese Mischung aus Spionage, Sabotage, Konterrevolution, einer Verschwörung zwischen Hitler und den

Engländern deutete sofort darauf hin, daß das alles Lüge war, daß hier Menschen niedergemacht werden sollten. Ich wunderte mich, daß erwachsene Menschen solchen Unsinn erzählen konnten. (Später erfuhr ich, daß die Ehefrau so manches Angeklagten an die Schuld des eigenen Mannes glaubte. So einer besessenen Fanatikerin fiel es leichter zu glauben, ihr Mann sei ein Verbrecher, als daß Stalin sich irren könnte. Das heißt, daß sie selbst sich irren könne ...)

Bitteschön, dann bin ich halt naiv, dachte ich bei mir. Seither behagt mir diese Rolle. Ich bin ihr bis heute treu geblieben. Ich verteidige mein Recht, naiv, verwundert Fragen zu stellen. Allersimpelste Fragen.

Und mein armer Bruder? Ob er wohl in Gedanken manchmal zu unseren Diskussionen zurückgekehrt ist? ...

Kleckse

An unsere Villa in Michalin grenzte, von einem Bretterzaun eingefaßt, ein unbebautes Grundstück. Der Besitzer hatte von einer Bebauung abgesehen, denn die Krise hatte eben begonnen. Anfangs malte sich Vater aus, er werde den Platz noch dazukaufen und wer weiß was dort hinstellen, womöglich eine Pension. Auf diesem Gelände baute ich aus nassem Sand meine Paläste. Dort trainierte ich unermüdlich, ich rannte in Riesensätzen an dem Zaun entlang, denn Kusociński hatte vor kurzem den 10-Kilometer-Lauf in Los Angeles gewonnen und seine Tagebücher herausgegeben. Ich mühte mich, die Knie hochzureißen, so wie er es empfahl, und danach den Fuß weich auf die Bahn aufzusetzen. Und ich muß sagen, die Übungen blieben nicht ohne Wirkung auf meinen Laufstil. Alles das tat ich, ohne daß ich von jemandem beobachtet worden wäre, und so konnte ich auch neue Länder entdecken. Ich legte an den Gestaden Amerikas an, die Heide war Mexiko, der Hain ein Dschungel, die sandige

Lichtung wurde zu jener Wüste in Arizona, die immer in den Cowboy-Filmen zu sehen war. Ein einsamer Kiefernbusch verwandelte sich in einen aufragenden Kaktus. Ich kam vor Wassermangel fast um und erreichte mit Müh und Not eine Oase, in der ein wundervoll kühler Quell sprudelte. Ich war gerettet!

Auch Fußball spielte ich allein. Ich durchbrach den linken Flügel, mit einer leichten Körperdrehung täuschte ich den Torwart, und der Ball hing immer im Netz. Nach der soundsovielten Heimkehr aus den Ferien sollte sich zeigen, daß mir der Ball, wie es so schön heißt, am Fuß festgewachsen war, auf dem Hof war ich entschieden der beste, meine einsamen Spiele hatten also einen gewissen Erfolg gehabt.

Auch zu Hause war es mir am liebsten, wenn alle fort waren und das Dienstmädchen sich auf sein Bett in der Küche fallenließ, von wo sein abgerissenes Schnarchen ertönte. Dann wurde das Eßzimmer sofort zur weiten, welligen Prärie, durch deren Hohlwege die Banditen flüchteten, und die Sofarolle verwandelte sich in meinen getreuen Mustang. Ich setzte ihnen nach und stieß die entsprechenden Laute dazu aus, so wie das kleine Kinder tun – ich machte den Ritt eines einzelnen Pferdes nach, dann wieder das chaotische Hufegetrappel einer ganzen Herde –, dabei war ich doch schon ein großer, belesener, in Gegenwart anderer durchaus vernünftiger Junge, also schämte ich mich dieser meiner Phantasieexpeditionen, deshalb wollte ich allein sein. Ich wußte, das war kindisch, sie würden lachen, ich fühlte, es war eine Schwäche, und ich gab mich ihr hin wie der Sünder der Versuchung. Und wie der Sünder verachtete ich meine Schwäche, kam mir schlechter vor als andere, die von derlei Anfechtungen frei waren – sie waren reif, normal, ich nicht. Noch heute empfinde ich Beschämung, wenn ich daran denke, aber ich habe mich entschlossen, es zu erzählen, weil ich auch die Absonderlichkeiten nicht auslassen darf. Natürlich stellt sich jeder etwas vor, und das bis ganz zum Schluß, nur – mir genügte die Vorstellung allein nicht, ich mußte sie noch in die Tat umsetzen, mich mitten in jenem Film befinden, der sich in meinem Gehirn abspulte.

Im Kino war ich zum ersten Mal mit der Großmutter aus der Solna-Straße, als ich fünf Jahre alt war, in einem Film, der sich »Die geflügelte Flotte« nannte – mit Ramón Novarro. Die Großmutter hatte mit mir in den Sächsischen Garten gehen sollen, damit ich frische Luft schnappte, aber unterwegs war sie heimlich in die Długa-Straße, zum Städtischen Kinematographen abgebogen, weil sie sich einen Märchenprinzen ansehen wollte. Unter der Perücke der frommen Jüdin brodelten die unbefriedigten Sehnsüchte einer Frau, gewöhnliche Träume und Empfindsamkeit. Ramón Novarro wiegte sich auf seinem Doppeldecker in den Lüften, er trug einen Helm, der ihm sehr gut zu Gesicht stand, und einen wehenden Schal. Die Flugzeuge flogen und flogen, es war alles ein bißchen eintönig, aber ich schlief nicht ein. Ich wurde ein Kinogänger.

In der Dzielna-Straße, neben dem Theater »Scala« befand sich das Kino »Strahl«, beide Säle gehörten dem Herrn Goldszlak. Mein Papa hatte dort die Installateurarbeiten gemacht, deshalb weiß ich noch den Namen des Besitzers. Wenn ich meinen Vater bettelte, er sollte mir Geld fürs Kino geben, antwortete er, ich solle den Platzanweiser nach Herrn Goldszlak fragen, dann würden sie mich einlassen. Es war wirklich so, der Herr Goldszlak oder sein Platzanweiser in der roten Livree ließen mich in den dunklen Saal, aber mir wurde das zunehmend unangenehmer, denn der Herr Goldszlak zog durchaus kein erfreutes Gesicht, und überhaupt war das irgendwie peinlich. Als ich ein wenig größer war, sagte mir das Repertoire des Kinos nicht mehr zu, ich zog um in die »Maske« oder ins »Riviera« in der Leszno-Straße oder ins Kino »Lux« in der Elektoralna, oder ich machte mich gar in die Chłodna-Straße auf, ins Kino »Zauber«. Dort konnte man sich zwei Filme für vierundfünfzig Groszy ansehen, die Kopien waren deutlich gekappt, um das in zwei Stunden unterzubringen, wir waren es gewohnt, daß die Handlung plötzlich ohne jeden Grund sprang. Im Kino »Maske« gab man in der Regel Liebesfilme, die ab achtzehn erlaubt waren, die Rotznasen wurden also in die letzte Reihe verfrachtet, gleich am Ausgang zum Hof, damit wir bei einer Kontrolle sofort hinaushuschen konnten. Ich sah also nie die Untertitel, ich reimte mir die Handlung nur zusammen, doch das war keine Kunst – zum Beispiel in dem Revuefilm, der wohl deshalb nicht erlaubt war, weil die Mädchen dort ellenlange nackte Beine zeigten, da stand von vornherein fest, daß Clark Gable, der Regisseur, Scherereien bekommen würde mit der Show, weil der vom Besitzer lancierte Star Launen hatte und alles krachen zu gehen drohte, aber da bemerkte der bisher in dem Gewühl aus Beinen, Schenkeln und Büstenhaltern blinde Clark endlich Joan Crawford (die ich sofort entdeckt hatte). »Das ist sie!« sagte er, während er sie einem Dicken mit Zigarre vorstellte (was bedeuten sollte, der ist reich, und von dem hängt alles ab) –, und sie war es wirklich, die Proben kamen vom Fleck, die Revue hatte einen Riesenerfolg, und obendrein verliebte sich Joan Crawford heimlich in Clark, was ich ihr übelnahm, weil Clark mir überhaupt nicht gefiel, ich mochte diese draufgängerischen, brutalen Männer nicht, die diesen dummen Puten so gefielen, ich schwärmte für Fredric March und Gary Cooper.

Das Szenarium war also leicht zu durchschauen, und wenn es mal eine Lücke hatte, ließ sie sich ausfüllen. Als ich der Schule des Herrn Krelman Lebewohl gesagt hatte und in die Schule in der Zamenhof-Straße ging, führte mein Weg durch die Dzielna-Straße, am »Strahl« vorbei, wo immer Photos von den gerade gespielten Filmen aushingen. Wenn es von einem Film hieß, der sei spannend, und meine Kameraden seufzten, für uns nicht zugelassen, versetzte ich ihnen natürlich noch einen Tiefschlag, indem ich mich brüstete, ich hätte ihn gesehen, der Herr Goldszlak hätte mich reingelassen – darum beneideten sie mich wirklich, um diese meine Bekanntschaft mit dem Kinobesitzer, das übte eine unvergleichliche Anziehungskraft aus –, wenn sie Lust hätten, könnte ich ihnen alles erzählen. Und auf Anhieb, anhand der Photos, die ich eingehend betrachtet hatte, erfand ich eine Story, und sie waren derart gespannt, daß sie mich bis nach Hause begleiteten und mir manchmal sogar die Mappe trugen, damit ich nur ja genügend Bewegungsfreiheit hatte, um bestimmte Szenen nachzuspielen. Ich erinnere mich, einen Film, ich weiß nur nicht mehr, welchen, erzählte ich ihnen vier Tage hintereinander, komplizierte die Fabel, mehrte die Gefahren, bevor ich sie mit dem obligatorischen Happy-End zu beglücken geruhte.

Einen Film gab es freilich, mit dem ich nicht prahlte, weil ich mir die Photos nicht ansehen wollte. Das war »Frankenstein« mit Boris Karloff. Ein Blick auf die grausige Maske hatte genügt, und Schauer liefen mir den Rücken hinunter. Ich habe Gruselfilme nie gemocht, und auch heute verstehe ich noch nicht recht, weshalb die Leute in Horrorfilme gehen, wozu sie das brauchen – in dieser Welt, in der es soviel Grauen gibt … Was »Frankenstein« betrifft, den sah ich mir nach dem Krieg an, um mich jenem Gesicht zu stellen, das mich derart verfolgt hatte, und ich fand, es sei ein eher harmloser, stellenweise sentimentaler Film, der eines tieferen Sinns nicht entbehrte.

Als ich das erste Mal an die »Kleine Rundschau« schrieb, war ich neun, vielleicht noch etwas jünger, und es war mir keineswegs darum zu tun, einmal Schriftsteller zu werden. Gewiß, berühmt wollte ich werden, wer möchte das nicht, zumal ich im Lehrbuch meiner Schwester gelesen hatte, der neunjährige Juliusz Słowacki habe darum gebetet, berühmt zu werden. Also wollte ich das auch, aber ohne zu beten und nicht als Nationaldichter, so was war früher gut, als Polen noch um seine Freiheit kämpfte, nicht heutzutage, berühmte Schriftsteller, die gab es einmal, die jetzigen waren nichts Besonderes, die druckten ihr Zeug in den Zeitungen, und außerdem lebten sie ja und waren folglich nicht so bedeutend. Und so gedachte ich denn, vielleicht einmal ein berühmter Sänger zu werden, wie Kiepura, oder Fußballer oder ein Minister, den alle Welt grüßen muß. Auf die »Kleine Rundschau« verfiel ich, weil es dort die Rubrik »Erstmals schrieben uns ...« gab, in der namentlich aufgeführt wurde, wer geschrieben hatte. Danach, wenn einer dann wirklich bei der Zeitschrift mitarbeitete, wurde der Name nicht mehr genannt, sondern Jerzy Abramow, der Redakteur (und spätere berühmte Schriftsteller Igor Newerly), dem Janusz Korczak die von ihm begründete Zeitschrift anvertraut hatte, dachte sich unkomplizierte Pseudonyme aus: Szłomo aus Otwock, Moritz von der Brukowa-Straße, Lucia aus Częstochowa und so weiter ... (Jerzy Abramow, ein Pole russischer Abstammung, mit tschechischer Mutter, Redakteur einer Zeitschrift für jüdische Kinder, einer Beilage der bürgerlichen »Unsere Rundschau« –, wie sehr mußte das Korczak gefallen, wie außerordentlich seine Experimentierfreude anregen und welche Genugtuung mußte es ihm bereiten, daß das Experiment gelungen war, allen Chauvinisten und Dummköpfen zum Trotz!) Ich weiß nicht mehr, wer mir riet, was man beim ersten Mal dorthin schreiben solle, jedenfalls pinselte ich in allerschönster Schönschrift, ich möchte auch mitarbeiten, setzte meinen Namen darunter, steckte das Blatt in einen Umschlag und trug ihn bangen Herzens in die Nowolipki-Straße 7, wo an der Tür der Redaktion ein Briefkasten hing. Ich hatte große Angst, jemand könne beobachten, wie ich den Brief einwarf, aber es war niemand zu sehen. Und zwei Wochen später fand ich in der Rubrik »Erstmals schrieben uns ...« meinen Vor- und Zunamen gedruckt. Alle konnten das sehen und bewundern, meine Eltern und meine Geschwister und die Jungs vom Hof. Diese Jungs wollten ihren Namen auch in der »Kleinen Rundschau« stehen haben, ich sagte, das sei keine Kunst, diktierte ihnen im Treppenhaus dreimal den gleichen Text, jeder unterschrieb den seinen, dann schafften wir ihn in die Nowolipki 7, zu dem mir schon bekannten Kasten, und nach ein paar Wochen standen auch ihre Namen gedruckt in der Zeitung, womit sie es genug sein ließen.

Nicht ich. Nach meiner Rückkehr aus den Ferien verfaßte ich einen Text über unseren Hund in der Villa, einen gefährlichen Schäferhund, der seinem Namen Lord alle Ehre machte. Nachts ließ Józef ihn von der Kette, und dann steckte keiner der Mieter die Nase vor die Tür. Tagsüber führten mein Bruder und ich ihn manchmal aus, Józef hatte ihn offenbar überzeugen können, daß wir dazugehörten, denn Lord duldete keinen Fremden, nahm von niemandem Fressen an, ein idealer Wachhund für ein Grundstück. Ich entsinne mich, wie die Beschreibung entstand. Ich saß am großen Tisch im Eßzimmer, die Familie war versammelt, alle schwatzten durcheinander, mich störte das nicht, ich plagte mich über meinem Blatt ab, das ich aus einem Heft gerissen hatte. Dann übertrug ich alles ins reine. Warum hatte ich Lord gewählt, mit dem mich doch nichts sonderlich verband? Ich war wohl der Ansicht gewesen, das sei ein »Thema«. Überhaupt weiß ich nicht recht, was mich dazu trieb, an die »Kleine Rundschau« zu schreiben. Jedenfalls nicht der Wunsch, berühmt zu werden, das sagte ich schon, eher das Bedürfnis mitzutun. Zu sein wie die andern. Mama bildete sich mehr auf die wenigen abgedruckten Briefchen von mir ein als ich. Ich hielt mich nicht für ein Wunderkind, und ich war auch keins. Nur mühsam fand ich etwas Beschreibenswertes. Ich bewunderte alle die festen Mitarbeiter der »Rundschau«. Sie waren meine Lieblingsautoren, es wäre mir niemals eingefallen, mich mit ihnen zu vergleichen, ich träumte einzig davon, ihnen einmal näherzukommen, das wäre des Glücks schon genug gewesen. Was als Thema wählen? Ein Kind entdeckt in dem, wovon es umgeben ist, kaum etwas Besonderes, die Redaktion aber verlangte gerade das eine: daß wir über Eigenes, Nächstliegendes schrieben. Darum bewunderte ich die elfjährige Ditta aus Zamość (und bewundere sie noch), die einen Fortsetzungsroman über ihre Familie verfaßt und den ersten Preis gewonnen hatte.

Ich sandte zu diesem Wettbewerb ein blaues Vokabelheftchen mit einem Tennisroman ein. Romane druckte bisweilen die »Sportschau«. Daheim besaß ich eine vollständige Ausgabe der »Sportschau« von 1930, die war also drei Jahre alt, und geschenkt hatte sie mir ein Verehrer meiner Schwester, als ich mit Angina im Bett lag. Überhaupt verbinden sich mir viele einschneidende Augenblicke aus der Zeit meines Heranwachsens mit einer Grippe oder Angina. Ich studierte die Ausgabe Zeile für Zeile, ich kannte die Helden jenes in grauer Vorzeit versinkenden Jahres 1930 besser als die der Gegenwart. Ich verwand nicht, daß sie inzwischen abgetreten waren: Wo war der glänzende Petkiewicz, der im Endspurt gegen Nurmi gewonnen hatte? Wo Nurmi selber? Und so begann ich, in einem dicken Schmierheft einen von mir erfundenen »Sportkurier« für das Jahr 1934 zusammenzuschreiben. Ich stellte eine Liga auf, ließ Tennisturniere in Paris und Wimbledon austragen. Meine Favoriten kehrten auf die Tennisplätze und in die Stadien zurück und triumphierten wie anno dazumal (also vor vier Jahren). Auch ein paar erstaunliche Debütanten erfand ich. Talente von Gottes Gnaden, sechzehnjährige Knaben, die schossen Tore (was mitunter wirklich geschieht) und sprangen auf Gedeih und Verderb von Schanzen. Aber dem Tennis gab ich vor allem den Vorzug. Diese Herren, die sich lächelnd am Netz photographieren ließen, in langen weißen Hosen und Pullovern mit buntgerändertem spitzen Ausschnitt und die graziösen Damen in ihren weißen Röcken, die zuerst lang waren und mit der Zeit immer kürzer wurden … Die lässigen, geheimnisvollen und irrsinnig anziehenden Wörter: Service, backhand, forehand, smash, volley, passing-shot, drop-shot … Der Berichterstatter bei den Wimbledon-Turnieren, dessen Photo manchmal abgebildet war, hatte brillantineglänzendes schwarzes Haar mit einem schnurgeraden Seitenscheitel und rauchte Pfeife wie Sherlock Holmes höchstpersönlich. Nach dem Krieg lernte ich ihn kennen und bestellte hin und wieder ein Artikelchen über Tennis oder einen Boxkampf bei ihm, in nostalgischem Angedenken an meine einstmalige Bewunderung. In meiner »Sportschau« gab es ein festes Feuilleton, in welchem ich, nach dem Muster jener Sportjournalisten-Asse, künftige Ergebnisse voraussagte, auch, wer bei den polnischen Boxmeisterschaften eine Chance habe, und wo ich der Fußballnationalmannschaft riet, welche Taktik sie im Spiel gegen die Tschechoslowakei oder Deutschland wählen solle. Dabei benutzte ich die Sprache derer, die ich bewunderte.

Mehrere Wochen lang war ich ausschließlich mit meiner »Sportschau« befaßt, ich machte den Umbruch, schrieb mit Buntstift die Titelzeilen, klebte Photos ein, setzte in Schönschrift die Unterschriften darunter. Im Schlafzimmer meiner Eltern, an dem Fenster, das auf jene Hofnische hinausging, gab es eine lange, breite Platte, die mir als Schreibtisch diente. Früher hatte ich dort Kriege geführt, mit Hilfe von Knöpfen, die ich zu Schlachtordnungen formierte, nun hockte ich hier über meiner »Sportschau«. Ich war ein äußerst beschäftigtes Kind, und die Vorwürfe meiner Eltern, ich tue tagelang nichts, hielt ich wirklich für eine Ungerechtigkeit.

Ich hatte also, wie gesagt, einen Roman über ein Tennisturnier verfaßt. Zufrieden war ich damit nicht, denn ich spürte, er war plump und holprig. Mein Held liebte eine Tennisspielerin, die ihn nicht wiederliebte, darum gewann er, ihr zum Possen, ein Spiel nach dem anderen, bis er ins Finale kam, in dem er gegen sie antreten sollte. Wie das ausging, weiß ich nicht mehr, vielleicht mit jemandes Tod. Denn soviel begriff ich schon damals: Man brachte den Helden am besten um, wenn man ihn nicht glücklich verheiraten konnte.

Als der Wettbewerb entschieden war, den die schon erwähnte elfjährige Ditta aus Zamość gewonnen hatte, las ich in der »Kleinen Rundschau« die Mitteilung, Jerzy Abramow bitte mich zu einem Gespräch zu sich. In einem Zimmer, das als Sekretariat diente, erblickte ich mehrere Jungs und ein Mädchen in weißer Bluse, älter als ich, die sich ungezwungen benahmen – offenbar feste Mitarbeiter. Sie sagten zu mir, ich solle warten, und gaben sich nicht weiter mit mir ab. Ich erinnere mich, Abramow, der hinter dem Schreibtisch aufstand, um mich zu begrüßen, hatte ein längliches, sympathisches Gesicht. Daß er hinkte, fiel mir damals nicht auf. Zuerst fragte er, ob ich mir schon einmal ein Tennisturnier angeschaut habe. Nein, gestand ich. So schlagfertig, um ihm zu erwidern, das müsse ich nicht, ich besäße ja eine alte Ausgabe der »Sportschau« und sei Leser der Montagsbeilage von »Unsere Rundschau«, war ich nicht. Aus dieser Lektüre ging freilich hervor, daß bei einem Tennisturnier Frauen ausschließlich gegen Frauen spielten und Männer gegen Männer, aber ich brauchte nun mal, daß im Finale er gegen sie antrat, denn das war dramatischer. Abramow begann mir auseinanderzusetzen, man dürfe nur über Dinge schreiben, die man kenne, er versuchte eindringlich, mir das klarzumachen, ich nickte und brachte keinen Ton hervor. Die Kehle war mir wie zugeschnürt vor Aufregung und Beschämung. Mein Manuskript war einfach unbeholfen und simpel gewesen, das begriff ich, während ich ihm lauschte. Seit ich es in der Nowolipki-Straße eingeworfen hatte, waren etliche Monate vergangen, und in dem Alter lernt man rasch. Gedemütigt und verstört verließ ich die Redaktion: Ich würde den Anforderungen des Redakteurs nicht gerecht werden können, das wußte ich. (Ich hatte gerade einen Roman über einen vornehmen Einbrecher geplant gehabt, mit Flucht aus dem Gefängnis, polizeilicher Verfolgungsjagd, Liebe und allem Drum und Dran.) Meine Verbindung zu der »Kleinen Rundschau« wurde brüchig. Und genau zu der Zeit ging Icek Fischers Stern auf, jedenfalls für mich.

Obwohl auch später hin und wieder mal was von mir gedruckt wurde und ich mich kurz vor dem Krieg sogar in der illustrierten Beilage von »Unsere Rundschau« auf dem Gruppenbild der herausragenden Mitarbeiter befand, eignete ich mich doch nicht recht für die Zeitschrift, und unsere Wege trennten sich eigentlich. Zudem verpaßte mir Igor Newerly (so werde ich ihn von nun an nennen) von Mal zu Mal ein neues Pseudonym, weshalb ich mich weder den Lesern noch ihm selber einprägen konnte.

In seinen letzten Lebensjahren schickte mir Igor stets die neuesten Ausgaben seiner Werke mit langen Widmungstexten, die gleichzeitig eine Besprechung meiner jüngsten Bücher waren. Bei einer seiner Geburtstagsfeiern, als wir zu all den Gaumenfreuden, auf die sich Igor so vorzüglich verstand, die Gläser hoben, eröffnete er den Anwesenden, ich sei ihm sofort aufgefallen. »Ich hab ihm einen Preis im Wettbewerb gegeben«, setzte er hinzu. »Ich erinnere mich, wie er mit seinem Vater aus Białystok angereist kam, schüchtern, winzig, und ich ihm voraussagte, aus ihm würde ein Schriftsteller.« Als ich das hörte, war mir klar, daß Igor mich für einen anderen hielt. Was sollte ich tun? Sagen, ich stamme nicht aus Białystok, sei nie mit meinem Vater bei ihm gewesen und den Wettbewerb habe ich schmählich verhauen? Für Igor hatte sich jener Junge, dem er eine Zukunft als Schriftsteller vorausgesagt hatte, in mir verkörpert. Durch mich, den er sich nicht gemerkt hatte, war seine Prophezeiung wahr geworden. Mochte es so bleiben! Ich würde jener andere sein und nicht der Verfasser des unseligen Tennisromans. Und so verkörperte ich denn bis ans Ende seiner Tage für ihn jenen siegreichen Jungen, in dem er sich nicht geirrt hatte. Dieser Junge, von dem jede Spur verschwunden war, für Igor hatte er überlebt und lebte – durch mich …

Und nur manchmal denke ich bei mir: Wer mag das gewesen sein, der Junge aus Białystok? Was ist mit ihm geschehen? Ist er umgekommen? Verweht? Vielleicht hat es ihn nie gegeben? …

Und doch war da so ein Moment, in der vierten Abteilung, ich war damals neun, als mich das Gefühl befiel, etwas ginge in mir vor, etwas, das mich von den anderen unterscheide. Wir hatten als Hausaufgabe ein Lesestück nachzuerzählen, das so ähnlich wie »Ein wahrer Held« hieß, von einem Jungen, der eine Schneeballschlacht gewonnen, und von einem Mann, der ein Kind aus einem brennenden Haus gerettet hatte. Ich schrieb voll Hingabe an diesem Aufsatz, so als erzählte ich eine neue Geschichte über diese beiden Helden, den vermeintlichen, kindlichen und den wahren, der sein Leben aufs Spiel gesetzt hatte. Herr Kibel, unser damaliger Lehrer, gab mir nur eine Zwei, obendrein mit einem Minus (ich hatte einen Rechtschreibfehler und zwei Kleckse gemacht), aber ich mußte die Arbeit vor der Klasse vorlesen. Meine Kameraden störten die Kleckse natürlich nicht, und sie fanden wohl, die Geschichte sei sehr schön, fast so schön wie das Lesestück selber. Davon sollte ich mich noch am gleichen Tag überzeugen. Unser hochgewachsenes Fräulein, das aus der ersten Abteilung, das manchmal zu uns hereinsah, aus Anhänglichkeit oder aus Neugier, kam an dem Tag in der großen Pause zu uns, um nachzufragen, was es Neues bei uns gebe. Und da zeigten die Jungs plötzlich mit dem Finger auf mich und schrien: »Fräulein Lehrerin, Fräulein Lehrerin, der hat einen Aufsatz geschrieben, den müssen Sie lesen!« Das Fräulein schlug mein Heft auf, überflog die klecksigen Krakel und murmelte etwas wie: »Schau, schau …« Sie war sichtlich erfreut, als hätte das etwas mit ihr zu tun. Mich aber überlief es heiß vor Glück. Etwas war geschehen.

Ich lag krank im Bett, wieder eine Grippe, als zwei Jungs von der »Kleinen Rundschau« zu uns nach Hause kamen. Sie brachten mir eine Belohnung für meine Briefe – ein Buch und eine Ansichtskarte mit roten Kirschen darauf. Sie war als Eintrittskarte für eine von der Redaktion veranstaltete Filmvorführung gedacht, wobei der Empfänger noch zwei weitere Personen mitbringen durfte. Die Ordnung der Dinge war, nach Art des Alten Doktors, auf den Kopf gestellt: nicht die Eltern nahmen ihr Kind mit ins Kino, sondern das Kind lud die Eltern ein. Ich nahm mich also schrecklich wichtig. Ich ging mit Mama und Hipek hin.

Mein Bruder machte den Eindruck, als langweile er sich. Vielleicht fühlte er sich gedemütigt, daß nicht er die Karte mit den Kirschen bekommen hatte. Vielleicht wollte er mir zeigen, daß mein Kino so was Überwältigendes nun auch wieder nicht war. Er vertrieb sich die Zeit damit, den Mann, der vor ihm saß, gegen die Waden zu treten. Der

Mann drehte sich um und ermahnte ihn, stillzusitzen. Und da sah ich, daß der Mann mit dem Spitzbart, den mein Bruder trat, Janusz Korczak war. Ich zischte ihm zu: »Hör auf, das ist Korczak!« Mein Bruder machte sich nichts draus, möglich, daß ihn die Nachricht noch befeuerte. Ich war verzweifelt. Ich wußte doch, Korczak liebte die Kinder. Und jetzt würde er denken, daß sie das gar nicht so recht verdienten. Der Mann mit dem Spitzbart ermahnte meinen Bruder noch einmal, aber es fruchtete nicht: Statt an einem frechen Kind herumzuerziehen, setzte er sich einfach in eine andere Reihe.

Später, sehr viel später, kehrte ich manchmal in Gedanken zu jener Szene zurück. Sie quälte mich. Ich dachte an Korczak, der mit den Kindern in den Tod gegangen, und an meinen Bruder, der auch im Krieg umgekommen war, nur weiß ich nicht, wie. Ich dachte daran, als ich Korczaks Ghettotagebuch las, in dem steht, daß es auch schlechte Kinder gibt, daß er sogar imstande ist, so eins zu hassen. Aber ich hoffe, über meinen Bruder hat er nicht so gedacht. Hipek war kein schlechter Junge, er wollte nur gern als Rüpel gelten. Und ich denke, Korczak hat das verstanden, und deshalb hat er sich einfach umgesetzt.

Ich machte nicht gern Schulaufgaben, aber die Klassenarbeiten in Polnisch mochte ich. In der fünften Abteilung ließ uns unsere neue Lehrerin, Frau Nudelman, ein energisches, kleines, aber kräftig gebautes, hellhaariges Persönchen mit rosiger Haut und tiefer Stimme, einen Klassenaufsatz über das ziemlich banale Thema: »Was ich einmal werden möchte« schreiben. Meine Kameraden waren binnen einer Viertelstunde fertig und warteten darauf, daß die Lehrerin die Hefte einsammelte und sie aus dem Klassenzimmer stürmen durften – während ich noch schrieb. Ich hatte, wie man sah, viel mitzuteilen. Ich weiß nicht, was meine Kameraden später einmal sein wollten, wahrscheinlich wollte einer Arzt werden, ein anderer Rechtsanwalt, vielleicht auch Lehrer oder womöglich Pilot – ich schrieb, ich möchte Bauer werden, das heißt, im

Sommer Bauer und im Winter, wenn auf dem Feld nichts mehr zu tun wäre, Tischler. Die Lehrerin wunderte sich sehr, aber der Aufsatz gefiel ihr, und sie gab mir eine Eins. Meine Eltern wunderten sich auch: daß ich Bauer werden wollte, hörten sie zum ersten Mal. Und Tischler – ich!, der ich keinen Hammer in der Hand halten konnte! Erstaunlich!

Ich selbst hätte über meine Wahl verblüfft sein können. Ich hatte ja niemals daran gedacht, Bauer zu werden und das noch mit dem Tischlern zu verbinden. Ich glaube, das alles hat sich so abgespielt: Wir schreiben einen Klassenaufsatz, haben ein Thema, und das soll irgendwie interessant geschrieben sein. Wessen Leben ist wirklich interessant? Was eignet sich für eine malerische, gefühlvolle Beschreibung? Das Dorf, das Leben des Bauern. Und während ich schrieb, begann ich mich mit einmal nach dem Dorf zu sehnen, ich spürte den Duft der Erde, sah die wogenden Kornfelder vor mir, und mittendrin mich selber, die Sense schwingend, ein fleißiger Bauer, der von seiner Hände Arbeit lebt. Und ich steigerte mich so hinein in dieses geliebte rauhe und schwere Tagewerk, daß ich auch noch zum Hobel griff, und während sich duftende Späne von den Brettern schälten, entstanden unter meinen geschickten Händen einfache Einrichtungsgegenstände.

Es ist wahr: Obwohl ich Dumas und alle möglichen Abenteuerromane verschlang und Filme über das Leben höherer Kreise sah, träumte ich irgendwie nie davon, ein Graf zu sein, ein Millionär, ja nicht einmal ein vornehmer Einbrecher. Romantischer erschien mir ein Leben in Hunger, in Not. Im Lesebuch stand ein Stück, das »Antek, der Lumpensammler« betitelt war, und wenn dieser Antek nach der Arbeit zusammen mit seinem Brüderchen, das er versorgte, voller Appetit sein trocken Brot mit Weißkäse aß, dann – ich entsinne mich – bekam auch ich Appetit und beneidete die beiden irgendwie. Ach, das würde schmecken! ... Oder mich als Pionier durch den Urwald zu schlagen oder in der Wüste ohne Wasser auszuharren.

Sich mit dem Geringsten begnügen, geduldig das Elend ertragen – das erregte meine Phantasie. Ich bewunderte jene Helden, die ihr Leben bei Wasser und Brot fristeten, und ich beschloß, mich gleichfalls für so ein Leben zu rüsten. Mehrere Abende lang härtete ich mich vor den Augen der Familie ab, indem ich zu Abend nur eine Scheibe trocken Brot aß und Wasser aus einem emaillierten Viertelmaß nachtrank. Ich erinnere mich an den salzigen Geschmack des Brotes, den ich mit dem Wasser hinunterspülte. Das schmeckte nicht gut ...

Auch las ich Bücher, die den Hunger im Titel führten: »Hunger« von Hamsun, »Mich hungert« von Georg Fink und »Der große Hunger« von Johan Bojer. Dieser Roman enttäuschte mich, denn es stellte sich heraus, daß es sich um geistigen Hunger handelte. Unmittelbar vor dem Krieg las ich »Der ungestillte Hunger« von Stanisław Łukasiewicz und behielt eben diese Titelerzählung. Ganz offensichtlich bereitete ich mich darauf vor, Hunger zu leiden und barfuß zu gehen. Es ist mir gelungen.

Ein paar Wochen danach schrieben wir wieder einen Klassenaufsatz, und wieder war das Thema ziemlich banal – »Frühling«. Unsere Lehrerin erklärte uns, es ginge darum, daß jeder schriebe, was er vom Frühling erwarte, womit er ihn verbinde. Ich kaute an meinem Federhalter. Frühling, Frühling – womit verbinde ich den? Alle wissen doch, was das heißt: Frühling. Warum so ein abgegriffenes Thema? Und plötzlich – ich habs! Und wieder schrieb ich lange und hingebungsvoll ... Die andern vier haben ihre Hefte längst abgegeben und müssen wegen mir in der Bank sitzenbleiben, und auch die Lehrerin muß so lange sitzen, bis ich geruhe, mit Schreiben aufzuhören. Ich aber habe höchst Wichtiges zu sagen ... Ich schrieb also, der Frühling erfreue durchaus nicht jedermann. Die Arbeitslosen freue er nicht, denn im Winter gibt es wenigstens die Schneeräumung und die Winterhilfe. Auch diejenigen freue er nicht, die kein Geld haben, um die Miete zu bezahlen, denn im Frühling gibt es keinen Mieterschutz mehr, und die Exmittierungen beginnen. Und ich schilderte so eine Familie, die auf die Straße gesetzt wird und auf ihren Bündeln hockt, während die Kinder weinen. – Ich weiß heute nicht mehr, war das Phantasie oder hatte ich so eine Familie wirklich gesehen. Aber an meine Schilderung erinnere ich mich. Erschöpft gab ich mein Heft ab.

Ich bekam eine Eins, aber Frau Nudelman bestellte meine Mutter in die Schule. Mama kam aufgeregt zurück: Frau Nudelman hatte meinen Aufsatz gelobt, aber gesagt, ich sei ein »Altruist«. Zu Hause entstand Panik, auch ich war verstört. Alles hatten sie von mir erwartet, nur nicht, daß ich so ein ..., was war, wie hatte sie gesagt? ... Das war wohl schlimmer als ein Bolschewik. Erst, als meine älteste Schwester im Gymnasium nachfragte, was dieses Wort bedeute, faßte sich Mama wieder etwas. Aber nicht ganz, denn auch das verhieß schließlich nichts Gutes.

Etwas ist bei mir zurückgeblieben. Ich mag das Wort nicht.

Abschied von Herrn Akerman

Eines Abends, beim Schlafengehen, teilte mir mein Bruder mit, es gebe keinen Gott. Daß es einen Gott nicht gab, hatte er in seiner »Zelle« in Muranów erfahren, der er beigetreten war. Früher hatten wir uns vor dem Zubettgehen wegen jeder Lappalie geprügelt, jetzt fuchtelten wir nicht mehr mit den Fäusten, die Diskussion begann. Ich erinnere mich, wir lagen schon, im Zimmer war es dunkel, und ich fragte meinen Bruder, ein wenig herausfordernd, wer demzufolge wohl den Himmel, die Sonne und die Sterne erschaffen habe – »na, sag schon, wer, und wer hat den Menschen geschaffen, und woher kommen all die Wunderdinge?« Mein Bruder hatte darauf keine Antwort. Er versteifte sich lediglich darauf, Gott existiere nicht. »Die Welt besteht seit Millionen von Jahren, das haben die Gelehrten nachgewiesen, und in der Bibel heißt es, ein bißchen was über fünftausend, na, dann rechne mal nach«, sagte er, »da stimmt doch gar nichts, und wieso gibt es heute keine Wunder, was?« Wir stritten lange, aber ohne Erregung, ruhig. Er wußte sein Teil, und ich das meine. Aber das Samenkorn des Zweifels war gelegt.

Das heißt nicht, daß ich dadurch in einen inneren Zwiespalt religiöser Art geraten wäre. Ich war von Natur aus kein »Gottessucher«, und meine Überzeugung, ich sei ein Prophet, hatte sich allmählich verflüchtigt, ich weiß selber nicht, wann. (Daß man die religiösen Gesetze nicht wörtlich nehmen durfte, daß sie veraltet waren und nicht in unsere Zeit paßten, verstand sich von selbst, und jede Diskussion darüber erübrigte sich. In der Nowolipie- und in der Leszno-Straße wurden die Leute immer »fortschrittlicher« – man benutzte dieses Wort, sprach folglich beifällig darüber –, was nicht heißt, daß sie mit Gott gebrochen hätten. Sie wußten inzwischen, das Bekenntnis zum Judentum war eine Frage des Bewußtseins, und man brauchte weder orthodox noch religiös zu sein noch die Vorschriften bezüglich des Essens und der Kleidung einzuhalten noch die Bräuche, ja nicht einmal die Sprache zu pflegen. Es war ausschließlich eine Frage der eigenen inneren Welt, des eigenen Gefühls dafür, wer man sei – und der Außenwelt, also derer, die in einem den Juden sahen. Juden, die waren wie alle anderen Menschen in Europa, die Basketball spielten und Hockey, die boxten, schwammen und durchschnittlicher europäischer Gemeinheiten fähig waren, mochte die außerjüdische Welt nicht. Diese Welt kannte nur den kleinwüchsigen Juden mit den Schläfenlöckchen, dem die Zizit* unter der Weste vorstanden, den frommen Juden, der seine Zeit über alten anachronistischen Büchern verbrachte, und der rührte sie, – oder den Juden, dem gegenüber sie eine mit Verachtung gemischte Überlegenheit empfand. Den Juden, den man mit »Du« ansprach. Aus alter Gewohnheit wollte es manchen in Polen noch immer scheinen, der Jude sei

* am Tallit befestigte Schaufäden

ein Pächter, und man könne ihn einfach duzen, auch wenn er Jackett und Krawatte und einen wissenschaftlichen Titel trug. Ich hörte mit eigenen Ohren, wie jemand das tat, und ich erinnere mich, daß es mich heiß überlief. Aber mein Vater reagierte auf solche Dinge nicht, er nahm sie mit stoischer Gelassenheit hin.)

(Und noch eine Klammer, die wohl notwendig ist. Die Frage des Glaubens spielte bei unseren religiösen Zweifeln eine untergeordnete Rolle. Es ging allein um den Umgang mit Gott, egal, ob nach den Geboten Mosis oder der Kirche. Als ich neun Jahre alt war, lieh ich mir von einem Kameraden den Roman »Quo vadis«. Es war eine Ausgabe für die Jugend, illustriert, besonders zärtlich war die nackte, ohnmächtige Lygia auf dem Rücken des Stiers dargestellt, dessen Hörner Ursus in den Sand der Arena schleudert. Damals kannte ich den Buchstaben Q noch nicht und erzählte Mama, ich läse das Buch »Ouo wadis«. Mama las es dann auch und war gleichfalls beeindruckt. Ich konnte schwerlich davon träumen, einmal einem Stier den Hals umzudrehen, doch ich war bereit, Marterqualen für meinen Glauben zu erdulden, am Kreuz oder auf dem Scheiterhaufen. Daß ich nicht getauft war, störte mich überhaupt nicht, im übrigen hatte ich ja von Sienkiewicz erfahren, daß diese ersten Christen und die Apostel Petrus und Paulus, daß das alles Juden waren und daß man sie die Nazarener nannte. Beseelt vom Geist eines kindlichen Ökumenismus – vielleicht auch als der künftige Mann des Kompromisses –, sah ich kein Hindernis darin, daß beide Religionen, die dem gleichen Gott huldigten, sich irgendwie miteinander verflochten. Die hebräischen Wörter »Hosianna«, »Amen« und »Halleluja« sind beiden Religionen gemeinsam. Wie sehr wünschte ich mir, daß sich alle irgendwie miteinander versöhnten und liebten – Rabbiner und Priester, Bischöfe und Zaddikim und der Zionist Zabotyński –, alle sollten sie Liebe füreinander empfinden, so wie es die Apostel bei Sienkiewicz lehrten! »Quo vadis« blieb lange Zeit mein Lieblingsbuch. Heute kann ich es nicht mehr lesen. Es ist allzu stark auf antike Schlichtheit hin stilisiert. Gespreizte Schlichtheit.)

Also gleich zwei Klammern, für die ich mich entschuldige. Ich kehre zu meiner Erzählung zurück. Fredek, der Sohn von Szulim und Dora, mein goldhaariger Lieblingscousin, war mittlerweile ein plumper, phlegmatischer Junge geworden. Seine goldenen Locken waren verschwunden, man hatte ihn kahl geschoren und nur einen Pony stehenlassen, er blickte tranig, seine Lippen waren dick (so wie Tante Doras), er hatte allen Charme verloren. Die Schule fiel ihm schwer, und Tante Dora wandte sich an mich, ob ich ihm nicht ein bißchen unter die Arme greifen könne. (Das war noch vor dem schändlichen Verrat.) Ich bekäme dafür, so lockte sie, fünfzig Groszy pro Woche. Das war fast soviel wie eine Kinokarte, und außerdem wollte ich wissen, ob es mir gelänge, ihm etwas beizubringen. Das war nicht leicht, der träge Verstand des Jungen machte mich oftmals wütend, aber ich nahm mich immer rasch zusammen, weil ich mir den Herrn Glanc in die Erinnerung zurückrief, der mir durch sein Gezeter das Rechnen vergrault hatte. Ich holte ihn von seinen Vieren herunter, er bekam nicht nur Einsen, sondern war seinen Kameraden im Stoff sogar voraus.

Ich widmete ihm alle meine Nachmittage, vernachlässigte also die eigenen Hausaufgaben und erntete Vieren. Schließlich griff Mama ein, es gab einen Mordskrach, Tante Dora war eingeschnappt, und ich glaube, sie unterschlug mir die letzten fünfzig Groszy. Aber Fredek wurde in die zweite Abteilung versetzt.

Den Nachhilfestunden wohnte Wituś bei, jener lachende Scherzbold. Mitunter sagte er etwas Witziges, aber er störte nicht. Als ich meine Stunden mit Fredek abbrach, wurde Wituś krank.

Zuerst hieß es, er habe Grippe. Dann, er habe eine Hirnhautentzündung. Dann, das sei eine Hirntuberkulose, und es sei hoffnungslos. Ich besuchte ihn hin und wieder und beteuerte ihm, er werde gesund. Ich bat Gott darum. Wituś war doch so ein liebes Kind und hatte niemandem etwas zuleide getan. Wenn es Gott gab, dann würde er ihn retten. Eigentlich stellte ich Gott ein Ultimatum. Rette Wituś, erbarme dich, zeig, was du vermagst! (Damals wußte ich noch nicht, daß Dostojewskis Helden wegen dem einem Kind angetanen Unrecht mit Gott haderten.) Aber Wituś' Zustand verschlechterte sich ständig. Das Kind erblindete, dann sprach es nicht mehr. Ich wartete noch immer auf ein Eingreifen des Herrgotts, verlangte es noch immer von ihm. Es blieb aus: Wituś' verfiel, und schließlich starb er.

Von da an befaßte ich mich nicht länger mit meinem Verhältnis zu Gott. Ich erlebte das durchaus nicht als Gewissenskonflikt, es war nur eine Leere entstanden. Ein Kind wundert sich nicht über die Allmacht Gottes, sie ist etwas Natürliches, die gottregierte Welt ist die reale Welt. Der Glaube ist dem Kind gegeben wie die Liebe zu seinen Eltern.

Erst eine Welt ohne oder mit einem schwachen, mit einem gleichgültigen Gott ist unvorstellbar, unbegreiflich, ist die Entdeckung der Leere.

Das heißt nicht, daß ich nun Atheist war. Ich war niemals ein Feind des Herrgotts, nie habe ich auch versucht, jemanden zu meinem Unglauben zu bekehren. Im übrigen gibt es einen vollendeten Unglauben ebenso wenig wie einen vollendeten Glauben. Das »Mein Gott ...« entringt sich jedem in der Verzweiflung. Im Krieg hatte ich manchmal das Gefühl, die Hand der Vorsehung geleite mich durch alle Fährnisse und Prüfungen. Ich war ja noch am Leben. Jeder von uns, der überlebt hat, kann das von sich behaupten: Dazu trugen Geschehnisse und Zufälle bei, die an ein Wunder grenzen.

In einem meiner Romane, dessen Handlung im Krieg spielt, versucht ein Freund, den Helden an einem Wendepunkt seines Lebens zu überreden, vor dem Altar niederzuknien und zu beten – »vielleicht hilft es ja doch was«. Mein Held tut das nicht. »Meine Knie sind steif«, erwidert er ... Braucht Gott unsere Gebete? Nimmt das Göttliche Auge Not und Leid nicht ohne unser Rufen wahr, müßte es sich nicht unser erbarmen? Wir Menschen, in unserer Armseligkeit, halten Gott für einen hartherzigen, eitlen Herrscher, der nach Lobhudelei und Schmeichelei, nach psalmodischer Verherrlichung giert, der erwartet, daß wir ihn demütig bitten und uns im Staube vor ihm wälzen und an die Brust schlagen. Unsere Tränen sollen ihn erweichen ...

Mein Held verweigert sich der Demütigung. Aber ihm kommt nicht in den Sinn, daß nicht Gott sein Gebet braucht, sondern womöglich er selber. Ihm selbst sollen die eigenen Tränen Hoffnung bringen – und Erleichterung. So wie sie sie einem Kind bringen, das sich ausweint ...

Mein Erkalten in göttlichen Dingen fiel in eine Zeit, als ich auch das Hebräische zu vernachlässigen begann. Gelinde gesagt, denn in Wahrheit ging etwas höchst Seltsames mit mir vor: mein Wissen schrumpfte. Ich kam nicht nur im Unterricht nicht mehr mit, ich konnte auch immer weniger, vergaß die Wörter, Sätze und Seiten aus dem Pentateuch, die mein Spezialgebiet gewesen waren. Geradeso, als sei ich von einer selektiven Sklerose befallen. Ich las damals viel, las die Bücher meiner älteren Schwestern, die sie in der Bücherei »Renaissance« in der Leszno-Straße oder in der »Wirginia« (der Familie Wirgin) in der Elektoralna ausliehen, ich selbst schrieb mich in der Leihbücherei »Parnaß« in der Nowolipie-Straße ein, die einem schönen jungen Paar gehörte, das den Ehrgeiz hatte, auf die Lektüre seiner Leser Einfluß zu nehmen. Und so geschah es, daß ich nie Karl May und J. F. Cooper las, dafür las ich Hamsun. »Landstreicher« hieß der erste Roman, meine Schwester Mirka hatte ihn ausgeliehen, und ich kam nicht los von dem Buch, las es mehrere Male und behielt für lange Zeit das Bild, wie die barfüßige Lovise den sackleinenen Rock für Edewart aufknöpft, um ihm ihre Liebe zu beweisen, und alles so traurig vonstatten geht. Je mehr mich also die moderne europäische Literatur gefangennahm, je mehr ich mich damit identifizierte, um so mehr wurde Hebräisch eine Belastung, eine Notwendigkeit, die ich der Schule schuldig war, in die man mich schickte, aber eine Notwendigkeit, die mir nicht notwendig erschien. (Das werde ich mein Lebtag bereuen.)

Es wäre jedoch nicht dazu gekommen, wäre Herr Akerman noch dagewesen. Es hängt alles vom Lehrer ab. Der Herr Akerman verstand es, einen für jedes Fach zu begeistern, das er unterrichtete. Selbst die eher unergiebigen und langweiligen Talmudkommentare trug er noch so vor, daß wir ihm gespannt lauschten. Doch der Herr Akerman wurde zunehmend fahriger, war immer weniger bei der Sache, wir spürten, daß ihn etwas drückte. Schließlich nahm man ihn uns weg. Unsere Klasse, fünf Jungs in der fünften Abteilung, bekam der dicke Herr Korngold, ein aufgeblasener, langweiliger Mensch, dafür aber neuer Geschäftspartner von Herrn Krelman; offenbar hatte die Schule schon am Randes des Bankrotts gestanden, und Herr Krelman hatte sie durch die Wahl eines neuen Teilhabers retten müssen. Zu unserem Unglück hatte dieser Teilhaber pädagogische Ambitionen, vielleicht meinte er auch, den Finanzen der Schule auf die Beine zu helfen, indem er dem Herrn Akerman ein paar Wochenstunden strich – mich jedenfalls schmerzte das. Wir mochten den faden Herrn Korngold nicht, seine Stunden waren öde, es hagelte Vieren, und all das zusammengenommen wirkte sich verhängnisvoll auf meine Bildung aus.

Der Herr Akerman kam nur noch selten in unsere Klasse – nur zur Vertretung –, und dann unterrichtete er nicht, sondern er las uns nur irgendwelche lustige Sachen vor (aus Scholem Alejchem, wie sich später zeigen sollte), und wir lachten Tränen und liebten ihn nur um so mehr. Und als das fröhliche Purimfest mit seinen Fastnachtsspielen kam, wo die Juden nach altem Brauch so viel Wein trinken sollen, daß sie nicht mehr unterscheiden können, wer jener fromme, tapfere Jude war, der sein Volk gerettet hatte, und wer jener Verbrecher, der das Gottesvolk hatte hinmorden wollen, nun, da legten wir alle für eine kleine Torte zusammen, die wir ihm überreichen wollten. Wir machten uns allesamt zu ihm auf, alle fünf. Der Herr

Akerman sollte gerührt sein über unsere Anhänglichkeit, schließlich war er ja nicht mehr unser Lehrer, er konnte uns weder Vieren noch Einsen erteilen. Er wohnte, wie sich herausstellen sollte, in der Stawki-Straße, einer Straße des Elends, wo es keine so solide gebauten mehrstöckigen Mietshäuser mit gelben Kacheln und verschnörkelten Balkonen gab, wie beispielsweise das unsre und ein Dutzend anderer in der Nowolipie. Ich wußte, wie es dort war, nicht weit von der Stawki-Straße wohnte ja Mendele, wie die winzigen Häuser und die Gossen und das Kopfsteinpflaster dort aussahen, und dennoch hatten wir erwartet, unser Herr Akerman, der doch kein in seinen Bart brabbelnder Melamed, sondern nach allen Regeln der Kunst ein Lehrer war, die wichtigste Person in der Schule des Herrn Krelman – der Akerman müsse weit besser wohnen. Was wir vorfanden, erschütterte uns. Ein langes schmales Zimmer voller Gerümpel, so wie bei unserm Hausmeister, aber bei dem war es hell, und hier war alles gleichsam von Ruß überzogen. Und der Herr Akerman, in der Weste, sichtlich betreten, wie bei etwas Peinlichem ertappt. Bestimmt war er gerührt, daß wir an ihn gedacht hatten, als er und die Torte abnahm, aber auch verlegen, und er wußte nicht recht, was er nun anfangen sollte. Wir benahmen uns, wie sichs gehört, das heißt, wir wünschten ihm ein frohes Fest – und verabschiedeten uns hastig.

Von da an war der Liebe zu unserm Lehrer ein Gefühl von Scham beigemischt, das Empfinden vielleicht, ungewollt eine Taktlosigkeit begangen zu haben – wir hätten uns nicht in sein Leben drängen, nicht entblößen dürfen, was bisher unterm bunten Feuerwerk seiner herrlichen Stunden verborgen gewesen war. Jetzt konnten wir unseren dicken, langweiligen Herrn Korngold noch weniger leiden, so als trage er an alledem die Schuld …

Der Fremde

Eine sechste Abteilung gab es bei Herrn Krelman nicht mehr. Mama schrieb mich beim Lehrerverband in der Zamenhof-Straße, einer Genossenschaftsschule ein, von der es hieß, sie sei fortschrittlich. Und sie war es wirklich. Schon äußerlich bot sie ein anderes Bild: Bei Krelman hatte es nur ein paar kleine Stuben gegeben, in denen man über den Büchern hockte, im Lehrerverband hingegen, in dem sich ehrgeizige, das Alte ablehnende Lehrer zusammengefunden hatten, gab es allerhand Fachkabinette – ein naturwissenschaftlich-physikalisches, eines für Handarbeiten, ja sogar eine Turnhalle mit einer Sprossenwand. Auch einen eigenen Schulgarten hatte der Verband aufgetrieben, einen Viertel Morgen irgendwo draußen in Grochów, aber das genügte, damit wir im Frühjahr was umgraben, Beete anlegen, pflanzen, gießen, jäten konnten. Schulleiter war der Herr Gurewicz, Polnisch- und Geschichtslehrer, ein gutaussehender, energischer Mann unter vierzig mit schon leicht schütterem Haar, von dem sich die Jungs (bewundernd) erzählten, der sei Leutnant der Reserve und habe daheim einen echten Revolver und nicht nur eine Schreckschußpistole.

Ich steckte in der neuen Schule nur Niederlagen ein. Da ich »aus der Krelman« kam, über die man sich – zu meiner Verblüffung – im Verband verächtlich äußerte, war es sonnenklar, daß auch ich nicht viel taugte. Schon meinen ersten Aufsatz, von dem ich gehofft hatte, er werde Eindruck machen, denn er war originell, versah der Herr Gurewicz mit der Bemerkung »Thema verfehlt« und gab mir eine Vier. Für den nächsten bekam ich eine Drei minus. Niemand bat mich, mich an der Wandzeitung zu beteiligen, die hatten dort ihre eigenen Stars, ich aber war einer von außerhalb, ein Hergelaufener. Der Herr Gurewicz imponierte mir, gebannt lauschte ich seinen Geschichtsvorträgen, aber er erkannte mich nicht an. Je mehr ich mich anstrengte, je mehr ich ihm zu beweisen suchte, dort, bei Krelman, sei ich doch wer gewesen, um so rücksichtsloser behandelte er mich, um so öfter fand ich am Rand meiner Aufsätze Bemerkungen wie »Darum ging es nicht!«, »Stil!« und das vernichtende »Thema verfehlt!« Staunend beobachtete ich, wie einige meiner Kameraden, Verfasser ordentlicher, aber fader Klassenaufsätze, Einsen bekamen, während ich, das As der Frau Nudelman, die ganze Zeit auf meinen Dreien saß.

Genauso war es in Geschichte. Meine Kenntnisse beeindruckten Herrn Gurewicz nicht. Er verlangte, daß die Antworten lauteten, wie er sie vorgegeben hatte. Pińczewski, aus chassidischem Haus, im übrigen ein begabter Junge und guter Kamerad, war darin besser: Er prägte sich genau ein, was der Herr Gurewicz sagte, und gab es dann fehlerfrei wieder. Ich geriet mit Gurewicz in einen Streit über Napoleon. Er hatte nicht das geringste Erbarmen mit meinem Helden. Besonders scharf sprach er, ich entsinne mich, über den Feldzug nach Moskau. Er stand vor der Karte und fuhr mit einem Stöckchen den ganzen Weg des Rückzugs nach, auf dem Napoleon sein Heer ins Verderben gestürzt hatte. Danach gab es eine Klassenarbeit, in der ich seine Einwände nicht berücksichtigte. Ich war im Unrecht, aber ich dachte selbständig. Ich bekam eine Drei mit zwei Minusstrichen.

Da ging mir auf, daß mir ein langer, mühseliger Weg bevorstünde, wenn ich ihn für mich gewinnen wollte. Daß ich Geduld haben mußte. Und mir ging auch auf, obwohl ich das damals bestimmt nicht so formulierte, welchen Einfluß auf eine Bewertung ein Vorurteil, eine vorgefaßte Meinung haben kann. Diese Erfahrung kam mir später noch gut zupaß. Das heißt nicht, das hätte mir die Sache leichter gemacht, aber ich sah die Dinge wenigstens, wie sie waren. Damals schmerzte sie mich um so mehr, als ich Herrn Gurewicz nicht für einen Dummkopf hielt, der von nichts Ahnung hatte, im Gegenteil, ich sah, er war intelligent, belesen, erzählte fesselnd, war rechtschaffen und ehrlich, leitete die Schule hervorragend und mit außerordentlicher Tatkraft. Ob ihr es glaubt oder nicht, aber ich wußte, woran alles lag: Ich war nicht *sein* Zögling, ich kam aus einer schlechteren Schule, ich hatte folglich kein Recht, besser zu sein. Zum ersten Mal im Leben fühlte ich mich zurückgestoßen, ja, in meiner Liebe enttäuscht. Aber ich gab mich nicht der Verzweiflung hin. Ich wurde stiller, bäumte mich nicht mehr auf. Ich kämpfte nicht mehr um die Zuwendung von Herrn Gurewicz. Schließlich war mir die Schule nicht alles: Ich hatte noch ein anderes Leben, außerhalb, und das war keineswegs weniger intensiv.

Nicht einmal der Triumph, der mir unerwartet in der »Kleinen Rundschau« zuteil wurde, half mir in der Schule. Und das ging so zu: In unserem Treppenaufgang stand mit Vorliebe der gelähmte Jankiel herum, ein großer junger Mann, der mir mit seinen langen, seltsam fuchtelnden Spinnenarmen Entsetzen einflößte, denn das sah aus, als wollte er gleich auf einen einschlagen. Jankiel geriet wirklich manchmal in Rage, dann stieß er unverständliche Laute aus, und seine Stimme ging in ein Brüllen über. Vor Jankiel fürchtete ich mich mehr als vor der Leiche im zweiten Stock, und wenn die staksige Vogelscheuche unverhofft vor mir aufwuchs, geradeso als hätte sie mir aufgelauert, erstarb mein Herz, und ich wich hastig in den Hof aus. Ich bemühte mich, daß das nicht wirkte, als liefe ich davon, aber ich lief davon. Ich hörte die Leute sagen, Jankiel sei ein Paralytiker, und das bloße Wort klang in meinen Ohren grausig, ich hatte Angst, wenn er mich berührte, werde Schlimmes mit mir geschehn, vielleicht wurde auch ich ein Paralytiker.

Ich konnte jedoch nicht übersehen, daß nicht alle Jankiel so mieden wie ich. Manche zündeten ihm die Zigarette an, brachten ihm Zeitungen, denn Jankiel las, sie debattierten mit ihm über Politik, und einmal hörte ich sogar, Jankiel sei Kommunist. Vielleicht hoffte er, wenn erst der Kommunismus auf der ganzen Welt gesiegt habe, werde es keine Paralytiker mehr geben, vielleicht hatte ihm das jemand eingeredet. Auch wenn ich es nach wie vor vorzog, ihn nicht zu berühren, hörte ich auf, mich vor ihm zu fürchten, ich glaubte jetzt zu wissen, daß Jankiel nicht über mich herfallen würde, ich sagte ihm sogar »Guten Tag«, er erwiderte, den Mund verzerrt und sabbernd, ein ehrgeiziges »Ssseervusss!«, was schließlich für niemanden ein leichtes Wort ist. Einmal bat er mich, ihn vom ersten Stock ins Parterre, in seine Wohnung zu führen. Das war für mich, möchte ich sagen, die Feuertaufe. Er dankte mir mit einem Lächeln, so gut er eins zustande brachte. Ein andermal bat er mich, eine Zigarette aus seiner Jackentasche zu nehmen und sie ihm zwischen die Zähne zu stecken. Ich half ihm, sie anzuzünden, und er erkundigte sich hustend, was ich so treibe. Was ich lerne. Was ich lese. Und so nahmen unsere Gespräche ihren Anfang: Er fragte mich aus, und ich stand ihm Rede und Antwort. Einmal fragte er, warum ich vor ihm davongelaufen sei. Ich log, ach wo, bin ich doch gar nicht. Aber er wußte wohl, daß ich log und daß ich ihm nur nicht sagen konnte, warum, und er kam nie wieder darauf zu sprechen. Er war sehr wißbegierig, er lechzte nach diesen Gesprächen, vielleicht überhaupt nach Gespräch, und ich wurde das Gefühl nicht los, ich schulde ihm etwas für diese meine Furcht, um die er wußte, die ihn schmerzte, für mein Davonlaufen, das ihn kränkte, denn er war ja nicht dumm, und er konnte sich denken, was die Ursache war.

Und als Jankiel starb – und er starb ziemlich plötzlich an einer Lungenentzündung, die er sich in unserm Treppenhaus geholt hatte –, als Jankiel also aus unserem Leben verschwand, da dachte ich bei mir, ich müsse über ihn schreiben, so wie über jemanden, der uns von nun an auf unserm Hof fehlen würde. Wäre ich vorher nicht vor ihm weggerannt, hätte ich ihm nicht diesen verdammten Schmerz zugefügt, wer weiß, vielleicht hätte ich dieses Bedürfnis nicht empfunden. Aber ich mußte ihn irgendwie für all das um Verzeihung bitten. Ich schrieb eine Erinnerung, nannte sie »Jankiel der Krüppel« und warf sie in den Kasten an der Tür der »Kleinen Rundschau«, auch wenn ich in letzter Zeit nicht allzu viel mit ihr zu tun gehabt hatte. Das war der längste Text, den ich ihnen bislang geschickt hatte, und ich war darauf gefaßt, daß der Redakteur eine Menge streichen würde.

Gedruckt wurde die Geschichte vollständig, ohne jede Streichung, aber als noch nicht ganz druckreifes Material. Das war so eine Art Experiment, bei dem alle Leser aufgefordert waren, sich an der Beurteilung zu beteiligen. Man hatte mehr als ein Dutzend Arbeiten gebracht und einen Wettbewerb unter den Lesern ausgeschrieben: Beurteilt, ob die Sachen gedruckt werden sollen oder nicht. Ich befand mich also, zusammen mit den anderen Autoren, in einer spezifischen Lage: Unsere Geschichten waren veröffentlicht und auch wieder nicht. Irgendwo habe ich gelesen, das sei ein Einfall von Korczak gewesen (es sah ihm ähnlich), der habe sich dann später die Rezensionen zu Gemüte geführt, ich fühlte mich also geehrt, daß Korczak sowohl mich als auch die Besprechungen über mich gelesen hatte, doch neulich holte mich jemand von meinem hohen Roß und sagte, Newerly habe einfach in Urlaub gehen wollen und keine Zeit gehabt, die Texte zu redigieren, und da sei ihm die Idee gekommen: Ihr arbeitet, und ich fahr paddeln.

Als an einem Freitag bei uns vor der Tür die Ausgabe lag, die alle diese Rezensionen enthielt, war das ein großes Erlebnis, das verhehle ich nicht. Meine Geschichte überhäuften die Kinder mit Lob. Ihnen gefiel alles: die Gestalt des Helden, die schlichte Erzählweise, der Stil, die Stimmung – ja, alles. Nun hatte ich also die ersten Besprechungen meines Lebens bekommen – und die allerbesten.

Auf den Herrn Gurewicz machte das nicht den geringsten Eindruck. Vielleicht im Gegenteil. Vielleicht dachte er, jetzt bildet der sich erst recht was ein, man muß ihm einen Dämpfer verpassen. Es ist mir nie gelungen, bei ihm über die Drei hinauszukommen, und nur im allerletzten Aufsatz gab er mir gnädig eine Zwei minus. Seltsam, daß man sich solche Dinge merkt. Seltsam auch, daß mir der Herr Gurewicz, obwohl er mich ein ganzes Jahr mit seiner Drei minus verfolgt hatte, auf dem Abschlußzeugnis in Polnisch und Geschichte eine Zwei gab.

In dieser Schule nahm der Prozeß meines Absinkens in Hebräisch weiter seinen Lauf. Man maß dem Hebräischen offenbar keine Bedeutung bei, wenn der Lehrer ein uninteressanter, schroffer, hagerer Herr mit graumeliertem Spitzbart war, der in seinem Äußeren an Don Quijote erinnerte. Kein Vergleich mit Herrn Akerman! Dieser Lehrer, dessen Name mir schon damals nicht im Gedächtnis haften bleiben wollte, unterrichtete uns auch in Religion. Er mußte allen Einsen geben, es war also unwichtig, wie gut wir waren, eine schlechte Religionsnote war beim Kuratorium nicht gern gesehen und konnte die Aufnahme in ein staatliches Gymnasium erschweren.

Die zweite Eins auf meinem Zeugnis war die im Turnen. Uns unterrichtete derselbe Beniek Goldberg, den ich bei Krelman gehabt hatte, er war der einzige, der mich kannte und mich heraushob, ein bißchen, weil er fand, meine körperliche Ertüchtigung habe ich ihm zu danken, was vielleicht stimmte. Ich reagierte schnell, instinktiv, im Völkerball war ich fast nicht zu treffen, stets besser in der Verteidigung als bei den Stürmern. Deshalb holte mich Herr Beniek in seine Mannschaft, und es kam vor, daß, wenn alle schon abgeschossen waren, wir nur noch zu zweit auf dem Schlachtfeld die Partie austrugen. Auch mit den Jungs verstand ich mich gut, durch den Fußball, im Verein gab es ein paar wirklich glänzende Fußballer, sie spielten gern mit mir, weil ich unnachgiebig in der Verteidigung war und den Ball präzise abgab. Ich wurde zunehmend draufgängerischer, ja, ich veränderte mich, wurde selbstbewußter, wenn ich mit dem Ball durchbrach, schrien die Jungs: »Achtung! Der Rasende! Der Rasende kommt!« Vor dem Tor des Gegners löste ich Panik aus, ich schoß Tore, oftmals durch Köpfen.

O Wonne des Siegs! So vieles weiß ich nicht mehr, aber jedes gewonnene Fußballspiel, jedes Tor sehe ich noch immer vor mir …

An diese meine Überlegenheit im Fußball, ob sie nun echt war oder eingebildet, knüpft sich eine gewisse schmerzliche Erinnerung. Eigentlich schwanke ich, ob ich sie hier preisgeben soll. Aber darf ich sie auslassen? In meinem damaligen, noch sündenfreien Leben war das ein schweres, kaum wiedergutzumachendes Vergehen …

Unser Klassenlehrer war der Herr Bl., Mathematiklehrer, mittlerer Wuchs, schlank, ziemlich kahl, schlampig, wohl auch um die Vierzig. Er lief in einem zerknautschten Anzug herum, sein Hemd war mitunter nicht das reinste. Kein Vergleich mit der Eleganz und dem Charme des Herrn Gurewicz! Aber nicht darum handelte es sich, sondern um den Ton, den er anschlug, wenn er mit einem Schüler sprach. Immer ironisch, manchmal regelrecht höhnisch. Die andern Jungs störte das irgendwie nicht – offenbar waren sie der Ansicht, ein Lehrer habe das Recht, hochfahrend, ironisch zu sein, seinen Witz auf Kosten der Schüler zu schärfen, er ist nun mal der Lehrer, er teilt mit vollen Händen Wissen und Noten aus – ich konnte das nicht ausstehen. Ich glaube, viele Kinder sind, was ihre persönliche, so häufig mißachtete Würde betrifft, angreifbar oder empfindlich. Der Junge, der ich damals war (wobei ich nicht sagen will, ich stimme stets mit ihm überein, nein, er ist mir nicht mal immer vertraut) –, tja, dieser Junge war in dem Punkt wohl arg verletzlich.

Ich räumte dem Herrn Bl. also das Recht auf einen höhnischen Ton nicht ein, und er spürte meine Auflehnung. Allzuviel machte ich mir nicht daraus, ich hatte eine Menge anderer Dinge zu tun, ich versuchte einfach, ihn zu meiden. Erst im Schulferienlager in Michalin, in das mich meine Mama geschickt hatte (damals besaßen wir nicht mehr die Villa), war ich auf ihn angewiesen. Herr Bl. war, zusammen mit Herrn Gliksztok, demselben, der uns im Werken unterrichtete und in vielem anderen noch hätte unterrichten können, der Erzieher im Lager. Der Herr Gliksztok, ein untersetzter, starker Mann, ruhig, sachlich, aber auch hart, genoß großen Respekt unter den Jungs; der Herr Bl., launisch, wechselhaft, nicht den geringsten. Ich glaube, in diesem Ferienlager war es ziemlich langweilig, viel mehr als auf einer Waldlichtung Fußball zu spielen konnte einem nicht einfallen. Darüber hinaus verbindet sich mir dieses Lager noch mit zum Frühstück aus großen Kannen ausgeschenktem Kakao, und bei der bloßen Erinnerung daran wird mir flau.

Der Fußball rettete uns. Wir bildeten zwei Mannschaften, die ständig gegeneinander antraten. Das feierliche Endspiel wurde vor den Eltern ausgetragen. Meine Mannschaft gewann Eins zu Null, und das eine Tor schoß ich durch Freistoß.

Wohl am Tag nach dem Spiel kam es zu einem Wortwechsel zwischen mir und unserem Erzieher. Ging es um Fußball? Ich weiß es nicht. Spottete Herr Bl. über mein siegbringendes Tor? Wollte er mich heruntermachen? Oder spottete er vielleicht über mein Geschreibsel? Ich weiß nicht, ich weiß nicht. Aber er spottete. Die Jungs umringten uns, der Ton wurde schärfer, aus seinem Mund fielen beleidigende Worte. Und da gab ich ihm eine Ohrfeige.

Kaum hatte ich das getan, da wußte ich schon, daß etwas Schreckliches, etwas Schändliches passiert war. Der Herr Bl. war so verwundert – und natürlich erschüttert –, daß er nicht reagierte. Er drehte sich um und ging. Ich blieb allein, die Jungs verkrümelten sich, und ich stand da mit dem niederschmetternden Gefühl, ich sei ein Auswurf der Menschheit. Ich wußte, nichts konnte mich rechtfertigen, nicht mal, daß ich die Nerven verloren hätte. Ich hatte getan, was man nicht tut. Ich hatte meinen Lehrer gedemütigt.

Das Seltsamste aber war, daß ich keineswegs zu den Ungebärdigen gehörte. Es gab bei uns solche Jungs, aber ich gehörte nicht zu ihnen. Über mich mußte sich niemand beschweren. Wenn ich im Streit mit Herrn Bl. gewissermaßen im Namen aller aufgetreten war, dann, weil die Jungs mir die Führung überlassen hatten. Richtig, das war so gewesen: Es hatte sich nicht um mich, sondern um eine gemeinsame Sache gedreht. Nur hatte der Herr Bl. mich persönlich beleidigt. Und ich mit meiner unseligen Empfindlichkeit … Nein, es ist müßig, nach einer Rechtfertigung zu suchen. Ich hatte etwas getan, das mich augenblicklich aus der Gesellschaft ausschloß und mich noch heute mit Scham erfüllt.

Eine verhängnisvolle Geschichte. Der Herr Bl. schloß sich ein und weigerte sich, zu uns herauszukommen. Herr Gliksztok ließ mich holen und fragte mich, ob ich Herrn Bl. um Entschuldigung bitten wolle oder ob ich es vorziehe, das Ferienlager zu verlassen. Ich verließ es lieber.

Man rief meine Mutter an. Ich habe keine Ahnung, wie man ihr die Sache darstellte, jedenfalls machte sie mir keinerlei Vorwürfe, sie sagte überhaupt nichts, sie schwieg. Auch ich schwieg, versuchte nicht, mich zu rechtfertigen. Ich empfand mich, ich sagte es schon, als Ausgestoßenen. Vom Hauptbahnhof fuhren wir mit der Droschke nach Hause, und die ganze Fahrt über, das weiß ich noch, schwiegen wir beide. Ich sah Menschen, die sich in der stickigen Luft an den grauen Häuserwänden entlangdrückten, und ich dachte bei mir: Wie blaß sie sind ...

Herrn Bl. traf ich noch einmal im Jahr darauf, als ich schon aufs Gymnasium ging. Der Lehrerverband, eine Schule mit Ambitionen, gab einmal im Jahr eine Theatervorstellung. Und sie führten nicht irgendwas auf, sondern – man höre und staune! – eine Oper. Wer das Libretto schrieb, weiß ich nicht, vielleicht der Herr Gurewicz. Die Musik lieh man sich aus, wie es gerade paßte. Jahre später erfuhr ich, daß der Choral beispielsweise, der mir so gefallen hatte, von Beethoven stammte, aus seiner Pastorale. Der Regisseur war auch kein Laie, sondern ein Profi – der Herr Andrzej Marek, dessen Namen ich schon in den Theaterkritiken gelesen hatte. Mich ersah man nicht dazu aus, in dieser Oper mitzuwirken, schließlich war ich ein Fremder, im übrigen hatte der Hauptheld eine entzückende Knabenstimme, für die ich ihn ehrlich bewunderte. Ich schaute manchmal bei den Proben zu, die dauerten mehrere Wochen, genau wie in einem richtigen Theater. Dann, wohl zum Chanukka-Fest*, fand die Premiere statt. Dazu wur-

* (hebr.) Einweihung; das achttägige Lichterfest zur Erinnerung an die Tempelweihe des Makkabäers Juda

den die Eltern und ein gutes Dutzend ältere Jungs geladen, Abiturienten, wie sich herausstellte, ehemalige Schüler, die die Verbindung zur Schule halten sollten.

Und nun also war ich auf dem Gymnasium, und man lud mich ein, damit ich Verbindung hielte. Diese Gunst hatte ich nicht erwartet, ich, der Verdammte. Sollte ich hingehen? Wie dem Herrn Bl. unter die Augen treten? Doch daheimbleiben, das hieß, daß ich kniff. Meine Ehre (meine Ehre!!!) verlangte, daß ich hinging und ihm die Stirn bot.

Ich weiß nicht mehr, was für eine Vorstellung das war, offenbar war sie für mich nicht wichtig, sondern das, was in der Pause geschehen würde, wenn ... Tja, eben! Und tatsächlich: In der Pause lief ich dem Herrn Bl. in die Arme. Ich sagte: »Guten Tag, Herr Professor«, und sofort durchzuckte es mich: Das war falsch, der muß denken, du verspottest ihn, er ist doch kein Professor, wir haben immer nur »Sie« zu ihm gesagt, Professor heißen die Lehrer erst auf dem Gymnasium. Der Herr Bl. sagte lässig etwas wie »Servus, auch mal wieder da?«, und er erkundigte sich, ganz und gar nicht spöttisch, wie es mir ginge. Kein Wort über das, was zwischen uns vorgefallen war. Auch ich erwähnte es nicht, ich hätte mich bei ihm entschuldigen müssen, aber er benahm sich, als sei ihm die Geschichte von damals gänzlich entfallen. Vielleicht dachte er bei sich: Du Rotznase, hast dich aufgespielt, nun ja, vermutlich glaubst du, das war eine Heldentat, aber wie du siehst, kratzt mich das nicht im geringsten. Vielleicht rächte er sich auf die Art. Wir unterhielten uns noch ein Weilchen, ich nannte ihn, einmal in Fahrt, andauernd »Herr Professor«, und das ärgerte mich hinterher ein bißchen.

Immer wenn mir später der Herr Bl. einfiel, dachte ich voll Dankbarkeit an jenes Gespräch zurück. Wieviel Großmut er bewiesen hatte ... Ich weiß nicht, was aus ihm geworden ist. Nach dem Krieg sah ich hin und wieder Zeitungsartikel, die mit seinem Namen unterschrieben waren – vielleicht war er der Autor, vielleicht sein Sohn, vielleicht auch jemand ganz anderes, die Artikel gefielen mir nicht, sie waren plump und propagierten anbefohlene Gedanken.

Der Herr Gliksztok überlebte den Krieg in Sibirien, einmal sah ich ihn in Warschau, in Mokotów, ich erkannte ihn sofort, seine charakteristischen, scharf gemeißelten Züge, nur war er sehr viel kleiner, als ich ihn in Erinnerung hatte. Auch er erkannte mich, das heißt, er entsann sich, so einen Schüler gehabt zu haben. Es erstaunte ihn gar nicht, daß ich Schriftsteller geworden war, gewiß, er hatte von mir gelesen, gewiß, er selber betrieb jetzt Filmgeschichte. Jene schandbare Tat im Ferienlager hatte er wohl vergessen.

Die andern hatten sie bestimmt auch vergessen. Nur ich nicht.

Das »Kryński«

In unserer Straße – Veränderungen. Der ganze Abschnitt von der Żelazna bis hin zur Smocza-Straße war nun asphaltiert, die »Katzenköpfe«, die den Zaren gesehen hatten, verschwanden. Es wurde stiller, zumal Fuhrwerke mit eisenbeschlagenen Rädern jetzt Einfahrverbot für Warschau hatten. Die Gaslaternen waren durch elektrische Laternen ersetzt. Freilich, den Kuhstall in der Nowolipie, auf der Seite mit den geraden Hausnummern, gab es noch immer, und sofort nach dem morgendlichen Melken wurde die Milch von da in Herrn Hochgelernters Laden geliefert, und in der Fünfzig, wo es gleich drei Höfe gab, hielt sich noch immer der Pferdestall mit den Brauereipferden und den Plattenwagen. Der Besitzer des Fuhrunternehmens, dessen Dienste mein Vater manchmal in Anspruch nahm, wenn er gußeiserne Rohre zu transportieren hatte, beschäftigte seine drei Söhne im Geschäft. Sie kamen hin und wieder, um Bestellungen aufzunehmen oder eine Rechnung auszustellen, und ich entsinne mich, daß alle drei vergnügt wieherten, wobei sie lange gelbe Zähne entblößten. Drum pflegte Mama zu sagen, das komme von diesem Fuhrmannsdasein, eine Frau könne sich vergucken.

Zu Hause tauchte anstelle des Detektors, ein Radio mit Lautsprecher auf – der »Telefunken-Ambassadeur«. Das neue Dienstmädchen, die dicke, rührige Celina, verbrannte sich beim Bügeln nicht mehr an dem altmodischen Eisen mit dem glühenden »Bolzen« – wir hatten jetzt ein elektrisches, so konnte ich mir meine Hosen selber bügeln, allerdings glänzten sie danach – falls das wen störte, mich jedenfalls nicht. In der Küche, unter der hochklappbaren Tischplatte, installierte mein erfinderischer Vater eine Wanne mit Boiler, der Zuber wanderte in den Keller. Ich weiß nicht mehr genau, wann Vater aufhörte, am Sabbat ins Bethaus zu gehen, und wann Mama aufhörte, am Freitag die Kerzen in den silbernen Leuchtern zu segnen, vermutlich ein paar Jahre vor dem Krieg. Das kam irgendwie von selbst, als Mama wegen der Gallensteine regelmäßig nach Morszyn fuhr und das dicke Dienstmädchen das Regiment im Haus übernahm.

Seit einiger Zeit brauchte man, um zu telefonieren, die Gespräche nicht mehr bei der Dame in der Zentrale anzumelden, es gab nun Apparate mit einer Wählscheibe. Einmal rief ich beim Premierminister Janusz Jędrzejewicz an (er stand im Telefonbuch), weil ich ihm sagen wollte, um das Land stehe es schlecht, und das, was sich an der Universität abspiele, sei eine Schande, doch die Nummer war besetzt, und das Gespräch fand nicht statt, weil ich mich rechtzeitig besann, um das Land aber stand es nach wie vor schlecht.

Seit ich aufs Gymnasium ging, verhielten sich die Jungs vom Hof irgendwie anders zu mir. Nicht, daß sie mich nicht mehr mochten. Aber ich war für sie in die Ferne gerückt. Voller Hochachtung beguckten sie sich das blaue Emblem mit der 100 auf dem Ärmel meiner Uniform. Sie fragten mich scheu, was ich denn lerne, ob womöglich Trigonometrie – das Wort allein jagte ihnen Entsetzen ein (mir übrigens auch). Łajbuś und sein Bruder aus dem Parterre, (vom Schneider mit dem PARISER SCHICK), Natek Goryn aus dem dritten Stock, der winzigkleine Szmulek von Mendel aus dem Souterrain, alle benahmen sie sich, wenn ich mit ihnen sprach, als ließe ich mich zu ihnen herab, erwiese ihnen eine Gunst, sie überschütteten mich mit Komplimenten, drückten mir ihre Bewunderung aus, weder Neid noch Empörung war ihnen anzumerken, daß nicht sie, sondern ich – sie wußten, verdammt, wo sie hingehörten, und das deprimierte mich von allem am meisten. Nebenbei gesagt, ich war wirklich besser als sie – besser in allem. Ich wußte mehr, las mehr, ich hatte Filme gesehen, erzählte Geschichten, warf mit den Namen von Königen, Heerführern und Ministern, von Dichtern und Zeitungsleuten um mich, publizierte selbst in der »Kleinen Rundschau«, spendierte ihnen Unmengen von Drops, und wenn ich einen bat, sich ins Tor zu stellen, knallte ich ihm gnadenlos einen unhaltbaren Ball nach dem andern rein. Sie waren wie der Sandsack, an dem man das Boxen trainiert, wie das Publikum, das von der Behendigkeit des Zauberers entzückt ist. Ich gab mir Mühe, daß sie das nicht spürten, sie sollten denken, zwischen uns sei alles beim alten, aber das war es nicht, und sie wußten das – der Natek, der Szmulek, der Łajbuś und die beiden andern –, sie wußten, ich war nicht mehr der Junge, gegen den der gelenkige (wenn auch immer rotznasige) Łajbuś im Ringkampf gewann, weil er ihm ein Bein stellte, oder den er ewig im Stockschlagen besiegte. Mag sein, ich dämonisierte das alles ein bißchen, mag sein, was in Wahrheit ein langwieriger Prozeß war, verdichtet sich mir zu sehr in der Beschreibung. Nichtsdestotrotz, so war es. Ich ging aufs Gymnasium, hatte also ein Ziel, eine Zukunft vor mir, und sie nicht – und das war das Allerwichtigste.

Es war wohl nach jener unseligen Rückkehr aus dem Ferienlager, ich war allein in einem von Mama gemieteten Zimmer der Veranda in einer morschen hölzernen Villa in Świder, die hohe finstere Kiefern umstanden – wie licht und bunt war es dagegen in unserer gewesen! –, ich war also allein, als Stella von daheim anrief, ich solle sofort nach Warschau kommen, um die Aufnahmeprüfung für das Kryński-Gymnasium zu machen. Ich weiß nicht, wie es kam, daß Mama mich ausgerechnet in diesem bedrohlichen Gymnasium angemeldet hatte, vielleicht aus Snobismus, das Kryński galt ja als Schule, in der viel verlangt wurde, und obendrein hatte es eine mathematisch-naturwissenschaftliche Ausrichtung, also im Grunde gar nichts für mich. Zwar besaßen jetzt, nach der Reform, alle Gymnasien bis zur Mittleren Reife den gleichen, allgemeinbildenden Lehrplan, aber wie man weiß, ist für das Gesicht einer Schule die Tradition das Wichtigste. Und so setzte ich mich denn ohne Frühstück (ich hätte sowieso keinen Bissen hinuntergebracht) in den Zug und kam auf dem noch neuen Hauptbahnhof an – das Herz im Hals, aber nicht ohne Stolz.

Alles ging hier anders vonstatten als in der Krelman und im Lehrerverband. Zunächst wurden wir in Erdkunde geprüft, aber nicht im Klassenzimmer, sondern in einem gesonderten Raum mit Karten an den Wänden, an langen, hellen Tischen. Professor Arsenius Piryński, ein Flüchtling aus Bolschewien (wie er das Land nannte), teilte die Prüfungsblätter aus. Zum ersten Mal im Leben sollte ich so einen Zettel ausfüllen – diese Neuerung hatte der Direktor des Gymnasiums, Herr Michał Kryński, eingeführt –, das sagte mir sehr zu, trotzdem kam es hier gleich zu Beginn zu einem »Donnerwetter«. Ich sage »Donnerwetter« wegen des Temperaments des Herrn Piryński. Wir hatten, wie stets, die Federkästen mitgebracht, und nun stellte sich heraus, daß man hier keine Tinte bekam. Wir begriffen nicht sofort, worum es ging, als der Herr Piryński losbrüllte: »Entschuldigung, bitte! Ein Schüler hat absolut! Füller, Füllfederhalter! Das ist kein Cheder! Gymnasium! Vergessen bitte – absolut!« Er wütete noch ein paar Minuten und brachte uns zum Zittern, auch weil er so puterrot anlief, bis er schließlich nach all diesen »Entschuldigung, bitte« die Hausmeisterin rief, damit sie uns Tintenfässer brachte. Es gab also doch welche. Ich füllte das Blatt richtig aus, vielleicht sogar fehlerlos, denn in der Hauptsache hatten wir die Namen von Staaten, Hauptstädten, Flüssen und Gebirgen zu nennen, ich aber reiste schon immer gern mit dem Finger auf der Landkarte.

Dann die Polnischprüfung. Ein Aufsatz. Aufsicht führte ein gutaussehender, großer mittelblonder Mann mit storrem goldfarbenem Stoppelbärtchen, nicht der Polnischlehrer, wie sich später herausstellte, sondern der Geschichtslehrer, Professor Chłopski. Ich wählte von mehreren möglichen Themen »Ein denkwürdiger Tag in meinem Leben«. Aber welche denkwürdigen Erlebnisse kann ein Zwölfjähriger schon haben? – alles erschien mir uninteressant, erst Jahre später, wenn man seine Kindheit rückblickend betrachtet, vermag man zu sagen, welches Ereignis es verdiente, nicht in Vergessenheit zu geraten. Ich beschrieb etwas, das erst ein paar Monate zurücklag: das Begräbnis von Marschall Piłsudski. Der Mai war in jenem Jahr ausnehmend kalt gewesen, ja, einige Tage vor des Marschalls Tod war noch einmal Schnee gefallen, und die Leute glaubten, es gingen ungewöhnliche Dinge vor. Wir hatten uns auf dem Schloßplatz eingefunden, von wo wir uns in den Dom begeben sollten, um dem Marschall die letzte Ehre zu erweisen. Doch immer andere Schulen zogen vorbei, wir standen am John-Haus, wo sich heute die Rolltreppe befindet, in unseren dünnen Uniformmäntelchen und bibberten. Schließlich vereinbarte Gurewicz mit jemandem, der das alles unter sich hatte, wir könnten nach Hause gehen, die Anwesenheit würde uns angerechnet. Und das beschrieb ich und fügte noch hinzu, wie sehr der Tod von Józef Piłsudski uns daheim alle mitgenommen habe.

Ich weiß nicht, was die anderen geschrieben hatten, aber mein Aufsatz mußte gut ausgefallen sein, denn am nächsten Tag, bei der Rechenarbeit, setzte sich der Professor Czapski, als er sah, wie ich mich quälte, zu mir, überflog mein Blatt und flüsterte mir zu: »Anders.« Höchstwahrscheinlich ging es um ein Bassin, das mit Wasser zu füllen war, oder um zwei Züge, die von zwei einander ge-

genüberliegenden Bahnstationen aus mit unterschiedlicher Geschwindigkeit aufeinander zurasen, auf alle Fälle um etwas, das mein Hirn schlagartig lähmte. Chłopski begann mir vorzusagen: »Schreib das und das hin, und jetzt mach die Probe – und nun addiere das, geteilt durch das da, und das dort schreib in den Nenner …« Worauf er, in dem Glauben, daß ich nun leicht allein weiterkäme, mich beruhigt verließ. Es half gar nichts: Am Ende verhedderte ich mich vollends und gab mein Blatt ohne Ergebnis ab. Daheim erzählte ich Mama, daß ich die Aufgabe nicht geschafft, ja nicht mal gewußt habe, wie ich sie angehen sollte, Mama rang die Hände und fragte, ob ich noch dort hinwolle. Am Tag darauf sollte die mündliche Prüfung in Polnisch und wohl auch in Mathematik sein. Man mußte vor eine Kommission, der Wichtigste darin war Chłopski, ich wurde in Grammatik und Geschichte geprüft, nach jeder Antwort nickten sie, und Chłopski gab sich sichtlich Mühe, allen weiszumachen, ich sei ausgezeichnet, er stellte mir eine mathematische Frage, ich stammelte etwas, doch er nahm geschickt den Faden auf, sagte etwas wie: »Du behauptest also, daß …« – und hier flocht er die richtige Antwort ein –, »sehr gut. Danke«. Ich verließ den Raum und wußte, ich war aufgenommen. Ins Kryński aufgenommen, obwohl ich bei der schriftlichen Mathematikprüfung durchgesaust war! Nicht zu fassen!

Dann ließ man uns noch einen Test ausfüllen, einen persönlichen, der vom Schulpsychologen entworfen worden war – Michał Kryński beschäftigte einen solchen. Gemerkt habe ich mir, daß ich in der Spalte »Bist Du mutig – schüchtern – Unzutreffendes streichen« ohne zu zögern das Wort »mutig« ausstrich. Gemerkt, weil unser Klassenlehrer, der Dr. Ludwik Rath, bei dem wir Polnisch hatten, mir das ein Jahr später unter die Nase rieb. »Du Literat, du unverschämter!« rief er vor versammelter Klasse aus. »Nur du, du ganz allein – du als einziger! – hast doch über dich selbst geschrieben, daß du schüchtern bist, und was ist jetzt?« fragte er, auf eine meiner Dreistigkeiten anspielend, dramatisch.

Ich denke, mein Geständnis hatte nichts von Koketterie. Ich wollte ehrlich sein. Ich kannte mich, ich wußte, ich war schüchtern. Was ja irgendwelche todesmutigen Eskapaden, Vergehen an der eigenen Persönlichkeit nicht ausschloß. Mehr gab mir zu denken, daß sich einige meiner tölpelhaften Kameraden, Muttersöhnchen, Hätschelkinder, Kriecher –, daß Flinkier, Otterman, Drejer, Lewinson, alle sich für mutig hielten. Nach dem, was Rath uns da offenbarte, ging mir auf, wie wenig wir uns selber kennen. Oder daß wir nicht den Mut aufbringen, uns zu sehen, wie wir sind. Daß wir uns lieber sehen, wie wir sein möchten.

»Die elegante Frau von heute«

Unser Gymnasium war, soviel ich weiß, 1909 von Magnus Kryński, einem Mathematiker, als private Mittelschule für jüdische Kinder »aus gutem Hause« gegründet worden – mit Polnisch als Unterrichtssprache, aber auch mit Hebräisch und der Geschichte der Judenheit, die wir zuerst aus dem Lehrbuch von Dubnow, später aus dem von Bałaban lernten. Es befand sich in dem Eckhaus Miodowa-Straße 5 und Senatorska-Straße 4, man konnte von der einen wie von der anderen Seite hineingelangen, was seinen Reiz hatte. Die Schule ging durch eine Brandbombe im September neununddreißig in Flammen auf, ich lief zum Löschen hin, aber ich kam zu spät. Ich stand mit ein paar Kameraden, die ebenso schnell wie ich herbeigerannt waren, davor und sah zu, wie sie niederbrannte, und der beißende Rauch trieb uns die Tränen in die Augen. Ich erinnere mich noch, daß auf dem Fensterbrett im zweiten Stock, wo der Chemieraum war, die feuerfeste weiße Abdampfschale schimmerte, und dieses feuerfeste Weiß hatte etwas Herausforderndes.

Nach dem Krieg wurde das Gebäude, weil es offenbar

architektonisch wertvoll war, wieder aufgebaut, wenn auch in anderer Gestalt, ohne den Laden in der Senatorska, wo man zu unserer Zeit italienisches Eis – »gelateria Veneziana« – bekam, zwanzig Groszy die Portion, aber was für welches! ... An der Wand ist heute eine Tafel angebracht, daß hier ein Mädchengymnasium war – tatsächlich, es gab so eins, im zweiten Hof, es kam zu keinerlei Kontakten zwischen uns und ihnen, nicht der Versuch eines Flirts, sie für sich, wir für uns, die Barrieren, wirkliche oder eingebildete, hatten ganz offensichtlich einschüchternde Wirkung – eine Gedenktafel für unser Gymnasium gibt es nicht, wer hätte sich darum kümmern sollen, zu wenige von uns haben überlebt.

Michał Kryński, unser Direktor, der Sohn des Magnus, Chemiker von Beruf, war ein hochgewachsener, schlanker Mann mit schütterem dunkelblonden, an den Schläfen schon silbern schimmerndem Haar, nach englischer Art gestutztem Schnauzer, tadellos gekleidet, mit gewähltem Ausdruck, streng und steif, wie es sich für einen Direktor gehört. Er führte das Werk seines Vaters fort, aber die ethnische Besonderheit der Schüler interessierte ihn am wenigsten, die war ihm von seinem Vater vermacht worden mit allem Drum und Dran, ihn fesselte die Pädagogik. Neue Lehrmethoden faszinierten ihn, er versuchte, Daltons Erfahrungen auf unseren Boden zu verpflanzen. (Was jene »ethnischen« Fragen anlangte, so munkelte man sogar, er sei getauft, aber das konnte nicht wahr sein, das hätte der Bestimmung der Schule widersprochen.) Seine Methode nannte Herr Kryński »halbdaltonisch«, mit andern Worten, leicht korrigiert durch eine größere Beteiligung des Lehrers. Wir erfuhren das gleich nach den Ferien, in der ersten Stunde – ich weiß nicht mehr, war es Geschichte, Naturkunde oder Geographie –, als er dicke Stapel kopierter Manuskripte, das sogenannte Arbeitspensum, an uns verteilen ließ, das wir uns selbständig vornehmen sollten. Der erste Teil des Pensums war ein Kurzvortrag des Lehrers. Wenn man ihn gelesen hatte, durfte man Fragen stellen, der Lehrer erteilte Auskunft. Dann kam der Test-Teil, der bei Kryńskis Methode »Objektiver Wissensmaßstab« hieß. Wenn wir den Test ausgefüllt hatten, der auf jenem Kurzvortrag und einem entsprechenden Kapitel aus dem Lehrbuch basierte, hatten wir ihn laut vor der Klasse vorzulesen, stichprobenweise, und der Lehrer schrieb sich Zensuren in sein Notizbuch, was nun schon ganz und gar traditionell war.

Die Klassenarbeiten bewertete der Lehrer nach einer 100-Punkte-Skala. Da es leichtere und schwierigere Fragen gab, wurden manche »teurer« bewertet, der Schüler wußte immer, mit was für einer Frage er sich mühte, ob er, bei einer falschen Antwort, zehn Prozent oder nur zwei verlor. Das betraf auch die Aufsätze in Polnisch und in Geschichte. Alles war systematisiert. O b j e k t i v ! ...

Es konnte uns nicht entgehen, daß Kryński seine geliebte Methode in knochentrockenen Artikeln in der Presse propagierte und nachwies, daß unser System den Schüler zu Selbständigkeit erzog und effektiver sei als der traditionelle Unterricht. Er bemühte sich darum, daß das Kuratorium unserem Gymnasium das Recht zur Vierzig-Minuten-Stunde einräumte, da man dank seinem System weit mehr Stoff durchnehmen und mehr Schüler abfragen konnte. Um diese fünf Minuten kämpfte er unnachgiebig, am Ende zwang er Beamte und Vertreter unserer Schulen, zu Demonstrationsstunden zu kommen. Während dieser Vorführstunden wurde auch ich ein paarmal aufgerufen, um zu zeigen, was wir konnten, in Polnisch, gewiß, da glückte es mir, ich glänzte mit Kenntnissen, die bei einem Dreizehnjährigen imponierten (die freilich nichts zu tun hatten mit der Pensum-Test-Methode, was Rath wußte, doch unsere Gäste nicht), dafür versagte ich in Geographie aufs schändlichste, Piryński lief so rot an, daß wir dachten, gleich träfe ihn der Schlag, um ein Haar hätte ich sämtliche Anstrengungen unseres Direktors begraben! Doch schließlich erkämpfte Kryński die Erleichterung für uns: Angeblich waren wir im ganzen Land die einzige Schule mit einer amtlich genehmigten Vierzig-Minuten-Stunde.

Der Kampf hatte seinen Grund gehabt: Durch unsere zweifache Ausrichtung hatten wir auch zwei freie Tage in der Woche, vielleicht auch als einziges Gymnasium in ganz Polen. Der Samstag mußte als Sabbat frei sein, der freie Sonntag hingegen ergab sich wohl aus der Tatsache, daß wir christliche Lehrer hatten, ganz zu schweigen von den Hausmeistern. Fünf Tage – für den vollen, für ganz Polen verbindlichen Stoff plus die Hebräischstunden! (Wir hatten also in der Regel sieben Unterrichtsstunden täglich, mittwochs sogar acht, die beiden letzten waren dem Werken vorbehalten. Aus diesen beiden verdrückten wir uns am liebsten in den Park oder in den »Maraton« zum Tischtennis. Die Lehrerin war zwar jung, hübsch, imposant gebaut, immer im braunen Taftkittel, der sich gut anfühlte, wenn es einem mal gelang, ihre kräftige Hüfte zu streifen oder, sich mit ihr über die Hobelbank beugend, sozusagen aus Versehen ihre Brust zu berühren, worauf sie nur lächelnd mit dem Finger drohte –, diese Lehrerin war also anziehend, aber doch nicht in einem Maße, daß wir uns nur noch die Augen aus dem Kopf sehen und nicht mehr die Schule schwänzen wollten. Ich war wohl der Schlechteste bei ihr. Die einzige Arbeit, die ich vollständig fertigstellte, war ein Schraubenzieher, was sich daheim arg rächte, weil ich, stolz auf meine Leistung, ausprobierte, ob er sich wirklich benutzen ließe – o Wunder, er funktionierte wie ein richtiger! –, und ich in unserer Wohnung alles nur irgend Abschraubbare abschraubte.) Wir hatten also zwei Tage in der Woche frei, unvorstellbar für jede Fabrik. Offenbar konnte die Direktorin das nicht verwinden, vielleicht befand man auch, man dürfe uns nicht verwöhnen, denn man bestellte uns immerhin am Sonntag für eine Stunde, die der Erziehung gewidmet war. Man kann sich ausmalen, wieviel plötzliches Kopfweh das auslöste, obwohl Abwesenheit (ein Wort, das der Direktor mit Vorliebe gebrauchte) die Betragensnote herabsetzen konnte. Worüber sprach Rath in dieser einen Stunde mit uns? Über Ethik. Gute – Böse – Menschen – Götter … Ich erinnere mich an gar nichts! Anders ausgedrückt: Nicht die Erziehungsstunden haben mich erzogen. An manchen Sonntagen, besonders im Frühling, hatten wir anstelle der Erziehungsstunde Sportunterricht – nur diejenigen, die das interessierte –, und dann fanden wir uns, die Sportler, vollzählig auf dem Sportplatz auf dem Rauschen Grundstück im Sächsischen Garten ein oder im Agricola-Park, von uns ließ das keiner aus.

Es nimmt nicht wunder, daß der Direx gerne wissen wollte, was die Neuen von seinem System hielten. Und als der Polnischlehrer eines Tages erkrankte, erschien der Direktor höchstpersönlich als Vertretung und verordnete uns den Klassenaufsatz: »Meine Gedanken zum Pensum-Test-System.« Ich weiß nicht, was meine Kameraden schrieben – wohl, was man von ihnen erwartete –, aber mich, der ich mich an Herrn Akermans Stunden und auch an die Vorträge des Herrn Gurewicz erinnerte, ritt der Teufel, und ich lobte zunächst die Tests als wahrhaft »objektiven Wissensmaßstab«, worauf ich in Zweifel zog, ob das »Pensum« auch tatsächlich zu selbständiger Arbeit anleite, oder ob die Gelegenheit, es auswendig zu lernen, nicht vielmehr zum Büffler erziehe. Ob es die Schüler nicht des Kontakts mit der Lehrerpersönlichkeit beraube. (Das schrieb ich bestimmt in anderen Worten, einfacheren und darum besseren, aber in diesem Sinne.)

Als die Jungs erfuhren, ich habe das geliebte »Pensum«-System kritisiert (ich glaube, manche hatten zaghaft Zweifel über die Tests geäußert, doch das »Pensum« hatte keiner angetastet), zeigten sie mir einen Vogel und erwarteten für mich das Schlimmste. Ich bekam eine Eins. Nicht, daß ich den Direx von irgend etwas überzeugt hätte. Ich bekam eine Eins für Courage und »Leidenschaft«, wie er es nannte. Aber er war verletzt. Als er mir das Heft zurückgab, sagte er: »Dem Schüüüüler (das »Schüler« sprach er immer singend aus, wobei er die betonte Silbe in die Länge zog) mißfällt also das System?« Ich murmelte, ganz so sei das nicht, bloß ... Ich weiß nicht, wie er das aufnahm, aber ich weiß, ich hatte nichts wettgemacht, was jedoch keinerlei Konsequenzen nach sich zog. Unser Direktor war das Musterbeispiel eines Gentleman – er entschied selbst, was wesentlich war. Der Mensch kultiviert bei sich das, was er für wertvoll hält. Davon sollte ich mich alsbald überzeugen.

Nach dem ersten Halbjahr arrangierte der Direx ein gewisses aufschlußreiches – pädagogisches?, soziales?, jedenfalls erfolgreiches – Experiment, das hier erzählt sein soll. Wir hatten zwei erste Klassen: die A und die B. In jeder zeigten sich, nach dem natürlichen Gang der Dinge, sehr bald die Besten und die Schlechtesten. Und nun verfügte Kryński in der Jahresmitte einen großen Platzwechsel: Er faßte die besseren Schüler allesamt in der A, alle schlechteren in der B zusammen, darunter auch die Rüpel. Die Braven, die Geleckten waren in der A. Das wirkte sich verhängnisvoll auf die sportlichen Wettkämpfe aus – fast die ganze Fußballspitze befand sich in der schlechteren Klasse. Doch das zog der Direktor irgendwie nicht in Betracht. Hingegen geschah etwas höchst Verwunderliches: Mit der Zeit kam es in beiden Klassen zu neuen Teilungen. In der B rückte eine neue Elite herausragender Jungs an die Spitze, in der A bildete sich eine, wenn auch kleine, Gruppe solcher, die hinterherhinkten. Selbst im Fußball schrumpfte die Kluft zwischen beiden Gruppen allmählich, und zwar dank der Verbissenheit neuer Adepten, diesmal aus der Gruppe der Braven. Ich weiß nicht, ob es Kryński darum zu tun gewesen war – vielleicht hatte er einfach alle Rabauken unter einer starken Hand in einer Klasse zusammenfassen wollen, immerhin war das, was dabei herausgekommen war, überaus lehrreich, und trat mir, immer wenn ich später über die Entstehung von Eliten grübelte, deutlich vor Augen. Uns damals erschien der Prozeß als ganz natürlich.

Ich wollte unbedingt der schlechteren Gruppe angehören, der mit den besten Fußballspielern. Aussichten hatte ich, mein Halbjahreszeugnis war schauderhaft: Einsen in Polnisch und Geschichte, eine Zwei in Geographie, soviel ich weiß, ansonsten Dreier und Vierer. (Ich schrieb damals an einem Roman über die Geschichte Roms und

Judäas, studierte »Quellenmaterial« und hatte natürlich nicht die Zeit für irgendwelchen Unterricht.) Außerdem stand fest, die Rüpelklasse würde Professor Chłopski leiten, den alle verehrten. Chłopski brachte es fertig und sagte, nachdem er am Stundenbeginn das »Pensum« ausgeteilt hatte: »Macht, was ihr wollt, bloß laßt mich zufrieden«, oder er unterbrach den Unterricht, um ein paar jüdische Witze zum besten zu geben. Er brachte es des weiteren fertig, nicht professorengerechte Wendungen zu benutzen, das heißt, »Schnauze halten!« zu sagen oder sogar durch die Zähne zu zischen: »Ja, Scheiß ...!« Als Rath auf der Klassenversammlung salbungsvoll die Namen derer verlas, die in die Klasse der Vierenschreiber versetzt würden, tat er das nicht nach dem Alphabet, er bediente sich vielmehr einer undurchschaubaren Klassifizierungstabelle, die bestimmt eine Idee des Direx war. Ich wartete immerzu, daß mein Name fiele, aber Rath war am Ende der Liste angelangt – und nichts. Ich war sicher, er habe mich einfach übersehen. Ich stand auf und fragte: »Und ich?« – »Du bleibst bei uns«, war die Antwort.

Daran hatte er gedreht, ohne allen Zweifel. Natürlich mit Duldung des Direx. Dr. Ludwik Rath (Spitzname »Fettarsch«), jung, dicklich, stets glatt rasiert bis unter die runden rosigen Bäckchen, stammte aus Lemberg, so wie die meisten unserer jüngeren Lehrer und Assistenten. (In Lemberg gab es wohl die meisten assimilierten jungen – und arbeitslosen – jüdischen Intellektuellen mit Doktortitel, der im ehemaligen Galizien nicht schwer zu haben war; sie hatten die Universität absolviert, wußten nicht, wohin, und so strömten sie in die Hauptstadt, wo es mehr Möglichkeiten gab, wohnten zur Untermiete, ehrgeizig, glänzend ausgebildet, oft mit singendem Lemberger Akzent, auf dessen Nachahmung ich mich bald verlegte. Lacherfolge.) Rath befolgte nur dem Anschein nach das Pensum-System, das sich für die humanistischen Fächer weniger eignete. Zu Beginn der Stunde las er uns in der Regel einen literarischen Text vor, dann eröffnete er eine Diskussion darüber, die er so geschickt lenkte, daß sie unweigerlich zu dem von ihm gewünschten Schluß führte. Auf die Art erzeugte er den Anschein, wir zögen selbst die Schlüsse. Was seine ästhetischen Vorlieben betrifft, so würde ich heute sagen, er war so etwas wie ein »Klassiker«. Er schätzte das solide gebaute Gedicht, bewies uns, daß das Wichtigste in der Zeile der Reim sei, so daß man, wenn man zum Beispiel nur die Reime überflöge, schon Bescheid wisse, worum es gehe. Er las genau, eigentlich schön, glücklicherweise, ohne sich zu schauspielerischer Darbietung zu versteigen. Ich entsinne mich nicht, daß er je die Avantgarde erwähnte. Für den Gipfel der Dichtung hielt er, so scheint mir, das Junge Polen.

Anfänglich deutete nichts darauf hin, daß sich die Beziehungen zwischen uns beiden, dem Lehrer und dem Schüler, einmal so besonders gestalten würden. Ich saß still in seinen Stunden, lauschte beflissen seinen Worten, fand, er verstehe sich auf sein Fach, und bedauerte zugleich, daß er nicht Chłopski oder Akerman war.

Für die Klassenarbeiten in Polnisch hatten wir ein eigenes Heft – dick, mit mattem schwarzen, zellophanüberzogenem Einband. Das Thema des ersten Klassenaufsatzes ist leicht zu erraten – »Ein Monat in der neuen Schule«. Belehrt durch die Niederlagen, die ich bei Gurewicz hatte einstecken müssen, schrieb ich ohne sonderlichen Eifer, das Thema war auch nicht gerade mitreißend, als ich Rath mein Heft überreichte, fühlte ich mich höchst unsicher.

Ich weiß nicht mehr, was ich schrieb. Vielleicht, daß alles hier anders war als bei Krelman. Wir waren zum Beispiel meist nur in den Pausen in unserm Klassenzimmer, denn viele Stunden fanden in den Fachräumen statt – im Naturkunde-, Erdkunde-, Physik-, Chemieraum –, wir zogen mit unseren Mappen von Raum zu Raum wie die Nomaden durch die Wüste. Selbst das morgendliche Zur-Schule-Kommen sah anders aus: keinerlei Entschuldigungen vom Stile: »Verzeihen Sie, die Straßenbahn ist entgleist« oder »Meine Uhr ist stehengeblieben«, das nahm keiner zur Kenntnis, auf dem Gang stand eine Uhr zum Stempeln der Zeit, wie in einer Fabrik, jeder hatte seine Karte, und die Sekretärin, das hellhaarige, hochgewachsene und gutgebaute Fräulein Rena, sah die Karten durch und trug die Verspätungen im Tagebuch ein. An der Tafel vor der Uhr hatte täglich ein anderer Professor Aufsicht, ausgeschlossen, daß dir ein Mitschüler einen Stempel besorgte, das konnte höchstens der Lehrer selber, und ein paar Jahre später taten das Chłopski oder Rath für mich.

Außer dem Aufsichthabenden wachte auf dem Gang unter der Uhr oft auch die alte Frau Helena Kryńska, die Witwe des Schulgründers. Sie lauerte dort jenen auf, die mit dem Schulgeld im Rückstand waren. Wir waren über vierhundert, und doch kannte sie jeden beim Namen – was im übrigen ihre einzige Aufgabe war –, sie wußte, wer dem Gymnasium wieviel schuldete, und es kam vor, daß sie jemanden wieder nach Hause schickte. »Drei Monate stehen aus. Schick deine Mutter her, sie soll bezahlen. Ohne Geld kein Unterricht«, pflegte sie dann zu sagen. Manchmal setzte sie stolz hinzu: »Wem es bei Kryński zu teuer ist, der gehe zu Finkiel.«

Kurz vor Ende des Schuljahres starb die Frau Kryńska, an ihrem Begräbnis nahm auch eine Abordnung von Schülern der oberen Klassen teil, und wir hatten einen unterrichtsfreien Tag. Von da an fing niemand mehr auf dem Gang vor der Uhr diejenigen ab, die mit dem Bezahlen im Rückstand waren, und doch ging es irgendwie weiter.

Vielleicht schrieb ich in meinem Aufsatz über diese Uhr, vielleicht über meine neuen Kameraden, vielleicht auch darüber, daß wir nun, statt der Lehrer, Professoren hatten, vielleicht auch über unsere Uniform. Wir hatten marineblaue, an Ärmeln und Hosennaht in hellerem Blau gepaspelte Uniformen und Metallknöpfe und marineblaue Mäntel, gleichfalls mit Paspeln, und Mützen von vorgeschriebener Form – rund wie bei den polnischen Legionen. Und natürlich das obligatorische blaue Emblem mit der Schulnummer am linken Ärmel. Ich weiß, in der bunten Welt von heute ist es nicht möglich, dazu zurückzukehren, aber auf einem Gymnasium, das Arme und Reiche besuchten (für die Ärmeren mit guten Noten gewährte selbst das Kryński Kostennachlaß), gab es zumindest keinen Konkurrenzkampf, was die Klamotten betraf. Alle waren wir gleich. Unterschiede mochte es in der Stoffqualität geben, wovon wir Jungs nichts verstanden, das war für uns ohne Bedeutung. Die Uniform erstand man in einem von den unzähligen kleinen jüdischen Läden in der Wielopole- oder in der Nalewki-Straße, wo es ausschließlich Schulkleidung gab und man, den Laden verlassend und wieder umkehrend, den Preis um ein, zwei Złoty herunterhandeln konnte. Meine Mama liebte über die Maßen dieses Ritual des Feilschens, ich konnte es nicht ausstehen, ich zerrte sie am Ärmel, zischte »komm schon«, aber Mama tat nur, als ginge sie, der Mann wußte das genau, er lief ihr bis auf die Straße nach, hielt sie auf, schrie »Soll ich etwa noch drauflegen? Sie sehen doch, was für ein Material! Schließlich ist das Gabardine!« – »Es hat vielleicht neben Gabardine gelegen!« erwiderte meine skeptische Mama. »Oxydierte Knöpfe!« – »Wozu braucht der Gabardine? Wozu oxydierte Knöpfe? Seine Vieren kann er in jedem x-beliebigen Lumpen kriegen! Er reißt sowieso alles herunter durch seinen Fußball!« Das entsprach der Wahrheit, und wahr ist auch, daß mich diese Gabardine nicht im mindesten interessierte. Wir spielten Fußball, und davon hatte ich wirklich immerzu ausgefranste Hosen.

Ich fehlte, als Rath die Aufsatzhefte zurückgab, ich war krank. Ich rief bei niemandem an, um meine Zensur zu erfahren, irgendwie ließ mich diese Arbeit kalt. Als ich eine Woche später in die Klasse kam, überreichte mir ein Mitschüler (aber wer war das?) mein Heft mit vielsagender Miene. Ich hatte Angst, es aufzumachen. »Was steht drin?« fragte ich. »Neunundneunzig Prozent.« Da schlug ich es auf, sah das grüne Druckblatt und traute meinen Augen nicht: Ich hatte die allerhöchsten Notierungen bekommen, geradeso wie ein Meister im Turmspringen. Nur in Interpunktion fehlte mir ein Punkt, ein Komma hatte der Professor für überflüssig befunden. Während ich, betäubt von dem unverhofften Erfolg, noch immer auf das grüne Blatt mit den Noten starrte, erzählte der Mitschüler (Teufel noch eins, wer war das?): »Er hat lange über deinen Aufsatz gesprochen, und dann hat er ihn uns vorgelesen.« Aha, er hatte ihn vorgelesen, das war beunruhigend, ich fragte: »Nun, und?« – »Prima«, erwiderte er.

Es war wohl der dickbäuchige, rundgesichtige Altman, der neben dem blassen, sommersprossigen Drejer in der ersten Bank saß. Wir waren miteinander befreundet, Altman war der bessere Schüler, vor allem in Mathematik. Das ist auch der Grund, weshalb die Jungs meine besonderen Leistungen im Schreiben nicht nur ertrugen, sondern sich sogar darüber freuten. Selbst wenn es für manche unwahrscheinlich klingen mag, aber wir mochten einander in der Klasse. Keiner beneidete mich, und ich beneidete keinen. Vielleicht lag es an der Tradition dieses Gymnasiums, ich war der einzige Humanist in der Klasse – unglaublich, nicht wahr? –, obwohl alle Jungs viel lasen, sich Bücher aus der Leihbücherei holten, offenbarte keiner eine Begabung zum Schreiben, dafür waren alle ausgezeichnete Mathematiker, ein paar waren nachgerade genial. Besonders ein gewisser Dobosz, mit Vornamen hieß er Menachem, ein massiv gebauter Junge aus armem chassidischem Haus, ein überragendes Talent, ein glänzender Schüler, hatte ein umwerfendes Gedächtnis: aufgerufen, konnte er aus dem Stand ganze Seiten aus dem Lehrbuch oder aus dem »Pensum« aufsagen. Dazu war er freundlich, half seinen Kameraden, pflegte zu sagen: »Was denn, so was Leichtes verstehst du nicht?« In der vierten Klasse gab er auf Empfehlung des Lehrers reichen Schwachköpfen schon Nachhilfestunden gegen Geld. Aber dieser geniale Junge freute sich über nichts so sehr, wie über seine Erfolge im Basketball und darüber, daß ich ihn in unserer Fußballmannschaft in die Verteidigung nahm, wo er erbittert kämpfte. Ich weiß nicht, was aus ihm geworden ist. Er hat sich wohl nicht retten können, sonst hätte er von sich hören lassen …

Es ist nun mal so, jeder sieht seine eigenen Talente als etwas Natürliches an – der eine wundert sich, daß es jemandem Mühe macht, einen Satz zu formulieren, ein anderer, daß ein, wie man meinen möchte, intelligenter Junge eine einfache Aufgabe nicht lösen kann. Ich bewunderte die Gaben meiner Kameraden, sie bewunderten die meinen. Bei Rath wurde das Verlesen meiner Aufsätze gang und gäbe. Ein Erfolg ist mir in Erinnerung geblieben. Im Polnischbuch gab es ein Lesestück über die Mutter der Gracchen. Ich weiß nicht mehr, von wem es stammte, aber es drehte sich darum, daß eine elegante, den Freuden des Lebens zugetane Freundin der Cornelia, Tochter des Cornelius Scipio, Askese und Weltabgewandheit vorwirft. Rath gab uns einen Hausaufsatz auf, in dem wir »Die elegante Frau von heute« beschreiben sollten.

Ich beschrieb meine Schwester Stella. Es war ein boshaftes Porträt mit allerhand zu Hause beobachteten Details, eine Satire auf meine eigene Schwester, die sie selbst gelassen, ja mit Humor aufnahm. Rath bat mich vorzulesen. Nach den ersten zwei Sätzen unterbrach er mich und ließ mich mit dem Heft nach vorn kommen und von hier aus lesen, mit dem Gesicht zur Klasse. Die Jungs prusteten und prusteten, und als ich geendet hatte, klatschten sie Beifall. Keine Eins hat mich je so glücklich gemacht wie dieser Beifall meiner Kameraden. Was für gute Jungs sie doch waren! ...

Hollywood

Meine große Schwester Stella lernte im Gymnasium der Frau Dicksteinowa Französisch, und ihr »Parle-franse« war der heimliche Stolz von Mama und der Grund für eine gewisse Verlegenheit meines Vaters. Für Mirka war es Anlaß zu noch mehr Komplexen, sie hatte in der Volksschule ein bißchen Deutsch gehabt, war sogar gut gewesen, aber Deutsch, das gab jeder zu, war nicht das gleiche. Niemand bezweifelte, daß ich, sowie ich erst auf dem Gymnasium war, ebenfalls der Ehre von Französischstunden teilhaftig werden würde.

Aber das Kryński hielt eine Überraschung bereit: Wir durften, wie sich zeigte, zwischen drei Sprachen wählen, und diese dritte war – eine Seltenheit damals – Englisch. Die Welt war im Wandel begriffen, sie entledigte sich aristokratischer Geisteshaltungen, und unser Direktor, ein wirklich moderner Pädagoge, der amerikanische Fachzeitschriften las, hatte genau das richtige Gespür dafür.

Daß er das erspürte, war nicht verwunderlich, interessanter ist, daß auch wir Grünschnäbel es erspürten, daß wir es fertigbrachten, überkommene Hierarchien außer acht zu lassen, dem Snobismus die Stirn zu bieten. Die meisten wählten Englisch. Ich entsinne mich, daß ich hin und her gerissen war. Französisch, Französisch – die Elite des Landes war nach wie vor von der französischen Kultur hypnotisiert. Zu Hause konnte mir keiner helfen, keiner versuchte, mir zu etwas zuzureden – die Entscheidung lag bei mir. Ich wählte Englisch.

Meine Mitschüler, die sich wie ich entschieden hatten, führten in den Gesprächen praktische Gründe an. Das große Britische Imperium (jeder konnte sich auf Romers politischer Landkarte überzeugen, wie riesig es war – ein Viertel der Welt braun ausgemalt!), darunter diverse attraktive exotische Länder (Indien! Afrika!), und noch Australien, Kanada, tja, und Amerika, wo sowieso alles am größten war. Nicht ohne Einfluß war, daß die Engländer in Palästina herrschten. Die Zukunft gehörte dem Englischen – wir Zwölfjährigen wußten das genau.

Aber in Wahrheit gab der Film den Ausschlag. Hollywood. Die Sprache des Kinos war Englisch. Andere Filme zählten nicht. Gewiß, es gab auch noch polnische, heimisch, aber jämmerlich, vertraut wegen ein paar Schauspielern, die wir mochten. Manchmal machte ein bolschewistischer Film von sich reden, hin und wieder ein französischer, obwohl, nie unter uns. Uns erzog das amerikanische Kino.

Die Helden sprachen englisch. Sie sprachen nicht viel, murmelten was in ihren Bart, beherrscht, wortkarg. Sie waren fähig zu starken Gefühlen, aber sie verliehen ihrer Liebe zurückhaltend Ausdruck. Sie waren bereit, alles für die Geliebte zu opfern, brachten es sogar fertig, zu verzichten, wenn ihre Liebe belastend oder unehrenhaft oder für den Freund eine Kränkung war, aber sie waren im rechten Moment zur Stelle, sobald Gefahr drohte. Im Krieg harrte jeder auf seinem Posten aus bis zur letzten Patrone, sie gingen widerspruchslos in den Tod und erfüllten den ihnen anvertrauten Auftrag. Gutaussehende Matrosen waren in U-Booten dem Erstickungstod nahe, aber sie vergingen sich nicht einen Augenblick gegen die Disziplin, noch im Untergehen wahrten die Offiziere den guten Ton, ja legten sogar Humor an den Tag. Ihre Unempfindlichkeit gegen Schmerz imponierte mir, ihre äußerliche Gefaßtheit. Ich wollte sein wie sie. Dem amerikanischen Film verdanke ich meine Abneigung gegen jede Erscheinungsform von Hysterie, gegen jegliche Exaltation, einerlei, ob religiös oder politisch. Übermäßige Gefühlsäußerungen erscheinen mir als unanständig (in der Politik als schädlich). Vielleicht war ich deshalb später so gefeit gegen den Personenkult, das kollektive Skandieren, das ich als beschämend für erwachsene Menschen empfand, und gegen alle sonstigen Arten von Kult und Begeisterung. Aber ich sehe, ich habe mich wieder hinreißen lassen ...

Denn ich muß hinzusetzen, es war das Kino des Weißen Mannes. Es kündete seinen Ruhm und den Ruhm des British Empire. Hier waren die Weißen die Ehrenhaften, die Edlen, Beherrschten, Mutigen; die Farbigen hingegen die Hinterhältigen, Verlogenen, Grausamen, und Wilden. Wir alle (außer der Handvoll, die schon unterm Einfluß der Kommunisten stand) waren, zumindest im Kino, auf der Seite des Imperiums. Wir hielten für natürlich, was Kipling als die »Pflicht des Weißen Mannes« definiert hatte – Betreuung und Beherrschung unserer jüngeren Brüder.

Ich war also ein kleiner Imperialist, auch wenn ich es nicht wußte, und ich wäre, hätte mir jemand das vorgeworfen (leider warf es mir niemand vor), bestimmt hell empört gewesen. In dem Film »Bengali« von Henry Hathaway, mit Gary Cooper und Franchot Tone (ich wußte, dieser zarte Soldat war der Mann von Joan Crawford, wie also sollte ich ihn nicht bewundern!), repräsentierten die Engländer Zivilisation, Kultur und Edelmut, die Inder hingegen waren hinterhältige Verräter, denn sie wollten die wohltätige britische Herrschaft abschütteln. Manchmal tat so ein Eingeborener herzlich, redete zuckersüß, in Wahrheit jedoch sann er auf Verrat, das erkannte man an dem huschenden Blick und an den raubtierhaft gebleckten weißen Zähnen. Es gab aber auch wirklich gute Inder, auch über die schrieb Kipling, die liebten die Engländer, die erkannten demütig ihre Unterlegenheit an, dienten ergeben, nahmen dankbar jedes freundliche Wort einer zarten weißen Lady in sich auf, die sie vergötterten. Kurz gesagt, gut waren die Inder, die Sklavenseelen hatten und mit den Weißen gemeinsame Sache machten.

Versuchen wir, uns vorzustellen, wie im zaristischen Rußland des neunzehnten Jahrhunderts ein Film über den polnischen Novemberaufstand ausgesehen haben würde (wenn es damals schon Kino gegeben hätte) – in groben Zügen genauso. Mit hinterhältigen, undankbaren und grausamen Polen und edelmütigen und – natürlich von den Ordonnanzen – geschniegelten russischen Offizieren, die, Puschkinsche Verse auf den Lippen, für den Zaren fallen. Das optimistische Finale: Der Aufstand ist niedergeschlagen, die schöne, unschuldige Russin (es hätte sogar eine Polin sein können, sofern sie einen russischen Offizier liebt) gerettet, die polnischen Banditen hängen aufgeknüpft auf den Hügeln der Zitadelle. Und es würde sich ein Schreiberling gefunden haben, der so ein Szenario fabriziert, ein Regisseur, der das gedreht und ein Schauspieler, der den Traugutt gegeben hätte.

Es kam mir nicht in den Sinn (obwohl ich Romain Rollands Buch über Gandhi gelesen hatte), daß diese Inder ebenso wie die Polen das Recht auf Unabhängigkeit hatten. Kam es mir deshalb nicht in den Sinn, weil sie farbig waren? Ich weiß es nicht. In »Bengali« stirbt Gary Cooper heldenhaft, das Wort »Poesie« auf den erstarrenden Lippen. Die Farbigen sterben auf abstoßende Weise, sie kollern übereinander wie die Hampelmänner, das ist nicht der Tod von Menschen, sondern der wimmelnder Insekten.

Vielleicht wäre es nur recht und billig, wenn ich hier die Erlebnisse des Jungen in dem dunklen Kinosaal von seinen Erlebnissen außerhalb des Kinos trennte. Ich ging bestimmt nicht soweit, das, was ich da im Kino sah, rassistisch auszulegen. Ich war auf der Seite des Weißen Mannes, weil ich Europäer war, der europäischen Kultur zugehörig, mein europäisch schlagendes Herz gaukelte mir vor, die Herrschaft der Engländer sei »anders«, besser, die Engländer seien »anders«, und die Inder wären ja mit dieser Herrschaft eigentlich zufrieden, wenn ... Ich glaube, die Engländer selber machten sich, was das betrifft, etwas vor. Auch sie meinten, sie seien »anders«, aber sie waren es nicht. Nicht in dem Grade jedenfalls, daß sie das Recht gehabt hätten, irgend einem auf seine Vergangenheit stolzen Volk die Unabhängigkeit zu verweigern. Jahre später rechneten die Engländer entschlossen mit der eigenen Geschichte ab und drehten ein paar ergreifende Filme, darunter den großen Film über Gandhi. Als ich ein Kind war, gab es solche Filme noch nicht.

Unser Englischlehrer, der Herr Zawadzki, sah aus, wie es sich gehörte: Er war ein aus Amerika gebürtiger Pole, ein großer, schöner, glattgekämmter dunkelblonder Mann mit linkem Seitenscheitel. Er kleidete sich sorgfältig, wobei uns, die wir allesamt in vom Fußballspiel zerfledderten und ungeputzten Turnschuhen herumliefen, frappierte, daß er jeden Tag andere Schuhe trug, mitunter für unsere Warschauer Erfahrungen ziemlich ausgefallene. »Heute ist Mittwoch«, flüsterte mir Much einmal in der Englischstunde zu. »Bist du sicher?« – »Ja. Der Engländer hat die schwarzen Schuhe mit den weißen Spitzen an.«

Was für Schuhe er samstags und sonntags trug, blieb ein Geheimnis.

Das Unterrichten ging ihm nicht sonderlich von der Hand. Er hatte zu viele Illusionen. Er bildete sich ein, wir müßten loyal sein und bewußt nach Wissen streben, vielleicht war er das dort, in seinem Amerika, gewohnt gewesen, vielleicht nahm er auch irgendwelche utopische Theorien darüber zu ernst, wie ein idealer Unterricht auszusehen habe. Wir aber waren, ehrlich gesagt, eine Bande von Wilden, die erst noch gebändigt sein wollte. Wie? Ich weiß es nicht, manchen gelang es. In Herrn Zawadzkis Stunde paßte kaum wer auf, jeder war mit seinen eigenen Dingen befaßt, daher das unaufhörliche Gemurmel, während Zawadzki, ungerührt, die zwei, drei Schüler drannahm, die jedes seiner Worte verschlangen. Leider gehörte ich nicht zu denen, die die Freiheit nutzten, die er uns ließ. Gegen Schuljahresende zog Zawadzki mit uns zum Basketballplatz, auf dem er sich als unvergleichlicher Meister entpuppte, als echter amerikanischer Basketballer. Unsere Bewunderung hätte seine Autorität in der Klasse sehr heben können, aber es war zu spät, der Herr Zawadzki fuhr, bestimmt nicht mit der allerbesten Meinung über uns, nach Amerika zurück und ließ sich nie wieder in Polen blicken.

Den Englischunterricht übernahm der junge, hagere und krankhaft bleiche Dr. Lederer, der in starkem Lemberger Singsang sprach. In der ersten Stunde bei dem Neuen lärmten wir noch aus Gewohnheit. Lederer brüllte: »Ruhe!«, daß die Scheiben wackelten, es wurde still, er schimpfte uns Hornochsen und Idioten, wir schwiegen entgeistert, und von da an war die Stimmung immer gespannt, und die Ergebnisse waren nicht besser als bei Zawadzki. Wenn der Amerikaner uns zunächst nur ganz sanft ins Englische hatte eintauchen lassen wollen (seine Worte) wie einen Schwimmanfänger im Becken, bemüht, mit uns zu sprechen und Grammatik und Orthographie für später zu lassen, so hielt es Lederer, der Doktor aus Galizien, gerade umgekehrt. Das »Pensum« und dann die

Tests bestanden aus langen Reihen unregelmäßiger Verben, die man wie Gedichte auswendig pauken konnte. Das Lehrbuch erschien mir nicht sonderlich intelligent, es war, man könnte sagen, imperialistisch, von britischem Patriotismus triefend, »Rule Britania over waves«, es stand viel über die Kriegsmarine, über Cromwell, Robin Hood und über Nelson darin, und über Kriegsschiffe, aber nichts, beispielsweise, über das Lernen in einer Familie. Selbst wenn ich mir dieses Lehrbuch eingepaukt haben würde, ich hätte mir in einem Londoner Restaurant kein Kotelett bestellen können. Später sollte ich sowjetische Lehrbücher kennenlernen, anhand derer man über den Klassenkampf, die koloniale Unterdrückung, über Friedenskongresse und das glückliche Leben der Pioniere im Ferienlager Artek reden konnte. Da sehnte man sich zu Robin Hood zurück.

Lederer mochte seine Schüler wohl nicht, er ließ sich an uns aus, machte hämische Bemerkungen über unsere Pickel und überhaupt unsere pubertären Nöte. Mit Wonne machte er uns unsere Romantik mit seinem Doktorenzynismus zunichte. Lederer mit dem – lediglich Lemberger – Doktorentitel hielt sich auf seinen außerordentlichen Witz etwas zugute. Der wurde freilich einmal auf die Probe gestellt. Bei einer Auseinandersetzung drohte er mir: »Und ich sage dir, du Literat, du wirst die englische Sprache noch lieben.« – »Höchstens die englischen Frauen«, parierte ich. Lederer lachte nicht. Er begann zu brüllen. Er schimpfte mich ein hausgemachtes Genie. Er verhöhnte uns ungestraft, aber wenn wir es ihm zurückgaben, ertrug er das nicht, plötzlich verließ ihn sein Humor, zeigte er uns, wer hier der Herr und wer der Knecht war.

In seinen gemeinen Anspielungen auf unsere intimsten Knabenerlebnisse verbarg sich, so argwöhnte ich, die Neugier des Lüstlings. Darum verübelten wir es unserer entzückenden Lateinlehrerin, Fräulein Bajer, in die die meisten verliebt waren, sehr, daß sie angeblich mit diesem Ekel »ging«, ja, sie sollten schon vergnügt zusammen in der Droschke gesehen worden sein. Ich weiß noch, daß einer von den Jungs sogar Tränen vergoß, weil er fand, sie habe ihn betrogen. Aber bald darauf wurde das Fräulein Bajer mit Chłopski in der Droschke gesehen (sie mußte eine Vorliebe für dieses Verkehrsmittel haben), und alle frohlockten. Unsere Lateinlehrerin hatte eine wohltönende tiefe Stimme, und der Blick ihrer graublauen Augen ging uns durch und durch und versetzte uns in einen Zustand unerklärlicher Gefühlswallung. Sie gestattete keinerlei Vertraulichkeiten, verstand es, die erprobtesten Eroberer in Schach zu halten. Für uns war sie makellos, und um so mehr erregten uns gewisse Vermutungen. Freilich, es gab welche, die schworen, Chłopski sei bisexuell oder vielleicht überhaupt ein Schwuler – und wirklich, manchmal zog er einen von den hübscheren Jungs an sich oder drückte ihn ab, ich selbst verdächtigte ihn ein bißchen solcher Neigungen –, fest stand jedoch, er gefiel dem Fräulein Bajer, und auch meine Schwestern waren von ihm bezaubert.

Generell war das Privatleben der Professoren ein beliebter Gesprächsstoff. Wer mit wem – darüber redeten wir gern und sparten nicht an derbem Vokabular. Interessanter war, daß sich manche Gerüchte bestätigten, so wie das mit politischen Gerüchten zu gehen pflegt. Es hieß, zum Beispiel, Rath himmle die schöne Sekretärin des Direktors, Fräulein Rena, an, und alle waren der Ansicht, das sei aussichtslos, wo bände sich denn eine imposante junge Frau, dazu noch Sekretärin des Direx (auch hier Vermutungen, Vermutungen ...), an diesen Fettarsch. Und doch hieß es eines Tages, die beiden hätten geheiratet und gingen jetzt auf der Straße Arm in Arm. Bald darauf erklärte uns unser Klassenlehrer gleich zu Beginn der Stunde in feierlicher Haltung und feierlichem Ton, er halte es für seine Pflicht, uns mitzuteilen, daß er glücklich den Bund der Ehe mit Fräulein Rena geschlossen habe, die von nun an seinen Namen trage (sie unterschrieb die Papiere mit R. R.) und unsere Glückwünsche gerne entgegennehme. Er wirkte nicht nur glücklich, das spürte man, sondern schien auch stolz auf seinen Triumph, daß er, kein Liebhabertyp, kein geistreicher Verführer (wie Chłopski), daß er, Fettarsch, ein Mädchen errungen hatte, das alle bewunderten. Aber auch sie wirkte glücklich, sie empfing uns lächelnd, bedankte sich für die Wünsche, nicht mehr so prinzipiell, so streng amtlich wie früher. Manchmal gab sie uns diskret Bescheid, daß ein unverhoffter Test im Anzug sei, ließ uns über einen ihrer Lieblinge ein Muster zukommen, das man dann auswendig pauken konnte. Wir begriffen nicht, daß sie Raths Heiratsantrag erleichtert aufgenommen hatte, weil sie nicht gern eine alter Jungfer geworden wäre, und Rath, Doktor der Philologie (wiewohl nur einer aus Lemberg), auf solidem Posten, war ein guter Ehekandidat. Nach dem Septemberfeldzug zog Frau Rena mit Rath nach Lemberg. Ich weiß, was mit Rath passiert ist (die Deutschen hängten ihn auf), weiß nicht, was aus ihr geworden ist. Neulich stieß ich im Antiquariat auf sein Buch »Aleksander A. F. Bronikowski«. Das war seine Doktorarbeit, die er Juliusz Kleiner gewidmet hatte. Kurz vor dem Krieg hatte er sie mir zu lesen gegeben, hinterher hatte ich ein bißchen Mühe, ihm dafür Artigkeiten zu sagen. Jetzt bewahre ich sie bei mir zu Hause auf, aus Anhänglichkeit an meinen Polnischlehrer.

Ich wanderte von Klasse zu Klasse mit einer müden Drei in Englisch, das war keine Kunst. Aber es bedrückte mich, da ich die Sprache, in der Frederic March und Spencer Tracy zu mir sprachen, eigentlich nicht kannte. Mag sein, es lag mir daran, es Lederer »zu beweisen«. Und so bat ich bei meinen Eltern um Nachhilfestunden in Englisch. Das war unmittelbar vor dem Krieg. Much legte ein Wort bei Herrn Broch in der Orla-Straße für mich ein, bei dem er selber Stunden nahm. Das war ein alter Herr (das heißt, damals kam mir das so vor), Lehrer am Mädchengymnasium der Frau Landau. Herr Broch prüfte meinen Wissensstand und beschloß, bei den Grundlagen anzufangen. Mit einem Mal fügte sich mir alles zu einem System (wenn ich »alles« sage, vereinfache ich natürlich, Englisch ist ein unübersehbares Meer). Weil ich können wollte, konnte ich. Alles erwies sich als leicht und als spannend obendrein. Ich bin immer gern der Etymologie von Wörtern nachgegangen – Englisch ist eine Fundgrube für Wortsucher. An die Stunden bei Herrn Broch erinnere ich mich mit Vergnügen. Mein Nachhilfelehrer war derart mit mir zufrieden, daß er oft unterbrach, um mir was zu erzählen, wir sprachen über »das Leben«, er hatte eine Menge von seinen Schülerinnen zu berichten, ich weiß noch, daß er voll Furcht von ihnen sagte, zuweilen seien sie provokant, wenn ihnen an einer guten Note liege; immer wenn eine zu ihm ins Lehrerzimmer komme, lasse er für alle Fälle die Tür zum Gang auf, und er tue gut daran, denn er habe sich überzeugen müssen, daß die Frau Vorsteherin draußen vorbeispaziere und dauernd hereinschiele, ob auch nichts Ungebührliches geschehe. Man kann sich ausmalen, wie ich diese Geschichten aus der geheimnisvollen Welt der Mädchen in mich einsog. Ich weiß nicht, was aus Herrn Broch geworden ist. Vielleicht haben ihn seine Englischkenntnisse gerettet? Ich weiß es nicht …

Lederer bemerkte natürlich, daß ich Fortschritte machte. Er spottete nicht mehr über mich. Aber die Sache mit dem »hausgemachten Genie« oder dem »Genie in den Augen der eignen Großmutter« stand zwischen uns. Ich nahm mein Schreiben sehr ernst, es verdiente Kritik, aber nicht Hohn. Es hatte also wehgetan. Einmal, während einer Klassenarbeit, wohl schon gegen Schuljahresende, setzte Lederer sich neben mich. Schweigend sah er zu, wie ich den Test ausfüllte, Punkt für Punkt, fehlerlos, ohne zu überlegen, es kam mir einfach alles kinderleicht vor. Plötzlich ließ er sich vernehmen: »Ich hab deine Geschichten im ›Schülerecho‹ gelesen. Die haben recht, du bist ein begabtes Stück.« Stand auf und ging. Das war gut inszeniert, aber er hatte es immerhin über sich gebracht. Ich erinnere mich, daß ich außerordentliche Genugtuung empfand, so als sei ein lange gehegter Wunsch endlich in Erfüllung gegangen.

Seitdem herrschte eine Art Einvernehmen zwischen uns, das sogar noch in Freundschaft hätte umschlagen können, aber das Schuljahr war zu Ende, wir bekamen die Mittlere Reife. Wenige Monate später befand ich mich in Lemberg, doch ich stieß nie mehr auf eine Spur von Dr. Lederer.

Kazimierz M.

Das Wichtigste war das Turnen. Nicht die literarischen Erfolge, sondern das Berühren des Balls, ein geglückter Schuß, ein bravouröser Sprung über den Kasten. Raths Lob oder das Beifallklatschen meiner Kameraden verdrehten mir nicht den Kopf, deshalb darf ich darüber schreiben, ohne mich genieren zu müssen, einfach wie über Vorkommnisse, die sich mir eingeprägt haben und die sich jetzt, da ich meiner Vergangenheit auf der Spur bin, als recht bedeutsam entpuppen. Im übrigen gingen mit alledem so viele Niederlagen auf anderen Gebieten einher, daß ich mich unmöglich besser dünken konnte als die anderen. Im Gegenteil, zeitweilig glaubte ich von mir, ich sei beschränkt, weil ich die simpelsten Dinge weder begriff noch behielt, obwohl die andern sie behielten. Schlimme Erinnerungen habe ich an den Biologieraum, vielleicht wegen der riesigen Karte mit den darauf abgebildeten Innereien einer Ratte, die dort hing. Ich mußte wegschauen, weil es mir den Magen aushob. Allerhand Details aus der Botanik konnte ich mir nicht merken: die Form der Blätter, die Ständer, Stempel, die Systematik – all das verflüchtigte sich aus meinem Kopf, die Versuche mißrieten mir, ich erkannte beim besten Willen nichts unter dem Mikroskop, die Reagenzgläser rutschten mir aus der Hand (Pasteur hat sie angeblich auch zerschlagen), ebenso erging es mir in Physik und in Chemie. Dabei las ich voll Eifer populärwissenschaftliche Bücher, besonders biologische. Ich kannte mich also recht ordentlich aus in der wissenschaftlichen Problematik, wußte, woran die Gelehrten arbeiteten, wußte, daß Lord Rutherford das

Atom gespalten hatte, Brunon Winawer hatte vorausgesagt, was das für Konsequenzen nach sich ziehen könne, ich wußte, worauf die Welt sich zubewegte, aber in der Schule – da wollte mir nichts geraten.

Wir mußten – o Schande! – nach Nachhilfe für mich Ausschau halten, sonst hätte ich am Ende die erste Klasse ein zweites Mal gemacht. Rath empfahl mir einen Schüler aus der Vorabiturientenklasse – Zysman. Das war ein kleiner, schwärzlicher, intelligenter Bursche, ein glänzender Schüler. (Vielleicht hat er überlebt, denn er fuhr gleich nach dem Abitur zum Studium nach Frankreich, nach Tours, und dort war es ja ein bißchen leichter ...) Zysman zwang mir eiserne Disziplin auf. Er kündigte mir sofort an, in Polnisch und Geschichte werde er sich nicht einmischen, darin sei ich besser als er. Er war belustigt, aber auch wütend, als herauskam, daß ich nicht mal das Einmaleins richtig beherrschte. Er gab es mir einfach bis zum nächsten Tag auf und fragte mich ab. Danach gab er mir auf oder befahl vielmehr, auswendig zu lernen, wie der Verdauungstrakt funktioniert, von der Speiseröhre bis zum After, und wieder mußte ich das herbeten. Er brachte mir die Prozentrechnung bei und zeigte mir ein paar mathematische Tricks, durch die es leichter wurde, eine Aufgabe zu lösen, so daß mir selbst die sich mit Wasser füllenden Bassins und die aufeinanderzurasenden Züge nicht mehr solche Angst einjagten. Ihm habe ich auch die Anfangskenntnisse in Algebra zu verdanken. Ich wurde mit einer Zwei in Mathematik in die nächste Klasse versetzt.

Hefte vollschmieren – das war mein Alltag, Bienenfleiß und Schinderei, ich freute mich, wenn mir etwas gelang, aber meist gelang mir gar nichts. Hin und wieder sandte ich etwas an eine satirische Zeitschrift ein, ein paar gereimte Verse oder eine Humoreske, in Schönschrift abgepinselt, natürlich unter Pseudonym, Wochen später las ich dann in der Rubrik »Die Redaktion antwortet«: »kein Bedarf« oder, niederschmetternder, zum Beispiel: »Aleksander Lusin (das war ich). Wir bedauern, ohne Talent.«

Eine gewisse Genugtuung verschaffte mir nur die Tatsache, daß sie mich für einen Erwachsenen hielten. Nicht mit dem Schreiben verbanden sich also mein Ehrgeiz und meine Eitelkeit und meine Prahlereien, sondern mit dem Sport. Das ist sonderbar, denn ich hoffte ja nicht, einmal Meister zu werden, ich wußte ja genau, ich hatte nicht die körperlichen Voraussetzungen, nicht einmal Talent genug. Ich wußte, mir fehlte das, was für den Erfolg im Fußball entscheidend ist – der göttliche Funke. Den bemerkte ich bei manchen meiner Kameraden, die Begabung für den Ball, die Begabung für Tischtennis, die Begabung fürs Turnen. Ich besaß nur Hartnäckigkeit. Ich war ein Tagelöhner. Mühsam erarbeitete ich mir ganz gute Fertigkeiten im Fußball, im Korbwerfen, im Tischtennis. Dazumal ging es im Amateursport wirklich nicht um den Meistertitel. In der Gruppe sein, mitmachen – das schon machte Freude. Ich schrieb mich in der Sektion Leichtathletik beim Sportklub »Stern« ein, der keinen eigenen Platz besaß, wir trainierten im Stadion des Arbeitersportklubs »Funke« in der Okopowa-Straße. Als anläßlich des Jubiläums meines Klubs Wettkämpfe stattfanden, meldete ich mich zum 1-km-Lauf der Junioren. Ich war vierzehn oder fünfzehn Jahre alt, sämtliche Teilnehmer waren erheblich älter, was mir erst am Start auffiel. Das war meine erste Wahnsinnstat, die zweite bestand darin, daß ich mich beim Training nie in dieser Distanz versucht hatte. Als wir im Pulk am Start aufbrachen, malte ich mir aus, ich würde mich, nach dem Vorbild der großen Meister, anfangs hinten halten, doch später, da würde ich zum Endspurt ansetzen! ... Ich lief also im Trab. Die ausgewachsenen Jungs unmittelbar vor mir beeilten sich auch nicht allzu sehr, also entschloß ich mich, ein paar zu überholen. In der Zwischenzeit war die Spitze längst auf und davon. Auf halber Strecke ging mir auf, zum Endspurt würde ich wohl nicht mehr ansetzen, denn meine Kräfte nahmen ab. Plötzlich hörte ich ein paar Jungs an der Barriere schreien: »Du da, dein Tuch! Heb dein Taschentuch auf!« Mir war das Taschentuch aus der Gesäßtasche gerutscht.

Anstatt weiterzulaufen, hob ich es auf und versuchte, das Tuch in der Hand, die vor mir einzuholen. Das Schlimmste waren die letzten zweihundert Meter, die mir im Training gefehlt hatten. Dem Umfallen nahe, erreichte ich dennoch das Ziel. Ich war der letzte, denn diejenigen, die ich überholt hatte, waren kleinmütig ausgeschieden. Schweine. Eine Klassenkameradin von Stella, die an der Ziellinie stand, gab mir eine Zitronenscheibe und drohte: »Warte, das sag ich deiner Schwester.« Sie begriff nicht, daß ich, obwohl ich mit meiner Leistung nicht zufrieden sein konnte, trotzdem froh war – weil ich nicht aufgegeben hatte und eine Zitronenscheibe bekam, wie alle anderen Teilnehmer.

Unser Turnlehrer, Kazimierz M., war ein großer, blonder junger Mann mit Igelschnitt, geschmeidig wie eine Feder, Absolvent des Zentralinstituts für Körperkultur in Bielany. Wir waren eine schlaffe, verwöhnte Bande, er brachte uns bei, uns harmonisch zu bewegen. Er machte uns jede Übung selber vor, vollführte sie mit unfehlbarer Eleganz. Zuerst heizte er uns mit beschwerlichen Turnübungen ein, die letzte Viertelstunde behielt er sich für das Laufen, für Spiele, das Bock- oder das Kastenspringen vor. Keinerlei chaotische Bolzerei wie bei Beniek Goldberg. Er konzentrierte sich auf den Basketball – und siehe da, wir, die keinen Ball in den Korb kriegten, begannen mit einem Mal, präzise zu spielen, gezielt und vor allem, nach dem Beispiel unseres Lehrers, elegant. Bald bereiteten uns die Turnübungen Vergnügen, weil wir sie rhythmisch, gleichmäßig nach der Trillerpfeife von Kazimierz M. ausführten, als wären wir ein Orchester unterm Stab des Dirigenten. Wenn M. uns lobte, überrieselte uns ein Wonneschauer. Er lobte im übrigen nicht so rasch, aber wir vergötterten ihn auch so.

Kazimierz M. widmete uns auch seine Nachmittage. Er ging mit uns in die Schwimmhalle der Krankenkasse oder in die Sporthalle der YMCA, dort trainierte er mit uns Basketball, im Agricola-Stadion veranstaltete er Leichtathletikwettkämpfe. Er organisierte auch ein Turnier in drei

Sprungarten zwischen den Klassen: Bocksprung, Kastensprung und im sogenannten Überschlag (meine Spezialität – phantastisch, so über den Kasten zu fliegen, hinein ins Unbekannte, in einen Abgrund, bis die Hände auf der rettenden Matte auftrafen und man auf durchgedrückten Armen einen idealen Überschlag hinlegen konnte).

Eines Sonntags machte Herr Kazimierz mit uns einen Ausflug zu seinem Institut in Bielany, zum Schauturnen. Unsere ganze Schar saß in der Straßenbahn, ich glaube, es war die 17. In einer Ecke des Wagens hockte, den Kopf zwischen die Schultern gezogen, ein unscheinbarer Mann mit einer langen, charakteristisch zur Seite gebogenen Nase. Ich erkannte ihn: Es war Janusz Kusociński, der Olympiasieger über 10 Kilometer, der seit mehreren Jahren an einem Meniskusschaden laborierte. Unser Turnlehrer ging geradenwegs auf ihn zu, sie kannten sich vom Studium. Ich hörte ihn fragen: »Wie geht es dir, Janusz, immer noch bei der Zeitung?« – »Ich trainiere wieder«, erwiderte der Meister und fügte mit abergläubischem Seufzer hinzu: »So Gott will ... Und was gibt's bei dir?« Kazimierz M. deutete hinter sich, auf unser Häuflein. »Ich unterrichte am jüdischen Gymnasium.« – »Und?« fragte der Meister nach. Ich wartete auf die Antwort. »Es geht gut«, hörte ich. Ich bin mir im übrigen nicht sicher. Vielleicht drückte er sich auch anders aus: »Gute Jungs.« Ganz sicher weiß ich, daß das Wort »gut« vorkam.

Vor Feierlichkeiten, zum Beispiel, vor dem 11. November, vielleicht aber auch ohne besonderen Anlaß, unterrichtete uns Kazimierz M. im Singen. Ich sage ausdrücklich: Singen, nicht Gesang. Ich glaube, er mochte das. Wir spürten, wie zufrieden er war, wenn wir, seinen dirigierenden Händen folgend, zweistimmig die Nationalhymne und »Die Erste Brigade« – das für die Feierlichkeiten –, aber auch »Wir sind die Zukunft der Nation« und »Wie gut, die Gipfel zu stürmen« und allerhand andere Pfadfinderlieder sangen. Kazimierz M. war ein Patriot, wahrscheinlich ein Regierungsanhänger, ein einfacher Gorale, der im unabhängigen Polen was geworden war und einen

Beruf ausübte, den er liebte, wenn auch nur bei jüdischen Kindern.

Nach den Ferien wurde gemunkelt, zwischen unserm Turnlehrer und dem Direx habe es irgendwelche Auseinandersetzungen gegeben. Es hieß, M. müsse gehen, nun aber bleibe er doch, wenigstens noch dieses Schuljahr. Mitunter war er jetzt gereizt, wurde leichter wütend, teilte fürs Zuspätkommen Vieren aus. Einmal übten wir im Turnsaal Seilklettern. Zwei Jungs kletterten die an der Decke befestigten Seile hinauf, die anderen hockten auf dem Linoleumfußboden und lachten über die beiden. Es ging ziemlich sorglos und ganz bestimmt zu laut zu. Und da plötzlich brüllte unser Turnlehrer los: »Ruhe!«

Alle verstummten. Und er sagte deutlich, jedes einzelne Wort betonend, scheinbar ruhig und dennoch rot im Gesicht: »Euer größter Volksfehler ist, daß ihr alles kritisiert.«

Die Stille wurde noch tiefer, eine lastende, erdrückende Stille. Als hätte er uns ins Gesicht geschlagen. Ich entsinne mich, ich dachte: Vielleicht hat er recht. Vielleicht hat er uns bei etwas zu fassen gekriegt. Vielleicht haben wir wirklich eine übertriebene Neigung zur Kritik. Ich wußte ja nicht, wie sich die Jungs in anderen Gymnasien benahmen, den nichtjüdischen. Vielleicht sind sie dort manierlicher, haben mehr Disziplin. Wenn er, unser wunderbarer Kazimierz M., sich so äußerte, dann war es offenbar so. Damals kam mir nicht in den Sinn, weil es mir nicht in den Sinn kommen konnte, wenn das der größte Fehler sei, den man unserem Volk anhängte, dann stehe es ja gar nicht so schlecht.

In der Pause debattierten die Jungs aufgeregt über den Zwischenfall. »Hast du gehört? Hast du gehört?« Manche, die Empfindlichsten, sahen in ihm schon den Antisemiten, andere, so ich, versuchten zu beschwichtigen: »Er hat doch gar nichts weiter gesagt, gar nichts weiter. Wir haben uns schändlich aufgeführt. Er hatte recht, und basta!« Einige vermuteten sogar, in seinen Worten habe Sorge um uns gelegen, sie hätten eine erzieherische Funktion gehabt.

Zwischen uns kam alles wieder ins Lot, und eben damals organisierte Kazimierz M. den schon erwähnten Turnwettkampf und eine Reihe anderer Veranstaltungen, mit denen er höchst zufrieden war. Fest stand jedoch, Kazimierz M. blieb nur bis zum Jahresende. Wir glaubten, sein Konflikt mit dem Direx habe finanzielle Gründe. In der Schule hatten nämlich gerade die Lehrer gestreikt. Den Streik führte Chłopski an, um dessen linke Sympathien wir wußten. Aber es ging natürlich nicht um das ideelle Gesicht der Schule, sondern um die Gehälter. Der Direx legte dar, das Gymnasium befinde sich in Nöten, Gehaltserhöhungen könne er sich nicht leisten. Ein paar Tage lang brauchten wir nicht zu kommen, wir spielten im Traugutt-Park Fußball. Und dann rang sich unser Direx zu einem weiteren radikalen Experiment durch: Er schlug vor, sein Gymnasium in eine Genossenschaft umzuwandeln, mit ihm als gewähltem Direktor. Das Streikkomitee ging darauf ein. Von da an bekam der Direx für seine Funktion Gehalt, und die Genossenschaft zahlte ihm auch die Miete für das Gebäude, dessen Eigentümer er war, darüber hinaus verdiente er mit Mathematik- und Chemiestunden, und es ging ihm sicherlich besser als früher. Sein Stellvertreter wurde Chłopski, und von da an zerbrach sich der den Kopf darüber, wie die Schule über die Runden kommen sollte. Alle schienen zufrieden. Aber Kazimierz M. mußte gehen.

Nach dem Krieg, als ich in Krakau lebte, weil dort eine Wochenillustrierte erschien, bei der ich arbeitete, las ich in der Zeitung, in Nowy Targ finde der Prozeß eines gewissen Kazimierz M. statt, der bewaffneter Überfälle auf Parteifunktionäre in der Gegend von Zakopane angeklagt sei. Der gleiche Familienname und der gleiche Vorname. Mein Gott, ist das er, unser geliebter Turnlehrer? Er stammte aus der Gegend, war ein aufsässiger Geist, womöglich war er dazu imstande. Ich stellte keine Nachforschungen an, zog es vor, mir die Illusion zu bewahren, dieser Kazimierz M., der mehrere Morde auf sich geladen hatte, das sei jemand anderer, der nur denselben, immerhin recht verbreiteten, Namen trug. Aber ich verfolgte den Prozeßverlauf in der

Presse. Jener Kazimierz M. auf der Anklagebank wurde zum Tode durch den Strang verurteilt, das Urteil wurde vollstreckt.

Ich weiß nicht, ob es unser Kazimierz M. war oder ein anderer, der da erhängt worden war, ich weiß nur, mein Turnlehrer ist mir nie mehr begegnet.

Jahre später tauschte ich Erinnerungen aus – wo? –, nun, man stelle sich das vor, in Jerusalem, mit Chone Szmeruk, Professor für jüdische Literatur, einem Absolventen des Kryński. Chone hatte sich ein lebendiges Gefühl von Anhänglichkeit gegenüber unserem Gymnasium bewahrt. Er erfuhr von mir, daß ein gewisser Kazimierz M. in Nowy Targ gehängt worden war, ich erfuhr von ihm, weshalb M. sich von uns hatte verabschieden müssen.

Er war im Sommer 1936 mit einer Reisegruppe zur Olympiade in Berlin gefahren. Die Deutschen hatten die Olympiade zu einem Schauspiel organisatorischen und sportlichen Leistungsvermögens gemacht. Kazimierz M. war fasziniert zurückgekommen. So mußte man die Jugend erziehen! Die Kohorten durchtrainierter, im Gleichschritt marschierender Jungs, der gewaltige Chorgesang hatten ihm imponiert. Diese Leichtathletiklager, in denen man Olympiasieger heranzog. (Andere Lager hatte er noch nicht gekannt.) Die knatternden Fahnen auf den Gebäuden. Diese jugendliche, sieghafte, kritiklose Begeisterung. »Das konnte er nicht vergessen«, sagte Chone. Im Lehrerzimmer schwang er flammende Reden über die Überlegenheit des Nationalsozialismus über die verweichlichte Demokratie. Die Überlegenheit des totalitären Staates, von Disziplin und Drill (vielleicht auch über die Überlegenheit der nordischen Rasse, deren wundervolles Exemplar er war). Das konnte Michał Kryński, wie sich denken läßt, nicht ertragen. Es kam zum Zusammenstoß, man sagte einander die ganze Wahrheit – einigte sich, daß Kazimierz M. uns verlassen werde.

Dabei hatte er doch damals, in jener Straßenbahn nach Bielany, zu Kusociński gesagt: »Gute Jungs.« Oder auch nur: »Es geht gut.«

»Werden wir die Richter sein ...«

Ich war in der zweiten Klasse, als Kryński die Schule mit einer Funkanlage ausstattete. In jedem Klassenzimmer wurden Lautsprecher aufgehängt, das Studio mit dem Mikrophon befand sich im Direktorzimmer. Alles installierten die Schüler selber, wir hatten in den oberen Klassen begabte Bastler und Physiker, die sich für Radio- und Elektrotechnik begeisterten, wie heute die Jungs für Computer. Funkmeister war Siolek Szlamowicz, ein braunhäutiger, dunkelhaariger, ruhiger, sachlicher Junge, der auch die Theatermaschinerie bediente.

Mit dem Rundfunk verband der Direx pädagogische Hoffnungen, die nicht restlos in Erfüllung gingen. Er plante Vortragsreihen, Lyriksendungen, Musik zu bestimmten Anlässen. Das alles reduzierte sich alsbald auf die Sendung sporadischer Mitteilungen, ohne daß die Schüler nun im Freizeitraum versammelt zu werden brauchten. Mitten in der Stunde drang aus dem Lautsprecher plötzlich ein Knattern, ein Husten, ein gellender Pfeifton und schließlich »Hallo, hallo, hier spricht der Direktor des Gymnasiums. Ich teile mit, daß ...« Und dann wieder der Pfeifton, das Husten, das Knattern – und Stille. Ich entsinne mich nur einer einzigen Polnischstunde, in der unser Schulfunk genutzt wurde. Ich bemerkte, daß Rath während des Unterrichts (er sprach über die Anfänge der Romantik) wieder und wieder auf seine Uhr guckte. Dann sagte er auf einmal: »Und nun hören wir die Ballade ›Romantik‹ in der Interpretation von Dora Kalin.« Auf Siolek war Verlaß: ein Knattern, ein Husten, ein Pfeifton – und wir vernahmen die heisere Stimme der Schauspielerin:

»Höre, Mädchen!
– Doch sie hört nicht –«

Altman konnte Fettarsch hinterher nicht hoch genug loben, wie genau der seine Rede abgezirkelt hatte, daß alles hinkam, so wie mit Szlamowicz abgesprochen. Darin sah ich nun nichts Außergewöhnliches. Überhaupt war ich, was die Nützlichkeit des Schulfunks betraf, arg skeptisch. Brauchen konnten wir das Radio allerdings bei unseren Teenachmittagen. Rath war auf den Gedanken gekommen, gesellige Zusammenkünfte mit einem Bunten Programm (das natürlich vorher von ihm genehmigt worden war) zu veranstalten. Aus dem Direktorzimmer übertrugen wir Monologe, Rezitationen oder auch kurze Hörspiele, so zum Beispiel »Mit der Droschke durch Warschau«, eine scherzhafte Beschreibung der Denkmäler, vorgetragen von einem Warschauer Droschkenkutscher, begleitet von Räderrattern und Hufschlägen, die dem Klappern eines Storches ähnelten. Ich parodierte Sportreportagen, genauer gesagt, ich imitierte Parodien aus dem Rundfunk, deklamierte Tuwim, Leśmian und Wierzyński.

Für Räderrattern und Hufeklappern war der goldhaarige Władek Rajs zuständig. Er besaß gewisse schauspielerische Fähigkeiten, aber echtes Talent legte er beim Nachmachen von Stimmen und Geräuschen an den Tag, was ihn, ganz klar, zum Star unseres Schulfunks machte. Rajs gab es im Gymnasium gleich drei, jeder in einer anderen Klasse, aber unser Rajs, der mittlere, war uns der liebste. Władek, ein Junge von mittlerem Wuchs, mit einer phantastischen Muskulatur, goldhaarig, ich sagte es schon, sommersprossig, lächelnd, war mit überdurchschnittlicher Kraft und äffischer Geschicklichkeit begabt. Unser Kazimierz M. sah hingerissen zu, wie er den Salto machte. Vielleicht hätte ihm eine sportliche Karriere gewinkt, aber ich glaube, die interessierte ihn nicht sonderlich. Den 400- und den 800-Meter-Lauf pflegte er zu gewinnen, indem er im Endspurt, wie nebenbei, durch bloße Kraft, an Tempo zulegte. Da er nicht mehr trainierte als die anderen und seine Brüder nicht solche Muskeln aufzuweisen hatten, konnte man sich schwer des Gedankens erwehren, daß der Mensch mit bestimmten Veranlagungen auf die Welt kommt. Władek Rajs war, wie man das bei Athleten findet, ein friedfertiger, kameradschaftlicher Junge, der

Schlägereien mied (es sei denn, er mußte wen verteidigen), er hätte keiner Fliege was zuleide getan. Er lernte nicht schlecht, ja mitunter offenbarte er außerordentlichen Scharfsinn. Er stand unseren Pfadfindern vor, das nahm er sehr ernst, und es gelang niemandem, ihn je zu einer Zigarette zu verführen. Vielleicht wäre er auch Berufsoffizier geworden? Ein Kommando kam ihm gut über die Lippen, Leutnant Papieski vertraute ihm oft die Führung unserer Schar bei der Wehrertüchtigung an, da verlangte Rajs viel und nahm keine Rücksicht.

Die Lehrer mochten seine äffischen Kunststückchen (zum Beispiel, wenn er unverhofft, nach einer richtigen Antwort, einen Salto rückwärts vollführte), aber am meisten mochten ihn die bei uns unterrichtenden Damen, selbst Fräulein Bajer verzieh ihm seine Begriffsstutzigkeit in Latein, und wenn sie ihm Vorhaltungen machte, dann umzuckte ihre Lippen ein feines Lächeln, das ganz und gar nicht zu dem gestrengen Ton paßte. Unser Rotfuchs Rajs (so nannten wir ihn) hatte Erfolg bei den Frauen. Zu wem von uns er nach Hause kam, er beeindruckte nicht nur die Dienstmädchen, sondern auch die Damen des Hauses. Selbst meine Schwester Mirka bekannte mir einmal, dieser Rotfuchs, der könne ihr gefallen, der habe so was ...

Die Rajs-Jungs wohnten in der Nalewki-Straße. Mir ist so, als hätten ihre Eltern ein Konfektionsgeschäft besessen. Ich weiß nicht, was aus ihnen geworden ist. Konnten sie sich wirklich nicht retten? Fand sich nicht eine Frau, die Władek Unterschlupf gewährte und ihn den Mördern entriß? Ich weiß nicht, ich weiß es nicht. Es gibt keine Spur von ihnen ...

Zu so einem geselligen Beisammensein, wie es Rath organisierte, hatten wir was mitzubringen. Auf jeden kamen zwei Stück Kuchen und ein paar Nüsse. Frau Gajewska schenkte den Tee in die Gläser. Rath hatte uns erlaubt, die Lehrer einzuladen, die wir besonders mochten. Wir luden Chłopski und Fräulein Bajer, die Lateinlehrerin, ein.

Außer dem Schulfunkteil und erbaulichen Gesprächen,

die unser Klassenleiter lenkte, gab es einen weiteren Punkt im Programm: die Urteilsverkündung des Kollegialgerichts. Unser Lehrer hatte, wie das damals Mode war, vielleicht war es sogar Pflicht, eine Schülervertretung wählen lassen, und aus deren Mitgliedern bildete sich das Kollegialgericht. Natürlich war ich der Sekretär, ob der Vertretung oder des Gerichts – das weiß ich nicht mehr. Kaum hatten wir uns konstituiert, da sagte Rath: »Und dies wäre der erste Fall.« Er brachte Drejer vor das Gericht, einen sehr stillen Jungen, der sich durch nichts hervortat, aber sich Fettarsch gegenüber irgendwie unhöflich benommen hatte, der hatte sich gekränkt gefühlt, doch anstatt selber zu reagieren, hatte er gemeint, das sei eine Sache für uns. Wir sollten über die Schuld unseres Kameraden befinden und die entsprechende Strafe verhängen.

Das wurde ein schönes Affentheater. Dieser Drejer hatte doch nichts angestellt, was wir nicht auch anstellten. Irgendwas, was Schüler so tun. Aber jetzt waren wir die Richter und blickten auf das, was sich in der Schule abspielte, aus der Höhe des Tribunals. Exemplarisch bestrafen! Aber wie? Vielleicht eine Geldstrafe? (Das wäre wohl eher eine Strafe für die Eltern.) Vielleicht mehrere Tage lang nachsitzen? Vielleicht ihn von diesem oder von jenem ausschließen? Wir überboten uns an Ideen, auf die unser Klassenlehrer niemals verfallen wäre. Interessant, daß keiner von uns die gestrengen richterlichen Debatten unterbrach und sagte: »Jungs, besinnt euch! Drejer ist doch unser Kumpel, ein guter Junge, das müßt ihr berücksichtigen, bedenken, es genügt eine Rüge, soll er den Professor um Entschuldigung bitten, und der Fall ist erledigt.« Keiner sagte das, wir dachten die ganze Zeit nur an Bestrafung (weniger an die Schuld). Wir brandmarkten die schnöde Tat unseres Kameraden, der Schande über die ganze Societas der Klasse – so formulierten wir das im Urteilsspruch – gebracht habe, und wir dachten uns eine Strafe aus … Zwei Wochen Boykott. Nicht mehr und nicht weniger. Zwei Wochen lang hatte niemand das Recht, an den armen, sympathischen Drejer das Wort zu richten, nicht einmal Altman, der mit ihm in einer Bank saß.

Einmal hatten wir einem Jungen gegenüber schon den Boykott angewandt, aber ohne Richterspruch, spontan, jemand hatte es vorgeschlagen, jemand anderer aufgegriffen – der Fall damals war ernst gewesen, da ging es wirklich um etwas. Im Überschwang schrieb ich vorhin, ich hätte meine Kameraden gemocht, nun, da habe ich übertrieben, denn beileibe nicht alle, Mietek G. beispielsweise nicht, das war ein zynischer, hämischer Bursche, den übrigens keiner mochte. Er war von einem anderen Gymnasium zu uns gekommen (wahrscheinlich hatten sie es mit ihm nicht ausgehalten), und er stellte sich sofort quer, einer gegen alle. Nein, das sprach keineswegs für ihn, wie das manchmal zu sein pflegt, denn es war kein Zeichen von Unabhängigkeit, Stolz oder Mut, er war einfach ein boshafter Charakter. Aber darum drehte es sich nicht, daß er nie jemandem half – es ging um die Brötchen.

Ich weiß nicht mehr, wer die Brötchensammlung für die Kinder in den Grundschulen angefangen hatte, Chłopski oder vielleicht Rajs. Jedenfalls wandte man sich an uns, die Schüler aus immerhin wohlhabenderem Hause, von daheim ein Brötchen mehr mitzubringen – für jene anderen, ärmeren. Wir beschlossen, auf diesen Brötchen solle immer das sein, was wir selber aßen – war es bei uns hartgekochtes Ei, dann auch bei ihnen hartgekochtes Ei, für uns Wurst, dann auch für sie Wurst. Die Brötchen wurden in der ersten Pause in einem Korb eingesammelt und in der zweiten in jene Schule gebracht, ich weiß nicht, in welche, das machten andere Jungs, die Pfadfinder von Rajs.

Mietek G. also wollte kein Brötchen mitbringen. Er sagte, er halte nichts von Philanthropie. Aber das sagte er nicht aus irgendwelchen weltanschaulichen Gründen, zum Beispiel, weil er Kommunist war – die Philanthropie schwäche nur die Klassenkonflikte ab, sie sei ein Pflaster auf die Wunden, Betrug und so weiter, das kannten wir schon –, nein, er sagte einfach so, er gebe nichts und basta, im Leben müsse jeder allein zurechtkommen. Obwohl das ein Hüne war, verprügelten wir ihn zu zweit, ich und Sztern (das war so abgemacht, Mietek willigte in den Kampf ein, wir zwei gegen ihn, weil er meinte, er werde mit uns beiden fertig) – dieser Sztern, ein kleiner, erbitterter Junge mit einer steil vorspringenden, fast gespenstisch wirkenden Stirn und ich, wir waren ein unschlagbares Tandem –, und wir nahmen diesen G. vollständig auseinander, aber das half nichts. Da entstand der Boykott, entstand aus Abscheu. G. gab sich nicht geschlagen, er brachte weiterhin kein Brötchen für unsere Schutzbefohlenen mit. Allmählich verlor sich der Boykott, und wir fanden uns damit ab, daß man von G. kein Brötchen verlangen konnte, weil er nun mal so war.

Als ich an jenem Teenachmittag unser Urteil in dem solchen Texten gebührenden salbungsvollen Ton verlas (was als Ergänzung zum künstlerischen Programm galt), wurde Drejer, von Natur bleich, vermutlich grün, und Rath verschlug es die Sprache. (Das gestand er mir später.) Solche Härte hatte er von uns nicht erwartet. Er erhob sich und erklärte, wie üblich jedes Wort einzeln hervorstoßend, da der Schüler, wie ihm dünke, die Tat bereue (noch immer weiß ich nicht, was für eine), ersuche er, als der unmittelbar Betroffene, um ein milderes Urteil.

Das Urteil mildern, na schön – aber wie? Es ging schließlich nicht an, daß die Autorität unseres Gerichts in Frage gestellt wurde. Wir zogen uns zu kurzer Beratung zurück und verkündeten gleich darauf, in Anbetracht der Reue et cetera, des Antrags des Herrn Professors et cetera, reduziere das Kollegialgericht die Strafe auf einen Boykott von zwei Tagen. Alle begriffen, die zwei Tage waren nur noch symbolisch gemeint, und begannen zu klatschen. Überhaupt sah das nun alles nach einem abgekarteten Spiel aus, einem zum allgemeinen Gaudi inszenierten Spektakel. Auch Drejer klatschte.

Ich brauche wohl nicht zu erklären, weshalb ich das hier erzähle. Die Geschichte hat sich in meinem Gedächtnis festgehakt, und sie kehrt immer wieder – als ein krasses Beispiel für die menschliche Schwäche, fast als ein Gleichnis. Die Erinnerung an den scheinbar läppischen Vorfall führte mir manches Mal die Beweggründe unseres Handelns vor Augen, die zumeist im Dunkel liegen. Jeder von uns könnte einen Fall aus seinem Leben erzählen, da er härter war, als es die Sache verdiente, weil er meinte, der Ehrgeiz, das Prestige, die Machtspiele zwischen den Menschen verlangten rücksichtsloses Vorgehen. Oder jemandem zusetzte, ohne zu ahnen, daß er damit im Grunde versuchte, sich selber aufzuwerten. Soldaten auf Streife, die einen nicht des kleinsten Vergehens schuldigen Passanten aufgreifen und ihn auf die Wache abführen, ein bißchen aus Langeweile, ein bißchen, damit der Streifendienst überhaupt einen Sinn bekommt, denn von nichts kriegt man derart schlechte Laune wie von dem Gefühl, seine Zeit sinnlos zu vergeuden … Ich sage das, weil ich es selber erlebt habe, als wir im Winter 1942 durch das froststarre Millerowo, irgendwo im Kosakenland, patrouillierten – Jerofejew, ein lustiger, schieläugiger Bursche, der gutmütig war wie kaum einer und ich, schließlich auch kein Nero (obwohl, wer weiß?). Mit Flinten bewaffnet, patrouillierten wir durch die hungrige, ausgestorbene Stadt, auch wir hungrig, und da lief uns ein Kerl in die Arme, nur im Jackett, im schmutzigblauen, abgeschabten Jackett – nu, und weshalb so, bloß im Jackett, bei dem Frost, nu? –, wenigstens noch in der Wattejacke, aber so – verdächtig – die Papiere – woher? wohin? – nicht etwa ein Spion? – echt, ein Spion, garantiert – schon gut, schon gut, du kommst mit, auf die Wache, dort werden wir weitersehen. Endlich hatte das Streifegehen einen Sinn bekommen. Von der Hauptwache, muß ich hinzufügen, wurde der Ärmste wieder hinaus in den Frost getrieben (wohin er es gar nicht eilig hatte), von unserm Kommandanten Iwanow, der, wie die meisten Korporale und Sergeanten, heiser war vom Herumbrüllen in der Kälte, einem Mann mit Lebenserfahrung, also auch der unerläßlichen Portion Skepsis, der gern im Dienst eine ruhige Kugel schob und nicht so eifrig war wie wir achtzehnjährigen Buben.

Als wir den Kerl, der sich da im bloßen Jackett nach Millerowo verirrt hatte, hinausließen, fiel mir unser Gericht über Drejer ein. Vielleicht fiel es mir auch nicht gleich damals ein, sondern später. Tatsache ist jedoch, darauf gebe ich mein Ehrenwort, ich denke an die beiden Ereignisse stets nur in einem. Sie ergänzen einander. Sie sind mir zum Warnsignal fürs Leben geworden.

Der Direx

Meine Beziehung zu Michał Kryński war nicht in allem ungetrübt, einmal kam es sogar zu einem heftigen Zusammenstoß. Er war ein Mann, den man achtete, ein bißchen fürchtete, aber ihn mögen, das war schon schwieriger. Mir fällt ein, die Jungs sangen Couplets nach der Melodie des Trauermarsches über ihn (»Kryński liegt als Leiche, im Grab, die Knochen bleichen«), doch ich, zu meinem Ruhme sei's gesagt, nahm an diesen Gesängen nicht teil, der Witz dünkte mich fragwürdig und allzu makaber. Mir kam es vor, als kümmere es Kryński nicht, ob ihn die Schüler liebten, nicht um Gefühle ging es ihm, dazu war er zu prinzipiell, und anders sein konnte er nicht.

Als unsere Schule im September neununddreißig niederbrannte, gab Kryński, der sein Vermögen verloren hatte, nicht auf. Anfang Oktober verschickte er Aufforderungen, die Schüler sollten zu einer Zusammenkunft kommen, die Schule finge wieder an. Mehrere Dutzend von uns fanden sich in der leeren Wohnung in der Leszno-Straße ein, die Kryński sich auserkoren hatte. Von den Lehrern erschienen nur wenige, die Lemberger waren in ihre Stadt zurückgegangen. Die Stimmung war erwartungsfroh. Wir geben nicht auf, trotz alledem, wir halten zusammen, trotz der deutschen »Bekanntmachungen«, mit denen die Hauswände beklebt sind, trotz der heraufziehenden Rassengesetze. Der Direktor sprach in eben diesem Sinne: man dürfe sich nicht geschlagen geben, man könne in jeder Situation seine Arbeit tun. Er sei schon bei den Behörden vorstellig geworden (ich weiß nicht, bei welchen – doch wohl den städtischen?), um die Erlaubnis für die Eröffnung einer Schule hier, in dieser Wohnung, zu bekommen. Er wisse noch nicht, wie hoch das Schulgeld sein werde. Vorerst müßten wir auseinandergehen, den Zeitpunkt des Beginns werde er uns noch mitteilen.

Wir gingen, halblaut redend, fast wie Verschwörer, in dem Gefühl, wir nähmen an etwas Außergewöhnlichem teil, seien eine Art Wegbereiter und alledem gewachsen. Much sagte: »Du mußt ein Gedicht schreiben!« Ja, ich willigte ein, die Hymne der Schule ...

Die Benachrichtigung über den Unterrichtsbeginn traf niemals ein. Die Annahme, die Deutschen würden der Eröffnung eines Gymnasiums, noch dazu eines für jüdische Jugendliche, zustimmen, war pure Phantasterei gewesen. Wenige Wochen später, in Białystok, besuchte ich Chłopski, der dort in einer polnischen Schule unterrichtete. Bei einem Glas heißem Herbatol (so nannte sich damals der Tee-Ersatz) gestand er mir, er habe schon immer die Kommunisten begünstigt (was ich vermutet hatte), und obwohl er viele Vorbehalte habe, das werde irgendwie Fuß fassen, je nun, jetzt sei Krieg, aber dieses Gesellschaftssystem sage ihm, dem einfachen Lehrer (so drückte er sich aus) eigentlich zu. Bei Chłopski traf ich einen von unseren Abiturienten, der eben erst aus Warschau gekommen war, am Tag vorher hatte er sich in der Gegend von Małkinia über die deutsch-sowjetische Grenze geschlichen. Er brachte einen Brief von Kryński mit, den Chłopski mir vorlas. Der Direktor schrieb, er überlege, ob er nicht nach Białystok gehen solle. Er sei bereit, seine Erfahrung in den Dienst des neuen Schulwesens zu stellen, die Pensum-Test-Methode auf sowjetisches Territorium zu verpflanzen. Wobei man auch Neuerungen einführen könne, die auf jüngsten amerikanischen Untersuchungen fußten. »Man kann und muß in jeder Situation seine Arbeit tun.« Der Direx wiederholte hartnäckig seine Maxime. Der Herr Kollege solle Erkundigungen einziehen und ihm rasch antworten, die Grenze werde immer undurchlässiger. Als Chłopski zu Ende gelesen hatte, faltete er den Brief zusammen und kommentierte: »Es fehlt an Heften für die Kinder, in der Klasse hat nur der Lehrer ein Lehrbuch, und er will die Pensum-Test-Methode einführen. Und das nach amerikanischem Muster!« Wir fühlten alle drei, unser Direktor war ein Träumer. Chłopski befand: »Er kommt besser nicht.«

Kryński blieb in Warschau. Er verlor seine Familie im Ghetto. Ihn selbst rettete Frau Barchanowska, eine Polin, bei der er sich, in Gołąbki bei Warschau, unter falschem Namen versteckt hielt. Er freundete sich mit ihren beiden kleinen Töchtern an, die sich heute, Jahrzehnte danach, noch voll Rührung an ihn erinnern. Als ich ihm nach dem Krieg begegnete, frappierten mich seine graublauen Augen, die sich in ihnen spiegelnde Güte und Naivität, das nahezu kindliche Vertrauen. (Wir, die Schüler, hatten ihn uns als strengen Beamten vorgestellt, denn so hatte unser Direktor zu sein.) Da fiel mir ein, daß unser meistens verschlossener Direktor manchmal gelächelt hatte, gewiß, und zwar, wenn er eine fehlerlos gelöste Gleichung an der Tafel sah. Dann hellte sich sein Gesicht auf, und ein Goldzahn blitzte seitlich zwischen den leicht geöffneten Lippen. Ich wunderte mich, warum er während der deutschen Besatzung seinen Namen geändert hatte, es gab doch auch polnische Kryńskis. Ja, die gab es schon, aber er hatte es vorgezogen, ihn zu ändern, weil er fürchtete, jemand könne trotzdem etwas vermuten. Und nichts schmerzte ihn mehr, als daß der Herr Kollege Edel sich unter dem Namen Kryński versteckt gehalten hatte. Er, der echte Kryński, nimmt einen Namen an, den man sich schwer merken kann, und der lebt die ganze Besatzung über seelenruhig unter dem Namen seines ehemaligen Direktors! Er schäumte, als er davon sprach, er war der Ansicht, der Kollege Edel habe sich nicht loyal verhalten, ich weiß nicht, warum, geradeso, als sei etwas beschmutzt worden, vielleicht sein Opfer, vielleicht die Leiden seiner

Familie, die er verloren hatte. Der Mensch züchtet mitunter so seltsame Verletzungen in seinem Innern, daß er selber außerstande ist, sie zu erklären.

Die Lehrer, die überlebt hatten, die Lateinlehrerin und Edel (ich weiß nicht, was aus seiner sanftäugigen Frau geworden ist), kehrten nach dem Krieg nicht mehr ins Schulwesen zurück. Kryński meldete sich nicht sofort zur Arbeit. Von der Pensum-Test-Methode konnte natürlich nicht die Rede sein, aber der erfahrene Pädagoge Michał Kryński wurde mit offenen Armen aufgenommen. In den Zeitschriften begannen Beiträge zu erscheinen, in denen er auf gewisse Erfahrungen der amerikanischen Pädagogik hinwies. Solang, so gut. Plötzlich riß das ab. Ich bekam einen Brief aus Danzig, denn dort arbeitete er, er habe Schwierigkeiten und ob ich nicht helfen könne. Er malte sich aus, ich habe ein Buch veröffentlicht, also vermochte ich schrecklich viel, habe wohl Zutritt zu Bierut persönlich. Er kam sogar eigens nach Warschau, reizend, betörend naiv, dem jungen Mädchen, das gerade meine Frau geworden war, gefiel er sehr. Man hatte ihn entlassen, er war angeklagt, bürgerlichen Neuerungen auf den Leim zu gehen (was ja sogar der Wahrheit entsprach) und als Kavallerieoffizier im zaristischen Heer im Kaukasus gedient zu haben. Solche Geschichten über ihn waren tatsächlich in der Schule umgegangen, die Jungs ließen ihrer Phantasie gern die Zügel schießen. Jetzt kamen unsere Knabenphantastereien als Bumerang zurück. So ein Unsinn! schrieb er mir. Ein Jude zaristischer Offizier! Dazu bei der Kavallerie! Absolut unmöglich ... Das Wort »absolut«, fiel mir ein, war eines von denen, die er mit Vorliebe gebraucht hatte.

Ich konnte ihm nicht helfen – ich, fern aller Machtzentralen –, er mußte einfach abwarten. Während des »Tauwetters« kehrte mein Direktor in die Schule zurück, nach dem Oktober war er sogar Kurator für den Bezirk Danzig. Wieder begannen in »Życie Warszawy« seine Artikelchen über Neues aus Amerika zu erscheinen. Dann ging er in Rente. In Sopot sah ich ihn manchmal im Zeitschriftenlesesaal, in die »Newsweek« oder die »Neue Zürcher Zeitung« vertieft. Ich sah das Bild mit Rührung, selber unbemerkt. Ich ging nicht zu ihm, wollte nicht stören. Er hätte mich wohl nicht wiedererkannt, so viele Jahre waren vergangen seit unserer letzten Begegnung nach dem Krieg.

Einmal rief er mich aus Sopot an, ich weiß den Grund nicht mehr, er hatte etwas gelesen, gratulierte mir, damals sagte er, das hätte ja im Gymnasium begonnen, bei ihm, im »Schulecho«, seine Frau, die Dame, die ihn gerettet hatte, wesentlich jünger, nahm den Hörer und lud mich ein, sie zu besuchen. Ich versprach es feierlich.

Aber ich war nicht oft in Sopot, der Besuch wurde vertagt. Mein Direktor rief manchmal an, ich fühlte, er lebte zusehends mehr in seinen Erinnerungen, das war normal, ich war einer von denen, die überlebt hatten, einer von wenigen. Eines Tages rief Frau Kryńska an. »Michał«, sagte sie, so als seien wir Kameraden gewesen, nicht er Direktor und ich Schüler, sondern gleichberechtigte Freunde, »Michał hatte einen Schlaganfall.« Er war partiell gelähmt, aber bei Bewußtsein. »Er hat mich gebeten, Sie anzurufen.« Ein paar Wochen, vielleicht auch Monate waren vergangen, und wieder ein Anruf aus Sopot. Jemand spricht langsam, mit Mühe. Er. Die Lähmung ist zurückgegangen, er kann wieder sprechen. Er möchte mir zu meinem schönen Buch gratulieren, ja »schönes Buch«, diese Worte gebrauchte er. Alles das brachte er mühsam hervor, Silbe für Silbe. Meinte er mein »Theater des Herodes«, ein Buch, dessen Handlung auf einem Gymnasium vor dem Kriege spielt? Vielleicht. Aber ist das von Belang? Ich weiß, ich war sehr bewegt. Mein gestrenger Direx hatte es gelesen, mir nichts angekreidet, es gelobt – also eine Eins, die mich nach Jahren erreichte.

Wenige Monate darauf starb er. Die weinende Frau Kryńska benachrichtigte mich von seinem Tod. »Er hatte Sie in so zärtlicher Erinnerung«, sagte sie und brach in Tränen aus.

Im letzten Schuljahr, unmittelbar vor dem Krieg, waren

die beiden vierten Klassen bei uns zusammengelegt worden, die A und die B zu einer, so daß unsere Klasse insgesamt zweiundfünfzig Schüler zählte! ... Überlebt haben ein paar.

Der Besen des Philosophen

Es ist nicht Sentimentalität, jedenfalls nicht nur Sentimentalität, die macht, daß ich mich an mein Gymnasium so gut erinnere. Zur Bekräftigung meiner Worte besitze ich einen schriftlichen Beweis, einen aus der Vorkriegszeit, auf ihn komme ich gleich. Es war wirklich eine ungewöhnliche Schule. Obwohl ich hinzusetzen muß, ungewöhnlich und avantgardistisch war sie mehr der Form, nicht dem Inhalt nach. Die Kenntnisse, die ich nach vier Jahren Unterricht von dort mitnahm, ballten sich eher chaotisch in meinem Kopf, wovon ich mich bald überzeugen sollte. Natürlich war das nicht die Schuld der Lehrer, sondern meine, die des Schülers.

Außer Ludwik Rath unterrichteten bei uns noch zwei andere Polnischlehrer. Und diese drei Lehrer hatten sich zum dreißigjährigen Bestehen des Gymnasiums einen literarischen Wettbewerb über das Gymnasium ausgedacht. Ich errang den ersten Preis, und dafür bekam ich wohl den Band Słonimski, der dann verbrannte. Sie, nicht ich, sandten den prämiierten Text an die »Kleine Rundschau«, wo er unter der Überschrift »Meine Schule« gedruckt wurde. Ich entsinne mich, daß ich darin zwischen einem lyrischen und einem gutmütig-ironischen Tonfall wechselte. Als größten Erfolg aber sah ich an, daß der Herr Heller, der selber Rezensionen für die Zeitung schrieb, in den Klassen, in denen er unterrichtete, meine Arbeit laut vorlas, was mir die Mitschüler hinterbrachten. Nun, und der Herr Heller lobte bei der Gelegenheit meinen Stil, für den er in irgendeinem Zusammenhang das Wort »literarisch« verwendete.

Der Stil! Wirklich, der Text war gründlich stilisiert. Da die Sache einmal geschehen ist, mir den Preis niemand mehr wegnimmt, kann ich verraten, wessen Stils ich mich bedient hatte. Nun, ich hatte mir ein Buch von Wanda Wasilewska zur Vorlage genommen. Alles, was die Wasilewska geschrieben hat, ist pathetisch stilisiert, alles auf einen hochdramatischen Ton eingestimmt, der an die Nieren geht und zugleich an das Wehklagen des einfachen Volkes erinnert. Mich beeindruckte diese Melodik sehr, ich hatte sie im Ohr und beschloß, sie für »Meine Schule« zu benutzen. Ich glaube, ich gestand Rath schließlich, wen ich mir zum Vorbild auserkoren hatte, was seine Anerkennung nicht schmälerte.

Aber seitdem weiß ich, für den, der das schriftstellerische Handwerk beherrscht, ist Stilisierung ein leichtes. Es ist keine Kunst, im Stil von Faulkner oder Hemingway zu schreiben, Kunst ist, sich von ihnen zu befreien.

Rath und Heller wachten zu zweit über das »Schulecho«. Als ich in der zweiten Klasse war, wurde die Zeitung noch auf dem Vervielfältigungsapparat abgezogen, die wichtigste Person war also Frau Rena, die über diesen Apparat verfügte. Später ging unsere Zeitung in eine richtige Druckerei. Seitdem erschien sie in Heftformat, ähnlich wie die »Newsweek«, gedruckt auf Glanzpapier, mit Photos, um deren Deutlichkeit sie jede Illustrierte von heute beneiden könnte. Ich gehörte nicht zum Redaktionskollegium, am Anfang stand ich etwas abseits, ich schrieb Romane, ungeeignet für eine Schülerzeitung, im übrigen schämte ich mich meiner Versuche, ich wußte sehr wohl, daß das nur Stroh war. Später arbeitete ich öfter mit dem »Echo« zusammen, und in der vierten Klasse, der letzten, war ich schon sehr aktiv, man lud mich zu den Redaktionssitzungen ein. Das dreißigjährige Jubiläum unseres Gymnasiums rückte näher, und es war wohl der Direktor, der in diesem Zusammenhang auf den Einfall kam, ein Interview mit einem Absolventen zu machen, der im Leben Erfolg gehabt hatte. Er nannte uns den Namen: der Ingenieur Jakubowicz, Besitzer der Chemiefabrik »Borax«. Ich suchte mit meinem Mitschüler Bursztyn, dem korpulenten Sekretär unserer Zeitung, der eine Klasse über mir war, den Herrn Ingenieur auf. In unserm Zweiergespann sollte Bursztyn den Chemiker abgeben und ich den Journalisten. Der Absolvent empfing uns in seiner eleganten Wohnung in einer vornehmen Straße, brüstete sich mit seinem prachtvollen Arbeitszimmer, erzählte voll Inbrunst von den zum Rasieren bestimmten Alaunpräparaten, für die er das Patent besaß. Ich muß gestehen, als Beispiel einer Karriere, die man als Absolvent des Kryński machte, imponierte er mir nicht. Er stellte Präparate zum Rasieren her und hatte einen Haufen Geld – was war daran so berauschend?

Irgendwann sagten Rath und Heller, es wäre nicht schlecht, mal ein Interview mit einem bekannten Schriftsteller zu machen, und übernehmen sollte das selbstverständlich ich. Es war nur natürlich, daß alle sofort an Julian Tuwim dachten. Aber obwohl ich ihn wie alle anderen bewunderte, erwiderte ich, Tuwim ließen wir besser in Ruhe, der hätte Journalisten und ihn verehrende Schüler bestimmt gründlich satt, vielleicht nähmen wir einen anderen, nicht so gefragten, der uns aber auch etwas bedeute. Also wen? Zum Beispiel Bruno Winawer. Winawer schrieb Komödien, doch vor allem popularisierte er wissenschaftliche Leistungen, eine Schülerzeitung müßte ihn also interessieren. Der Gedanke wurde aufgegriffen, mir aber fuhr plötzlich der Schreck in die Glieder, daß ich einem richtigen Schriftsteller von Angesicht zu Angesicht gegenübertreten sollte, einem Spötter obendrein, nein, allein ginge ich nicht, niemals, es mußte jemand mitgehen, am besten wieder Bursztyn. Bursztyn wollte kneifen: »Was geht mich das an, du bist doch der ›Literat‹«, sagte er, »nicht ich.« – »Einverstanden, ich rede, aber du bist dabei.«

Winawer stand nicht im Telefonbuch. Wir riefen bei der Redaktion der »Literarischen Nachrichten« an, die fragte den Autor, ob sie irgendwelchen Gymnasiasten seine Telefonnummer geben dürften – ein Riesenaufwand. Winawer willigte ein, daß wir ihn anriefen. Als er hörte, daß es sich um ein Interview handelte, begann er abzuwehren. »Was kann ich euch schon Interessantes erzählen?« sagte er mit müder Stimme. »Ich habe überhaupt keine Beziehungen zu jungen Leuten, ich kenne keine.« Ich versicherte ihm, es genüge, daß wir ihn kannten, und es würde bestimmt interessant, er solle uns erlauben zu kommen. Er stimmte zu, nicht besonders gern, das war leicht herauszuhören.

Ein Schriftsteller! Ein echter Schriftsteller! Dazu so ein beliebter, geistreicher, hochgebildeter. Man munkelte, die Frauen schwärmten für ihn, er verbrächte die Nächte in der »Adria«. Dann wieder wurde er als ein in alte Schriften versunkener Gelehrter dargestellt, als einer, der auch die exklusivsten ausländischen Journale studierte. Was soll das werden? dachte ich in Panik. Worüber soll ich mit ihm reden? Mir bleibt doch die Stimme sofort im Halse stecken. Dazu rieb mir Bursztyn, mein Partner, immerfort unter die Nase: »Aber du redest, verstanden.« Damals wurde ein Schriftsteller geachtet – nicht so wie heute, wo man den Leuten jahrelang eingetrichtert hat, ein Schriftsteller habe ihnen gegenüber Verpflichtungen, einen gesellschaftlichen Auftrag, und wenn er den nicht erfüllt, darf man ihn bei einer Lesung abkanzeln und ihm danach zum Trost eine Nelke überreichen. Als ich ein Kind war, gab es das nicht. Jemand, der Bücher schrieb, dessen Name gedruckt erschien, entstammte einer legendären Welt, und Eintritt in diese Welt zu erlangen, davon konnte man nur träumen.

Wir fanden uns viel zu früh vor dem Haus ein, in dem der Schriftsteller wohnte, was wir an der Uhr ablasen, die wir uns eigens zu dem Zweck vom Vater eines von Bursztyns Klassenkameraden ausgeliehen hatten. Es war bitterkalt, Bursztyn suchte mich zu überreden, doch schon hineinzugehen, aber ich erklärte ihm, wir hätten kein Recht, vor der Zeit zu erscheinen, ein Gentleman sei pünktlich. So strolchten wir durch die Straßen, froren immer mehr, bis wir schließlich fanden, jetzt dürften wir.

Der Schriftsteller machte uns selber auf. Er zeigte uns, wo wir die Mäntel hinhängen sollten, und geleitete uns in ein geräumiges Arbeitszimmer. Ein großer Schreibtisch und darauf, so wie ich mir das ausgemalt hatte, gebundene Zeitschriftenjahrgänge und ausländische Illustrierte.

Ich glaube, er bot uns nichts an (und das war gut so, sicherlich hätte ich die Teetasse umgeworfen). Außer uns war niemand in der Wohnung, und überhaupt hatte ich den, sicherlich falschen, Eindruck, das Arbeitszimmer sei nur gemietet. Er wirkte verlegen. Er sprach mühsam, ohne Schwung, machte es mir nicht leicht, Bursztyn aber schwieg die ganze Zeit, manchmal nickte er beflissen, zum Zeichen, er stimme ihm zu, genau so sei es. Es mußte ihn wundern, diesen Herrn Winawer, daß ich keinerlei Notizen hatte, ich ihm die Fragen »aus dem Kopf« stellte und die Antworten nicht aufschrieb. Ich glaube, es schmeichelte ihm, daß ich so viele von seinen Büchern kannte, nicht nur die populärwissenschaftlichen, die phantastischen Romane, sondern auch die Feuilletons zu literarischen Themen. Ich hatte damals keine Ahnung, daß er Jude war, und ich machte ihm Komplimente für seine Kritik der Rassentheorie, was er mit einem traurigen Lächeln aufnahm, das ich erst nach dem Krieg verstand, als ich erfuhr, wie er gelitten hatte und gestorben war. Er sagte, das weiß ich noch: »Tja gewiß, es ist absurd ...«

Ich konnte mich des Gefühls einer gewissen Enttäuschung nicht erwehren. Es hatte ein großes, beflügelndes Erlebnis werden sollen, eine Begegnung mit einem sprühenden Intellekt, mit jemandem, der durch ein Feuerwerk von Paradoxa, spritzigen Einfällen, scharfzüngigen Antworten alles in den Schatten stellte, und hier – nichts von alledem. Ein müder Mann, der den Besuch zweier, freilich verschüchterter Eindringlinge über sich ergehen lassen mußte. Und nun denke ich bei mir, solch eine Enttäuschung sollte jedem Leser zuteil werden, namentlich dem Enthusiasten, sobald er dem verehrten Autor begegnet.

Wichtiger als wir, die Literaten des »Schulechos«, waren im Gymnasium die Schauspieler. Die erfreuten sich wirklich der Bewunderung der Mitschüler. Das Schultheater hatte ein ehrgeiziges Repertoire: Auf Szaniawskis »Vogel« folgte im Jahr darauf Gogols »Revisor«, und als ich in der dritten Klasse war, wurde »Der Bürger als Edelmann« aufgeführt. Die (geliehenen) Kostüme, Bühnenbild, Beleuchtung, Maske – alles wie im richtigen Theater. Regie führte Herr Berkman, der Hebräischlehrer, alt, dickbäuchig, kahlköpfig. Er war nach der Revolution aus Rußland geflüchtet, schon fünfzigjährig, und hatte nie richtig Polnisch gelernt. Halb Warschau erzählte sich seine peinlichen Patzer und kugelte sich vor Lachen. Berkman war nervös, und manche seiner Schnitzer passierten ihm sicherlich im Zustand der Erregung, wenn er am ganzen Leib zitterte. Ich erinnere mich, daß er, als ich ihm auf eine seiner Standpauken eine freche Antwort gab, puterrot im Gesicht, schrie: »Schweig, wenn du mit mir redest!« und mit dem Fuß aufstampfte. Eine lächerliche Gestalt. Aber nicht als Regisseur! Wer Herrn Berkman nur von seinen Fehlern im Polnischen her kannte, konnte unmöglich annehmen, daß er soviel von der Sache verstand …

Jede Inszenierung unseres Schultheaters wurde mehrmals aufgeführt: vor den Schülern, den Eltern, vor Gästen aus anderen Gymnasien, besonders den Mädchengymnasien, und zwar denen, aus denen Schülerinnen bei uns mitspielten. Die armen jungen Damen! Sie durchstanden Folterqualen, denn der Herr Berkman brüllte, sie bewegten sich zu schlaff oder sie küßten ohne Leidenschaft oder sie stünden stocksteif herum, während sie sich in den weitausgeschnittenen historischen Kleidern vorzubeugen und Busen zu zeigen hatten. »Trrhantute!« schrie Herr Berkman, wenn so ein Mädchen schon den Tränen nahe war.

Ich träumte davon, daß der Herr Berkman auch nur ein einziges Mal probieren möge, ob ich mich nicht dazu eignete, aber er forderte mich nie auf. Ich dachte keineswegs an eine Hauptrolle, die spielten Jungs, deren Begabung ich bewunderte – unser Chlestakow, Horodniczy, Monsieur Jourdain, alle ausgezeichnet! –, ich hätte alles genommen, die kümmerlichste Nebenrolle, Hauptsache, dabei sein, mitten im Fieber der Vorbereitung. Hatte der Herr Berkman nie von meinen großen Taten im Schulfunk gehört? Hatte ihm nie jemand erzählt, wie ich die »Ode an die Jugend« aufsagte?

Das war mein heimlicher Schmerz, den ich niemandem anvertraute. (Hätte mir damals einer zum Trost gesagt, du wirst im Leben noch weit größeren Schmerz erfahren – hätte das was geholfen? Trotz unserer philosophischen Bemühungen leben wir vor allem in der Gegenwart, leiden die Schmerzen, die uns eben jetzt begleiten.) Nicht ausgeschlossen, daß Herr Berkman vom Schulfunk wußte, nur war er mir nicht besonders wohlgesonnen. Er hatte ein Recht, mir gram zu sein: Ich nahm seinen Unterricht auf die leichte Schulter. Ich fiel im Hebräischen immer weiter zurück. Nach der Aufnahmeprüfung im Gymnasium waren wir in zwei Gruppen eingeteilt worden: die Fortgeschrittenen und jene, die anfingen. In der ersten Klasse mußte ich natürlich zu den Fortgeschrittenen bei Berkman gehören. (Die anderen, die erst mit dem Alef-Bet begannen, hatte der alte Herr Handelzalc unter sich, dick, mit herabhängendem Schnurr- und üppigem Backenbart, Flaubert ähnlich und sicherlich auch so aufbrausend wie der, jedenfalls ließen das seine krankhaft gelben, hervorquellenden Augen vermuten. Herr Handelzalc war ein in hebräischen Kreisen bekannter Literat und befaßte sich bei uns wohl deshalb mit den Schwächeren, weil er krank war.) Wir, die Besseren, benutzten dicke Lesebücher, ohne die Punkte, die die Vokale andeuteten, und ich las immer schlechter und verstand immer weniger. Der Herr Berkman bestellte wütend »den Erzeuger« zum Gespräch. Meine Schwester Stella ging hin. Danach, zu Hause, erzählte sie, Berkman habe sich beschwert, ich sei »so kindisch«. Das kursierte dann wie die spaßigste Kabarettnummer unter ihren Freundinnen. Ich aber hätte allen Grund gehabt, mich zu besinnen, wäre ich reif genug gewesen. Denn während mich Rath für so erwachsen hielt, daß er mich manchmal nach dem Unterricht in der Senatorska abpaßte, um mit mir nach Hause zu gehen, kam ich Berkman, in dessen Stunden ich schlecht war, »kindisch« vor. Das hätte eine erste Lektion über die Relativität menschlicher Beurteilungen sein können, darüber, wie unterschiedlich wir auf andere wirken, je nach deren Standpunkt, je nachdem, was sie von uns erwarten, und schließlich je nach den Gefühlen, die sie für uns hegen.

Eine Vier in Hebräisch bekam ich nicht, wozu auch: Man versetzte mich nach einem Jahr zu den Schwächeren, zu Herrn Handelzalc. Genau das hatte ich Dummkopf mir gewünscht. Ich hatte mir eingebildet, hier würde ich, selbst wenn ich gar nichts tat, zur Spitze gehören. Aber ich hatte mich getäuscht: Auch hier hatte ich nur eine Drei, und das, weil Herr Handelzalc Sympathie für mich empfand, die ich, ich weiß nicht welchen Umständen verdankte. Und so vertat ich die Chance, ein Kenner des Hebräischen zu werden …

Dafür lud mich in der vierten Klasse der Herr Berkman, der schon lange nicht mehr mein Lehrer war, unverhofft zu sich nach Hause ein. Als ich hinkam, fand ich dort schon Władek Rajs vor, der im vergangenen Jahr in der Rolle des Fechtmeisters in »Der Bürger als Edelmann« geglänzt hatte. »Dieses Jahr«, sagte Herr Berkman, der uns mit Tee bewirtete (ich erinnere mich an den kahlen runden Tisch, die Strenge der Wohnung, Strenge, nicht Ärmlichkeit), »also, in diesem Jahr führen wir eine populäre Bearbeitung von Mark Twains Erzählung ›Von dem Mann, der eine Landwirtschaftszeitung redigierte‹ auf.« Er bot mir die Rolle des Farmers an, eines Lesers der Zeitung, der nach Befolgung der landwirtschaftlichen Ratschläge des neuen Redakteurs wahnsinnig wird, Rajs sollte die Rolle des unglücklichen Doktors der Philosophie übernehmen, dessen naive Wahrheitsliebe zur Folge hat, daß er am Ende zum Dienstboten degradiert wird. Berkman machte eine Leseprobe mit uns und war höchst zufrieden.

Auf der nächsten Probe, in der Schule, war er auch noch zufrieden, auf der dritten schon weniger, auf der vierten begann er zu brüllen. Berkman verlangte, ich solle körperlich zeigen, wie verrückt ich sei: wilde Schreie ausstoßen, unverhofft auf den Tisch springen, mich auf den Redakteur stürzen, ihn würgen. Das brachte ich nicht über mich. Ich konnte einen Mann spielen, der den Verstand verloren hat, aber indem ich das in seinem Verhalten andeutete. Die Schreie wollten mir nicht gelingen (obwohl es mir Jahre später, ja freilich, ein paarmal passierte, daß ich mich bei einem Tobsuchtsanfall heiser schrie – Herr Berkman wäre sehr, sehr zufrieden gewesen, aber das war im Leben, nicht auf der Bühne). Nicht dran zu denken, daß ich unverhofft auf den Tisch sprang. Ich empfand das Falsche und Unechte solchen Verhaltens, ich konnte mich nicht überwinden, ich wäre einfach anders verrückt. Aber der Regisseur wollte, ich solle für die Zuschauer verrückt sein, das Publikum sollte sich den Bauch halten vor Lachen. Es war kein großer Trost, daß Berkman auch die Darstellerin der einzigen weiblichen Rolle, ein nettes, tränenschluckendes, großes, schlankes, aber wirklich etwas phlegmatisches Mädchen »Trrhantute! Trrhantute!« anschrie.

Berkman durfte mit Recht nervös sein, die Proben waren fortgeschritten, die Zeit rannte uns davon, und noch immer ging alles holprig. Er war wohl nahe dran, meine Besetzung als Fehlgriff zu betrachten und mir die Rolle wegzunehmen. Was würde ich zu Hause sagen? Wie würden mich meine Kameraden ansehen? Und Rath? Ich war kurz vor der Niederlage, und ich fühlte sie, empfand sie als Katastrophe, als Demütigung.

Ich stand schon am Rand des Abgrunds, als Władek, dem auch nicht recht wohl war, auf den genial einfachen Einfall kam, wir sollten die Rollen tauschen. Da wir beide das ganze Stück auswendig konnten, probierten wir sofort. Berkman sah uns mit wachsendem Erstaunen zu: Alles ging, wie er es sich erträumt hatte – Rajs brüllte, fauchte, stieß wüste Schreie aus, sprang wie ein Affe auf den Tisch, und ich war ulkig als der wahrheitsliebende, naive und trottelige Philosoph, dem der unverschämte, eben erst eingestellte Redaktionssekretär das Recht hat zu sagen: »Sie kennen das Leben nicht!« Endlich waren die Rollen richtig besetzt.

Den frechen Redaktionssekretär gab Szterngold aus der ersten Klasse, ein gutgebauter, schöner brünetter Junge. Er spielte wie in Trance. Ein Temperament, um das ihn ein Jack Lemmon hätte beneiden können. Ein überragendes Talent! (Ich weiß nicht, was aus ihm geworden ist, er ist wohl umgekommen, sonst hätten wir doch von ihm gehört.) Szterngold hatte einen Fehler: Er lernte nicht. Bis kurz vor der Premiere beherrschte er seinen Text noch nicht. Dabei gab es da lange, geistreiche Monologe, die er nur dank seiner unerhörten Dreistigkeit nicht verhaute – er improvisierte, was mich manchmal in eine schwierige Lage brachte, weil ich dann auch improvisieren und ihm seinen eigenen Text unauffällig vorgeben mußte, damit die Handlung weiter-, die Pointe nicht verlorenging (es ging nie eine verloren), bis ich diese Wortgefechte schließlich liebte. Der wundervolle Szterngold, dieser kühne Jongleur, zog alle Register, während Berkman tobte: »Nicht so! Nicht so!« Er brach die Probe ab, drohte, ihm die Rolle wegzunehmen – ausgerechnet! Wo hätte er so einen nochmal herbekommen?! Er hätte ihn unter den Stars des Theaters suchen müssen.

Offen gestanden, ich glänzte auf den Proben nicht. Ich spielte korrekt, doch wie unterbewußt mit halber Kraft. Da es keine Hauptrolle war, fand Berkman, was ich da machte, sei ausreichend. Ich war komisch und jämmerlich, so wie es die Rolle vorschrieb. Und dann die Generalprobe. Nun mußte alles laufen wie am Schnürchen. Es gab da einen Moment im Stück, wo ich, der Philosoph als Diener, allein auf der Bühne bin und die Redaktionsstube ausfege. Berkman hatte mir dazu keinerlei Anweisungen gegeben. Ich sollte fegen und irgendwann laut aufseufzen: »Eine schöne Arbeit für einen Doktor der Philosophie!« Doch kaum hatte ich den Besen zur Hand genommen, kam mir die Idee, daß ich ja überhaupt nicht fegen konnte. Nicht als ich selbst und schon gar nicht als Philosoph. Buster Keaton fiel mir ein, Chaplin fiel mir ein, die Tücke des Objekts, das Widerstand leistet. Und ich gab, noch schüchtern, eine Solonummer: den tolpatschigen Philosophen, den ewigen Trottel, den Pechvogel, dem das Leben ein Werkzeug in die Hand drückt, mit dem er nichts anzufangen weiß.

Berkman rief nach der Probe: »Bravo!«, Szterngold klopfte mir auf die Schulter, und ich hatte das Gefühl, jetzt werde alles gut. Ich würde die Zuschauer zum Lachen bringen.

Sämtliche Proben, sogar die Generalprobe, fanden ohne Maske statt, so daß wir uns nur ausmalen konnten, wie wir aussehen würden. Für mich war ein Bart vorgesehen, wie konnte es anders sein. Ich saß vor dem Spiegel in der Garderobe, die Augen geschlossen, bemüht, den Text zu erwischen, der sich immer wieder aus meinem Kopf verflüchtigte, während der Maskenbildner an mir arbeitete. Als er fertig war, schlug ich die Augen auf und erblickte ein fremdes Gesicht. Ich entsinne mich, es war ein unangenehmes Gefühl, ich weiß nicht, wie das Berufsschauspieler erleben. Wie ich nun so verdattert dastand, drang unsere reizvolle Werklehrerin in die Garderobe ein, schaute mich an und rief erfreut: »Ach, du bist das!« Ich staunte, daß sie mich erkannt hatte. »Aber gewiß«, sie darauf, »an den Augen!« Ich weiß nicht, warum, aber das war mir angenehm. Darum habe ich es behalten.

Ich sah genau, daß Szterngold mächtig aufgeregt war. Er zitterte am ganzen Leib. Auch mich verzehrte das Lampenfieber. Ich hatte Angst, ich würde kein Wort hervorbringen. Wie lautete mein erster Satz? Moment, aha. Ich betrete die Bühne und beginne: »Ich komme wegen der Anzeige.« Zum Teufel, denke ich bei mir, wie geht das? Ein Mann kommt in eine Redaktion und platzt gleich heraus, sagt nicht mal Guten Tag? Ebenso der andere, Szterngold, der Sekretärsanwärter: »Wird hier ein Redaktionssekretär gebraucht?« Eine verflixt knappe Bearbeitung. Ich fragte

Berkman: »Herr Professor, darf ich am Anfang Guten Tag sagen?« Er sah mich an, der ich unter meiner Maske bleich war, und begriff. »Ja, du darfst.« Das bestellte ich Szterngold. Der atmete auf. Der Dialog würde unverbindlich und natürlich beginnen. Nach dem ersten Satz wäre unsere Angst verschwunden.

Und so lief es. Kaum hatte ich mein »Guten Tag« gesagt, da fühlte ich, mein Atem ging normal. Mein überraschter Mitschüler, der den Chefredakteur spielte, reagierte richtig und knurrte zurück: »Guten Tag, was wollen Sie?« Ich erwiderte mit der erwünschten Befangenheit: »Ich komme wegen der Anzeige.« Und es ging weiter. Schließlich blieb ich allein in der Redaktion, allein auf der Bühne, den Besen in der Hand, allein vor dem schwarzen Zuschauerraum. Das erste Lachen hatte etwas Elektrisierendes – solch einen Schauer hatte ich noch nie erlebt. Ich improvisierte ein paar Gesten der Unbeholfenheit, und auf jede antwortete mir ein Gelächter, das mich mit Wonne erfüllte. Und dann kam der Dialog mit Szterngold, der seinen Text wieder nicht ernst nahm, und wir improvisierten beide und ernteten wieder und wieder Gelächter beim Publikum.

Als ich endlich hinter den Kulissen stand, küßte mich Berkman ab, während Szterngold draußen, auf der Bühne, unverfroren weitertobte, daß den Zuschauern der Atem stockte.

Ich ging nach Hause, trunken vom Erfolg, und immer noch konnte ich nicht glauben, daß das, was ich erlebt hatte, Wirklichkeit war. Also schön, ich habe gesiegt, gesiegt, aber warum dann dieses Gefühl des Ungenügens, warum diese Traurigkeit, die sich in die Freude mischt? Es war keiner von der Familie im Theater gewesen, niemand hatte meinen Sieg gesehen. Wäre ich älter oder es schon gewohnt gewesen, ich hätte mich an den ungarischen Wein oder an die Karaffe mit dem Kirschlikör gemacht und zumindest auf die Art meinen Triumph gefeiert. Vielleicht machte es jener Tropfen Wermut, daß ich, als mir die Forderungen von Theaterrezensenten einfielen, deren

Artikel ich eifrig las, plötzlich bei mir dachte, auch ich sollte meine Rolle vielleicht noch vertiefen. Der Pöbel im Zuschauerraum (so dachte ich von meinen Mitschülern) bricht beim Anblick eines tolpatschigen Philosophen mit Besen in ein dümmliches Gelächter aus, dabei ist er ja (dachte ich weiter, zunehmend stolzer auf mich) eine tragische Figur. Bar aller Persönlichkeit, degradiert, erniedrigt und beleidigt. Das muß gezeigt werden (dachte ich fieberhaft), es muß allen bewußt gemacht werden – und erst das wird mein Sieg sein. Morgen!

Am nächsten Tag schlug ich einen ganz anderen Ton an. Ich gab einen flatternden, erniedrigten Mann. Szterngold warf mir einen verwunderten Blick zu und verhedderte sich im Text. Die einsame Szene mit dem Besen sollte nun nicht mehr die Unbeholfenheit eines Menschen zeigen, der tut, was er nicht kann, sondern die Feindseligkeit der Welt. Niemand lachte. Möglich, daß jemand gähnte. Ich zog tragische Gesichter, auf daß alle verstünden, worum es ging, den Satz »Ich komme wegen der Anzeige« aber sprach ich herzzerreißend und spielte zugleich die Nachdenklichkeit eines Hamlet.

Als ich die Bühne verließ, gab es keinen Beifall, und Berkman drückte mich nicht – er ging mit Fäusten auf mich los. Immerzu schrie er: »Was geht mit dir vor? Was hast du angestellt?« Ich genierte mich, zuzugeben, ich habe »tiefer schürfen« wollen. Ich sagte, ich sei in schlechter Verfassung, meine Mutter krank (sie war krank). Er darauf, wenn ich in der dritten Vorstellung spielen würde wie heute, jage er mich von der Bühne. Ich stritt nicht mit Herrn Berkman. Ich versicherte ihm, es werde alles gut. Es sah so aus, als glaubte er mir nicht. Durch diese Niederlage hatte ich begriffen, eine Bühnengestalt ist nicht um so echter, je trübsinniger sie ist. Ich wußte, ich hatte entsetzlich gespielt, einfach nicht gespielt, was gespielt werden mußte. Nach alledem habe ich eine gewisse Abneigung fürs ganze Leben zurückbehalten: Immer wenn ich den freundlichen Rat höre, ich solle etwas »vertiefen«, bekomme ich Gänsehaut.

Dieser neuen Erfahrung hatte ich es wohl zu verdanken, daß ich in der dritten Aufführung gelöst war und alles prachtvoll lief. Ich tollte herum wie ein Zirkusclown. Der »Pöbel« lachte, und ich war glücklich. Das Duell mit Szterngold geriet, als wären wir beide in Trance, jeder Satz serviert mit unerwarteter Komik, ich spürte, heute war ich meines Partners würdig. Als ich die Bühne verließ, verhehlte Berkman nicht, wie glücklich er war, er hatte Tränen in den Augen, als habe ich die am meisten erniedrigte und beleidigte Gestalt von Dostojewski gespielt. Auch Frau Gajewska, unsere winzigkleine Schuldienerin, die mir manchmal erlaubte, auf Kredit Tinte für meinen Füller zu nehmen, weinte, als sie mir gratulierte, und diese Tränen, die Tränen unserer Schuldienerin, haben sich mir so eingeprägt, daß ich sie in einem Roman festgehalten habe, und auch hier muß ich sie erwähnen.

Später geschah noch etwas Denkwürdiges. Scheinbar eine Lappalie, und doch etwas, das mich – sicherlich, weil mir der Erfolg so bitter schmeckte –, bis ins Innere traf. Die kleine magere Mathematiklehrerin mit dem krankhaft gelblichen Gesicht, ein junges Mädchen, in der dennoch alle schon die alte Jungfer sahen, das Fräulein Piekarczyk, musterte mich aufmerksam, als ich so im Kreise meiner Kameraden stand, und ließ sich mir nichts, dir nichts vernehmen: »Ihr alle verdankt, was ihr erreicht habt, eurem Zuhause, euren Eltern«, sagte sie. »Ihr habt eine sorgfältige Erziehung erhalten, Wohlstand, alles von den Eltern. Aber er« – sie wies auf mich, den Helden des Abends –, »er verdankt alles ausschließlich sich selber.«

Die Menschen mustern uns also und reimen sich etwas zusammen. Sie machen sich ein Bild aus äußerlichen Anzeichen, die sie meist nicht genau wahrnehmen, machen sich also ein falsches Bild, weil sie nicht in die Tiefe vordringen. Das brave Fräulein Piekarczyk! Sie wollte mir etwas Gutes tun, mir zeigen, daß sie meine Leistung schätzte. Aber ich errötete wohl, ja ganz bestimmt, mir wurde heiß von diesem Kompliment, daran erinnere ich mich gut. Ich fühlte, in dieser Schmeichelei lag heimliche Verachtung für meine Eltern, für meinen Vater, den Schlosser und Klempner, und meine Mutter, die geborene Hampel. Ich widersprach sofort und entschieden. »Nein, so ist das nicht, wenn ich etwas wert bin, dann verdanke ich das der Atmosphäre in meinem Elternhaus.« Fräulein Piekarczyk ließ sich nicht auf einen Streit ein, sie hatte bemerkt, was in mir vorging. Aber ich konnte sie wohl nicht überzeugen, denn sie lächelte. Aha, der hat Ehre im Leib! ... Dabei sind seine Eltern nicht hier – konnte sie denken –, keiner von zu Hause ist gekommen, niemanden interessiert – konnte sie weiter denken, der Richtigkeit ihrer Annahme gewiß –, was dieser Junge treibt, wohin er strebt. Möglich, daß ich in der Situation, in der ich mich plötzlich befand, umringt von meinen Kameraden, über ihre Worte gar nicht nachdenken durfte, ich aber fühlte, ich müsse meine Eltern in Schutz nehmen. Eben weil sie nicht gekommen waren, tat alles nur um so mehr weh. Ich hätte natürlich auch stolz den Kopf recken und bestätigen können: »Ja, Frau Professor. Ich verdanke alles mir selbst!«

Heute bin ich überzeugt, es wäre nicht die Wahrheit gewesen. Der Leser dieses Buches wird das wohl auch bemerken. Und so bin ich stolz, daß ich sofort und entschieden dem Lob von Fräulein Piekarczyk widersprach. Ich kann euch, Ewa und Tomek, mit voller Überzeugung sagen, wenn ich etwas wert bin (wenn), verdanke ich es in großem Maße der Familie, in der ich aufwuchs, eurer Urgroßmutter und eurem Urgroßvater.

Meine Erfahrungen mit Frauen

Meine Schwestern rissen sich gegenseitig ein Buch aus der Hand, das sich »Die biologische Tragödie der Frau« nannte. Jemand mit russischem Namen hatte es verfaßt – nicht vielleicht Nemirow? –, bestimmt irgendein Emigrant. Danach lief besonders Mira mit hoch erhobenem

Haupt umher und schnaubte herablassend: »Was weißt du schon! Wenn du wüßtest, was für ein tragisches Geschöpf die Frau ist! ...«

Man sollte meinen, ein Junge, der zwei Schwestern zu Hause hatte und um sich herum temperamentvolle, lärmende Tanten, der Zeuge diverser weiblicher Nervenzusammenbrüche und Schimpftiraden war, der Klatsch und Klagen über abscheuliche Nachbarsfrauen die Menge hörte, so ein Junge könne, was die Frauen betrifft, keinerlei romantischen Vorstellungen mehr anhängen. Das, was man in allernächster Nähe hat, ist so irdisch ... Als ich einmal vor meinem Vater durchblicken ließ, wie erstaunt ich sei, daß jemand so albern in meine eigene Schwester verliebt sein könnte, erwiderte Vater knapp: »Die Schwester ist niemals Frau!« (Wenn wir selber lieben, kommt uns das natürlich vor, fremde Liebe erstaunt uns. Eine Freundin gestand mir einmal höchst verwundert: »Du, er schreibt, ich wäre ein Engel!« Ich glaube, sie war leicht erschrocken: daß sie kein Engel war, wußte sie selbst am besten.)

Wie gemein die Frauen in Wirklichkeit waren, darüber versuchten die Fortsetzungsromane von Kamil Norden aufzuklären, in denen dieses falsche Geschlecht von Arglist und Tücke nur so strotzte. Dieser Kerl, der seine Bezichtigungen im »Roten Kurier« druckte, wußte Bescheid über die Frauen und warnte vor ihnen. Mama und meine Schwestern stritten sich fast um das Nachmittagsblatt mit der nächsten Fortsetzung, als handle es sich um ein Kapitel aus der »Biologischen Tragödie ...«, ich und mein Bruder standen nicht nach, am meisten nahm sich die Geschichten Mama zu Herzen, die wenn sie die Zeitung weglegte, fassungslos seufzte: »Nein, so ein gemeines Stück!« Die Romane spielten allesamt im Theatermilieu, unter alten, abgetakelten, von Gigolos ausgenutzten Divas und aufgehenden Sternchen, die aus Karrieregründen mit dem Theaterdirektor – stets ein Lüstling – ins Bett gingen. Warum so ein Direktor nicht charmant und begabt sein durfte – ich weiß es nicht, offenbar war das nicht wirklichkeitsnah genug. Mama bewunderte Kamil Norden: wieviel dieser Mann von solchen Dingen verstand, wie er eine sich für den Ball putzende Frau, wie er Toiletten, Puder, Schuhe, Hüte zu beschreiben, die Farben aufeinander abzustimmen wußte – bis sich schließlich herausstellte, daß die bissigen Romane eine Frau verfaßte: Jadwiga Migowa, ein Weibsbild mit einem riesigen Zinken.

Maupassant, den ich verschlang, konnte einem jegliche Illusionen über die Anständigkeit der Frauen nehmen. Prus stellte ihnen in seiner »Puppe« auch kein gutes Zeugnis aus. Sie wollten keinen Mann lieben, der Liebe verdient! Alle hämmern ihr ein, dieser gemeinen Egoistin: »Liebe ihn! Liebe! Tu's für das Vaterland!« – aber sie: nein. Unfähig zur Liebe. Freilich, die patriotischen polnischen Filme zeigten andere Frauen: blonde Heroinen, die sich für die Sache aufopferten, nach Sibirien gingen, Bomben warfen und – liebten, wie es sich gehörte. Dann gab es noch die Frauen bei Mickiewicz und Słowacki, und vor allem bei Sienkiewicz, dem erfolgreichsten Mythenschöpfer. Er zwang uns das Bild von der unerschrockenen, schönen, tugendsamen und treuen Polin auf, die, wenngleich feurig, lieber ins Kloster geht, als ihre Liebe zu verraten. Und dennoch – am nächsten war das Haus und war der Hof mit seiner unromantischen Alltäglichkeit. Zugleich muß ich gestehen, es war eine Zeit größter Schamhaftigkeit. Die natürlichen Bedürfnisse wurden verheimlicht. Meine Schwestern rannten, wenn sie von einem Rendezvous nach Hause kamen, mit letzter Kraft aufs Klo, und wehe, es war besetzt! Dann hämmerten sie an die Tür, als brenne es hinter ihnen. Und ich sah das mit an. Jenes andere Geschlecht war demnach vollständig entzaubert, von Romantik konnte nicht die Rede sein? Nun, nicht ganz so. Die Mädchen, die ich verehrte, besaßen keine Physiologie, die »biologische Tragödie der Frau« betraf sie nicht. Entzaubert ist das Haus, nicht der geöffnete, lächelnde Mund einer Frau, nicht ihre weit geöffneten Augen. Dort, hinter der fremden Mauer, lockt stets ein geheimnisvoller Garten.

Das erste Mädchen, dessen Zauber ich erlag (denn ich zähle hier, entgegen den Einflüsterungen der Erwachsenen, nicht meine Altersgefährtin, die damals fünfjährige Halinka Szerman aus dem zweiten Stock des Hinterhauses gegenüber, mit, das Töchterchen des Herrenschneiders, auf deren Balkon wir Doktor spielten, was – weiß der Himmel, warum – ein Riesentheater zur Folge hatte), also die wirklich erste war die goldhaarige Salusia, die mit ihrer Mutter in unserer Villa in Michalin wohnte. Ich war damals neun, sie, glaube ich, ein Jahr älter. Salusias goldenes Haar war zu Locken gekämmt, ich hatte nie zuvor so ein Mädchen gesehen, bei uns auf dem Hof gab es fast keine, nun, und dieses Goldhaar (und gewiß die Locken) machten Salusia gleich zu etwas Außergewöhnlichem, einem Engelchen von einem Heiligenbild: nichts wie zu ihr beten. Vom frühen Morgen an stand ich vor ihrer Veranda, um zu gaffen, und ich wäre selig gewesen, hätte sie eingewilligt, mit mir Ball, Cerceau oder Krocket zu spielen oder eine Laubhütte für uns beide mitzubauen. Aber Salusia beachtete mich überhaupt nicht, meine unverwandt an ihr hängenden Glupschaugen ärgerten sie vermutlich. Ich hatte das Recht, mich abgelehnt und unglücklich zu fühlen, das Gefühl war neu, ganz wie im Buch, also auf eine bestimmte Art befriedigend. Ich hatte eben erst »Der Graf von Monte Christo« gelesen, wo Edmond Dantès, der Held, in die schöne Mercedes verliebt ist, und auf sie schnitt ich in meinen Träumen Salusia zu. Ohne die Lektüre hätte ich mich, so argwöhne ich, nicht in Salusia verliebt. Daß jene Mercedes aus dem Buch ihren Verlobten Dantès feige verleugnet und seinen Feind zum Mann nimmt, war mir irgendwie entgangen. Leider, es hätte eine Warnung zur rechten Zeit sein können! Denn als ich bei einer sich bietenden Gelegenheit Salusia meine Liebe gestand, fiel sie mir nicht um den Hals, gelobte nicht, sie werde auf mich warten, sondern schob mich nur erhaben und voller Verachtung beiseite. Ein Jahr älter und zu Locken gekämmtes Goldhaar, und schon bildet sie sich wer weiß was ein. Ich zischte also wütend: »Stolze Kuh!«

und drehte mich auf dem Absatz um. Schluß mit der Liebe. Wegen der »stolzen Kuh« gab es ein bißchen Ärger, Salusia hatte es ihrer Mutter gepetzt. Aber das Schimpfwort selbst bezeugt, wie wenig ich damals noch über Kühe wußte. (Später, als Hirt, sollte ich sie besser kennenlernen.)

Die Erinnerung an das entzückende, tänzelnde Mädchen, das mich von sich gestoßen hatte, aber blieb. Ein paar Jahre später, wohl schon in Świder, trafen wir Salusias Mutter. Es begann wie üblich: »Wie geht's?« – »Und Ihnen?« – »Was machen die Kinder?« Und mit einem Mal sagte ihre Mutter, an mich gewandt: »Salusia spricht von dir.« Ich traute meinen Ohren nicht, und alles lebte wieder auf in mir, die ganze Verzückung von damals. »Jaja, oft, und eigentlich, warum willst du sie nicht mal besuchen?« Meine Mama gab noch eins drauf. »Unbedingt, trefft euch, so ein nettes Mädchen.« – »Und wie ernsthaft«, fügte ihre Mutter hinzu, »belesen, sie interessiert sich für Politik.« Beide Mütter, ihre und meine, benahmen sich, als führten sie was im Schilde, sollen sich die Kinder näher kennenlernen, vielleicht wird was daraus.

Es wurde vereinbart, nach den Ferien werde Salusia anrufen und mitteilen, wann ich sie besuchen könne. Sie rief an, am Tage des Rendezvous striegelte ich mir die nassen Haare, ich bügelte allein meine Hosen und polierte allein, erstmals im Leben, meine Schuhe auf Hochglanz, so daß ich hinterher nur mühsam meine geschwärzten Finger sauber bekam. Salusia wohnte schlechter als wir, nämlich in der Miła-Straße, ziemlich weit, noch dazu im Parterre. Die Wohnung war duster, und das Mädchen, das mir die Tür aufmachte, mochte Salusias ältere Schwester sein, obwohl ich keine Ähnlichkeit entdeckte. Aber es war sie selbst. Nichts war mehr übrig von der einstigen Salusia! Vor mir stand ein nicht sehr großes, dafür breithüftiges, aufgequollenes Mädchen, das schon Busen hatte und einen finsteren Blick. Auch die goldenen Locken gab es nicht mehr, ihr Haar war sehr nachgedunkelt. Sie war gealtert! Ja, sie war mindestens vierzehn und kein Engelchen mehr. Als sie sich auf das alte Kanapee setzte, versank sie darin und erschien mir noch aufgequollener. Sie sah meine Verwirrung und konnte sich wohl denken, daß ich meine einstige Liebe nicht wiedererkannte. Auch sie hatte mir nicht viel zu sagen. Ich bekam Tee mit Konfitüre, in gemeinsamer Anstrengung hielten wir das Gespräch irgendwie aufrecht. Wir versprachen einander beim Abschied nicht, uns wiederzutreffen, wir verloren uns aus den Augen. Ich weiß nicht, wie es Salusia ergangen ist.

Meine Erfahrungen mit dem geheimnisvollen Garten voll erblühender Mädchen blieben auf die Ferien beschränkt. Man weiß ja, der Versuch, derlei Annäherungen in der Stadt weiterzuführen, ist in der Regel zum Scheitern verurteilt, jeder, der einen »Durchgang« mitgemacht hat, hat das am eigenen Leib erfahren. Sonne, Strand, die grüne Natur, Blitz und Donner, der sich träge dahinschleppende Tag, der irgendwie ausgefüllt sein will, die gemeinsame Langeweile ... Unsere Neugier erregte das Getuschel der Mädchen, sie hatten sich immer etwas ins Ohr zu flüstern, aber was, vielleicht etwas über uns Jungs, und was dachten die eigentlich über unsereins? Bei Regen holten die Mädchen ein Spiel hervor, das sich »Gesellschaftsflirt« nannte und aus Karten bestand, auf denen alle nur denkbaren Geständnisse und Angebote standen, manchmal sehr gewagte (zum Beispiel: »Komm heute abend zu mir«, worauf man antworten konnte: »Sind Sie verrückt geworden« oder »Laß das Fenster offen« oder »Die Wurst ist nicht für den Hund bestimmt« oder einfach »Heute bin ich beschäftigt« oder »Ich liebe einen anderen/eine andere«), alle Sätze waren numeriert, und wenn man seiner Partnerin so eine Karte sandte, sagte man nur die Nummer, so daß die anderen Spieler nichts von den Ausmaßen der Intrige wußten, die da eben gesponnen wurde.

Die Mädchen lernten aus diesen Texten, wie man die Jungen neckte. Sie brauchten nicht selber einfallsreich, witzig, wortgewandt zu sein, es genügte, wenn sie eine gewisse Anzahl schnippischer Sprüche im Kopf hatten, mit denen sie dann jonglierten. Das Spiel lehrte, daß Konversation darin bestand, den anderen mit Bosheiten zu traktieren. Gewitzte Mädchen schickten allen Jungs die gleiche Nummer, die irgendwelche Liebesverheißungen enthielt, das Spiel wurde hitziger, und hinterher kugelten sich Mädchen wie Jungs vor Lachen.

Aber nicht ich. Ich nahm das Spiel ernst. Ich weiß nicht, vielleicht machte das die Literatur, aber mir wäre nie eingefallen, man könne jemandem seine Liebe um des Gelächters willen gestehen. Ich nahm vielmehr an, das Spiele diene dazu, mit seiner Hilfe das zu bekennen, was man laut auszusprechen sich nicht traute. Und als ich an einem Regentag, als wir so um den Tisch in der Veranda versammelt saßen und sich die auf die Pappe des Dachs hämmernden Tropfen und das aus der Rinne abfließende Wasser zu einem sehnsuchtsvollen Präludium fügten, eine Karte mit der Botschaft »Ich bete dich an« empfing, bekam ich eine Art Schwindelanfall. Als Antwort sandte ich ein »Ich träume von dir« hinüber, auf das die gereimte Reaktion lautete: »Wer liebt, bei dem piept's.« Ich fühlte mich gedemütigt. Wer liebt, bei dem piept's! Ich liebte zwar nicht, aber ich hätte ja lieben können, der Satz war schließlich eine Verallgemeinerung, eine Aussage über jeden Liebenden. Und er hat sich mir auch gründlich eingeprägt. Das war die erste Lektion in Skepsis und Vorsicht, wenn auch eine folgenlose für die Praxis des Lebens.

Ich war sehr schüchtern. Vielleicht lag es an der ersten schmerzlichen Erfahrung, jener Ablehnung durch Salusia, aber ich fand es ganz natürlich, daß mich die Mädchen nicht beachteten. Die Jungs erzählten schweinische Witze, die Mädchen kicherten, manchmal brachen sie in kreischende Entrüstung aus: »Du wirst schon sehen, ich sag's meiner Mama« (damals gab es noch nicht den weiblichen »Kumpeltyp«, vor dem man sich alles erlauben kann), ich hielt nie mit, obwohl ich all diese Schweinigeleien kannte, ich machte mir nichts daraus. Ich glaubte allen Grund zu der Annahme zu haben, die Mädchen langweilten sich mit mir, was wohl nicht stimmte. So geht es nun mal, daß wir durch andere etwas über uns selbst erfahren. Nicht nur, daß wir dümmer sind, als wir uns vorgestellt haben (das nehmen wir nicht zur Kenntnis, denn es wäre das Ende des Bündnisses mit uns selber), sondern manchmal auch, im Gegenteil, daß wir mehr wert sind. Ich entsinne mich, wie Frau Ciężarowa, die Mutter von Halinka, einem schlanken, großen, dunkeläugigen Mädchen mit langen Zöpfen, zu Mama etwas sehr Schmeichelhaftes über mich sagte. Sie sprach von mir nicht wie von einem Kind, sondern wie von einem jungen Mann. Das war in Świder, ich war fast dreizehn, und das Urteil dieser Dame, in dem weibliche Intuition mitschwang, kam über mich wie eine Offenbarung. So also war das? Und das über mich? Höchst sonderbar.

Ich war nicht verzaubert von Halinkas Schönheit, ich wollte sie auch nicht anstarren, ich machte mir nicht einmal Gedanken darüber, ob sie hübsch war, sie hatte ein spitzes Mäusegesicht, eckige Bewegungen, lange schlanke Hände. Aber ich mochte es, wenn sie ihre braunen Augen auf mich richtete, das muß ich zugeben. Die Mutter brüstete sich mit Halinkas Intelligenz, sie hatte von oben bis unten lauter Einsen auf dem Zeugnis – alle mußten es sich ansehen – und gerade die Aufnahmeprüfung für das Gymnasium bestanden. Sie war ein guter Kamerad, ohne jede Zicken, wir mochten uns sehr. An Sonnentagen gingen wir zusammen an den Świder. Wenn sie aus dem Wasser kam, klebte der apfelsinenfarbene wollene Badeanzug an ihrem schmalen Körper, drückte sich verräterisch in die Vertiefungen – auf die Art erfuhr ich, was das für eine Form hat, ach, es ist also gar nicht wie die Öffnung einer Flasche –, und ich versuchte dann, nach einem und einem zweiten verstohlenen Blick, nicht mehr dorthin zu sehen, auch wenn mir das, was jeder verstehen wird, nicht leichtfiel. An Regentagen brachte ich ihr Tischtennis bei. Im übrigen war ich beschäftigt, ich schloß, auf der Veranda sitzend, gerade meinen Roman über die Geschichte Roms ab, Halinka wußte das, manchmal fragte sie mich danach und war sicherlich dankbar, daß ich ihr nichts zu lesen gab. Ich schämte mich nicht, daß ich schrieb, ich schämte mich dessen, was ich schrieb.

Wenn es dunkelte, spielten wir Stille Post, ein paar Jungs, Halinka und ihre tönnchenförmige Freundin, eine Petze, wie sich bald zeigen sollte. Ich weiß nicht, wie Jungs das hinkriegen, daß aus jedem harmlosen Wort, selbst einem so langen wie Konstantinopel, am Ende immer das schweinische mit den fünf Buchstaben herauskommt. Die Mädchen schütteten sich aus vor Lachen, mehr vielleicht über die verblüffende Unverfrorenheit der Jungs als darüber, daß unversehens – nicht immer begründet, gekonnt, aber je nun, der Zweck heiligt die Mittel –, daß also unversehens schon wieder so ein »Arsch« auftauchte (obwohl, es war bestimmt wirklich spaßig, damals hatte das Wort noch eine erheiternde Wirkung). Ein lustiges Spiel, ich geb meinen Kopf dafür, aber es endete traurig, mit einem schrecklichen Katzenjammer und mit Schuldgefühlen, denn diese Freundin beschwerte sich, vielleicht aus Eifersucht, daß die Jungs »Ausdrücke benutzen«. Frau Ciężarowa schritt ein: Eine Schande! Vor meiner Tochter! Niemals! Mama war durchaus nicht weniger empört. Halinka wurde der Umgang mit uns verboten. An den Strand gingen wir getrennt. Bei schlechtem Wetter saß ich an meinem Roman.

Ein paar Tage später erschien ein unverhoffter Gast bei uns auf der Veranda: Halinkas Mutter. Sie fragte mich – und sah mir dabei tief in die Augen –, ob ich nicht mit ihrer Tochter Tischtennis spielen wolle. Sie hätten eben eine neue Ausrüstung gekauft. Wenn ja, dann vielleicht gleich? So erledigte die Frau Mutter die Geschichte: ohne förmliche Entschuldigungen, als wäre gar nichts passiert. Ich folgte ihr, Halinka, groß, schlank, in Trainingshosen, wartete schon mit den Schlägern. Sie lächelte – Servus, hallo –, wir spielten. Hinterher erfuhr ich, Halinka sei die paar Tage trübsinnig, schweigend herumgeschlichen (mit ihrer Freundin hatte sie sich zerstritten, die war aus der Villa verschwunden), sei manchmal in Schluchzen ausgebrochen, und einmal, als sie so weinte, habe ihre Mutter gesagt: »Na schön, dann hol ich ihn dir her.« Damals schob ich ihr Weinen nicht auf ein Gefühl, auf die Sehnsucht nach mir, sie langweilte sich eben, war gekränkt, erst jetzt, da ich darüber schreibe, steigt ein leiser Verdacht in mir auf.

Denn mir fällt noch etwas ein. Wir standen zu mehreren vor einem Blumenbeet, es dunkelte, Halinka hielt etwas in der Hand, einen Zettel, wir wollten irgendwas machen, und sie sagte: »Ich bring das rasch nach oben.« Darauf ich: »Steck's in die Tasche.« Sie trug, wie gewöhnlich, Trainingshosen, die an den Seiten Schlitze hatten. »Ich hab keine Taschen«, sagte sie. »Und das da?« Ich zeigte auf den Schlitz. »Das sind keine Taschen.« Und plötzlich erkühnte sie sich: »Du kannst ja nachschauen.« Ich steckte die Hand in den Schlitz und spürte ihren nackten Schenkel unter den Fingern. Die Haut faßte sich rauh an, was mich unangenehm überraschte. Ich hatte so viel von der Glätte weiblicher Haut gehört, Samt und wer weiß was noch, und nun auf einmal etwas Unebenes und Rauhes. »Ja, wirklich«, flüsterte ich und zog meine Hand zurück. Ich konnte nicht ahnen, daß Halinka Gänsehaut hatte, vor Angst. Und selbst wenn sie das kühn entschlossene, aller Prüderie bare Mädchen spielte (sie hatte mich ja aufgefordert nachzuschauen, im Beisein der anderen), so war sie doch angespannt, als meine Finger ihren Schenkel berührten.

Wenig später zog ein Gewitter auf, es blitzte und donnerte, der Platzregen vertrieb uns von der Veranda, und wir versammelten uns alle im Zimmer von Frau Ciężarowa, auch meine Mama war dort, ja sogar meine Schwester Mirka. Halinkas Mutter schloß Türen und Fenster, das Licht ging aus, und nur ein Blitz erhellte hin und wieder die Gesichter. Es waren nicht genug Stühle da, und ich stand, versteht sich. Da ließ Halinka sich vernehmen: »Setz dich zu mir.« Einfach so, vor ihrer Mutter, so war sie übrigens immer, herzlich, natürlich und arglos. Ich setzte mich neben sie, es war eng, ich lehnte mich also ein bißchen an sie an, vielleicht aber neigte sie sich mir zu – und mit einmal durchzuckte mich ein Wonneschauer am Ellenbogen. Ja, von meinem Ellenbogen ging ein wohliges Gefühl aus, das meinen ganzen Körper durchrieselte, aber der Ellbogen, mein Ellenbogen war die Quelle der Wonne. Es dauerte nur Bruchteile von Sekunden, das Ruhen meines Ellbogens auf Halinkas durch die Bluse verhüllter Brust, aber das Wunderbare dieses Augenblicks bleibt unvergeßlich. Von Panik erfaßt, vielleicht auch von Bedenken, das könnte länger dauern, oder auch von der Furcht, sie werde sofort entrüstet aufspringen, machte ich meinen Arm frei, ein Blitz erhellte das Zimmer, Halinka saß mit hintenüber geneigtem Kopf, die Lider gesenkt, sie schwieg, wie in Erwartung von etwas, ich tat also meinen Arm zurück, und wieder jenes Wonnegefühl im Ellenbogen, und da dachte ich, bestimmt dachte ich es, wenn vielleicht auch ohne Worte: So wundervoll kann es also sein, einen fremden Körper zu spüren. Und sofort war mir, als merkten sie alle, was hier geschah – mein Ellenbogen auf ihrer Brust, gleich würde Frau Ciężarowa aufschreien, Mama würde sagen »Schämst du dich nicht!« – eine Orgie! eine Orgie der Berührung! –, und alles käme auf Halinka, die Unzüchtige, Schamlose, Würdelose, Schande, Schande! Ich stand auf und entschuldigte mich: »Es sitzt sich nicht gut.«

Ich weiß nicht, was sie damals dachte, wir sprachen nie über den Abend. Vielleicht hatte sie in ihrer Arglosigkeit meine Anspannung gar nicht bemerkt und hielt (genau wie übrigens unsere Mütter) das Zusammensitzen auf einem Stuhl bei Gewitter für etwas ganz Natürliches und Harmloses, etwas, das sehr zu den Ferien paßte ... Bald darauf waren die Ferien zu Ende, und wir gingen auseinander.

Es kam vor, daß ich in Warschau, wenn ich aus der Schule nach Hause ging, in der Długa-Straße auf Halinka stieß, die leider immer in Gesellschaft einer Freundin war. Ich sehe sie vor mir, in ihrem hellen Gabardinemantel, groß, mit langen Beinen, einem betörenden Lächeln. Wir nickten uns zu, und dann, wenn ich mich nach ihr umdrehte, sah ich, wie sie sich dem Ohr der Freundin zubeugte. Was flüsterte sie ihr da zu? Was gestand sie ihr? Ich werde es nie erfahren. Habe ich etwas in ihrem Leben bedeutet? Prahlte sie nur, daß ich in sie verliebt sei? Ich war es nicht. Und doch behielt ich sie dankbar in Erinnerung. In den folgenden Jahren begegnete ich ihr seltener, vielleicht hatte sie das Gymnasium gewechselt. Bis sie mir schließlich ganz entschwand …

Jedes Jahr waren in den Ferien mehr von diesen Mädchen da, was wohl einfach hieß, daß wir Jungs sie wahrzunehmen begannen. Im Sommer darauf gab es schon einen ganz ordentlichen Mädchenzwinger. Wir wohnten wieder in Świder, in der Villa der Gebrüder Sznajder, auf deren Gelände, im ewigen Schatten dicker Laubbäume, ein paar moosbewachsene Holzhäuser mit Veranden standen. Die Sznajders waren, wie sich nach einiger Zeit herausstellte, Deutsche und hießen Schneider. Es waren drei wortkarge, pedantische alte Junggesellen, einander unerhört ähnlich, grobknochig, mit hellem, glatt aus der Stirn gekämmtem Haar, sie liefen in grünen Breeches und Stiefeln herum, auch trugen sie dicke, grüne Hemden, und nun kommt mir in den Sinn, sie sind womöglich Förster gewesen. Ich sah sie oft zwischen den Rabatten stehen, die Blumen betrachtend, sie antworteten mit einem wortlosen Nicken auf meinen Gruß, mitunter wechselten sie ein paar Sätze mit Mama über die Kapuzinerkresse oder die Georginen. Mama sagte, die Schneiders seien hochanständige Leute. Nach dem Krieg, als ich Mama ausfragte, was aus dem und jenem geworden sei, fielen mir auch die Besitzer unserer Villa ein, die drei schweigsamen, pedantischen Deutschen. Wie hatten sie sich benommen, als ihre Landsleute als Sieger einmarschierten? Sie waren ja nicht gewöhnliche Volksdeutsche, sie waren richtige – sie waren Urdeutsche. Ja, gleich nach dem Krieg hatten sie allerhand auszustehen gehabt, doch dann hatte das aufgehört, Juden kamen, die bezeugten, daß die Schneiders sie gerettet hatten. Als Deutsche waren sie unter der deutschen Besatzung nicht verdächtig gewesen, und so hatten sie viel Gutes getan. Man überreichte ihnen Verdienstkreuze, worauf sie nach Deutschland ausreisten.

Doch damals, zwei Jahre vor dem Krieg, konnte keiner vorhersehen, welches Schicksal den Bewohnern der schattigen Villa jenseits der Schmalspurbahngleise beschieden sein würde, welche Prüfungen ihnen und den Besitzern bevorstünden. In jenem Sommer war alles wie immer, nur die Mädchen waren runder, ihre Bewegungen langsamer und schwingender, und sie hatten mehr Geheimnisse. Die Gespräche holten weiter aus, wir brauchten unsere Zuflucht nicht mehr beim »Flirt« zu suchen, nun konnten wir über Bücher, über Filme reden und uns kritisch über die Erwachsenen äußern. Ruta und Nena waren junge Damen, keine kleinen Mädchen, Nena war hübscher, netter, Ruta war groß, hatte schwellende Brüste und Hüften, sie lief in einem Fransentuch herum wie ihre Mutter, und wenn sie sprach, warf sie einem schmachtende Blicke zu, was ihr vielleicht selbst nicht bewußt war. »Eine Frau«, sagte meine Mama über ein Mädchen, das in sein fünfzehntes Lebensjahr eintrat, und in der Bezeichnung mischte sich Bewunderung mit Widerwillen. Geradeso als sei Ruta schon »überreif«. Nenas Vater war Rabbiner, und allein dadurch genoß sie Mamas Hochachtung. Das mußte ein sehr fortschrittlicher Rabbiner sein, oder Nena war sein Liebstes, wenn die Eltern ihr erlaubten, viele Stunden mit einem Jungen zu verbringen (das heißt, mit mir) und im Dunkeln nach Hause zu kommen. Der Rabbiner hatte einen dunkelblonden Bart, und Nena hatte das helle Haar, die blaßblauen Augen, die Stupsnase und den rosa Teint bestimmt von ihm geerbt. (Sie sprach ein sauberes Polnisch, wer weiß, vielleicht hat sie sich retten können.) Wir verbrachten ganze Tage zu dritt – Ruta, Nena und ich, doch eigentlich war bekannt, daß ich mit Nena enger befreundet und Ruta nur so ein Anhängsel war, sie paßte auf uns auf, erwachsen, wie sie war. Der Rabbinerpapa begrüßte mich freundlich, wenn ich vor der Veranda erschien, um auf Nena zu warten, und des Rabbiners Frau, fromm und in der vorgeschriebenen Perücke, flüsterte, während wir uns unterhielten, mit meiner Mama, die sich durch meinen Erfolg zunehmend geehrt fühlte.

Eines Abends, als Ruta uns allein gelassen hatte, weil sie sich unwohl fühlte (in diesem Sommer klagte andauernd eins von den Mädchen, es fühle sich unwohl, früher hatte ich nie dergleichen gehört), legte Nena sich auf eine Decke unter einen Baum, stützte den Kopf auf ein kleines grünes Samtkissen, und ich kauerte neben ihr. Das Gespräch stockte, es war zu spüren, daß jeder von uns an etwas anderes dachte. Nena hatte einen sehr hübsch gezeichneten vollen Mund, dessen Oberlippe etwas aufwärts gebogen war, »als wolle sie«, wie es hieß, »um etwas bitten«. Ich fragte sie, ob sie schon einmal von einem Jungen geküßt worden sei. Vielleicht fragte sie auch mich. Also noch nie – weder sie noch ich. »Laß es uns tun«, sagte sie. (Vielleicht auch ich.) Wir drückten unsere Lippen aufeinander – das war angenehm, aber längst nicht so, wie das immer erzählt wurde. Wir waren beide schrecklich verstört, Nena zitterte und war schweißüberströmt. Ich sah verwundert zu, wie ihr Schoß wogte, das eng anliegende dunkelblaue Kleid hob und senkte sich – sonderbar –, geradeso, als atmete sie mit dem Bauch – vielleicht atmete sie ja so? ... Plötzlich sprang Nena auf und lief davon. Ich legte mich auf die Decke, schmiegte den Kopf in das kleine Kissen, das von einem faden Geruch durchtränkt war, ich weiß nicht, was das war, aber dieser Geruch benahm mir den Atem, ich mußte aufstehen. Ich rollte die Decke zusammen, und wenig später kam Nenas kleine Schwester gelaufen, um die zurückgebliebenen Sachen zu holen.

Diese Annäherung, die man getrost als mißlungen bezeichnen kann, trieb uns auseinander. Jedenfalls verhielt ich mich Nena gegenüber, als sei nichts geschehen. Ich begann einen Flirt mit Ruta (auf den sie, o Wunder, einging), der weit erotikgeladener war – da mal ein Kuß, dort mal eine Berührung. Nena war jetzt zickig und machte bissige Bemerkungen. Wieder schrieb ich an einem Roman, diesmal an einem über die Neuzeit, der Held war Arzt und hieß mit Vornamen Roger, an mehr entsinne ich mich nicht, ich versprach Ruta, wenn ich fertig sei, gäbe ich ihn ihr zu lesen.

Auf der Veranda des Rabbiners tauchte noch ein Mädchen auf, ich glaube eine Cousine von Nena, mager, ja knochig, geschwätzig (Nena war schweigsam), sie hatte geistige, womöglich gar politische Interessen. Stolz stellte sie sich mir vor – sie heiße mit Vornamen Hadassa. Sie überredete mich zu ein paar Spaziergängen – und das war auch schon alles, sie wäre nie in dieses Buch geraten, hätte sie nicht auf einem dieser Spaziergänge mit dramatischer Stimme erklärt, sie liebe mich.

Eine peinliche Situation. Hadassa gefiel mir überhaupt nicht, ich mochte sie nicht mal. Ich empfand nichts, empfand höchstens Gereiztheit. Ich reagierte spöttisch, man könnte sagen, ich machte ihr keinerlei Hoffnung (Hoffnung worauf?). Aber das ist nicht alles, denn nun schaltete sich Nena in die Handlung ein, die mich ihrerseits zu einem Spaziergang lotste und mich, Akazienblättchen zupfend – »er verehrt mich, er liebt mich, betrügt mich« – bezichtigte, ich sei grausam, Hadassa liebe mich und ich lasse zu, daß sie leidet. Ich wüßte gern, was sie sich wohl so vorgestellt hatten: Was eigentlich hätte ich tun sollen, damit Hadassa nicht mehr litt? Nach Nenas Einschreiten wurde ich Hadassa gegenüber noch grausamer, wurde höhnisch und abstoßend. Ich wollte ihre Liebe nicht, und ich glaubte nicht an sie. Und damit sollte ich recht behalten, wie sich bald zeigte. Einige Tage danach liebte Hadassa schon einen anderen, ich glaube, den hageren, sommersprossigen Samek, obwohl der schlechter Tischtennis spielte als ich, nicht so viele Bücher gelesen und keinen einzigen Roman geschrieben hatte.

Die Geschichte mit der liebesbesessenen Hadassa hat sich mir nicht deshalb eingeprägt, weil sie mir ihre Liebe gestand, sondern weil ich darauf gereizt reagierte. Deshalb vielleicht scheuen sich Verliebte, dem anderen ihre Liebe zu gestehen. Wirklich leicht kommt das »Ich liebe« nur jenen über die Lippen, die nicht allzu tief lieben oder die schlichtweg lügen. Jeder, der sein Teil Leben hinter sich hat, weiß, daß das leise, das kaum hörbare »Ich liebe dich« vor allem den berauscht, der seine Liebe gesteht, beim andern löst es Jubel und Freude nur dann aus, wenn er das Geständnis ersehnt. Aus diesem Grund unterdrücken so viele Menschen ihr Gefühl und schweigen. Die Hamsunschen Erzählungen sind vor allem Dramen erstickter Gefühle, Dramen des Unvermögens, dem anderen seine Liebe zu bekennen. Nach Jahren erfahren zwei schon betagte, in die Hast und die Sorgen des Alltags eingespannte Menschen, daß sie einst ineinander verliebt waren, ohne daß es der eine vom anderen nur ahnte. »Warum hast du mir das nicht gesagt?« ruft der weißhaarige Herr vorwurfsvoll. »Ich hatte nicht den Mut«, lautet die Antwort der noch immer zitternden Dame. Sie trinken ihren Kaffee aus, und jeder kehrt zu seinen Angelegenheiten zurück, im Herzen einen leisen Groll gegen das Leben.

Ruta Borsuk war die Tochter eines wohlhabenden Schneiders aus der Pańska-Straße, die Wohlhabenheit sah man namentlich ihrer Mutter an, der Frau Borsukowa. Nebenbei bemerkt, Schneider war auch der Vater von Halinka Ciężar, und wenn ich den Vater von Halinka Szerman hinzufüge, jenes Mädelchens, mit dem ich auf dem Balkon Doktor gespielt hatte, dann sieht man gleich, es gab in diesem Viertel eine Menge Schneider, und alle hatten sie Töchter, wunderschöne Mädchen. (Und alle diese mir bekannten Schneider sind umgekommen und ihre Frauen und diese Töchter, ich aber weiß nur, wie Halinka aus dem zweiten Stock umkam, Mama hat es mir nach dem Krieg erzählt.) Nach den Ferien ging ich zu Ruta, um mir mein Romanmanuskript abzuholen. Ruta wirkte jetzt noch reifer, von ihrem ganzen fünfzehnjährigen Körper ging Weiblichkeit aus, wenn sie in den weichen Sessel sank, das wollene Fransentuch um die Schultern, was sie noch erwachsener erscheinen ließ, kurz – eine Frau. Zu der äußeren Erscheinung paßte die Art, in der sie sich ausdrückte, sie sprach nicht, sie wählte die Worte, gesetzt, mit Bedacht. Wie eine Verlagslektorin, der man ein Manuskript anvertraut hat, lobte sie den Text maßvoll, wies auf ein paar Schnitzer hier und da hin, hob Stellen hervor, die beeindruckend seien, zu anderen äußerte sie Bedenken, denen ich beflissen zustimmte. (Ich war inzwischen ein paar Monate älter als mein Manuskript.) Es hieß, Ruta habe einen Freund, mit dem sie ins Kino ginge, einen Gymnasiasten aus den oberen Klassen, und das stimmte wohl, denn während wir uns unterhielten, klingelte das Telefon, und es folgte ein kurzes Gespräch voller Andeutungen und verschlüsselter Botschaften. Ich glaube, ich überließ ihr mein Manuskript zum Andenken, ich hing nicht mehr an ihm, war längst mit einer anderen Idee befaßt. Das mit dem andern grämte mich nicht, Ruta hatte mir die Existenz der Sinne zum Bewußtsein gebracht, aber ich liebte sie nicht. Ich hatte noch keine geliebt.

Ins Kino ging ich immer allein. Ein paarmal hatte ich es mit einem Kameraden versucht, aber das endete immer in einem Streit, weil er quasselte oder mir unbedingt seine Eindrücke mitteilen wollte, ich aber konnte das nicht ausstehen. Im Kino war für mich nur das Kino wichtig, ich lebte das Leben, das da vor mir auf der Leinwand abrollte, auf magische Weise versetzte ich mich in jene andere Welt, und ich mochte es nicht, wenn mich da wer herausriß. Im Kino brauchte ich niemanden. Es kam mir zum Beispiel nie in den Sinn, ein Mädchen ins Kino einzuladen – Nena, Ruta oder auch dieses Mädchen aus der Kalecka-Straße, ja, eben die Gina, in die ich mich verlieben sollte. Außerdem, mit einem Mädchen ins Kino zu gehen, neben ihr in dem dunklen Saal zu sitzen, das hatte schon was zu bedeuten, das zeugte von Vertrautheit, und nicht in jedem Fall erlaubten die Eltern das. »Sie geht mit ihm«, wenn man so von einem Paar sprach, hieß das, die Sache ließ sich ernst an.

Und doch war ich einmal mit einem Mädchen im Kino. Ich wollte mir um jeden Preis »Rose Marie« ansehen, einen amerikanischen Musikfilm nach der Operette von Rudolf Friml, mit Jeanette MacDonald und Nelson Eddy (und dem damals noch blutjungen James Stewart). Ich kannte sämtliche Melodien daraus, aus dem Radio, das sie andauernd brachte, und was man kennt, reizt einen am meisten, das weiß man ja. Ich konnte es nicht erwarten, bis der Film, der mit großem Erfolg lief, abgesetzt wäre und abgespielt und zerschnippelt ins Kino »Maske« oder »Riviera« in der Leszno-Straße kam, wo es die billigsten Eintrittskarten gab, aber das Bild sprang und der Gesang von Lautsprechergekrächz begleitet war, ich erbettelte mir von Mirka fünfundsiebzig Groszy und rannte in die Długa-Straße, in das Kino, das sich noch ganz altmodisch »Städtischer Kinematograph« nannte. Scharen lärmender junger Leute drängten sich in dem stilvollen kleinen Vorhof vor der Kasse, ich stellte mich folgsam in die lange Schlange und rückte Schritt um Schritt zum Schalter vor. Ich war schon kurz davor, als ein schlankes hellblondes Mädchen in dunkelblauer Baskenmütze zu mir trat – warum ausgerechnet zu mir, ich weiß es nicht – und mich fragte, ob ich so nett wäre, eine Karte für sie mitzukaufen. Ich nickte und nahm das Geld, das sie mir zusteckte. Dann, als ich ihr die Karte geben wollte, sagte sie: »Behalt sie, wir gehen zusammen hinein.« Wir warteten in der überfüllten Halle auf den Beginn der Vorstellung, und während sie sich entrüstet darüber ausließ, wie ungehobelt die jungen Leute hier seien und daß es ihnen an guter Erziehung mangele, konnte ich sie betrachten. Sie mußte etwa sechzehn sein, vielleicht ein Jahr älter, hatte ein intelligentes Gesicht, dunkle Augen, lange schwarze Wimpern und dichte, gleichfalls schwarze Brauen – ein frappierender Kontrast zu dem hellen Haar. Ich bin also mit einem wunderschönen Mädchen im Kino, dachte ich aufgeregt, doch voller Wehmut, denn ich wußte ja, uns trennten Abgründe, ich war gerade vierzehn. »Daß Sie mir nur nicht verlorengehen!« warnte ich, denn die Plätze waren nicht numeriert. »Nein, sag nicht Sie zu mir«, sagte, vielmehr befahl sie. Überhaupt spürte ich sofort, wie überlegen sie mir war. Ich – klein, nicht hübsch, in meiner blaugepaspelten Uniform, unsicher, verloren, und sie – entzückend (ja, sie war entzückend), ernsthaft, originell, mit ihrem eigenen, fast erwachsenen Leben, von dem ich nichts wußte. Ich hätte mir gern ihre Aufmerksamkeit verdient, aber ich unternahm nichts, denn mir war von

Anfang an völlig klar, das war nur für heute, nur für die zwei Stunden neben ihr, die gemeinsame Kinovorstellung. Doch auch dafür war ich ihr dankbar. Schließlich ging die Tür zum Saal auf, die Menge strömte hinein und riß uns mit sich, beinahe hätten wir uns verloren, so wie ich es vorausgesehen hatte, ich glaube, ich zog sie am Arm, wir kamen in die Seitenloge und setzten uns endlich, ich zu ihrer Linken, so wie sich's gehört. Die Lichter erloschen, die Reklame fing an. Es waren das, ich erinnere mich, in der Regel Filmchen, die für Nivea-Creme und Pulsa-Seife warben. Mädchen im duftigen Negligé schwenkten im Rhythmus der Musik ihre nackten Beine, ich wandte mich meiner Nachbarin zu und sagte etwas, denn ich wollte ihr unbedingt zu verstehen geben, daß sie mich nicht interessierten, die da auf der Leinwand, ihre Schenkel, Hinterbacken und Brüste im steifen Mieder. Und dann begann »Rose Marie«.

Der Film zog mich in seinen Bann wie gewöhnlich, aber diesmal war es anders, denn ich spürte immerzu die Gegenwart des Mädchens neben mir, sie hörte dieselben Melodien, sah dieselben Bilder, und darin lag eine neue, unbekannte Spannung, so, als sollte sich gleich etwas ereignen. Ich weiß nicht, wie sie das empfand, wahrscheinlich ahnte sie nicht mal, daß sie die ganze Zeit in mir war. Vielleicht dachte sie flüchtig, der Junge da sei nicht besonders umgänglich, ein Schweiger, aber eigentlich gut so, er stört wenigstens nicht. Vielleicht war sie auch ein bißchen gekränkt? Als sie sagte: »Wir gehen zusammen hinein«, hatte sie mich da nicht wie einen Freund behandelt, wie einen, mit dem sie verabredet gewesen war? Keine noch so optimistische Vermutung war freilich imstande, meine Schüchternheit zu beheben. (Diese verdammte Salusia, alles wegen ihr! ...) Ich brauche nicht zu sagen, daß ich sie in den zwei Stunden nicht ein einziges Mal berührte, auch nicht zufällig.

Als die Schrift »The end« erschien und die Lichter angingen, schoben wir uns schweigend zum Ausgang. Ich wollte mich irgendwie verabschieden, aber sie richtete es anders ein. »Begleite mich nach Hause«, gebot sie. Wir würden uns also noch nicht trennen, es würde also noch dauern. Wir gingen nebeneinander her, und schließlich sagte ich, denn man muß ja etwas sagen über das, was man gesehen hat: »Ein hübscher Film.« Und sie sofort: »Ein melodienreicher.« Das werde ich nie vergessen: mein banales, blödsinniges und ihr knappes, ins Schwarze treffendes Urteil. Wir gingen und unterhielten uns angeregt, ich achtete nicht darauf, durch welche Straßen wir kamen, es war mir einerlei, wohin ich ging, wichtig war, ich ging die ganze Zeit und immer noch mit ihr. Mit einmal blieb sie stehen und sagte: »Danke. Es war sehr nett.« Ich wollte schreien: »Nein, nein, geh nicht fort! Wir müssen uns wiedersehen. Laß uns zusammen ins Kino gehen!« Aber ich sagte nichts, denn in einer plötzlichen Anwandlung von Wirklichkeitssinn, den ich manchmal besitze, von Klarsicht, wie die Dinge wirklich liegen, spürte ich, jeder Vorschlag wäre nur ein dummer Witz, sie war ja siebzehn, gehörte einer anderen Generation an. Bevor sie mir Aufwiedersehn sagte, streifte sie den straffsitzenden schwarzen Handschuh von der Hand. Damit war sie sehr lange beschäftigt, lange genug jedenfalls, daß sich mir dieses Abstreifen einprägen konnte. Es prägte sich mir auch ein, weil mir war, als beinhalte die Geste etwas Besonderes, als sei sie eine Art Zeichen, etwas, das uns einander näherbrachte. Und als sie mir die schmale, zarte Hand hinstreckte und »Gute Nacht« sagte und noch einmal: »Es war wirklich sehr nett«, als uns für Sekunden die Wärme unserer Finger durchdrang, und sie, die Ernste, Gesammelte, sich noch zu einem charmanten Lächeln aufschwang, da glaubte ich, auch ihr täte es irgendwie leid, daß wir uns trennen mußten, auch sie wollte diese Berührung behalten.

Ich sah sie nie wieder. Ich weiß nicht einmal, wie es hieß, das einzige Mädchen, mit der ich in der Zeit der Nowolipie-Straße im Kino war, wir hatten uns einander nicht vorgestellt. Aber ich dachte oft an sie, ich sah sie deutlich vor mir: das helle, tief in der Stirn ansetzende

Haar, die dicken, dunklen Brauen und die schlanke, ranke Gestalt. Als ich später, Jahre danach, in einem Verlag einmal mit einer Lektorin sprach, die auch helles Haar und dunkle Brauen und ein hübsches Gesicht hatte, meinte ich, in ihr mein Mädchen aus dem Kino wiederzuerkennen. Und dann schienen mir noch zwei, drei intelligente Gesichter jenem von damals ähnlich, und manchmal erkannte ich sogar dieselben schwarzen Lederhandschuhe wieder. In dem Film »Citizen Kane«, einem Werk des jungen Genies Orson Welles, erzählt ein alter Mann von einer Frau, die er nie vergessen hat. Er sah sie nur ein einziges Mal und nicht mal besonders deutlich: Er stand an der Reling eines Flußdampfers, und sie stand, im weißen Kleid, an der Reling eines anderen Dampfers, an dem der seine vorüberkam. Er hatte sie nur mit dem Blick gestreift und konnte sie nie vergessen. Und noch immer sehnt er sich nach ihr, nach der Frau, die an ihm vorüberfuhr und am fernen Horizont verschwand.

Um einen Menschen zu behalten – als eine Erscheinung, die unser Leben für Sekunden lichter machte, brauchen wir nicht in ihn verliebt gewesen zu sein, müssen wir nichts von ihm erwarten, ja, es muß nichts geschehen – es genügt das Bild.

Ja, das Bild. Ich sehe sie, diese Frau, wie sie schwungvollen Schrittes den Bankplatz überquert. Zeitiges Frühjahr, sonnenhell, Sonntag, der erste Sonntag des letzten Frühlings vor dem Krieg. Die Sonne wärmt noch nicht, die Leute wissen nicht recht, wie sie sich anziehen sollen. Der Platz liegt leer, so lenkt sie die Blicke sofort auf sich. Eine junge, gutgebaute Frau, nicht im Mantel, nein, im taillierten, enganliegenden Kostüm, sie fordert den noch kühlen Frühling heraus. Kräftig und beschwingt schreitet sie aus, der kurze Rock gibt die Knie frei, modelliert die runden Hüften, sie geht durch die bleiche Sonne – die Verheißung künftiger Wärme ... So viele Menschen habe ich vergessen, so viele Ereignisse, Gespräche, bittere Erlebnisse, so vieles bringe ich durcheinander, aber die Frau vom Bankplatz sehe ich noch immer, wie sie mir entgegenkommt, lächelnd an mir vorbeigeht und in eine Seitenstraße einbiegt. Vielleicht sollte man ihr, wie sie da geht, ein Denkmal auf dem Platz errichten.

In jenem letzten Sommer vor dem Krieg machte ich mich, aus den Ferien in Świder kommend, an einem heißen Tag in Warschau zur Weichsel auf, ins Schwimmbad Makabi. Es ging lebhaft und ausgelassen zu, niemand nahm die Gefahr des heraufziehenden Krieges zur Kenntnis, trotz des über den Äther geführten Nervenkrieges. Man glaubte wahrscheinlich doch nicht an ihn, diesen wirklichen Krieg, besonders hier, am Strand, schien die Welt allzusehr in Ordnung, als daß jemand sich erdreisten konnte, sie zu stören, und wenn man den Gedanken an Krieg schon zuließ, dann meinte man einen kurzen und siegreichen Krieg. Sonne, Sand, Wasser – »Pinguin«-Eis am Stiel – Orangeade – saure Gurken – laute Gespräche, die Schläge abgeschmetterter Bälle, das Klatschen der Paddel – Zurufe – eine Atmosphäre der Sorglosigkeit, des unbekümmerten Sichgehenlassens, der Ruhe ... Auf der Terrasse des Klubs sangen die Mädchen. Über das Geländer gebeugt, hielten sie sich singend bei den Händen und wiegten sich im Rhythmus der Musik. Ich erkannte viele darunter, die aus der Kalecka-Straße war dabei, in die ich verliebt war, ihre Freundin, Stefa Pressburger, und die schöne, zarte, große und magere Judyta Cukier mit dem langen Hals, eine entfernte Cousine von mir (sie wurde in Treblinka ermordet), an die ich immer denken mußte, wenn ich Audrey Hepburn sah, und die entzückende, hellhäutigere, nicht so melancholische Lusia aus dem Gymnasium der Dicksteinowa, und eine ganze Schar anderer Backfische, die ich nicht kannte. Sie sangen »Alexander's Ragtime Band« von Irving Berlin und dann »Continental«, den uns Jahre danach Fellini wieder in Erinnerung brachte. Er war hinreißend, dieser Gesang der Mädchen, und das anmutige rhythmische Wiegen, und wie ich ihnen so zusah, wußte ich – schon damals –, das würde ich nie vergessen. Sie sangen natürlich für uns Jungs, und für uns wiegten sie sich verführerisch in den

Hüften. Sie für uns, und wir für sie. Mitten im Sand des Strandes stand ein langer Turnkasten, und die Jungs fingen an, allerhand Kunststücke vorzuführen. Die Mädchen wußten natürlich, die waren für sie bestimmt, sie hörten auf zu singen und wandten sich den Jungs zu. Bei einer besonders ulkigen Nummer brachen sie in Gelächter aus, manchmal spendeten sie einem Beifall. Ich stand abseits und sah zu. Jemandes ungeschickter Sprung, der dennoch mit Beifall belohnt wurde, machte mir Mut. Der Kastensprung war ja meine Spezialdisziplin! Bei dem von Kazimierz M. veranstalteten Wettkampf hatte ich die höchste Punktzahl darin bekommen. Ich baute mich auf.

Und wenn ich mich blamierte? Und wenn ich höhnisches Gelächter erntete? Dort auf der Terrasse stand auch sie, das Mädchen aus der Kalecka-Straße. Sie wußte nichts von mir, meinem Schreiben, meinen Gedanken, vielleicht hatte sie nicht einmal bemerkt, daß ich ihr nachschlich. Jetzt war meine Chance gekommen! Es mußte glücken! Da stand ich, braungebraunt, wie alle hier, kein junger Intellektueller, kein Bücherwurm, sondern ein halbnackter Junge, der den Mädchen Kunststücke vorführt. Sollte er zeigen, was er konnte. Vielleicht sammelte ich mich etwas zu lange, eins von den Mädchen (aber nicht meins) schrie von der Terrasse: »He du! Mal los!«

Ich brach los wie ein Sturmgewitter. Fegte den Sand mit den nackten Füßen, drückte mich kräftig ab, flog flach ausgestreckt nach vorn, die Beine tadellos gerade, schlug mit den Händen auf den Kasten, machte den Überschlag in der Luft und landete weich, federnd im Sand, wie es mir mein Turnlehrer beigebracht hatte. Als ich mich aufrichtete, vernahm ich Beifall, der mich mit Glück erfüllte. Es war bestimmt der beste Sprung meines Lebens, ich hatte die höchste Bewertung verdient. Ich bin nie wieder gesprungen.

Ich winkte den Mädchen aufgeräumt zu. Und sie hakten einander wieder unter, unbekümmerte junge Mädchen, vergnügt, strahlend vor Freude und Schönheit, und sie begannen wieder zu singen und sich zu wiegen: Come-on in hill, come-on in hill …

Sie sind noch immer dort und wiegen sich und singen, auf jener Terrasse, die es nicht mehr gibt, und die doch immer da ist.

Bożek

In der vierten Klasse, also vor der Mittleren Reife, bekamen wir endlich Wehrertüchtigung – ein überzeugenderes Sinnbild für Reife als die roten Tressen an unsern Hosen. Als ich in meiner grünen Uniform im Hof erschien, spürte ich, wie mein Wert in den Augen von Łajbuś und Szmulek stieg, wobei die größte Bewunderung das Koppel erregte, das echte, breite Offizierskoppel mit doppeltem Verschluß, das uns zustand. Sofort fuhren ein paar aus unserer Klasse mit der Neun in die Ujazdowskie-Allee – wir wollten uns das Vergnügen nicht entgehen lassen, den Stabsoffizieren zu salutieren. Wachsam hielten wir Ausschau, ob nicht ein höherer Rang in Sicht sei, manchmal rannte einer sogar hinüber auf den andern Bürgersteig, um sich einen Major »zu schnappen«. Dann überboten wir einander: »Ich hatte einen Oberstleutnant, so wahr ich ...« – »Ich einen vollen Oberst!« – »Du lügst!« Einem General begegnete ich nie, dieses Glück wurde mir nicht zuteil. Die Herren Offiziere hatten ihre liebe Not mit uns, sie wußten ja, wir waren hinter ihnen her, und daß sie ständig die Hand an die Mütze heben mußten, machte sie nervös, nicht mal unterhalten konnten sie sich auf dem Weg zum Generalstab. Aber wehe, man übersah so einen, weil man gerade einem Mädchen nachguckte, anstatt die Hacken zusammenzuschlagen, sofort wuchs ein gestrenger Offizier in der Glorie seiner Schnüre und Sterne vor einem auf, und man bekam ein Donnerwetter zu hören: »Stillgestanden, junger Mann! Er weiß also nicht, was Disziplin heißt? Militär? Abtreten!« Hier verbot sich jede Ausrede von vornherein, jedes »Entschuldigung, ich habe Sie nicht gesehen«, man hatte vorschriftsmäßig an seinen

Mützenschirm zu schlagen, auf daß ein zustimmendes Lächeln auf dem Gesicht des Majors erscheine, und zackigen Schritts abzutreten.

Unsere Wehrertüchtigung leitete Herr Papieski, der Turnlehrer, ein Leutnant der Reserve, der zu den militärischen Übungen Uniform anzog. Aber natürlich exerzierte nicht er mit uns, sondern ein von der Armee abbeorderter Unteroffizier. Am tiefsten von allen, mit denen wir im Laufe dieses einen Jahres zu tun hatten, hat sich mir der Korporal Mysiak eingeprägt. Vielleicht, weil er uns wie Männer behandelte, was seine ungenierte Ausdrucksweise belegte. Zwar äußerte er sich über unsere Mütter nicht eben schmeichelhaft (»Ich bin euer Vater, und ich bin eure Mutter, ihr Hurensöhne«), aber wir nahmen es ihm nicht übel, beschwerten uns nicht, wir wußten, für ihn waren wir Soldaten, und die oberste Pflicht eines Korporals bestand nun mal darin, einen Soldaten kleinzukriegen, damit dieser begriffsstutzige Kerl ein für allemal kapierte, für ihn war er ein Nichts, genauso wie für das Vaterland – ein bewegliches Ziel, Kanonenfutter und so weiter. All das kannten wir aus Büchern und Erzählungen, doch nun betraf es uns selbst, war eine Etappe auf unserm Lebensweg, und wir begriffen, der Korporal half uns, erwachsen zu werden. Jede Art von Überlegung zu Gehorsam, Vaterlandsliebe, sämtliche Bedenken und Zweifel hatten wir aufzugeben. Wir besaßen kleine Heftchen, in die wir, nach seinem Diktat, eintrugen, was wir über diese Dinge zu wissen hatten – in einzelnen Punkten. Pauken, auswendig lernen – und keinerlei Abweichungen. Er war, nebenbei bemerkt, mit uns zufrieden und lobte uns oft gegenüber dem Herrn Papieski. Zudem war er sich bewußt, er als einziger, später einmal wären wir Offiziere, höher im Rang als er, und wenn er argwöhnte, daß wir uns über ihn lustig machten (nicht zu Unrecht), zischte er durch die Zähne: »Ich verlang Achtung von euch, ihr H...söhne, so wie ihr in vier Jahren Achtung von mir verlangen werdet.« In diesen Worten lag eine simple Dialektik, die mir gefiel. Zudem machte der Korporal – im Gegensatz zu unseren heuchlerischen Dozenten – kein Hehl aus der grundsätzlichen Tatsache, daß die Frauen dazu da waren, uns, den Männern, körperlichen Genuß zu verschaffen. Im Übungssaal in der Kaserne des 30. Infanterieregiments befahl er uns, über Kimme und Korn das Ziel anzupeilen, und er veranschaulichte uns die Aufgabe auf saftige Weise, indem er die Kimme »Ritze« oder »Spalte« nannte. Ich hatte schon etwas schwache Augen (was ich nicht wußte, weil wir nicht untersucht worden waren), und als ich ihm klagte, ich könne den schwarzen Kreis in der Mitte der Zielscheibe nicht genau erkennen, erwiderte er, statt wütend zu werden, mit einem Augenzwinkern: »Aber das Schwarze bei den Weibern erkennst du?« Nun, und da waren wir gleich, er und ich: Männer.

Wir hatten Nachtübungen in Bielany, zu denen wir nach einem von Rajs ausgearbeiteten Alarmschema zusammengetrommelt wurden. Diese Übungen fanden nur in klaren Nächten statt, wenn die Sterne am dunkelblauen Firmament deutlich zu sehen waren. Wir sollten lernen, uns am Polarstern zu orientieren, um dann die gewünschte Marschrichtung einzuschlagen. Als ich damals zum Großen Bären hinaufsah, ahnte ich nicht, daß ich schon sehr bald nächtens in den Weiten der ukrainischen Steppe nach ihm ausspähen und daß er mir Trost sein würde, Fixpunkt für meine Sehnsucht.

Am allerwenigsten dachten wir bei diesen Übungen an Krieg. Wirklich in Reichweite war er ein Jahr zuvor gewesen, im September 1938, obwohl Hitlers Forderungen nicht uns, sondern der Tschechoslowakei gegolten hatten. Dann entspannte sich die Lage, ziemlich erniedrigend, durch das Münchener Abkommen, auf welches der Einmarsch polnischer Truppen ins böhmische Olsa-Gebiet folgte. Kaum jemand empfand das als Triumph, dieser Erfolg war nicht sehr rühmlich, trotz der überall geklebten Plakate mit Rydz-Śmigły – in kleidsamer Pelerine, den Blick kühn in die Ferne gerichtet – und der Aufschrift: »Und es befahl uns unser Feldherr zu MARSCHIEREN.« Über Gefechte mit den Deutschen bei Bogumina wurde gemunkelt, über Züge mit Verwundeten auf dem Hauptbahnhof.

Danach glaubte man fast gar nicht mehr an Krieg. Als Beck im Mai im Sejm erklärte, es gebe etwas, das wichtiger sei als Frieden, als er mit Nachdruck schloß: »Es ist die Ehre!«, war jeder schon sicher, Krieg würde es nicht geben, unser entschiedenes »Nein!« genügte. Denn bisher war dem dort alles ohne einen einzigen Schuß geglückt. Das Rheinland, Österreich, das Sudetenland, alles hatte er gekriegt – durch Erpressung. Für uns waren seine Panzer aus Pappe. Sein Benzin reichte nur für zwei Wochen. Fünf Millionen deutscher Kommunisten warteten nur darauf, die Revolution zu entfachen. Der deutsche Soldat fürchtete die polnischen Bajonette und unsere Kavallerie.

Tja, und England und Frankreich waren ja auch noch da ... Couplets wurden gesungen: »England für Polen, Frankreich dafür, und auf den Hitler scheißen wir!« Oder: »Die Fliege lebt vom Suppeessen, der Hitler, der wird Scheiße fressen!« Eine Kabarettistin schmetterte siegessicher: »Er kriegt von uns den Korridor, aber zum Streichen!« Wir waren drauf und dran, den Nervenkrieg zu gewinnen. Und darum – nein, er würde es nicht wagen.

Krieg kam nicht vor in dem neuen Roman, den ich damals in mein Heft kritzelte, vorkam, höchst sonderbar, Trennung. Aus irgendwelchen Gründen geht der Held seiner Familie verloren und kehrt erst zehn Jahre später, als erwachsener Mann, nach Hause zurück – aus Lemberg. Offenbar wollte ich mir ausmalen, was mit den Menschen, die mir am nächsten standen, in zehn Jahren sein würde – mit Eltern, Geschwistern, Freunden, dem Mädchen aus der Kalecka-Straße. Wenige Monate, nachdem ich das Wort »Ende« niedergeschrieben hatte, befand ich mich in Lemberg, die meisten der »nach der Natur« beschriebenen Gestalten sollte ich nie wiedersehen, und was mit dem Manuskript, das ich bei meinen Eltern zurückgelassen hatte, geschah, ist leicht vorstellbar.

Alles bewegte sich auf das Verderben zu, aber keiner von uns nahm das zur Kenntnis. Der Frühling kam zeitig.

Ende Februar, erinnere ich mich, war ich früh am Morgen auf der Eisbahn in der Leszno-Straße, wir spielten Hockey, ohne Schläger, stießen die Scheibe mit dem Schlittschuh an, das Eis taute während des Spiels, wurde matschig. Dann ging ich in der strahlenden Sonne nach Hause, die Schlittschuhe über der Schulter, und die Leute drehten sich nach mir um, als wäre ich nicht ganz richtig. In der Schule gab es immer mehr Vorprüfungstests. Unser Fräulein Bajer ließ uns ein Stück Ovid auswendig lernen, ich ging mit Much in den Sächsischen Garten, wo wir »Aurea prima sata est aetas ...« skandierten. Fräulein Bajer überlebte, ich traf sie nach dem Krieg in einem Verlag wieder und erzählte ihr, daß mir dieses Latein, auch wenn ich nie ein großes As darin gewesen war, manchmal in schweren Augenblicken geholfen hatte – jener Ovid aus der Schule: Ich rief ihn mir Wort für Wort ins Gedächtnis zurück, und das gab mir Kraft, bestätigte mir, daß all das einst wirklich existiert hatte, daß ich es immer noch in mir trug, daß ich mir das nicht nur einbildete.

Gegen Ende des Schuljahres mußte man sich entscheiden, welchen Weg man weiter einschlagen wollte. Für alle schien festzustehen, ich würde die humanistische Richtung wählen (also vom »Kryński« Abschied nehmen), um so größer war die Verblüffung, als sich zeigte, der »Literat« hatte sich für den mathematisch-naturwissenschaftlichen Zweig entschieden. Fräulein Bajer legte in einer der letzten Unterrichtsstunden eigens eine Pause ein, um diese Frage anzuschneiden. »Da habt ihr den Beweis«, sagte sie, »daß ein Humanist jedem Gebiet etwas Schönes abzugewinnen versteht.« Ich war leicht verwirrt: In Wahrheit hatte ich mich nur nicht von meinen Kameraden aus dem Kryński« trennen wollen. Außerdem wußte ich sehr wohl, ein humanistisches Studium machte aus niemandem einen Schriftsteller, die Geheimnisse der Literatur mußte man sich auf eigene Faust erschließen. Daheim pflichteten sie mir bei: Es sei besser, ich würde einmal Medizin studieren. Mein Vater deutete sogar an, er werde mich vielleicht zum Studium nach England schicken, auch wenn das teuer käme. Ich aber dachte bei mir: Boy-Żeleński, Tschechow, Martin du Gard, Schiller, Céline (und viele andere, von denen ich noch nichts wußte) – sie alle waren Arzt gewesen, bevor sie sich aufs Schreiben verlegten.

Die Zeugnisausgabe sollte im feierlichen Rahmen stattfinden, in Gegenwart der Eltern (von uns erschien Mirka), mit Nationalhymne und Chorauftritt. Ludwik Rath hatte mich dazu auserkoren, im Namen der Schüler das Wort zu ergreifen. Ich verfaßte eine kurze, ziemlich ungezwungene Rede mit zwei Anekdoten und einem zu Herzen gehenden Schluß und dachte nicht mehr weiter daran. Während der Ansprache des Direx, der die vier Jahre Arbeit nach der Pensum-Test-Methode würdigte, griff ich in die Innentasche meines Jacketts, um meinen Zettel hervorzuholen – und erstarrte! Der Zettel war nicht da! Ich hatte ihn verloren! Ich suchte alle Taschen ab: nichts! Ich gab Rath ein Zeichen, er folgte mir auf den Gang. »Ich kann nicht sprechen«, stieß ich mit blutleeren Lippen hervor, »ich hab den Text verloren.« – »Dann zitierst du ihn aus dem Kopf.« – »Herr Professor ...« – »Du mußt! Geh in das Zimmer nebenan und konzentriere dich. Jetzt kommt die Hymne und dann, als letzter, du. Verstehst du?!« Ja, ich hatte verstanden, ich war gewissermaßen der Allerwichtigste, ich sollte der Schule im Namen meiner Kameraden Dank sagen für die vier Jahre, die wir hier verbracht hatten.

Es war ein kleiner Raum mit ein paar altmodischen Schulbänken. Ich machte kein Licht, im Dunkeln fiel es mir leichter, mich zu sammeln, aus dem Lautsprecher unter der Decke kam ein Knistern, der Direktor mußte seine Rede beendet haben, dann folgte die Nationalhymne, aber – es war wohl eine Täuschung – wie im Zeitlupentempo ... Ich rief mir den ersten Satz meiner Rede ins Gedächtnis zurück, die beiden Anekdoten, den Schluß, schließlich hatte ich alles wieder beisammen. Die Hymne war verklungen, ich sprang auf die Bühne, auf der im Halbrund die Lehrer saßen. Als ich zu sprechen anhob, in scherzhaftem Ton, spürte ich Zustimmung und Spannung – was ging hier vor? Bisher hatte bei derlei Anlässen stets einer von den Strebern seine Rede vom Blatt abgelesen oder auswendig herdeklamiert, eine würdevolle, geschwollene, manchmal anrührende, doch immer pathetische Rede. Diesmal war der Ton nicht nur leicht, sondern ausgelassen und erfüllt von einem warmen Gefühl für die armen Lehrer. Nach dem ersten Scherz, der mit Gelächter quittiert wurde, kam ich in Fahrt, keine Spur mehr von Anspannung – alle glaubten, ich improvisiere, und ich improvisierte in der Tat, aber nur in der Vortragsweise, denn ich sagte Wort für Wort das, was auf meinem Zettel gestanden hatte. Als ich schloß: »Wir danken dem Lehrerkollegium oder, so man will, dem Lehrkörper«, drehte ich mich zu ihnen um, um ihnen meinen Dank von Angesicht zu Angesicht auszusprechen, und sie erhoben sich und drückten mir die Hand, ihrem Schüler, der im Namen der anderen Schüler gesprochen hatte. Rath standen die Tränen in den Augen, er war rot im Gesicht und irgendwie stolz. Er durfte es sein, denn das alles hatte sein energisches »Du mußt!« bewirkt.

Immer wenn mir später einmal der Text einer Rede verlorenging (und das passierte mir nicht nur einmal), fiel mir jene Zeugnisausgabe wieder ein, und ich faßte mir ein Herz: Wenn es mir damals geglückt war, mußte es auch jetzt gelingen.

Den letzten Sommer verbrachte ich mit Mama in Świder, in der Pension der Frau Lewin, gegenüber der Bahnstation. Bei Frau Lewin brachte das Stubenmädchen um sieben Uhr früh heiße Milch und einen Kipfel oder ein Hörnchen mit Butter aufs Zimmer, dann, um neun, ging man hinunter ins Eßzimmer zum zweiten Frühstück (Hering und Tomaten, Quark mit Schnittlauch, Käse, Haferbrei, Eier im Glas oder Rührei, Aufschnitt), um zwölf stand für diejenigen, die in der Nähe waren, Tee mit Zitrone und Kuchen bereit, um zwei Uhr Mittagessen, um fünf Uhr Vesper und schließlich um sieben ein warmes Abendessen. Sechs Mahlzeiten täglich! Am Abend scharten sich alle, selbst die Bridgespieler, um den großen »Telefunken«, um die Nachrichten zu hören, die in verschiedenen Sprachen gesendet wurden – die Spannung im Äther wuchs –, doch hinterher vergnügte man sich unbekümmert, jemand spielte Klavier, man tanzte Lambeth walk, die »Donkey-Serenade« von Friml (dem von »Rose Marie«) war Mode, auch »Derselbe Himmel« von Riksner, »Romanze in drei Bänden« von Belzacki, »Du hast so bleiche Lippen« und vor allem der Tango »Violetta« nach Motiven von Verdis »La Traviata«. Die Mädchen am Strand hatten schon richtige Körper, die Unterhaltungen waren voller Andeutungen, Nuancen, zarter Anklänge, ihr Blick unter den hochgerollten Wimpern hervor drang tiefer. Am meisten erstaunte mich, daß dieselben Mädchen, die mir früher häßlich vorgekommen waren, mit einem Mal einen eigentümlichen Zauber ausstrahlten. Auf dem Tennisplatz bei der Elwirschen Pension (dem teuersten und exklusivsten in ganz Świder – zwölf Złoty pro Tag) spielte ich zum ersten Mal im Leben mit Zygmuś Olszyna, und von seinen drei bildschönen schlanken Schwestern feuerte Lilka, die Jüngste, mich an, nicht ihn.

Aber wirklich besessen spielte ich Fußball. So als ahnte ich, daß dies ein Abschied war. Man nahm mich in die Mannschaft des Ortes auf, in der die drei Brüder Margielski – Tadek, Jurek und Heniek – den Ton angaben, alle drei hervorragende Spieler. Tadek hübsch, gut gebaut, Abiturient, ließ sich zu uns herab, willigte ein, sich ins Tor zu stellen – in langen Hosen, Hemd, die Mütze auf dem Kopf, und da wir in Świder nicht unseresgleichen hatten, verkürzte er sich die Langeweile mit der Lektüre der »Sportschau«. Wenn er den Gegner nahen sah und jeden Moment ein Tor fallen konnte, las er aufreizend phlegmatisch den Satz zu Ende, schleuderte die Zeitung in die Ecke und schaffte es immer, den Ball zu fangen. Jurek, der Mittlere, war die Seele der Mannschaft, er dirigierte das Spiel, indem er die Bälle verteilte wie ein erfahrener Spielmacher, ich sehe ihn noch, wie er die Fluglinie des Balles durch Kopfstoß verlängert. Ich sagte ihm eine Fußballerlaufbahn voraus, aber ich stieß nach dem Krieg nie auf seinen Namen. Der zwölfjährige Heniek, ein Hans Dampf in allen Gassen, ein außerordentlich flinker, kleiner Kerl, holte den Ball geschickt aus jedem Gemenge – er erinnerte mich an unseren Mandelbaum, der auch so klein, aber ein virtuoser Tischtennisspieler war und eine Koryphäe im Dreikart (und wegen dieser und anderer Talente »Paschko der Dieb« genannt wurde). Ich bin mir jedoch nicht sicher, ob das größte As der Mannschaft nicht Izio Katz war, mit Kosenamen »Kätzchen«, breitschultrig, mittelgroß, stets freundlich lächelnd, kameradschaftlich, ein Spieler mit Kampfgeist, ein glänzender Dribbler und Bomber. »Kätzchen«, Sohn eines Ladenbesitzers aus der Gegend, hatte mich hier eingeschleust, aus Ehrfurcht vor der Literatur, so scheint mir. Man kann sich ausmalen, wie stolz ich war, daß man mich in dieser Mannschaft der Asse von Świder akzeptierte und mich lobte für meine Hartnäckigkeit, die ich als rechter Verteidiger an den Tag legte. Dabei zählte, vielleicht, daß ich, wenn ich dem Gegner den Ball abnahm, ihn nicht ins Aus schoß, was damals gang und gäbe war (selbst in der Fachpresse wurden die Verteidiger für den »Befreiungsschlag« gelobt), sondern ihn sauber einem der Unsern zuspielte.

Meist gab ich an Bożek, den Libero ab. Bożek, ein schmaler, schmächtiger Junge mit blonder Igelfrisur, ähnelte in den Gesichtszügen meinem Bruder Hipek. Er spielte nicht so raffiniert wie »Kätzchen« oder Jurek Margielski, dafür hart und wirksam. Während die Margielskis fröhliche, offene, ja soweit wohlerzogene Jungs waren, daß ich von ihnen nie einen rüpelhaften Ausrutscher befürchtete, verhielt es sich mit Bożek anders: Er war ostentativ roh, im Benehmen und in der Ausdrucksweise, stets konzentriert, hatte nie ein Lächeln auf dem Gesicht. Seinetwegen hatte ich anfangs Angst, ich könne mich für die Mannschaft nicht eignen. Ich war jederzeit auf eine Gemeinheit von ihm gefaßt, der ich hilflos ausgeliefert wäre. Doch nichts dergleichen geschah. Das Zusammenleben erwies sich als unkompliziert. Bożek schoß ein Tor und schoß ein zweites, weil ich ihn vorließ, und er begann mich durch seine Freundschaft auszuzeichnen. Wir hatten einander nicht viel zu sagen, es war eine andere Art von Freundschaft, etwas wie gegenseitige Billigung, jedenfalls stießen wir Freudenschreie aus, wenn wir uns zufällig in Świder zwischen den gestrichenen Plankenzäunen auf der Straße begegneten, Bożek schlang sogar den Arm um mich. Ich fühlte mich so geehrt durch diese Freundschaft, die Freundschaft dieses schwierigen und schwer zugänglichen Jungen, daß ich mich manchmal fragte, weshalb er mich wohl mochte. Aber er mochte mich.

Es war in der zweiten Augusthälfte, der »Nervenkrieg« war auf dem Höhepunkt angelangt, »Kätzchen« ließ sich schon eine Weile nicht mehr blicken, ohne ihn wollten wir nicht spielen, Świder war voll wie noch nie, die Leute hasteten irgendwie selbstvergessen die schmalen Bürgersteige entlang, ein regelrechter Ameisenhaufen – es war also in diesem Gewimmel, ich ging neben Bożek, wir unterhielten uns über irgendwas, er hatte den Arm um mich gelegt, zwei Freunde, konnte man meinen. Ich weiß nicht, was dann geschah, es war mir entgangen – jedenfalls nahm Bożek plötzlich den Arm von meiner Schulter und begann wütend auf einen hageren Menschen einzureden, der vor uns stand. Ich begriff nicht, was der sich hatte zuschulden kommen lassen, doch wohl nichts Schlimmes, vielleicht wollte Bożek, er solle uns auf dem Bürgersteig Platz machen, ich weiß es nicht. Ich sah nur, wie Bożek in seine Jacke griff, ein Stück Gummischlauch hervorzog und auf den Mann eindrosch. Ringsum erstarrten alle, so wie ich, keiner sprach mich an, keiner machte mir einen Vorwurf, daß ich zu ihm gehörte, zu dem, der da prügelte, auch dieser Mann sagte nichts, er wehrte sich nicht, er schirmte nur das Gesicht mit den Händen ab. »Laß ihn«, stieß ich schließlich hervor und faßte Bożek am Arm. Der schnaufte und steckte den Schlauch ein. Dann zog er mich weiter und sagte: »Die müssen Respekt lernen.«

Ich ging noch eine Weile neben ihm her, würgte an der Szene, die ich mit angesehen, an den Worten, die ich nicht gesagt und die ich im übrigen auch nicht parat gehabt hatte. So gingen wir schweigend, aber sein Schweigen enthielt etwas anderes als das meine, enthielt eigentlich gar nichts, höchstens Genugtuung. In dem meinen lag Verwirrung und Hilflosigkeit. Ich wußte nur das eine: Er trug den Gummischlauch nicht zufällig bei sich, er hatte ihn, um ihn zu benutzen, um sich eine Freude zu machen, indem er auf Juden einschlug, er hielt nur nach Gelegenheiten Ausschau.

Ich murmelte »Tja, dann tschüs« und ging. Nun, als ich allein war, würgte mich die Scham. Warum hatte ich nicht reagiert? Mich nicht auf ihn gestürzt? Nicht geschrien: »Du verdammter Dreckskerl, warum schlägst du diesen Mann?« Warum hatte ich nicht gesagt: »Dann schlag auch mich, ich bin genauso einer wie der.« Ich stand in dem Menschengewimmel und fühlte, es war etwas Wichtiges geschehen: Ich hatte meine Selbstachtung verloren. Ich hatte mich feige benommen. Warum? Warum? Körperlich hatte ich doch keine Angst vor ihm und keine vor diesem schäbigen Schlauch. Warum war ich noch ein paar Dutzend Schritte mit ihm weitergegangen? Woher der verdammte Kleinmut? Bożek, der in meinem Beisein einen mageren Juden schlug, hat mir die Erinnerung an jene letzten Ferien vergiftet. Immer wenn ich sie mir voll Sehnsucht zurückrufen will, drängt sich das störende Bild dazwischen: Bożek prügelt, und ich stehe dabei, ohne mich zu rühren, starr, wie gelähmt. Schließlich stammle ich etwas, bitte eigentlich: »Laß ihn!«

Heute weiß ich, daß das, was in mir vorging, weit komplizierter war, als ich damals dachte. Ich war zu jung, zu unerfahren, um blitzartig einzuordnen, was hier geschah. Fühlte ich mich jenem nicht zugehörig, dem Geschlagenen? Vielleicht nicht, das heißt, ich empfand eine Zugehörigkeit, doch empfand sie nur halb. Mit der andern Hälfte war ich bei Bożek, dessen Arm eben noch auf meiner Schulter gelegen hatte. Er schlug den anderen, mich umarmte er – er schlug ungeniert zu, so, als hätte ich das zu billigen, als sondere er mich von dem andern ab, von all den andern, die Respekt zu lernen, ihn, Bożek, zu fürchten hatten. Bei dir, schien er mir damit zu sagen, bei dir ist das was anderes, du bist anders, bist wie ich, wie wir. Bist besser.

(Natürlich brauchte ich nicht lange zu überlegen, um zu wissen, daß ich nicht »besser« war.)

Ich entsinne mich, wie ein guter Freund, schon nach dem Krieg, ein anständiger, gebildeter Mann, der mir eine Freude machen wollte, mir einmal sagte, ich sei anders, ich besäße nicht »die gewissen Eigenschaften«. Ich spürte einen herben Geschmack im Mund. Diese Art von Komplimenten entzückt mich nicht. Für mich besitzen Juden keine »gewissen Eigenschaften«. Ebenso wie das Jüdische für mich nichts Faszinierendes hat, kein Geheimnis, für mich sind die Juden etwas ganz Normales.

Also dort, neben Bożek, war ich durch die teuflische Situation für Augenblicke der Bessere (hatte die besseren Papiere – doch damals dachte noch niemand im Traume daran, noch ein paar Wochen lang), gehörte ich zu den Auserwählten, denen keine Gefahr droht, den einen Augenblick lang, da ich Bożek, seine Freundschaft noch nicht verlieren wollte – nein, nicht sofort, nicht auf Anhieb, nicht durch den ersten Hieb seines Gummischlauchs. Nicht verlieren auch, weil auch ich ihn ja mochte, ihm glaubte, er mich interessierte – er, der so anders, so fern, so faszinierend war. Und plötzlich verlor ich das alles.

Als ich viele Jahre später einen Roman begann und dem Helden meine dramatischen Erlebnisse abtrat und dieser Held dachte und fühlte wie ich damals, während des Kriegs, gab ich ihm den Namen Bożek. Weiß der Teufel, warum.

Widerstand

Vor jenem Freitag, dem 1. September, war alles noch ein Spiel, eine Art Schnitzeljagd wie bei den Pfadfindern gewesen. Trotz des Ribbentrop-Molotow-Paktes, der die Lage vollständig verändert hatte, was jedem in der Nowolipie klar war, hoffte man immer noch, der dort werde in letzter Minute einen Rückzieher machen. Drei Tage lang hoben wir in den Parkanlagen Fliegerabwehrgräben aus und blödelten nicht schlecht dabei. Nur daß ich von der erbitterten Arbeit Blasen an den Fingern bekam, was mir zu denken gab: So war das also, Wollen allein genügte nicht, man brauchte auch noch harte Hände. Am Mittwoch hatten sie Anschläge für die Mobilmachung ausgehängt, aber irgendwas war denen da oben dazwischengekommen, und die Bekanntmachungen wurden wieder abgerissen. Endgültig wurde die Mobilmachung am Donnerstag ausgerufen. Bei uns fand auf Anordnung des Reviervorstehers eine Mieterversammlung statt. Im Torbogen versammelten sich die Leute aus allen Stockwerken, manche hatten einander seit Jahren nicht gekannt, nicht gegrüßt. Nun hing über allen gemeinsam die Bombe und machte die Trennung in Bessere und Schlechtere hinfällig.

Ein Hauskommandant wurde gewählt – ein magerer Herr, Angestellter der jüdischen Gemeinde und hauptsächlich deshalb bekannt, weil die ewig lachende Terka, ein vollbusiges Mädchen, bei ihm diente, die, wenn sie Wäsche aufhängte, den Jungs erlaubte, sie abzudrücken. Ich wurde Verbindungsmann des Kommandanten, und das alles schrieb Halinka Szerman am Anschlagbrett im Hausflur an.

Abends war schon Verdunkelung Pflicht. Das einzige Neonlicht in der Nowolipie, das über der Apotheke, erlosch, mein geliebter springender Hirsch bei Schicht in der Marszałkowska verbarg sich im Dunkel. Ich stand Wache vor dem Haustor, die Binde am Arm, hielt ich Ausschau nach Spionen und Saboteuren, neben mir stand Łajbuś, der Sohn des Schneiders aus dem Parterre (»Pariser Schick«). Der Krieg brachte uns darauf, daß wir einmal zusammen gespielt hatten. Wir standen, hingerissen vom Anblick der Lichtersäulen, die, kreisend und überkreuz, den schwarzen Himmel absuchten. Und wie ich so dastand, inmitten der unbeleuchteten Häuser, da wurde mir bewußt, daß ich nicht hätte sagen können, wann ich aufgehört hatte, mich im Dunkeln zu fürchten – irgendwie hatte es sich von selbst gelegt, jetzt schreckte mich auch die tiefste Finsternis nicht. Ja, am Vortag des Krieges (am Vorabend) war ich ein anderer.

Am 1. September um sechs Uhr morgens weckten uns die Sirenen. Nichts war im Anflug, der Alarm wurde kurz darauf aufgehoben, und so dachten alle, es handle sich wieder um irgendwelche Übungen. Doch wenig später folgte die Erklärung des Präsidenten, der Feind sei über die Grenzen des Staates eingedrungen, erbitterte Kämpfe seien im Gange. Es war Krieg. Und wieder Alarm – »Achtung – im Anflug«, meldete das Radio, und bald darauf »Achtung – vorüber« – diesmal war es ernst, soviel stand fest, die Leute gingen in die Keller, das Knattern der Flakgeschütze war zu hören, dumpfe Detonationen in der Ferne, Bomben fielen auf Wola, bis zu uns war der Feind noch nicht vorgedrungen. Am Nachmittag bombardierte er Praga, und dort, im Osten, überzog am Abend eine purpurrote Lohe den Himmel. Krieg. Brot gab es noch.

Doch dann bald nicht mehr, es wurde schwieriger. Von Zeiten, in denen es kein Brot gab, wußte man aus dem Geschichtsunterricht und aus den langen Erzählungen diverser Onkel, die sich mit diesem Brotmangel gebrüstet hatten. Jetzt erfuhr man es am eigenen Leib. In Ordnung, wir kennen das. Schmerzlicher war die Erfahrung, daß man Brot verstecken, daß einer sagen konnte: »Wir haben keins«, ablehnen konnte, mit andern zu teilen. Sie logen einem ins Gesicht – tja, wenn ich welches hätte ... Der Sechzehnjährige, der das hört und sieht, fühlt, wie er binnen weniger Minuten reifer wird, er denkt jetzt wie ein Mann, preßt die Lippen aufeinander. Frau Krzyżewska, die Schustersfrau aus dem vierten Stock, die einen Oberst zum Schwiegersohn hat, kommt mit einem halben goldbraunen Brot zu uns herunter, aus freien Stücken, und sie fragt Mama durch den Türspalt: »Brauchen Sie nicht was?« Mama ist gerührt, und ich weiß schon jetzt, das werde ich der Frau nie vergessen. Ich bekomme eine Scheibe mit Pflaumenmus – ich habe Pflaumenmus nie sehr gemocht, jetzt gibt es nichts Wohlschmeckenderes. Das Brot ist aufgegessen. Gern würde ich mehr essen. Warum hab ich mir nicht ordentlich den Bauch vollgeschlagen, vor ein paar Tagen, als es noch alles in Hülle und Fülle gab? Ich Idiot!

Die Sirenen heulen. Vorüber, es ist vorüber, ein tiefes, lautes Grollen kommt näher, geht in ein rhythmisches Stöhnen über, irgendwo ganz in der Nähe ertönt ein Heulen und dann ein anhaltendes Pfeifen – und ein Donnerschlag. Die Erde bebt. Sie sind also über uns, denke ich, aber eigentlich ist das kein Denken, es durchzuckt das Bewußtsein, sie kreisen über unseren Köpfen, wir kommen nicht davon, nicht davon kommt das Mädchen, das auf dem Dach Wache hält. Das Haustor geht auf, ein paar Leute stürzen keuchend herein, unter ihnen, halb ohnmächtig, Mirka. »Wo warst du?« frage ich, aber sie antwortet nicht, sie faßt nach meiner Hand und preßt sie krampfhaft, die langen scharfen Nägel graben sich mir in die Haut. Doch ich fühle keinen Schmerz. Die Erde bebt.

Wir leben noch. Das Dröhnen zieht ab, hinauf in den Himmel. Der Angriff ist vorüber, ein Hoffnungsschimmer (Bewußtseinsfetzen, Gedankensplitter), sie sind weg, wir sind davongekommen. »Ich habe Brot gesucht«, sagt meine Schwester atemlos, will noch etwas erklären, doch ihr Gesicht wird starr, Entsetzen steht in ihren Augen. Das Grollen kommt wieder, ich lese es von ihren Augen ab, sie sagt noch einmal »Ich habe Brot gesucht«, und versucht, das Zähneklappern zu unterdrücken. Jetzt höre auch ich das nahende Grollen, und ich sage mir im stillen: »Keine Angst, uns passiert nichts!«, ich denke in Beschwörungsformeln, drücke die Hand meiner Schwester fester, will, daß etwas von meiner männlichen Gefaßtheit auf sie übergeht, ich will es, der ich von Minute zu Minute erwachsener werde bei diesem Bombenangriff. Ich höre, wie sich dort in der Höhe ein leichtes Pfeifen losreißt vom Himmel, wie es anschwillt und in die Tiefe saust, wie es heulend aufschlägt, ein Donner, ein Dröhnen, die Erde bebt. Ich halte Mirkas Hand in der meinen, und ich fühle die Zuckungen der Erde in ihren Fingern. Wenn wir sterben, denke ich, dann zusammen, uns bei den Händen haltend – und dieser Gedanke macht mir Mut –, und ich weiß, weiß es bestimmt, sie empfindet das gleiche. Erneut nähert sich das Grollen, schlägt um in ein Stöhnen – lebe wohl, Welt, aus und vorbei –, Mirkas Nägel graben sich mir ins Fleisch – das Flugzeug brüllt dicht an unserm Ohr – und dann plötzlich Erleichterung, es dreht ab, hat nichts auf uns abgeworfen – und doch bebt die Erde, Mirkas Finger zittern, ein Zittern läuft unter meinen Füßen entlang – die Bombe hat weiter weg eingeschlagen, hat ein anderes Haus weggepustet und ein anderes Leben – wessen, ich denke nicht darüber nach, nicht meines und nicht das meiner Schwester, unter der Schädeldecke macht Angst sich breit ob dieses kurzen Gefühls der Erleichterung, eine leise Ahnung, ich könnte bestraft werden wegen des sündhaften Wunsches, den Tod auf andere lenken zu wollen. Was ist das für einer – der, der dort oben die Bomben verteilt – und wie verteilt er sie? – mit Vorbedacht oder aufs Geratewohl? Wen wählt er aus? Nach was für einem Verteiler? ACHTUNG, SIEH DICH VOR, das Grollen naht, es dröhnt in jambischen Rhythmen, DU HAST GOTT GELÄSTERT, SIEH DICH VOR, ich werde noch schreien vor Schmerz, weil mir meine Schwester die Haut an den Fingern aufreißt. Die Erde liegt in Zuckungen. Mirka birgt schreiend ihren Kopf an meiner Brust. Ich bin ein Mann, verdammt. Ich drücke die Schwester an mich, betrachte den mit gelben Kacheln verkleideten Torbogen, als sähe ich ihn zum ersten Mal. Wird die Decke halten? Sollen wir nicht lieber auf den Hof gehen, wo wir im Gärtchen Gräben ausgehoben haben? Und wenn uns die Bombe genau dort findet? Laß uns hier bleiben. Und wenn sie hier niedergeht? … Ich will Mirka sagen, es wäre vielleicht besser im Hof, im Garten, als ich sie plötzlich sehe, unsere Bombe, sehe, wie sie sich von der Maschine losreißt, abwärtssaust, größer wird, sie sucht uns, jagt uns und wird uns dort auf dem Hof einholen, dann wird Stille eintreten, und in dieser Stille wird die Bombe uns, Zerstückelte und Zerfetzte, mit sich forttragen. Ich rühre mich nicht vom Fleck.

Mirka hebt den Kopf von meiner Brust. »Sind sie weg?« fragt sie und sieht mir in die Augen. Sie ist bleich und müde, als hätte sie eine schwere Arbeit getan. Stille, nichts dröhnt, nichts heult. Mirka lächelt verlegen: »Ach, wie feige ich bin. Ich kann und kann mich nicht dran gewöhnen.«

Vater beschließt, daß wir in die Werkstatt umziehen, ins Souterrain in der Nummer fünfzig. Mama erwidert, sie bleibt mit Celina in der Wohnung und wird hier, auf ihrem Herd mit den vier Kochstellen, Reis für uns kochen (einen Tag vor Kriegsausbruch hat Edzia M., das Mädchen meines Bruders, einen Fünf-Kilo-Sack Reis für uns aufgetrieben, das ist jetzt ein Schatz). Unsere Werkstatt besteht aus zwei kleinen Räumen mit abblätternden Wänden, in die durch die vergitterten, weit oben, fast unter der Decke liegenden Fensterchen kaltes Licht hereinsickert. Hier riecht es nach Feuchtigkeit, nach geschmolzenem Blei, mit dem die Rohre aufgestemmt werden, und nach Herrn Leonard, dem Monteur: nach seinem Tabak, seiner schweißgetränkten, vor Schmieröl starrenden Arbeitskluft. Ich sprenge den buckligen Zementfußboden, Vater schwingt den Besen und schnauft schwer. Also gut: Der Luftschutzkeller ist fertig, wir kehren in die Wohnung zurück.

Im Radio Soldatenlieder. Wären nicht diese Weisen, die sich aufdringlich unter die Schädeldecke zwängen, man könnte meinen, der Krieg sei seit ein paar Stunden vorüber. Kein Fliegeralarm, kein Fliegerangriff. Warum ist der Tenor des Obersten nicht zu hören, der ein paar Tage lang beteuert hat, die Deutschen seien in der schlechteren

Situation, weil sie einerseits überalterte, andererseits zu junge Offiziere ohne Kampferfahrung hätten. Und ihr Benzin reiche nur für vierzehn Tage. »Soldaten, zielt genau. Schießt langsam.« Der sechste Kriegstag geht zu Ende. Noch acht Tage durchhalten.

»Licht!« brüllt Maniek Krzyżewski vom Hof. Die Lichter erlöschen. Die ganze Wand des Hauses liegt jetzt dunkel, sie hängt über uns, massiv und düster, wie eine in Schatten getauchte Felswand. Die Eltern schlafen nicht, ich liege auf der Couch und höre, wie sie in der Wohnung umhergehen, Schränke öffnen, Schubladen zuschieben, es ist ihr zweiter Krieg, denke ich, sie sollten Bescheid wissen, Erfahrung haben – warum wirken sie so hilflos? Aus dem Radio, das leise in der Ecke dudelt, fällt ein apfelsinenfarbener Lichtstreif auf den Fußboden. Ich schließe die Augen. Schlafen. Von etwas träumen. Eine Frau. Ein rosiger, wogender Traum. Wer ist es? Gina? Halinka? Ich höre, wie der Onkel Hampel knurrt: »Die Deutschen stehen ein paar Kilometer vor Warschau, unsere Flugzeuge gibt es nicht mehr, die Flak gibt es nicht mehr, die Beamten haben die Ministerien verlassen, alle setzen sich heimlich ab.« Ich stehe auf. Greife nach der Wehrertüchtigungsuniform, die zusammengefaltet neben der Couch liegt. Schweigend ziehe ich die Bluse mit dem breiten Lederkoppel zusammen, die Gesichter versinken im weichen Halbdunkel wie in einem Daunenkissen. Der Bauch des Onkels bewegt sich durch den orangefarbenen Lichtstreif zum Radio. Warschau Zwei schweigt. Die ungeduldigen Finger des Onkels fangen ein vielsprachiges Röcheln ein, Marschfetzen und Propagandageschrei, im Äther ist die Hölle los. Und dann mit einem Mal: »Alle Männer, die fähig sind, ein Gewehr zu tragen ...« Ich besprenge mein Gesicht mit kaltem Wasser. Männer, also auch ich. »Achtung, ich wiederhole. Ich gebe Befehl, daß alle Männer, die fähig sind, ein Gewehr zu tragen, die Hauptstadt verlassen und sich in Richtung Osten begeben.« Die Niederlage, denke ich, die vollständige Niederlage, sie war schneller da, als je einer vermutet hat. Wir bewegen uns in dem seidigen Halbdunkel wie Geister. Das Radio verströmt jetzt seine übliche Melancholie. »Geh, mein Mädchen, fürchte dich, fürchte dich, ach, fürchte dich nicht ...« Im Hof versammeln sich Hipeks Kameraden, sie rufen nach ihm.

Ich zerre den Rucksack unterm Bett im Schlafzimmer hervor. Höre, wie Vater das Schubfach mit den Schätzen aufmacht und wie das goldene Zigarettenetui zuschnappt. Der Nachbar aus dem zweiten Stock, ein schöner, gepflegter Ingenieur, kommt angelaufen und sagt, das sei alles Wahnsinn. »Es sind schon nicht genug Gewehre für die Soldaten da«, sagt er, »und nun noch Tausende von Herumtreibern und Tölpeln, ohne jede Ahnung vom Dienst an der Linie, wir verstopfen nur die Straßen.«

Hipek sagt, ich habe nicht das Recht zu gehen, Vater hat einen Einberufungsbefehl, die Frauen sind sich dann allein überlassen, kapiert, du Kindskopf? Und mit einem simplen »Rucksack her!« ist die Sache beendet. Held dieser vibrierenden, singenden Dunkelheit ist nur noch er, mein Bruder. Vater drückt ihm ein weißes Röllchen in die Hand, fünfundzwanzig silberne Zwei-Złoty-Münzen. Mein Bruder zögert. »Ich komm zurecht«, sagt er leichthin. »Nimm, nimm, wer kann wissen, was passiert.« Das heißt, es kann sein, wir sehen uns nicht wieder. Mirka bricht in Schluchzen aus. Ich fühle die harte Hand meines Bruders auf meiner Schulter. Und plötzlich umarmen wir uns, zum ersten Mal im Leben, denke ich, während ich Hipeks rauhe Wange an der meinen spüre. »Das Herrchen!« flüstert er.

Vater, der Hipek ins Treppenhaus folgt, kommt lange nicht wieder. Ich geh ihn suchen, denke ich, bring ihn nach Hause. Im dunklen Flur taste ich nach der Wand. Ich höre ein schweres Schnaufen, irgendwo in der Nähe, nein, vielleicht etwas weiter. An der Wand entlang dringe ich tiefer in den dunklen Abgrund vor, Stufe für Stufe. Bis ich schließlich am Fenster des ersten Stockwerks den gedrungenen Schatten von Vater erblicke und seinen schweren Atem vernehme. Der Schatten steht gebeugt, in Augenhöhe funkelt es weiß. Als ich ihn anspreche, zittert das Weiß und verschwindet sofort.

Ich weine nicht. Nur irgendwo tief in meinem Innern schwillt eine dumpfe, schmerzliche Verzweiflung, eitrig wie ein Geschwür. Mein Gott, wie ausgeliefert wir sind.

Mein Vater ist neben mir. Ich, der schlechtere, der mißachtete Sohn, habe die Rechte des Erstgeborenen errungen, nicht für ein Linsengericht, sondern auf Befehl des Oberst Umiastowski. Zum letzten Mal wiederholt der: »Alle Männer, die ein Gewehr tragen können …«, und zum letzten Mal denke ich trotzig, das ist noch nicht das Ende, es geschieht noch was. Vater drückt mir etwas in die Hand, etwas Rundes, Schweres, in Papier Verpacktes. Zwei Röllchen. »Besser, du trägst das bei dir. Man kann nie wissen.«

Ein Haufen Geld, denke ich. So wahr ich lebe, soviel hatte ich noch nie in der Hand. Geld – du wirst zum Manne geschlagen. Eine kurze Weile fühle ich mich, als hätte man mich aus dem Haus gejagt. Du bist für dich selbst verantwortlich, Rotznase.

Das Radio. Der Ansager gibt jetzt keine Befehle, er spricht von was anderem. Zehn Jahre hat er zu uns geredet, wir kennen seine Stimme, und wir sollten Vertrauen zu ihm haben. Es steht uns viel Schweres bevor, große Anstrengungen, aber wir werden den Krieg gewinnen. Er, unser Rundfunksprecher, verabschiedet sich von uns, denn gleich wird der Sender vernichtet. »Leben Sie wohl«, sagt er mit erstickter Stimme. Worauf dumpfe Stille eintritt. Jetzt erst treten mir die Tränen in die Augen. Verloren, verloren. Ich versuche, Warschau Zwei zu erwischen – erfolglos, es ist gestört. Von unten dringt ein monotoner, stampfender Lärm herauf, ein anschwellender Strom wälzt sich über das Kopfsteinpflaster. Die Männer verlassen die Stadt.

Herr Pinchenson rät, das Tor abzuschließen, Ordnung muß sein. Und was ist mit unserem Kommandanten? Ich gehe mit Halinka zu ihm. Erstaunlich, wie sehr seine Wohnung jetzt der unsern ähnelt. Die gleiche Finsternis, der gleiche apfelsinenfarbene Lichtstreif auf dem Fußboden, die trostlose Stimmung und Schweigen. Der Hausherr hat einen gestreiften Pyjama an, ist gereizt. »Ich bin kein Kommandant«, sagt er, »ich bitte euch sehr, mich nicht so zu nennen, vergeßt es.« Er ist ein gesetzter Mann, nie hat er Unfrieden gesucht, er hat die schwere Pflicht auf sich genommen, aber wer konnte vorhersehen, daß das kein Krieg, sondern ein Pogrom ist ... Die Armbinde des Kommandanten fliegt aus dem Lichtstreif des Radios mitten ins Dunkel, ich erahne nur ihre Flugbahn, aber ich fange sie auf.

Dann haben wir im Torbogen Versammlung. Acht Leute, mehr nicht. Herr Pinchenson rät, die Befehlsgewalt an die jungen Leute abzutreten. Kinder werden sich die Deutschen nicht vorknöpfen, wenn sie einmarschieren. Und er schlägt mich vor, Halina legt mir die Hand auf die Schulter: »Sag ja.« Also sage ich ja, ich gebe der Bitte eines Mädchens nach. Halina schreibt in Schönschrift auf einen Bogen Papier: »Infolge unvollständiger Besetzung des vorigen Komitees ...« – so teilen wir das denen mit, die schlafen –, »... hat sich ein neues Hauskomitee in folgender Zusammensetzung konstituiert ...« In wessen Auftrag, wann und wie – kein Wort darüber. Wir sind dran, wir regieren, ihr habt zu gehorchen.

Jemand kommt mit der Nachricht, in der Nähe der Smocza-Straße errichteten sie eine Barrikade. Wir stürzen auf die Straße. Neid befällt uns: Ausgerechnet denen mußte das einfallen! Jemand war da und hat gesagt, ganz Warschau errichte Barrikaden. Auf ihrem Buckel schleppen sie altes Gerümpel heran, werfen Bretter ab, Holzklötze, Sandsäcke, Matratzen, sogar einen bunten Kinderwagen und ein Dreirad. Heißt das, frage ich, Warschau wird sich verteidigen? Ja, genau das, und hier brechen sich die Deutschen das Genick.

Ich schlage gegen eine Eisenschiene. Ein Gong, der Kampf beginnt! Endlich. Auch wir werden uns mitten ins Feuer stürzen. Wieviel unnützes Zeug die Leute haben, wer hätte das gedacht. Sieht ganz so aus, als habe sie ein

Wahn, der Geist der Selbstzerstörung befallen, immer Neues wird aus den Wohnungen gezerrt, gestern noch wurde es dringend gebraucht, konnte man sich das Leben nicht ohnedem vorstellen – und mit einem Mal ist es ein Nichts, ein Klacks, überflüssig, Hauptsache, wir sind gesund, rauf damit, auf die Barrikade, wenn nur der Feind drüber stolpert, wenn man ihm damit Widerstand leistet.

Das Brecheisen schlägt klingend gegen die Katzenköpfe, hebt sie aus, wir errichten einen Wall aus Steinen vor unserer Gerümpelbarrikade. Etwas aus Eisen müßte her, sagt einer. Wir gehen in den Hof, das Geländer um das Rasenstück auszubrechen. Der Hauswirt wird toben, aber wer fragt den schon, heute gibt es nichts Heiliges, gibt es kein Eigentum, es gibt nur die Barrikade, den Widerstand. Ich ziehe an der Geländerstange, bis mir die Hände steif werden. Da höre ich: »Rück zur Seite.« Mein Vater. Ich dachte, er schläft, etwas Schlaf stünde ihm zu nach den ganzen Aufregungen, aber nein, er gesellt sich zu uns, obwohl wir ihn nicht gerufen haben, er ist gekommen, steht neben mir. Ich höre seinen Atem, er ist schneller und kürzer als meiner, ich sehe sein Gesicht, es ist hochrot von der Anstrengung. Und dann tragen wir gemeinsam die Stakete auf die Straße.

Im Morgengrauen Alarm, der morgendliche Fliegerangriff, Weckruf für die Stadt. Aus der Ferne ist die Sirene der Gerberei zu hören, dann, schwächer, aber näher, die der Furnierfabrik. Das Radio schweigt, schade, jetzt würde man gern das monotone »Im Anflug – vorüber« hören.

Unsere Barrikade umkreist federnden Schrittes ein gutaussehender, enggegürteter Leutnant. »Abbauen, den Pfusch«, sagt er, »das Ding ist einen Dreck wert, alles nochmal von vorn aufbauen.« Ein Pionier, wie sich herausstellt, er geht von Barrikade zu Barrikade und gibt Anweisungen. »Diese Scheune, die Sie, meine Herren, Barrikade nennen, dieser Müllplatz, diese Jauchegrube ist eine Gefahr für die Bewohner der Straße. Weg mit dem ganzen Gerümpel, Wanzen brauchen wir hier keine, eine Barrikade hat blitzsauber zu sein, das reinste Gold, geeignet zum Kampf, und nicht so ein Holzhaufen, der mit dem ersten Treffer in Flammen aufgeht oder uns um die Ohren fliegt.« Der Leutnant drückt sich metaphorisch aus, nicht um die Sauberkeit des Gerümpels geht es, sondern um das Material: Steine müssen her, Sand, und vor der Barrikade hat ein Graben zu sein.

Der Graben entsteht in langwieriger Arbeit. Sie opfern eher ihre Lieblingskommode, als daß sie Erde schaufeln. Opfern, das ist das richtige Wort. Ja, ganz recht: Wenn der Widerstand erfolgreich sein soll, muß man ihm Opfer darbringen. Wie einem gefräßigen Götzen. Aus Richtung Wola nähert sich das Grollen. Die Sirenen schweigen, aber die Erde bebt und biegt sich, sie rutscht einem unter den Füßen weg, Bombenschläge, das Knattern der Flakgeschütze – es gibt also noch welche –, das klare Gewölbe des Firmaments ist jetzt von violetten Rauchwölkchen übersät. Der wievielte Alarm ist das schon! Langeweile. Der Modergeruch der Keller, der Mief, Geschwätz. Alle kennen das und haben es satt. Idiotisch, daß man bei etwas so Alltäglichem wie einem Fliegerangriff ums Leben kommen kann. Sterben sollte man unter außergewöhnlichen Umständen, zum Beispiel nach langer Krankheit, im Bett. Oder an Altersschwäche. Das wäre doch was! Die Geschütze der Flak sind immer seltener zu hören, wahrscheinlich sparen sie Munition.

Am nächsten Tag wieder ein paar Bombenangriffe. Hoch droben am Himmel ziehen träge, schwere Rauchwolken dahin. Der Wind weht den Pechgeruch einer Brandstätte heran. In unserer Wachstube haben wir ein Radio, wir versuchen, was zu erwischen – und plötzlich, welch eine Überraschung: »Hier Warschau Zwei!« Der Sprecher, derselbe, der sich gestern von uns verabschiedet hat, spricht in hämmernden Worten, Warschau wird sich zur Wehr setzen, die Evakuierung der Männer ist aufgehoben, der Zivilkommissar Stefan Starzyński fordert alle Beamten und städtischen Angestellten auf, an ihre Arbeitsplätze zurückzukehren, er ruft dazu auf, die Läden,

Restaurants, Bäckereien wieder aufzumachen, verkündet eine Aushebung für die Bürgerwehr, Achtung, Achtung, Mitarbeiter des Polnischen Rundfunks, Warschau Zwei sendet, wir fordern zur Rückkehr auf, Achtung, Angestellte der Stadt ... Und Musik.

Durch die Straße ziehen Soldaten aus zerschlagenen Truppeneinheiten, Zeugen der Niederlage. Der Boden, sagen sie, ist von den Panzern so aufgerissen, dort wächst drei Jahre lang kein Gras! Als wollten sie sich damit brüsten. Das hört ein Hauptmann, der eben vorbeikommt, und putzt sie herunter, sie verbreiteten Panik. »Marsch, zur Zitadelle, dort kriegt ihr Ausrüstung und eine neue Einheit!« Der Hauptmann ist sehr draufgängerisch, was uns alle freut, und zu uns sagt er noch: »Es steht bestens. Unsere Kavallerie ist in Ostpreußen eingedrungen. Dort, wo mit dem Bajonett gefochten wird, muß der Deutsche unsere Überlegenheit anerkennen.«

Ein paar Tage später eile ich mit Vater zur Nummer sechsundvierzig, einen Brand zu löschen: das Furnierwerk brennt! Die Fabrik gehört einem Deutschen, er selber ist nicht da – vielleicht ist er in Berlin? Vielleicht ist er vor seinen Landsleuten geflüchtet? –, daß wir das Feuer in seiner Fabrik löschen müssen, entbehrt jedenfalls nicht einer gewissen Pikanterie. Es brennt im zweiten Hof, hinter der Drahtumzäunung. Unter der dicken Holzschicht schießen Funkengarben hervor, sobald nur ein kleiner Spalt entsteht. Etliche Männer über die Vierzig sind da, ein Polizist in hohen Stiefeln und der alte Hausmeister mit einer Spritze, die nicht bis zum Brandherd reicht, weil der Hydrant zu weit weg ist. »Ein Kettchen bilden, meine Herren«, kommandiert der Polizist, »Eimerchen weiterreichen, von Händchen zu Händchen.« Das Feuer neckt uns, ist es an einer Stelle gelöscht, schießt es an einer anderen mit neuer Kraft empor und legt sich als heißer Schein auf die Gesichter. Die Menschenkette bekommt Lücken, zerbröckelt, wir sind immer weniger. »Weg hier mit diesem Stapel!« befiehlt der Polizist. Wir werfen uns auf den Stapel, dessen Ränder schon glimmen, Vater, ich und noch ein paar, ziehen ihn zurück – und können kaum zur Seite springen, von unten schlägt es uns heiß entgegen, es riecht nach versengtem Haar. Mein Hemd auf der Brust ist rußgeschwärzt, die Hosen kleben an Schenkeln und Knien fest. »Wasser! Wasser!« schreien wir. Wir bekommen ein paar Eimer Wasser und gießen es in den Feuerschlund. Wieder wird es dunkel, die Luft kühlt ab, in den nassen Hosen werden mir die Knie kalt – alles nur für kurze Augenblicke, denn unter jeder Furnierschicht lauert die gefesselte Glut, um als lodernde Flamme hochzuschießen, sobald ein Luftzug herauskommt. Das Löschen wird jetzt zur monotonen Beschäftigung. Abwechselnd Dunkel und Helle, Kälte und Hitze, Nacht und Tag, etwas für Dichter, etwas für Pyromanen, hol's der Teufel, ich habe Durst, ich bin hungrig, kalt, heiß, meine Hände sind verbrannt, im Mund der herbe Geschmack von Rauch. »Noch zwei Kübelchen«, bittet der Polizist. Seine Stimme ist zärtlich, er wirbt um Sympathie, noch ein Kübelchen hier und hier noch eins. Die meisten haben sich verkrümelt, nur noch wir sind da, die Unnachgiebigen. Noch ein Kübelchen. »Gute Nacht, die Herren. Ich danke Ihnen für Ihren Dienst.« Der Polizist gibt allen der Reihe nach die Hand. Mich kneift er in die Wange. »Du, du«, sagt er, »du bist ein ganz Versessener.« Ein Orden, denke ich glücklich. Gemächlich gehen wir nach Hause. Die Häuser stehen dunkel, weit im Westen frißt sich roter Feuerschein in den Himmel.

Der Tag ist gekommen, da Vater sich am Stellpunkt melden muß. Das letzte Gespräch mit Mama betrifft sachliche Dinge: Schlüssel, Rechnungen, den Wechsel bei Herrn Pracowity auslösen, dies und jenes. Keinerlei Zärtlichkeiten, das schickt sich nicht vor den Kindern. Dann gehen wir schweigend nebeneinander her – mein Vater und ich. Ich trage eine alte Aktentasche mit seinen Sachen unterm Arm. Wenn wir uns trennen, zum ersten Mal im Leben, werde ich der einzige Mann im Hause sein, der Beschützer hilfloser Geschöpfe. Wir gehen, schauen in die Runde, und die Geheimnisse fremder Wohnungen tun sich vor uns auf. Im dritten Stock eines Hauses ragt ein Klavier gefährlich aus der aufgeschlitzten Wand. Hinter einem Sockel blitzen eine Porzellanwanne und weiße Kacheln in der Sonne.

Irgendwo in der Muranowska-Straße trennen wir uns. »Viel Erfolg bei den Soldaten«, sage ich. »Ein schöner Soldat«, spottet Vater. Ich sehe ihm nach: ein gedrungener, untersetzter Herr, achtundvierzig Jahre, schwerer, langsamer Gang, das Gegenteil von soldatischer Elastizität. Ich kann ihn mir nicht in Uniform vorstellen.

Im Radio: »Die Lage ist klar: Unsere Kräfte wachsen, die der Hitlertruppen nehmen ab, mit jedem Tag, den wir gewinnen, neigt sich die Waagschale zu unserer Gunsten.« Na wunderbar. Ich trete aus der Wachstube in den Hof, der ist verstümmelt, seit der Rasen kein Eisengeländer mehr hat.

Plötzlich der Einschlag einer Bombe, wie ein Blitz aus heiterem Himmel, ich stehe im offenen Hof, wie festgenagelt: eine Bombe, woher die Bombe, wann, es war alles still, und doch habe ich die Detonation gehört, und erst nach einer Weile dringt das tiefe Brummen der Flugzeuge zu uns vor, und dann das dünne Ballern der Flak und das trockene Prasseln von Maschinengewehren. Die Erde bebt. Und die Geschütze, warum schweigen die Geschütze? Soll ich jemanden aufs Dach schicken? Verdammt, warum hab ich das auf mich genommen, mir das aufschwatzen lassen, ich Idiot! Sich selbst der Gefahr auszusetzen, ist keine Kunst, man muß jemanden auswählen und ihm eine lebensgefährliche Aufgabe zuteilen, und eben das kann ich nicht …

Das Tor geht auf, herein stürzt meine Schwester. Das hab ich schon mal gesehen, denke ich. »Vater ist zurück!« ruft sie. »Sie haben ihn nach Hause geschickt. Angeblich haben sie gelacht und ihm auf die Schulter geklopft, daß er so dienstbeflissen ist.«

Ich war sicher, ich stieße in der Werkstatt auf dieses Bild: Vater, im über der Brust aufklaffenden Hemd, die Hosenbeine hochgekrempelt, wässert die Füße in einer

Schüssel mit warmem Wasser und trinkt Tee. Natürlich kann er, da er die Füße in der Schüssel hat, mir nicht mit offenen Armen entgegenstürmen.

Im Radio: Abgeschossene deutsche Piloten beklagen sich über die schlechte Qualität des Treibstoffs. Bald geht er zu Ende, behauptet Leutnant Blankenstein. Die französischen Truppen rüsten zum Generalangriff. Die Öffentlichkeit der Vereinigten Staaten fordert entschiedenes Vorgehen gegen die Deutschen. Die Verluste Hitlers in Polen sind dreimal größer als vom deutschen Stab erwartet, wie gut informierte Kreise in Berlin behaupten. Auf dem Frontabschnitt Kutno – Łowicz brachte die Armee »Poznań« die braune Flut zum Stehen, die erbitterten Kämpfe halten an.

Nicht alles glauben wir, aber Stefan Starzyński glaubt man. Er befiehlt noch einmal – mit immer heiserer Stimme (die die Warschauer so rührt, daß sie ihm Hustensaft schicken) –, befiehlt allen, an ihren Plätzen zu bleiben, und denen, die die Stadt verlassen haben, binnen zwölf Stunden zurückzukommen. »Geht alle an die Arbeit! In der Arbeit findet ihr euch selbst, findet Ruhe und den Weg zum Sieg!«

In einer freien Minute greife ich mir ein dünnes kariertes Heft und beginne zu schreiben. Ich weiß nicht, was das ist – ein Roman, ein Dokument, ein Tagebuch –, ich weiß es nicht, ich halte fest, was ich sehe, fühle, was rundum geschieht. Ich schreibe den Titel nieder: WIDERSTAND. Das ist das Wichtigste: widerstehen. Sie nicht hereinlassen. Was immer wir tun, alles ist Widerstand. Wir verbrennen den Müll im Garten. Das hat uns Starzyński aufgetragen. Mein Manuskript beginnt mit dem Verbrennen des Mülls, mit dem blauen würgenden Rauch … Der Nachbar aus dem zweiten Stock, der Zuflucht in unserem Souterrain findet, der junge, gutaussehende schwarzäugige Ingenieur, ein Neurastheniker, sieht, daß ich schreibe, hat einen Verdacht, bekommt einen Anfall – der denunziert uns alle, das ganze Haus, der liefert uns der Gestapo direkt in die Hände! Er zerreißt mein Heft und verbrennt es. Ein knappes Jahr später begann ich von vorn, in Dąbrowica, in Wolhynien, im Haus eines alten frommen Schächters, der verübelte mir das nicht, und ich nannte es wieder »Widerstand«, und wieder begann ich mit dem Verbrennen des Mülls. Ich begann »Widerstand« noch zweimal und nie mit dem Anfang des Krieges, dem ersten September, sondern mit dem sechsten, mit jener Septembernacht, als uns die Niederlage bewußt wurde und der Oberst Umiastowski »alle Männer, die fähig sind, ein Gewehr zu tragen« aufforderte, Warschau zu verlassen, und wir den Einmarsch der Deutschen erwarteten. Ein fünftes Mal nahm ich mir den Stoff schließlich als gestandener Autor vor, mit Vierzig, in einem Alter, das ich nie gehofft hatte zu erreichen. Zuerst schrieb ich den Titel nieder. Unverändert. WIDERSTAND.

(Jetzt schreibe ich das zum sechsten Mal. Ich entlehne ganze Sätze meinem Buch. Plagiiere mich eigentlich selbst. Aber ich habe diese Belagerung nur einmal erlebt und auf die eine Art und Weise. Ich kann nicht so tun, als vermöchte ich sie anders zu beschreiben, als ich es schon getan habe. Und so kehre ich denn zu meiner Geschichte zurück.)

Der vierundzwanzigste September, Sonntag. Meine Stadt liegt in den letzten Zügen. Rauchknäuel verdunkeln den Himmel. Ich mit einem Glasballon voll Wasser. Ein dumpfer Schmerz im Oberarm.

Nach Wasser mußte ich bis in die Młynarska-Straße, wo es eine Handpumpe gibt. Ich schleppe mich den Bürgersteig entlang, der mit den Schalen von Sonnenblumenkernen übersät ist. An alles mögliche denken, bloß nicht an das unerträgliche Gefühl in meinem steifwerdenden Arm. In monotoner Regelmäßigkeit explodierten Geschosse, die belagerte Stadt wird aus Geschützen beschossen. Voller Neid blicke ich auf die weißen Kübel hinunter, in denen, mit einem Distelblatt abgedeckt, Wasser schaukelt. Ich mit diesem Ballon, wie ein Blöder. Ich werfe meinen Eltern innerlich vor, daß es bei uns daheim keinen Eimer gibt. Was haben sie sich eigentlich gedacht, als das alles anfing – daß die Freuden der Zivilisation unverwüstlich sind? Seit gestern sind wir ohne Strom. Heute wurde die Wasserversorgung eingestellt. Es gibt keine Zeitungen. Das Radio schweigt. Das ist schlimmer als der Nahrungsmangel. Mama hat Mehl mit Kleie gemengt und eine Art klitschiges Brot gebacken. Widerlich, zum Glück frißt man nicht soviel davon, und die Kleie geht auch mal zu Ende. Sie hätten voraussehen können, daß es Hunger geben würde, in dem Krieg davor haben sie schließlich Kartoffelschalen gegessen. Ja, sagt Mama, aber nicht gleich am Anfang. Da, da, ich höre den Flug eines Schrapnells – uuuch, und gleich darauf ba-bach! Ich glaube, ich schaffe es nicht mit dem Ballon. Wir büßen für Komfort und Vertrauensseligkeit.

Sonnenblumenkerne! Wie kommt das viele Dreckszeug nach Warschau? Die Bürgersteige sehen schweinisch aus. Darüber hinaus gibt es noch Heringe und eingelegte Gurken, weil die Hallen abgebrannt sind, wo sie gelagert waren, aber besser man stopft sich nicht damit voll, weil man Durst bekommt. Ba-bach! Ba-bach! Am gefährlichsten sind die Brandgeschosse, es gibt ja nichts zum Löschen. Ich sehe, aus dem unruhigen Krater der Innenstadt steigt noch Rauch auf. Im Mund der bittere Geschmack von Verbranntem.

Mitten auf der Straße steht ein Fuhrwerk, der heisere Fuhrmann verkauft vom Wagen herunter Wasser aus einem Faß. Ein Mann mit Initiative. Neue Möglichkeiten tun sich vor denen auf, die ein Pferd und ein Faß besitzen. Die Menschen drängeln sich zum Wagen – ein halber Złoty der Eimer, sie tragen grünes, trübes Weichselwasser davon.

Es gibt keine Zeitungen. Wieviele Male waren wir durch sie auf dem Gipfel des Glücks! ... Die französische Luftwaffe in Polen! Erfolge in der Schlacht bei Kutno! Partisanenbewegung. Britische Schiffe in der Nähe von Gdynia. Die Türkei öffnet die Dardanellen. Es kommen Transporte mit Panzerwaffen, Panzer ... Dann stürzten wir zum Radio. Turin, Paris, Moskau. In der Ekstase verstand ich die Meldungen in jeder Sprache. Kein Wort über ein Eingreifen Roosevelts, von Dardanellen, Luftwaffe, Marine, Offensive! Nach dem Auflodern der Hoffnung ein Absturz in die Verzweiflung. Aus dem Paradies treibt man uns geradewegs in den Höllenschlund. Das wiederholt sich mehrfach. Was soll man den Menschen in einer belagerten Stadt auch sagen – ich weiß es nicht. Haltet durch, in ein paar Tagen kommt die Erlösung. Oder: Haltet durch, ihr dürft nicht kampflos aufgeben, wir werden bis zur letzten Patrone kämpfen, das verlangt unsere Ehre und unser Haß. In Starzyńskis Reden überwiegt dieser Ton. Und der ist mir lieber.

Unsere Werkstatt ist mit Menschen vollgestopft, Verwandte und Bekannte haben sich hier eingenistet mit ihrer Angst und ihren Bündeln. Sogar die Großmutter ist darunter (in der Solna-Straße brennt es), sie sitzt auf dem Bett und döst, den Kopf auf der Brust. Großvater ist nicht mitgekommen, Großvater ist ein Held und hütet die Wohnung, während ringsum die Balken der Nachbarhäuser prasseln. Der Nachbar aus dem zweiten Stock hält einen politischen Monolog: »Die Sowjets überschwemmen ganz Europa! Na schön, ich habe nichts gegen sie. Besitze ich eine Fabrik, ein Haus, einen Laden?« Letzteres ist gegen den Onkel Hampel gerichtet. »Ich arbeite ja selber bei einem Kapitalisten, ich verdinge mich als Ingenieur, mir kann nichts passieren.«

Wir verbrennen den Müll. Bei Wind legt sich der Rauch flach und verteilt sich, dann attackiert er uns wie Kampfgas – mit seinem beißenden, würgenden Geruch. Man möchte kotzen, doch wir widerstehen, auf Mistgabeln tragen wir den Gestank von vielen Wochen hinaus und werfen ihn ins Feuer. Woher diese Mengen, wo es nichts zu fressen gibt? Auch lieben können wir uns nicht, unsere Mädchen sind von dem Pesthauch, der sie anweht, dem Umfallen nahe. Halina grollt mir im übrigen, weil wir verlieren, als wäre ich an allem schuld. Irgendwas habe ich übersehen. Mea culpa. Ich hab an den Sieg geglaubt.

Glaube an den Automatismus der Geschichte: das Gute siegt, das Böse verliert.

Abends, wenn alle sich schlafen legen, lese ich bei Kerzenschein »Der Pogrom« von Zola. Die Beschreibung geht zu Herzen, ich reagiere lebhaft darauf, denn sie erzählt etwas, das ich kenne. Gibt es überhaupt eine objektive Rezeption von Kunst? Ich beginne zu zweifeln. Der Text über die Niederlage geht mich jetzt soviel mehr an als die romantischste Liebesgeschichte. Wieviele Details, die mir vertraut sind! ... Ich habe geglaubt, wir erleben etwas, das in der Geschichte nicht seinesgleichen hat. Sollten wir alles nur wiederholen? Wütend schlage ich das Buch zu. Bin beinahe beleidigt.

Morgens, wenn ich im Grau des Kellers erwache, denke ich: Noch eine dem Feind entrissene Nacht. Ist das auch sicher?, denke ich plötzlich besorgt. Das Dröhnen eines Flugzeugs und das Krachen einer Bombe zerstreuen meine Zweifel. Wir setzen uns zur Wehr. Der fünfundzwanzigste Kriegstag, Montag, sieben Uhr. Ich bekomme einen Becher Wasser, um mir das Gesicht zu waschen, die Zähne zu putzen. Das Kanonenöfchen ist kalt, Mama erlaubt uns nicht, daß wir bei einem Bombenangriff Feuer machen.

Ich gehe nach draußen und sehe, wie schmutzige Rauchschwaden den Himmel über den Dächern in der Ferne überziehen. Die Luft ist dick und bitter wie in einem Maschinenhaus. Aus dem Rauchvorhang löst sich etwas wie eine winzige Mücke, wächst sich zur Schwalbe aus und zerteilt den Himmel, es nähert sich mit dröhnendem Brummen, der fliegt tief, denke ich, als der Bomber dicht über dem Schornstein der Gerberei erscheint. Man erkennt die schwarzen Kreuze an der Unterseite der Tragflächen. Die Fliegerabwehr schweigt. Der mit den Kreuzen fliegt vorüber, ich höre, daß er seine Bombe abgeworfen hat, abdreht. Wieder ist er über meinem Kopf, gleich wird sich der Pilot aus dem Cockpit beugen, scheint mir, und mir zuwinken. Was werde ich da zu sehen bekommen: einen hellhaarigen, draufgängerischen jungen Burschen oder einen mordgierigen Fanatiker? Der Bombe ist es egal, wer sie abwirft. Uns auch.

»Am besten steht man im Flur«, erklärt der Ingenieur aus dem zweiten Stock und flüchtet in den schmalen Gang zwischen den beiden Räumen. »An der Stelle liegt ein zusätzlicher Deckenbalken. Einer aus Eisen.« Mama, die schon Feuer gemacht hat, um etwas zu kochen, übergießt das Öfchen jetzt mit Wasser, Brandgeruch steigt auf, der Bomber brüllt – uns, jetzt trifft es bestimmt uns. Er fliegt an. Fliegt vorbei. Sie bombardieren weiter. Da kannst du nichts machen, denke ich, befaß dich mit was anderem. Ich schlage den Zola auf. Sie wurden nicht unverhofft überfallen, Panzer kannte man damals keine, eine Luftwaffe gab es nicht, sie konnten kämpfen, Mann gegen Mann, Gewehr gegen Gewehr. »Der liest«, höre ich eine meiner Tanten verwundert sagen, es ist wohl Tante Dora. »Der liest. Verbietet ihm zu lesen. Das ist nicht die Zeit, um zu lesen.«

Ich lege mich aufs Bett, drücke den Kopf ins Kissen. Das Dröhnen läßt sofort nach, nur das Beben des Bodens rückt näher, obwohl es schwächer ist. Ich versuche, mir einen Strand vorzustellen, einen klaren kleinen Fluß, silberne Fischlein, goldhäutige Mädchen mit trägen, nackten Hüften. Reihen blütengesprenkelter Bäume. Jasmin, ein süßer Geschmack im Mund, von Schlaf, von der weißen Fülle, Jasmin, ein Vogel pfeift, weiß, süß, ein Pfeifen, Jasmin, ein Pfeifen, Pfeifen, das Pfeifen wird gellend, es schwillt an, von unten, vom Kissen her, bohrt sich mir ins Ohr, durchstößt das Trommelfell, haut mir gegen die Zähne, ich fahre hoch, und noch ehe ich mich ganz aufrichten kann, wirft mich ein betäubender Schlag ins Genick aufs Bett zurück. Getroffen, zuckt es mir durchs Gehirn zwischen Schleudern und Dröhnen, die Wände zittern im epileptischen Anfall, Kinder schreien, in den Ohren ein Schmerz, unter mir hüpft die Erde, von der Decke fällt Putz, vom Fußboden steigt Nebel auf, getroffen, denke ich, also so sieht das aus, wir leben noch, man stirbt langsam, so wie ein Haus einstürzt, unter Zuckungen und Geröchel. Alle stehen mit gerecktem Kopf, schauen zur Decke, die bersten und auf uns herunterfallen wird. Aber nichts dergleichen geschieht. Der Kalknebel sinkt allmählich, die Wände beruhigen sich, wir haben keine brodelnde Lava mehr unter den Füßen, sondern harten Beton, der noch ein bißchen grummelt, als gingen Nervenzuckungen durch ihn hindurch. »Zu schlafen – in so einem Moment«, höre ich das Genörgel einer meiner Tanten, und ich denke, wohl doch nicht getroffen.

Eingeschlagen hat es ganz in der Nähe. Ich sehe mir mit Vater den breiten Trichter im Hof an, etwas weiter hinten, an der Mauer, neben der kurz vor dem Krieg abgebrannten Garage. Vater sagt sarkastisch: »So eine schwere Bombe und fällt auf einen abgebrannten Schuppen. Das ganze Geld für die Katz.«

In der Wachstube zeigt mir Łajbuś ein deutsches Flugblatt. Dort heißt es, entweder wir ergeben uns, oder das Prinzip der kollektiven Haftung wird angewandt. Denn wir verteidigen die Festung Warschau. Wir sind alle Soldaten (einverstanden, das empfinde ich auch so). »Festung Warschau«, nennen sie uns.

Möglich, daß der Himmel heiter ist, möglich, daß die Sonne scheint, aber nicht über unserer Festung. Ich sehe keinen Himmel. Ein heißer Lufthauch schlägt mir ins Gesicht, wenn ich aus der Passage auf die Leszno-Straße hinaustrete. Von der Solna zieht ein Vorhang aus Feuer heran, weht mir flammend entgegen. Aus dem Rauch schält sich die gebeugte Gestalt meiner Großmutter, ganz in Schwarz gehüllt, sie zieht einen breitschultrigen Alten hinter sich her – nicht im mindesten hat er sich verändert, mein Großvater, den ich jahrelang nicht gesehen habe. »Komm«, redet ihm Großmutter zu und zerrt an ihm, »komm schon, das Leben ist wichtiger, soll alles verbrennen, du hast nur ein Leben.« Großvater geht, doch er sieht sich immerzu um.

Wenn es Abend wird, ziehen die Flugzeuge ab, dann meldet sich sofort die Artillerie. Keine Ruhepause für die gequälten Ohren. In den Straßen lagern obdachlose Familien. Sie brechen grüne Büchsen mit Gurken auf, mahlen Sonnenblumenkerne zwischen den Zähnen. Niemand weint, selbst die alten Weiber verbergen ihre Tränen. Der Nachbar geht mit seiner Frau für die Nacht zu sich nach Hause, auch der Onkel Hampel. Der Arbeiter, den sie »Kaufmann« nennen und der aus Radzyń stammt, weshalb er Vater nahesteht, schläft auf der Treppe, die Wange an die Wand geschmiegt.

Der Artilleriebeschuß dauert zwei Tage und zwei Nächte. Eines Nachmittags stelle ich verblüfft fest, daß es still ist. Aha, ich weiß: Waffenstillstand. Als die Mädchen auf dem Hof erfahren, daß es keine Schießerei geben wird, umarmen und küssen sie sich. Dann werden sie verlegen: Dieser Waffenstillstand bedeutet ja, daß wir uns ergeben.

Nicht unbedingt. Maniek Krzyżewski, der jüngere Sohn des Schusters aus dem vierten Stock, kommt mit sensationellen Neuigkeiten angerannt: Kopf hoch, der Marschall Rydz-Śmigły nähert sich Warschau an der Spitze sowjetischer Truppen! In Deutschland Meutereien. Adolf unter Verschluß, wie es heißt. In Stockholm haben sich insgeheim die Abgesandten der Generalstäbe getroffen ... Jetzt könnt ihr euch abküssen! ... Aber ich weiß, das sind Märchen. Rydz-Śmigły an der Spitze sowjetischer Truppen – da hat er sich was Feines ausgedacht!

Dann zeigt sich, die Deutschen haben es mit dem Einmarsch gar nicht so eilig: Sie stellen Bedingungen, anspruchsvoll, wie die sind. Erst müssen wir mal die Barrikaden beseitigen. Ein Polizist kommt und sucht den Hauskommandanten. Das bin ich nicht mehr, zum Glück. Die Zeit der Jungen ist vorbei, jetzt braucht es Männer, Brot- und Fettzuteilungen sind angekündigt, das Komitee soll sich der gerechten Verteilung dieser Schätze annehmen. Der Polizist hilft Herrn Pinchenson, Leute für den Abbau der Barrikade zusammenzutrommeln. Sie kommen, wenn es schon sein muß, auch ich, natürlich, aber das ist nun ganz was anderes, die Arbeit zieht sich hin, wer kann, verdrückt sich. Die Barrikade schrumpft, dann ist sie bis aufs Pflaster hinunter abgetragen. Wir legen uns dem Sieger zu Füßen, Straße frei. Nichts ist der gekreuzigten Stadt erspart geblieben – zuerst die Hinrichtung, dann der Schwamm mit Essig.

Sie marschieren ein. Kommen auf plumpen, dickbereiften Lastwagen gefahren, hellhaarig und blauäugig, wie auf den Propagandaphotos, in ihren eleganten meerwasserfarbenen Uniformen, eingeschweißt in ihre Stahlhelme. Die siegreichen Halbgötter. Wir stehen schweigend. Eine nicht endenwollende Schlange von Wagen schiebt sich aus der Żelazna-Straße, passiert einen kurzen Abschnitt der Nowolipie und biegt ab in die Smocza. Soldaten, die neben den Fahrern sitzen, strecken weißrote »Fliegenklatschen« nach draußen, um den Schwenk anzuzeigen. Vom Brummen der Dieselmotoren, das anschwillt zu unausgesetztem Dröhnen, wie Artilleriebeschuß, von den steifen Gestalten, ihrer verächtlichen Gleichgültigkeit schlägt uns bedrohliche Fremdheit entgegen, die unbegreifliche Organisiertheit höherer Wesen: unbekannten Welten entstammende Bestien.

Terka, das Dienstmädchen unseres Ex-Kommandanten, stürzt mit einem Zwei-Kilo-Kommiß-Brot durchs Tor. Ein deutsches, versichert sie, glücklich, daß alle sie umringen, ausfragen. In Wola ist sie gewesen, Himmel und Menschen. Die Deutschen werfen Brot von den Wagen, und die Leute strecken die Arme aus und versuchen's zu fangen. Und die lachen sich eins über die Hungerleider. Manche von denen laufen mit Apparaten herum, blenden einen mit ihren Lampen und filmen fürs Kino, wie die Leute nach ihrem Brot grapschen.

Ich renne nach oben, in den dritten Stock, sehe meine Papiere durch. Etwas verbrenne ich, aber nicht viel, denn plötzlich tut es mir leid. Mit einem Mal fällt mir meine grüne Mütze von der Wehrertüchtigung ein, eigentlich der kleine Metalladler an ihr. Ich mache ihn ab und gehe in den Keller. Meinen Adler kriegen sie nicht! Ich schippe ein bißchen Grus beiseite, hebe eine Mulde im Sand aus, nicht sehr tief, ich will meinen Adler nicht lange suchen müssen, wenn seine Zeit gekommen ist.

Im Frühling kommen die Meisen*

Die Brände waren erloschen, die Werkstatt stand leer, alle waren in ihre Wohnungen zurückgekehrt. Das Haus in der Solna-Straße 9 war unversehrt, vom Feuer nicht angetastet, auch die Wohnung von Szulim und Dora in der Grzybowska war heil und nicht geplündert. Hin und wieder zeigte sich ein deutscher Soldat in der Nowolipie, bog zum Markt ab, kaufte Heringe oder Äpfel, die er dort für ein paar Groszy bekam. Wenn er zu einer Unterhaltung aufgelegt war, umringten ihn die Leute, redeten auf ihn ein, felsenfest überzeugt, sie sprächen deutsch. Man konnte sich der Illusion hingeben, so schlimm, wie es der Hitler androhte, werde es schon nicht kommen. Es hieß, deutsche Fachleute hätten geholfen, die Wasserversorgung, das Gas- und Stromnetz, die Straßenbahnen wieder in Ordnung zu bringen, geradeso, als hätten wir keine eigenen Fachleute. Was die Möglichkeiten einer sachlichen Zusammenarbeit mit den Besatzern betraf, machten sich alle etwas vor, auch Starzyński.

Das erste deutsche Propagandaplakat hätte jene ernüchtern müssen, die es vorzogen, Optimisten zu sein. Wir wußten, die Propaganda besaß ihre eigene Sprache und ihre eigene Logik, doch etwas derart Unverschämtes, so schamlos Verlogenes wie das, was uns die Nazis da vorsetzten, hatten wir bisher nicht gekannt. Ein am Kopf verwundeter polnischer Soldat zeigt Chamberlain die Ruinen von Warschau mit den Worten: ENGLAND, DAS IST DEIN WERK – und das hing an allen Häuserwänden. Wenige Tage später war an den meisten Plakaten das ENGLAND

* Anspielung auf den Staatsmann und Militär Władysław Eugeniusz Sikorski (1881–1943), der sich im September 1939 in Frankreich aufhielt und am 30. 9. 1939 Premier und Verteidigungsminister der polnischen Exilregierung wurde; »sikora« heißt auf polnisch »Meise«; man erhoffte sich, daß General Sikorski im Frühjahr 1940 mit seinen Truppen zum Entsatz nach Polen käme.

abgerissen – selbst an dem dicht hinter dem deutschen Wachtposten –, es blieb: DAS IST DEIN WERK. Wir wußten sehr wohl, wessen Werk die Ruinen von Warschau waren, die vermeintlich geschickte Lüge verfehlte also ihr Ziel, schürte nur die Wut. (Vielleicht ging es ja darum?) Für mich war das eine Erfahrung, an die ich mich manchmal erinnerte, 1968 beispielsweise war ich durchaus nicht erstaunt, als man das Pferd zynisch beim Schwanz aufzäumte.

Zudem hätte der Ton, der rücksichtslose, hochmütige, drohende Ton all dieser »Bekanntmachungen« eine Warnung sein müssen, daß hier nicht ein Besatzer, sondern ein Feind regierte, der boshaft war wie der Teufel. Wir bekamen es mit den unterschiedlichsten Verboten und Schikanen zu tun. Man gab eine Liste von Geiseln, ehrenwerten Leuten, bekannt, denen der Tod drohte, wenn ... Von den Juden verlangte man Kontributionen.

Jemand hatte gesehen, wie sich uniformierte junge Burschen in der Nalewki-Straße damit vergnügten, Bärte abzuschneiden, mit Nagelscheren, die sie bei sich trugen. Ich selbst sah in der Solna zwei Soldaten in olivgrüner Uniform, die SD-Binde am Arm, die einen Mann zwischen sich in die Zange nahmen. Ein dritter konnte sie besänftigen: »Laßt ihn in Frieden.« Sie ließen den armen Mann laufen und gingen mit röhrendem Gelächter weiter. Nichts Weltbewegendes war also passiert, und doch hatte ich stets diesen armen Schlucker zwischen den beiden jungen Stieren vor Augen, denen alles erlaubt war, die alles durften, und in den Ohren ihr Röhren (ich höre es noch). Und ich dachte: Das halt ich nicht aus.

Als Onkel Mendełe zu uns kam, erkannten wir hin nicht gleich: Er hatte sich den Bart abrasiert, und statt der Mütze trug er einen grauen Hut auf dem Kopf. Gott wird verzeihen. Aber man spürte, Mendełe war, selbst wenn er ohne seinen Bart deutlich jünger aussah, erschüttert über das, wozu er sich aufgeschwungen hatte. Über das Gesicht, das ihm aus dem Spiegel entgegenblickte. Das war ein Fremder, ein anderer, nicht mehr der dem Herrgott bedingungslos Ergebene, sondern einer, der seine Partie mit ihm spielte, seinen Handel mit ihm hatte, ihn überlistete. Das nackte Gesicht von Onkel Mendełe war das Zeichen, daß die Gefahr über unsern Köpfen hing.

Auch ich beschloß, mich zu tarnen. Immer schon hatte mir die Gymnasiastenmütze des »Collegium« gefallen, die dunkelblaue, viereckige, nach hinten etwas verlängerte Mütze mit den weißen, ein Kreuz bildenden Streifen auf dem Deckel. Der lange, spitz zulaufende Schirm verdeckte die Augen. In dieser Mütze und in einer Lederjacke, die ich dem Nachbarn aus dem zweiten Stock abgehandelt hatte, ging ich furchtlos durch die besetzte Stadt, sah den Deutschen dreist ins Gesicht, unerkannt, sehr selbstsicher, und heute denke ich, nicht die Mütze beschirmte mich, sondern eben jene Selbstgewißheit, sie war die beste Tarnung. Das »Collegium« hatte ein eigenes weitläufiges Gebäude zwischen Leszno- und Smocza-Straße im Innern eines großen, von einem Maschenzaun umfriedeten Hofes. Jetzt war dort eine deutsche Einheit kaserniert. Durch den Zaun sah ich zu, wie die Soldaten exerzierten. Nichts an diesem Drill war außergewöhnlich, nichts, was mir das Geheimnis ihrer Erfolge enthüllt hätte. Sie übten der Reihe nach die Ehrenbezeigung – mit Hackenzusammenschlagen und zum Hitlergruß ausgestrecktem Arm. Bloß daß deren Korporal Mysiak massiger war als der unsere, daß er lauter brüllte, und daß sie energischer mit den beschlagenen Stiefeln stampften. Das machte einen gewissen Eindruck: das Stierhafte, diese alles sprengende Energie und die Bereitschaft, sich jedem Befehl zu unterwerfen. Also wieder nichts Umwerfendes, aber mir, der ich das mit ansah, lag es schwer auf der Brust, und wieder dachte ich: Das halt ich nicht aus.

Mit dem Essen besserte es sich, Bauersfrauen tauchten auf, die Brotlaibe verkauften, bald darauf Fuhrwerke mit Kartoffeln, zuerst zu zwanzig das Kilo – die es nicht abwarten konnten, stürzten sich gleich drauf –, am nächsten Tag schon zu zehn, dann zu fünf, bis wir fast bei dem Preis aus der Zeit vor der Belagerung angelangt waren. Kleinere Rationen – Fett, Zucker – verteilte das Hauskomitee mit dem Herrn Pinchenson an der Spitze, dazu hatte man ins Souterrain hinabzusteigen, wo sich seine Matratzenwerkstatt befand. Nun, da die Familienväter die Verwaltung im Haus übernommen hatten, trafen wir Jungen uns nicht mehr auf dem Hof. Überhaupt rannte man besser nicht allzu viel in der Gegend herum, weil sie anfingen, Leute für diverse Arbeiten einzufangen, meist für die Enttrümmerung.

Hitlers Siegesrede strotzte von Beleidigungen (»Ich fand in Polen nur drei Millionen verlauste Juden vor«) und Haß, schuld am Krieg war das internationale jüdische Kapital (nicht mehr die Kommunisten), eine Verlängerung brächte niemandem etwas, nur Zerstörung auf beiden Seiten, er, der Reichskanzler, strecke die Hand zum Frieden aus. Wir fürchteten nur, England und Frankreich könnten auf diese Friedensnummer hereinfallen. Auch wenn sich dort, im Westen, an der Front bisher nichts weiter tat, so wußten wir doch, nicht mehr lange, im Frühling begänne die anglo-französische Offensive, Hunderte von Flugzeugen würden Berlin bombardieren – so wie sie Warschau bombardiert hatten –, das Gute würde triumphieren. Die Nachbarn kamen zu uns, um Radio zu hören, Paris und London, wir erfuhren, wer nach Paris gelangt war, daß es eine neue Regierung gab und daß »im Frühling die Meisen kommen«*. Und so saßen wir denn um unseren »Ambasador« herum und debattierten, bis eines Tages die Bekanntmachung erschien, die Bevölkerung habe sämtliche Rundfunkempfänger abzuliefern. Der Reviervorsteher hatte persönlich dafür zu sorgen. Natürlich durfte man bei Nichtbefolgung auf strenge Bestrafung gefaßt sein. Ich war es, der unsern wunderbaren »Ambasador« in die Nowolipki-Straße 54 bringen sollte, wo sich das Kommissariat 3 befand. Man nahm uns unseren Trost, unsere Hoffnung, unsere Verbindung zur zivilisierten Welt. Ich

* Siehe S. 294; die polnische Exilregierung konstituierte sich am 30. 9. 1939 in Frankreich; nach Frankreichs Niederlage 1940 nahm sie ihren Sitz in London.

schmetterte den Apparat aufs Pflaster im Hof, daß alle Röhren splitterten, hob ihn hoch und schmetterte ihn noch einmal, zur Sicherheit, und erst dann ging ich aufs Kommissariat, der kleine Szmulek neben mir, damit ich nicht so allein sei. Dort, an Ort und Stelle, ein Menschengewühl, die Leute schleppten ihre Empfänger an, Polizisten stellten Quittungen aus, was manchen Mut machte, denn im Frühling (wenn die Meisen kämen) kehrte der Apparat vielleicht zu ihnen zurück. Doch ich – obwohl, auch ich hoffte, hoffte womöglich mehr als andere –, ich kam mit schwerem Herzen von diesem Kommissariat nach Hause – das halt ich nicht aus, das halt ich nicht aus –, ich spürte, etwas Bedeutsames war geschehen, der Werwolf bleckte die Zähne.

Allmählich trudelten alle wieder ein, die die Stadt am sechsten September auf Befehl von Umiastowski verlassen hatten. Vater strich unruhig durch die Wohnung, er sagte nichts, aber wir wußten Bescheid: Alle sind sie zurück, und wo bleibt Hipek? Aber da ist er ja schon! Munter, männlicher, ausgehungert – er futtert für drei, bald steckt ihm Vater was zu, bald Mutter, er läßt es sich munden, trinkt Tee, wässert die Füße, wie sich's gehört für einen Soldaten nach dem Marsch, und hat schrecklich viel zu erzählen. Nein, er hatte nicht gekämpft, sie waren zwar irgendwo in der Gegend von Zamość einer Einheit zugeteilt worden, eines Nachts hatte er sogar zusammen mit anderen Freiwilligen im Schützengraben gelegen und nach Deutschen ausgespäht, aber ohne Gewehr, und anderntags schickte man sie weg, weil es weder Gewehre noch Uniformen gab. Ich war stolz auf meinen Bruder, denn selbst wenn er keines Gewehres habhaft geworden war, er hatte unbedingt kämpfen wollen, und darauf war ich stolz und ein bißchen neidisch, unsinnigerweise, denn wir, hier, unter den Bomben, hatten bestimmt mehr durchgemacht – und Hipek lauschte voller Entsetzen unseren Geschichten …

Als die Einheit zerstob, tauchten in Zamość Rotarmisten auf, die spitze Budjonny-Mütze auf dem Kopf, doch schon zwei Tage später zogen sie wieder ab, es hieß, Ribbentrop sei erneut in Moskau, erhebe Einspruch gegen die Linie, die die zwei Heere voneinander trennte, nicht die Weichsel, es sollte der Bug sein – und, tatsächlich, es stimmte, die Leute wußten immer, worüber man in den Geheimkabinetten sprach: Es kamen die Deutschen. Diese Deutschen, erzählte mein Bruder, stammten aus Sachsen, und sie benahmen sich, wie mein Bruder sagte, sehr anständig, ja gaben zu verstehen, sie seien anders. »Die Sachsen sind gute Menschen«, das sagten sie von sich, erzählte mein Bruder. Und so entstanden Geschichten – die einen sind besser, die andern schlechter, kommt immer drauf an, an wen man gerät, vielleicht wird alles nur halb so wild.

Leute kreuzten auf, die drüben, auf der sowjetischen Seite gewesen waren. Erregt gaben sie ihre Gespräche mit den Rotarmisten wieder: Die hassen die »germanskije faschisty« genauso wie wir. Wenn wir erst mal marschieren, drohten die Rotarmisten, bleibt von denen keine Spur – und auf Millionen Kommunisten ist auch nicht so schnell geschissen, fügten sie hinzu. Dort war, so ging die Rede, der Jude auch ein Mensch (»u nas wsje rawny« – »bei uns sind alle gleich«), jemand wollte sogar mit einem Piloten gesprochen haben, der Jude war. Manche jungen Leute schlugen sich daheim noch einmal den Bauch voll, packten Rucksäcke, Koffer und verließen Warschau ein zweites Mal – über die immer noch offene Grenze, über den Bug, nach drüben, auf die sowjetische Seite. Edzia M., Hipeks Mädchen, ein klares, zartes, intelligentes Gesicht, ich sehe diese Edzia noch vor mir, aschgraues Kostüm, der weiße Blusenkragen über der Jacke –, auch dieses Mädchen hatte es eilig, nach drüben zu kommen, um das Vaterland des Weltproletariats mit aufzubauen. Hatte sie Hipek davon verständigt oder nicht – das ist heute schwer zu sagen. Immerhin erklärte mein Bruder eines Tages, er ginge nach Białystok. Vater brauche sich nicht um ihn zu sorgen, schließlich habe er einen Beruf bei ihm gelernt, sie kämen schon zurecht. Ein tränenreiches Packen begann.

Mein Bruder brach auf, Stella kurze Zeit nach ihm, mit Bündeln, für alle Fälle als Bauersfrau verkleidet wegen der Deutschen – man mußte sich entschließen, solange die Grenze noch offen war, denn bald, das war bekannt, Ende Oktober, würde sie dichtgemacht.

Ich und Mirka blieben. Vater kümmerte sich abermals zärtlich um mich, morgens brachte er mir Tee ans Bett, denn er stand zeitig auf, so wie früher, als es noch Arbeit gab, gebaut wurde, er konnte nicht anders, er trug so eine Weckuhr in sich. Er tappte durch die Wohnung, trübsinnig, barmte, es sei nichts los, die Firma bekomme keine Aufträge, höchstens mal ein Hahn war auszuwechseln für wen, oder was mit Hanf abzudichten, aber Vater war es ja nicht um die Einnahmen zu tun, sondern um den Betrieb jeden Tag, aus dem sein Leben bisher bestanden hatte. Es war ihm ja nie in den Sinn gekommen, Urlaub zu machen, wenn es hochkam, machte er mal zwei Tage frei, im Sommer, wenn wir in Michalin waren, aber ins Gebirge, an die See, sich im Sand zu aalen, das war was für Frauen – und überhaupt, davon war nie die Rede gewesen. Nun war der Urlaub zu ihm gekommen, halb hochgezogen standen die Häuser da, unfertig, ohne Installation, in manche waren angeblich Leute schwarz eingezogen. Die Herren Gutgeld, Warman und die anderen, die zum Verkauf bestimmte Mietshäuser hatten bauen lassen, hatten sich abgesetzt ins Ausland und kämen so bald nicht zurück, frühestens im Frühling, wenn die Meisen einträfen.

Aber was tat man bis dahin? Wie die Tage ausfüllen? Was sollte ich selbst mit mir anfangen? Kryński war es nicht gelungen, seine Schule aufzumachen. Die Zeitungen, die unsere Nahrung gewesen waren, erschienen nicht mehr. Meine Welt war zusammengebrochen, und die von heute, mit den Deutschen auf der Straße, erschien mir, trotz aller realen Unannehmlichkeiten (noch nicht Gefahren), irgendwie unwirklich, als träumte ich nur: streng dich ein bißchen an, und du wachst auf, und alles ist verschwunden. Doch es verschwand nicht. Eine Flut wütender Bekanntmachungen, boshafter Anordnungen, schon wurde irgendwo geschlagen, gequält, gab es Erschießungen. Ich rettete mich in die Literatur. Zwar hatte Herr Wirgin, der Besitzer der Bücherei »Wirginia« in der Elektoralna-Straße, Selbstmord begangen, als die Deutschen in Warschau einzogen, aber seine Frau und seine Töchter, alle drei in Schwarz, hatte die Bücherei wieder aufgemacht für die alten Abonnenten. Ich zahlte meine Kaution ein, und von da an lieh ich täglich ein Buch aus. Ich las wie nie zuvor. Morgen für Morgen zur Elektoralna und zurück, ein neues Buch unterm Arm. Manchmal, wenn ich in meiner Lederjacke, die eckige Mütze auf dem Kopf, das Buch unterm Arm, so durch die Straßen ging, warnten mich Frauen: »Achtung, sie machen Jagd!« Dann mußte ich mich in einer Toreinfahrt verstecken und abwarten oder in eine Seitengasse abbiegen. Und abermals empfand ich mich als einen, der schlechter, der abhängig war, ein Spielball in den Pfoten anderer, und ich dachte erbittert: Das halt ich nicht aus.

Als ich »Swanns Welt« zurückbrachte, das ich damals zum ersten Mal las, gab mir Frau Wirgin (an deren brünettes Gesicht mit den dunklen Augen ich mich erinnere) mein Geld wieder. »Wir schließen«, sagte sie. »Ich gehe mit meinen Töchtern auf die sowjetische Seite.« Ich fragte nicht, was aus den Tausenden von Büchern werden sollte, die sie hier zusammengetragen hatte. Vermutlich hatte sie sie in aller Eile an jemanden verkauft. Als läse sie in meinen Gedanken, fügte sie hinzu: »Ich halt es nicht länger hier aus.« (Und es war doch noch nichts Weltbewegendes geschehen. Man hatte uns nur kundgetan, daß wir rechtlos waren, mehr nicht.) Sie fragte: »Und Sie?« Ich erwiderte, so scheint mir, ich müsse bei den Eltern bleiben, Stella und Hipek hätten sie schon verlassen, und Mirka fahre wohl auch bald, denn Marian – der kleine Ingenieur, der sie liebte und der sie heiraten wollte –, nun dieser Marian Torończyk hatte ihr durch Kameraden mitteilen lassen, er könne nicht ohne sie leben, er sei in der Gegend von Lemberg, arbeite beim Bau einer Autostraße und erwarte sie.

Etwa Mitte Oktober machte ich mich auf zu Rath. Der Weg führte am Kino »Maske« und an dem Haus vorbei, wo das Mädchen aus der Kalecka wohnte. Sie kam mir entgegen, blond, im aschgrauen Kostüm, das sie älter machte, jedenfalls war sie darin keine Schülerin mehr, war eine junge Frau. Sie ging schnell, bemerkte mich nicht, und ich rief nicht: »Gina!« Es kam mir nicht in den Sinn, daß dies die letzte Gelegenheit in meinem Leben sein könnte, mit ihr zu sprechen – ich sah sie nie wieder. Warum hielt ich sie damals nicht zurück, warum schrie ich nicht: »Paß auf, verschwinde von dieser Straße, rette dich!« Vermutlich, weil sie es so eilig hatte. Eilig zu einem andern. Vielleicht dachte ich das und war gekränkt.

Die Raths saßen auf dem Sofa und hielten sich bei den Händen. In der Zimmerecke standen die Koffer. Sie wollten nach Lemberg, wo seine Eltern und seine Brüder wohnten. Eigentlich sollte es eine Rückkehr nach Hause sein. Die meisten unserer Lehrer gingen jetzt nach Hause, nach Lemberg zurück. »Und was wirst du tun?« fragte mich mein Professor. Ich konnte nicht darauf antworten. »Solltest du einmal in Lemberg sein«, sagte mein Lehrer feierlich – falls es mich also einmal nach Lemberg verschlüge, sollte ich mich bei ihm melden, er würde mich nicht auf der Straße übernachten lassen. Und er gab mir seine Adresse. Schon wenig später befand ich mich in Lemberg, es war nach Mitternacht, als ich bei ihnen hineinschneite, sie wunderten sich nicht, weder er noch seine Eltern, ein paar Tage gewährten sie mir Zuflucht in ihrem Haus.

Damals, in jenem Warschau, in dem die Deutschen herrschten, traf ich mich manchmal mit Much, dem blassen, mageren, nicht allzu hellen Jungen, mit dem zusammen ich seinerzeit Nachhilfeunterricht gehabt hatte. Wir überlegten, was wir tun sollten. Gerüchte gingen um, es werde ein Ghetto geben. Man mag das bezweifeln, denn es war noch nicht die Zeit, aber ich schwöre, daß es so war, die Gerüchte eilten den offiziellen Entscheidungen immer weit voraus. Ich lasse mich nicht einsperren! Ich lehnte mich auf. Ich lasse mich nicht umzingeln. Natürlich hatte ich keine Vorstellung davon, wie das einmal ausgehen würde. Mir genügte, daß ich gezeichnet wäre. Mein Gefühl für Würde und Freiheit lehnte sich auf, das ist alles. Ich sprach mit Much darüber. Ich geh auf die sowjetische Seite, wir gehen alle dorthin, ich überrede meine Eltern. Er wollte mit. Ich sollte ihm Bescheid sagen, wann ich aufbräche.

In unserm Hof fuhr eine schöne Bauersfrau mit stumpfem Näschen vor, meine Schwester Stella, ein großes Tuch um den Kopf, mehrere Röcke übereinander, nur das Gesichtchen vielleicht ein bißchen zu gepflegt für eine schwer arbeitende Frau vom Lande. Sie war mit dem Fuhrwerk nach Warschau gekommen, um Armbanduhren zu holen, ja, Armbanduhren, die gehen dort am besten, Rotarmisten, Beamte, die fragen immerzu nach Uhren, auch Bettwäsche will sie mitnehmen, Zucker, Kakao, Kleidung, was sich auftreiben läßt, es wird alles gebraucht, obwohl sie dort sagen: Wsjo jest – es gibt alles. Die deutschen Streifen halten die Fuhrwerke an, doch denen braucht man nur ein Stück Seife zu geben oder ein Säckchen Salz, und sie lassen einen passieren. Die Grenze ist zu, aber die Deutschen, o Wunder, handhaben das nicht so streng, man muß nur sagen, man fährt nach Hause, und das sei auf der sowjetischen Seite, dafür kennen die Rotarmisten nur das eine: dawaj nasad – los, zurück. Aber Stellas Fuhrmann, der Herr Krajewski aus dem Dorf Rostki hinterm Bug, gibt sie als seine Cousine aus, irgendwie wird es schon gehen. Sie erzählte von Hipek, der in Białystok als Klempner auf dem Bau arbeitete. Sie wohnte mit Bekannten, einem Ehepaar, im Stadtzentrum.

»Ich fahr auch«, sagte ich unverhofft. Mirka war entrüstet: Was denn, die Eltern sollen alleine bleiben? Und ich: Wir sollten alle fahren, die Eltern auch. Darauf die Eltern: Gut, fahrt ruhig alle, das ist am sichersten, aber wir bleiben und passen auf die Wohnung auf. Sonst wißt ihr im Frühjahr ja nicht, wohin. Das stand felsenfest, die ganze

Expedition war nur bis zum Frühling gedacht, wenn die Offensive begänne und die Meisen kämen.

Ich machte mit Stella aus, wir seien keine Geschwister, ich sah wirklich nicht wie ein Dorfjunge aus, ich war, sagen wir, ein Bekannter von Herrn Krajewski. Der Herr Krajewski, vierzig Jahre, blond, kräftig gebaut, war ein redlicher Mann, nicht aufs Geld aus, ein bißchen langsam im Denken, aber die Situation verstand er und willigte gern ein. Wir vereinbarten also, ich stamme aus demselben Dorf, er würde bezeugen, ich sei auf dem Gymnasium gewesen und käme jetzt nach Hause, das sei ja heut kein Lernen mehr. Ich zu ihm: Ich hab noch einen Kumpel hier, der würde auch gern fahren. Krajewski war auch damit einverstanden. In Ordnung, ich geh also zu Much und sage: »Wir haben ein Fuhrwerk. Kommst du mit oder nicht?« – »Ich komm mit.« – »Dann sei um sieben Uhr bei uns.«

Ich greife mir das Wasserstoffsuperoxyd aus der Hausapotheke, verdünne es und schütte es mir ins schwarze Haar. In letzter Minute tut es mir um meine Brauen leid. Alles heimlich, niemand sieht diese Bleicherei. Der Friseur rasiert mir den dunklen Flaum von der Oberlippe, zum ersten Mal im Leben hab ich mit einem Rasiermesser zu tun. Noch ein Besuch beim Vater der schönen Judyta Cukier (Ginas Freundin, meiner entfernten Cousine), er soll mir vor der Reise noch einen lästigen Zahn ziehen. Dann bis tief in die Nacht Packen und Reden. Vater hat ein ganzes Säckchen billige Armbanduhren für Stella gekauft. Irgendwie versteht es sich von selbst, daß sie »die Kasse« ist und sich um mich kümmern wird. Ich stecke eine Ersatzbatterie für Stellas Taschenlampe ein, daran erinnere ich mich, und in mein Portemonnaie leg ich ein Photo von Gina, sie ist mit ihrer Freundin Stefa drauf, ich hab es im Mai von einem Straßenphotographen machen lassen, als sie in der Nähe des Łazienki-Parks spazierengingen …

Am Morgen prüfte ich im Spiegel, wie ich aussah: Ich hatte goldenes Haar! Ich zeigte mich Mama und Stella, sie waren nicht besonders begeistert, Mama brach fast in Tränen aus: Was der aus sich gemacht hat! Ich aber dachte: Wunderbar. Ich fühlte mich sicherer. Dann Aufregung, es ist sieben durch, und der Trottel von einem Kumpel ist nicht da. Stella: »Wozu brauchst du den?« Ich weiß nicht, wozu, wir sind schließlich verabredet. Ich renne zu ihm, es ist ja nicht weit, er wohnt in der Zamenhof-Straße, zehn Minuten Weg. Ich betrete die düstere Wohnung, und Mucha liegt im Bett. »Steh auf«, treib ich ihn an, »wir warten auf dich.« – »Eeeh«, sagt er gähnend, »ich komm nicht mit, ich bin müde.« Und dreht sich zur Wand. Ich hab nie wieder was von ihm gehört.

Als ich unsere Wohnung im dritten Stock verließ, sah ich wohl nicht einmal richtig hin. Kein gefühlvoller Abschied, nicht der kleinste Versuch, etwas in Erinnerung zu behalten, weder Möbel noch Wände, noch meine Bücher. Mit andern Worten, ich war überzeugt, das alles in ein paar Monaten noch vorzufinden. Von Mama verabschiedete ich mich in der Wohnung, ohne Tränen, Vater ging mit mir bis ans Tor hinunter. Das Fuhrwerk wartete auf der Straße, und darauf saß breit meine Schwester und spielte die Bauersfrau. Im Tor umarmte mich Vater und brach in Tränen aus. Mein Gott, warum weinte er? In diesem letzten Augenblick hätte er besser daran getan, wenn er mir rasch noch ein paar wichtige Ratschläge gegeben, etwas gesagt hätte, was ich nie vergessen würde, mir eine Erfahrung mitgeteilt, mich beispielsweise belehrt hätte, was man anstellen muß, um keine Läuse zu kriegen, oder – nun, was weiß ich, was weiß ich –, ich habe später oft daran gedacht, daß ich mich so ganz ungerüstet auf meine Wanderschaft begab, ja sogar ohne Geld. Aber mein Vater dachte nicht daran. Mein Vater weinte. Vielleicht ahnte er als einziger, daß wir uns nie mehr sehen würden.

Es war der siebente November 1939. Am Tag darauf wurde ich sechzehn.

Zeichen

Wir hielten mit unserm Fuhrwerk auf Radzymin zu.

Eigentlich waren es zwei Fuhrwerke, auch auf dem andern saß eine junge Frau mit milchweißer Haut und einem Tuch um den Kopf. Als wir in Radzymin anlangten, ließen wir die Pferde verschnaufen, wir aßen Brot und Wurst und tranken Tee. Zum ersten Mal im Leben sah ich einen Bauernmarkt. Als es dunkel wurde, waren wir wieder auf der Landstraße und gerieten in dichten, Mark und Bein durchdringenden Nebel. Eine Fahrt im Nebel erlebte ich auch zum ersten Mal, bisher hatte ich so was nur aus der Literatur des 19. Jahrhunderts gekannt. Das Rumpeln der Räder, das Knarren und die schnaufenden Pferde. Von nun an sollte ich auf viele Dinge im Leben zum ersten Mal erfahren.

Das Dunkel wird tiefer, ich auf dem Fuhrwerk, gekrümmt vor Kälte, gespannt, was mir noch bevorsteht, was für Abenteuern ich da entgegenfahre, und zugleich niedergedrückt von dem Gefühl, von anderen abhängig zu sein. Ich falle in einen heilsamen Schlummer, aus dem mich urplötzlich ein Brüllen reißt: »Halt! Halt!« Schwere Stiefel. Das heißt, ich sehe sie nicht, aber ich höre sie ringsum, ich nehme die einander kreuzenden Lichtbahnen von Taschenlampen wahr. »Runter! Raus!« höre ich. Sie sprechen polnisch, Masuren. Meine Schwester setzt ihnen etwas auseinander, sie erregt keinen Verdacht, ich bin ein Fremder, einer aus dem Nachbardorf. Sie sind zu zweit, einer an dem Fuhrwerk mit der anderen Frau, die auch die Bäuerin spielt, er fragt sie was. Der hier bei uns leuchtet mir mit der Lampe in die Augen, als ich heruntersteige, ich sehe ihn nicht, spüre ihn nur. Ich kann mir seine Stiefel vorstellen, in ihnen steckt seine ganze Wut und seine Macht. »Jude?! Jude?!« schreit er auf deutsch und blendet mich. Und ich: »Wie bitte?« auf polnisch. Ich verstehe nichts, nicht ein einziges Wort deutsch, nicht einmal das Wort »Jude«, das jede Rotznase inzwischen kennt. Die Bäuerin auf dem Fuhrwerk muß lachen: »Also wissen Sie, der und ein Jude, das ist einer aus unserm Dorf!« Ich aber wiederhole wie der letzte Trottel: »Was bitte? Was bitte?« Im schlimmsten Warschauer Tonfall, verzweifelt Warschauerisch, aber ob der sich darauf versteht, so ein Masure? Ich fühle nur eines, wie ich so geblendet mitten auf der Landstraße stehe: meinen Bauch. Meinen hilflosen, ungeschützten Bauch. Und daß ich gleich einen entsetzlichen Tritt in diesen meinen Bauch bekomme und hinstürzen werde. Da sehe ich, daß der Deutsche die Hand nach meiner Mütze ausstreckt – er hebt sie hoch, betrachtet im Licht seiner Taschenlampe meine Haare und stülpt mir die Mütze wieder über und brüllt zu dem andern hin: »Kein Jude!« – »Jaja«, antwortet der, so als wäre sein Kumpel Experte für: Jude-kein-Jude.

Eilends klettere ich auf den Wagen, während die beiden begierig fragen: »Habt ihr Salz dabei? Habt ihr Seife dabei?« Meine Schwester, die genau weiß, was die auf den Landstraßen patrouillierenden Deutschen brauchen – die weiß, sie sind ausgehungert, in ihrem Heimatdorf gibt es nichts mehr, alles ist für die Kanonen draufgegangen –, drückt ihnen die Kernseife und die Säckchen mit Salz in die Hand, die sie schon lange für sie bereithält. Die stopfen es rasch in die Tornister, wünschen uns, auf polnisch, gute Fahrt – »mit Gott, mit Gott«. Dann rattern die Fuhrwerke, die Pferde ziehen Schritt vor Schritt, und ich und meine Schwester schweigen. Beide denken wir an das gleiche: an meine goldenen Haare.

Etwas später biegen die Fuhrleute in den Wald ab, spannen die Pferde aus – hier lagern wir. Im Morgengrauen geht es weiter, aber getrennt, ich geh allein, zu Fuß, das ist sicherer, vereinbare ich mit Stella. In Małkinia wollen wir uns treffen, bei einem Eisenbahner – doch jetzt muß ich allein zurechtkommen.

Deutsche. Man muß an ihnen vorbei. Muß sie also durchschauen. Erraten, wie sie reagieren können. Blitzartige Entscheidungen treffen. Ich Dummkopf, ich wußte nichts von ihnen. Auf der Holzbrücke, die über den Bug führt, stehen zwei Wehrmachtsoldaten und schwatzen mit den Jungs aus der Gegend. Sie lachen. Ich passiere das Grüppchen, keiner beachtet mich. Ich bin es, der diese Jungs, nicht die Deutschen, anspricht: »Meine Herren, komm ich hier nach Małkinia?« – »Jaja.« Halb so schlimm. Erst ein Stück weiter, irgendwo an einer Wegkreuzung, neben einer kleinen Kapelle – ein bedrohlicher Wachtposten. Das Gewehr über der Schulter (ein Mauser, ich kenne den Typ), gedrungen, quadratisches Gesicht (jedenfalls wirkt es so unterm Helm), stiert er stumpf geradeaus. Was tu ich, wenn er »Halt« ruft? Wenn er nachzuforschen beginnt: Jude oder nicht Jude? Auf den Straßen patrouillieren Soldaten, die etwas Polnisch können, soviel weiß ich schon, nicht unbedingt Masuren, aber Männer aus dieser Gegend. Ich fasse einen Entschluß und gehe forschen Schritts auf den Posten zu, ja, auf ihn zu, komme einem Angriff zuvor. Ich hebe die Finger zum Gruß an die Mütze und frage: »Verzeihung, wo ist hier die Grenze?« Genauso. Und er deutet rasch mit dem Arm zur Seite – »Ja da!« Ich gratuliere mir im stillen zu meinem Einfall, bedanke mich und gehe ruhig (das heißt, mit gespielter Ruhe) in die gewiesene Richtung.

In Małkinia, im Hause des Eisenbahners, eine kurze Beratung. Die milchhäutigen Frauen mit den runden Näschen, inzwischen wie Schwestern, haben beschlossen, beide Grenzen zusammen auf einem Fuhrwerk zu passieren, dem von Krajewskis Verwandten oder Freund. Ich soll es etwas später probieren, mit Herrn Krajewski, als sein Landsmann, der nach Hause, nach Rostki, fährt. Krajewski ist die Vertrautheit zwar nicht ganz recht, aber schließlich riskiert er nichts: Er fährt ja wirklich nach Hause. Das Problem sind angeblich nicht die Deutschen, die machen keinen Ärger, sondern die Rotarmisten. Die schicken alle am liebsten wieder auf den etliche hundert Meter breiten Streifen Niemandsland zurück, wo ein paar Katen stehen, deren Bewohner Menschen auf die sowjetische Seite schmuggeln.

Als ich mit dem (sichtlich ängstlichen) Herrn Krajewski an der deutschen Grenze anlangte, hielt uns ein Posten an, ein schon etwas älterer, vermutlich frisch mobilisierter, ziemlich freundlicher Mann mit Oberlippenbärtchen, wie ihn damals die Handwerker, auch mein Vater, trugen. Der Herr Krajewski erregte, wie vorauszusehen gewesen war, keinerlei Verdacht, mich aber begann der Posten auszufragen: Wo will ich hin (nach Hause), was habe ich in Warschau gemacht (ich bin zur Schule gegangen), warum erst jetzt (es war Belagerung), bei wem war ich in Warschau (bei meiner Tante), warum fahre ich mit Herrn Krajewski (wir stammen aus demselben Dorf). Am meisten interessierte den Deutschen, ob ich nicht womöglich Jude sei. Diesmal tat ich nicht, als verstünde ich nicht einmal ein Wort, ich war ja nicht überrascht, wie vorher auf der Landstraße – ich lächelte nur, als hörte ich etwas Absurdes: Ich – Jude? Sie machen wohl Witze … Und da stieß der Posten plötzlich ganz schnell, wie aus der Pistole geschossen, auf deutsch hervor: »Hast du deutsches Geld?« Hätte ich, überrumpelt, auf deutsch geantwortet: »Nein, kein Geld« – er wäre im Bilde gewesen: Aha, doch Jude! Er versteht Deutsch! Ich aber antwortete erneut mit meinem: »Was bitte?« Er, wohl der Ansicht, ich verstünde wirklich nicht, fragte mich nun in seinem verstümmelten Polnisch. Ich besaß weder deutsches noch polnisches, ich besaß überhaupt kein Geld. (Meine Schwester hatte mir keins gegeben, ich merkte es erst jetzt, aber ich machte mir nichts daraus.) Ich öffnete mein Portemonnaie, um ihm zu zeigen, daß ich nur fünfzig Groszy besäße, da entdeckte er das Photo. »Was ist das?« fragte er, als habe er mich bei was ertappt. »Ein Photo.« Ein Weilchen betrachtete er das Bild des Mädchens aus der Kalecka-Straße. »Wer ist das?« fragte er. »Die größere ist mein Mädchen.« Ich sagte es in vertraulichem Ton, als entdecke ich ihm ein Geheimnis. Er schüttelte mißbilligend den Kopf: »Du fängst früh an.« Doch dann befand er: »Ein hübsches Fräulein.« Gab mir das Bild zurück, winkte uns durch: »Ihr könnt fahren.«

So half mir mein platonisches Gefühl unverhofft am Grenzübergang. Die Liebe hatte sich ausgezahlt. Nun, selbst auf dem kleinen Photo war zu erkennen, daß Ginas

Haar hell und füllig war. Das Mädchen aus der Kalecka-Straße hatte »ein gutes Aussehen«. Sie konnte davonkommen.

Als wir ein Stückchen gefahren waren, verließen den Herrn Krajewski, der die ganze Zeit über geschwiegen, aber gewiß einiges ausgestanden hatte, mit einmal die Kräfte. »Hör zu«, sagte er, »ich fahr allein weiter, und du bleibst hier, du kannst nicht mit, was bist du schon für ein Landsmann, man sieht ja, du kommst aus der Stadt, die Bolschewiken sagen bestimmt: Dawaj nasad!*« – »Soll ich zurück nach Warschau?« – »Warum gleich zurück?« Er zeigte auf ein Grüppchen von Leuten, die sich auf einer Wiese im Niemandsland herumdrückten. »Die warten alle, daß es Abend wird«, erklärte er mir, »dann bringt der Schmuggler sie auf die sowjetische Seite. Mit denen gehst du mit.«

Ich stieg vom Wagen, er holte mit der Peitsche aus und fuhr auf den Grenzübergang zu, den – wie ich ganz aus der Nähe beobachten konnte – zwei Soldaten in grauen spitzigen Budjonnymützen bewachten. Sie fragten ihn was, er erwiderte was, ich hörte sein munteres »Hüh!«, und das Fuhrwerk schoß vorwärts. Ich schloß mich den Städtern an, die da auf der Wiese debattierten, wie man dort rüber käme und für wieviel. Ich erfuhr, so ein Führer verlangte pro Kopf fünfzehn Złoty, ich aber hatte nur fünfzig Groszy und das Photo von Gina. Jemand sagte, jemand anderer habe gesagt, er hätte gehört, manchmal käme so ein sowjetischer »Komandir«** plötzlich zu den Wartenden heraus und ließe alle durch – vielleicht wäre es ja auch heute so.

Und wirklich, kurz vor Sonnenuntergang kam der Komandir, alle freuten sich, aber er kam zum Plaudern. Es war ein stattlicher junger Mann, am linken Ärmel der Bluse aus dickem Tuch war der fünfzackige Stern mit Hammer und Sichel aufgenäht. Die Erfahreneren tuschel-

* Los, zurück!
** Kommandant

ten, der Aufnäher da bedeute, der sei Politruk*, also einer, der hauptamtlich für die Propaganda zu sorgen habe. Ich hatte nicht den Eindruck, er sei nur deshalb zu uns gekommen, ich glaubte vielmehr, er sei einfach neugierig auf uns, die seltsamen Wesen aus dem kapitalistischen Lager. Man überschüttete ihn jedoch mit Fragen, und so mußte er wohl oder übel ein paar zufriedenstellende Erklärungen abgeben. Damals, in diesem Niemandsland, in der Novembersonne, die auf dem noch immer saftigen Grün der Wiesen funkelte, hörte ich zum ersten Mal, es gäbe alles – »wsjo jest« – oder es werde alles geben – »wsjo budjet«. Er sagte es sachlich, ohne agitatorische Emphase, fast mit einem Lächeln, als erzähle er einen allbekannten Witz. Der erste Politruk, den ich traf, war gutaussehend, intelligent, zitierte Schriftsteller, und seine Gelassenheit sprach für ihn.

Die Sonne war untergegangen, die Wiesen versanken langsam im Dunkel, es begann zu nieseln. Ich suchte mit den andern Zuflucht in einer Kate, wo sich beim Licht einer Petroleumlampe mehrere Dutzend Menschen drängten. Es war schon tiefe Nacht, als plötzlich zwei Männer in Schafspelzen in die Stube kamen – sie würden uns über die Grenze bringen. Sie fingen an, von jedem die fünfzehn Złoty einzusammeln. Ich wandte mich an den einen: »Kennen Sie die Krajewskis in Rostki?« – »Ja, und?« – »Ich habe kein Geld dabei, aber bei den Krajewskis wartet meine Schwester, und die bezahlt für mich.« – »Und wenn die Schwester nicht zahlen will?« – »Was heißt, nicht will. Es ist so abgemacht.« – »Und wenn sie trotzdem nicht will?« – »Dann kriegen Sie meinen Mantel!« rief ich. Der Mann befühlte meinen Mantel und sagte: »Na, schön. Wir gehn.«

Wir gingen in losem Haufen durch die Dunkelheit, atmeten kaum, versuchten, lautlos aufzutreten. Manchmal nur knurrte einer von den Führern was, prüfend, ob wir noch alle da waren. Ich weiß nicht, warum ich mir ausge-

* aus: polititscheski rukowoditjel – politischer Führer

malt hatte, wir müßten Sümpfe durchqueren oder einen Fluß durchwaten – wir gingen die ganze Zeit über sandige Pfade oder durch klatschendes Gras. Unser einziger Schutz war die Dunkelheit, und das einzige, was wir hörten, unser eigener beschleunigter Atem. Das alles dauerte nicht allzu lange, kaum mehr als eine halbe Stunde. Dann wuchs vor uns der Schatten einer Hütte auf, der Führer klopfte an, die Tür ging auf – und alle, so wie wir hier standen, fanden Platz in einer geräumigen, von einer Petroleumlampe spärlich erleuchteten Stube. Wir waren auf der sowjetischen Seite, und hier, in dieser Hütte, sollten wir bis zum Morgen ausharren.

Aber nicht ich. Ich sollte ja mit dem Führer zur Hütte der Krajewskis gehen, wo meine Schwester wartete. Der Mann im Schafspelz hatte es sich jedoch anders überlegt. »Ich kenne keinen Krajewski. Gib den Mantel her«, sagte er. – »Sie haben doch gesagt, Sie kennen ihn.« – »Kenn ihn aber nicht.« Er streckte die Hand aus. »Runter damit!« Ein Abgrund tat sich zu meinen Füßen auf. – »Ich kann Ihnen doch nicht meinen Mantel lassen.« Das interessierte ihn nicht. »Es war so abgemacht.« – »Aber Sie wollten die Krajewskis suchen. Das Jackett kann ich Ihnen geben«, sagte ich plötzlich. Uns hörten mehrere Leute zu, der Mann war sich bewußt, er fand hier keine Billigung. »Gib her«, willigte er ein. Ich gab ihm mein dünnes braunes Stoffjackett und bereute es nicht einmal. Einen kurzen Moment lang war mir, als hätte ich ihn reingelegt.

Die Wirtin begann zwei Złoty pro Person für die Nacht einzusammeln. Als sie bei mir anlangte, mußte ich gestehen, ich hätte nur fünfzig Groszy. Trotz meiner noch ganz frischen Erfahrung mit dem Führer nahm ich nicht an, sie würde mir verbieten, bis zum Morgen in der Hütte zu bleiben, nur weil ich die albernen zwei Złoty nicht hatte. Aber sie schickte mich hinaus. Niemand sagte ein Wort, als ich in die dunkle Nacht hinaus mußte, niemand erbot sich, für mich zu bezahlen.

Ich stand unterm Vordach und lauschte auf das Rauschen des Regenbächleins, das aus der Rinne in einen darunterstehenden Eimer floß. Dunkel, Nässe, durchdringende Kälte – kurz gesagt, ziemlich trostlos. Aber ich ließ mich nicht unterkriegen. Ich muß durchhalten bis zum Morgengrauen, bloß wie? Ich drehte den Eimer um und setzte mich darauf. Ich dachte, der Anfang sei ja nicht eben verlockend. Erst die zweite Nacht nicht mehr in der Nowolipie-Straße, und dauernd gerate ich in Schwierigkeiten ... Ich hockte also unter dem Vordach, ich als einziger, der Erwählte, während die andern alle da drin sind, in der warmen Stube, und am Tisch vor sich hin dösen. Soll ich mich nicht aufmachen und was suchen? Im Dunkel, durch den Schleier des Regens, leuchtet mir ein Licht entgegen. Nur ein paar Dutzend Schritte. Ich versuch's. Stille, auf dem Hof schlägt kein Hund an. Die Leute in der Hütte schlafen noch nicht, es brennt Licht ... Ich klopfte. Nach einer Weile ging die Tür auf, eine große schlanke Frau stand darin, eher städtisch gekleidet, vielleicht die Lehrerin des Ortes (fällt mir jetzt ein). »Entschuldigen Sie«, sagte ich, »ich habe kein Geld, nur fünfzig Groszy und eine Taschenlampenbatterie, die kann ich Ihnen geben. Erlauben Sie mir, bis zum Morgen bei Ihnen zu sitzen?« – »Komm herein«, sagte die Frau, oder auch: »Kommen Sie herein«, ich weiß es nicht mehr, aber ich weiß noch, daß die Batterie, die ich in der Hand hielt, sie fast zum Lachen brachte.

In der Stube am Tisch saßen ihr Mann und ein Ehepaar, das auch nur über Nacht hierbleiben sollte. Niemand fragte mich was. Ich selber erzählte, daß man mir nicht erlaubt hatte, in der andern Hütte zu bleiben, weil ich die zwei Złoty nicht hatte. Ich bekam heißen Tee mit Würfelzucker. Der Tee kam aus dem Samowar. Zum ersten Mal im Leben trank ich Tee aus dem Samowar. Dann brachten uns die Wirtsleute in einen Nebenraum, wo sie für uns Stroh auf den Fußboden breiteten. Ich sank auf das Lager und schlief sofort ein.

Ich hörte nicht, wie die anderen aufbrachen, ich schlief fest, die Wirtin mußte mich wecken. Sie führte mich hinaus und zeigte mir, wie ich nach Rostki käme. »Wenn du eine Streife triffst, sag: Ja sdjeschni«, belehrte sie mich, »das heißt, ich bin einer von hier. Ja, und noch etwas. In der Hütte, in der sie dich nicht übernachten lassen wollten, ist in der Nacht eine sowjetische Streife gewesen und hat sie alle ins Niemandsland zurückgejagt.« Ich brachte kein Wort hervor, diese Mitteilung hatte etwas Berauschendes. Also, wenn ich die zwei Złoty gehabt hätte ... Oder wenn die Wirtin großherziger gewesen wäre ... Mir war, als habe mich ein Unbekannter an der Hand genommen und mich aus der bösen zu der andern, der guten Hütte geführt, und deren Wirtin stand nun lächelnd vor mir (»Ja, siehst du, wie es manchmal so geht«), ich aber bedankte mich wohl nicht mal. Darum bedanke ich mich jetzt.

Beschwingt, mir meiner sicher, zog ich nun meines Wegs, und wenn ich auf Grenzsoldaten in den Budjonnymützen stieß, die fragten: »Ty kuda?« – »Wohin willst du?«, antwortete ich schlau: »Do Germanii.« – »Nach Deutschland«, und sie darauf: »Dawaj nasad«, und zeigten genau in die Richtung, in die ich wollte, und so kam ich nach Rostki. Vor der Hütte stand meine Schwester, die sich, das muß ich ihr lassen, schon Sorgen gemacht hatte. Ich aber hatte keine große Lust zu erzählen, was geschehen war, das alles erschien mir plötzlich nichtig und lag weit zurück, vielleicht war ich auch nur zu müde, ich saß jetzt bei den Krajewskis am Tisch, außer Gefahr, und trank heiße Milch aus einem Halb-Liter-Becher und aß eine dicke Scheibe Schwarzbrot dazu. Zum ersten Mal im Leben hatte heiße Milch für mich einen so wunderbaren Geschmack ...

In Białystok wohnte meine Schwester, wie sich herausstellte, nicht mehr mit einem, sondern mit zwei Ehepaaren in einem Quartier: Es gab immer mehr Flüchtlinge. Es ging eng zu, das ist wahr, ich gab mir Mühe, möglichst wenig Platz zu beanspruchen, schlief auf einem Feldbett im Flur, aber schon am nächsten Morgen begannen das Getuschel und die Stänkereien, was ich hier verloren hätte, ich war nicht vorgesehen, nicht angemeldet, man ließ mich spüren, ich war ein Eindringling. Zum ersten Mal im Leben fühlte ich, ich war unerwünscht, war im Weg. Ich begann zu bereuen, daß ich mein Elternhaus verlassen hatte.

Hipek fand ich auf einem Bauplatz wieder. Wir fielen einander in die Arme, ja, wir empfanden Zusammengehörigkeit, mein rauhbeiniger Bruder war den Tränen nahe. Er zeigte mir seine harten, schwieligen Hände, seine Arbeit bestand darin, Löcher in die Wände eines Hauses zu stemmen, für die Wasserleitung. Das kann jeder ungelernte Arbeiter machen, erklärte er mir bitter, dazu braucht man keinen gelernten Klempner. Er bekam fünf Rubel und vierzig Kopeken pro Tag, genausoviel, wie er ausgab, um zu essen und die Übernachtung bei Herrn Nowak, einem Eisenbahner, zu bezahlen. Trotzdem war ich stolz auf meinen Bruder, der so hart zupackte, um aktiv, nicht nur mit dem Maul, seine Idee zu verwirklichen, das heißt, den Sozialismus aufzubauen. Aber mein Bruder war sichtlich düsterer Stimmung. Als sähe er keineswegs etwas Erhabenes in seiner Schufterei. Nach Feierabend führte er mich in die Vorstadt, zu seinem Eisenbahner. Unterwegs, als ich ihm erzählte, ich habe in Warschau aus Langeweile nach einem orthographischen Wörterbuch das russische Alphabet gelernt (womit ich ihm verdammt imponierte), kaufte er eine »Prawda«, um zu erfahren, was an der Front los sei. Wir fanden eine kurze Verlautbarung der Obersten »germanischen« Heeresleitung, aus der wir entnahmen, an der Maginot-Linie seien Aufklärungsaktionen im Gange und zwei britische Handelsschiffe mit soundsoviel Bruttoregistertonnen seien versenkt worden. Außerdem erfuhren wir, Finnland bedrohe die Sowjetunion, was die Sowjetunion nicht dulden werde. Ein weiteres Mal ging mir auf, es sei wohl irgendwie immer so, daß die kleinen Staaten die großen bedrohen, nie umgekehrt, so daß die armen großen Staaten schließlich gezwungen sind, sich ihrer Haut zu wehren.

Der Eisenbahner, bei dem mein Bruder für dreißig Rubel im Monat ein eisernes Bett mietete, war auf sympathische Weise wortkarg und hatte nichts dagegen, daß ich übernachtete. Wir schliefen in dem schmalen Bett, zugedeckt mit einem Schafspelz. Am nächsten Morgen war mein Bruder immer noch finster. »Ich schmeiß den Kram hin«, sagte er, als er mich zu Stella zurückbegleitete. »Ich geh nach Lemberg.« – »Dort findest du bessere Arbeit«, versuchte ich ihn zu trösten. »Nein, ich bin doch nicht verrückt. Weißt du, was ich tu? Ich zieh einen Handel auf.« Und er setzte hinzu: »Armbanduhren. Am besten gehen heute Armbanduhren.« – »Und was sagt Edzia dazu?« – »Edzia gibt's nicht mehr«, hörte ich. Als er sich endlich nach Białystok durchgeschlagen hatte, erfuhr er, daß Edzia schon weg war. Sie hatte inzwischen den Ingenieur S. geheiratet, der eine Stelle tief in Rußland angetreten hatte. Mit einem Ingenieur läßt sich ja eine Menge mehr Sozialismus aufbauen als mit so einem Trottel, der Löcher in Hauswände stemmt.

Jetzt ging mir ein Licht auf. Mein Bruder war betrogen worden. Alles hatte seinen Sinn verloren. Er fuhr nach Lemberg und verlegte sich auf diese Armbanduhren. Man traf ihn täglich in der Mikolasch-Passage. Ende Mai des darauffolgenden Jahres, als der NKWD in Lemberg meine Schwester holen kam, wurde auch er verhaftet, weil er nirgendwo arbeitete. Stella wurde nach Jakutien deportiert (was ihr das Leben rettete), er in ein Lager nach Rybinsk, mit Korrespondenzverbot. Als das Verbot aufgehoben wurde und wir, ich und Mirka, endlich eine bleistiftbekritzelte Karte bekamen, erfuhren wir, er sei wegen widerrechtlichen Überschreitens der (sowjetisch-deutschen) Grenze verurteilt worden. Da nicht er, sondern vielmehr die Truppen beider Mächte die Grenze überschritten hatten, machte uns der Rechtsanwalt in Równe Hoffnung, in der Berufung könne man das wohl klarstellen. Wenige Tage nach dem erbaulichen Gespräch mit dem Rechtsanwalt kam der deutsche Überfall auf die UdSSR, die Verbindung riß erneut ab, diesmal für immer. Ich stieß nie auf eine Spur von meinem Bruder.

In Białystok fand sich hingegen ein Arbeiter meines Vaters, der erwähnte »Kaufmann« ein, und berichtete, Mirka habe in der Gegend von Brest glücklich den Bug überquert und sei nun auf dem Weg zu Marian. Marian erwarte sie in dem Städtchen Busk bei Lemberg, und für eine bescheidene Hochzeit sei alles bereit. Mirka fand sich damit ab, daß Marian nicht aussah wie ein Filmstar, sie wußte, er besaß viele andere Vorzüge, einen unglaublichen Humor zum Beispiel, und sie gewann ihn schließlich sehr lieb. Diese ihre Liebe hörte ich manchmal, hörte ihren leidenschaftlichen Atem, wenn ich mit ihnen in einem Raum übernachtete (schon in Wolhynien, in Dąbrowica), meinen eigenen Atem hielt ich an, ich selbst erstarb vollständig, damit sie glaubten, ich schlafe, ich hörte es, und ich war glücklich. Ich mochte Marian, alle mochten ihn, er war begabt, geistreich, hilfsbereit, fröhlich, offen, als Ingenieur erfinderisch und zugleich entschieden und redlich. Ja, alle mochten ihn, Polen, Russen, orthodoxe Juden und die ansässigen Ukrainer. Als die Deutschen im Juni 1941 schon kurz vor Dąbrowica standen und die ukrainische pädagogische Schule, die ich durch eine Folge von Zufällen besuchte, in aller Hast über Sarny nach Kiew evakuiert werden sollte, trommelte ich abends an Mirkas Fenster. »Kommt!« drängelte ich. »Zieht euch an und flüchtet mit uns!« Damals sagte sie zu mir, sie gingen nicht auf die Flucht, Marian sei herzkrank, vielleicht führen sie nach Warschau zurück. »Hört zu, hier gibt es einen Pogrom!« Sie hätten keine Angst davor, erklärte mir Mirka, Marian stünde mit den Ukrainern auf bestem Fuß, es würde ihnen nichts passieren, das habe man ihnen versprochen. Ich löste mich also von diesem Fenster und rannte meinen Schulkameraden hinterher. Wir gingen nach Sarny, in der Nacht, durch die ukrainischen Dörfer, die vorgeblich schliefen, dabei sahen wir ja, wie bedrohlich sie waren, gingen auf Umwegen, geführt von zwei Kameraden, Ukrainern, die alle diese Schleichwege genau kannten, beides große, breitschultrige Burschen, Momot und Frusowicz. Ich werde ihnen diesen

Freundschaftsdienst nie vergessen, und so sollen ihre Namen hier festgehalten sein.

Mirka und Marian geschah fürs erste wirklich nichts. Mama erzählte mir später, sie habe damals sogar eine Zeitlang mit ihnen in Briefwechsel gestanden, sie arbeiteten bei den Deutschen, aber nach einem Jahr brach die Verbindung ab, Mama erreichte die Nachricht, Mirka und Marian seien vergast worden. Ich aber dachte, als ich das hörte, wenn Marian nicht so beliebt, nicht so ein feiner Kerl gewesen wäre, wenn er Angst gehabt hätte vor Ukrainern und Pogromen, dann wären sie damals mit mir nach Osten geflüchtet und wären vielleicht beide davongekommen.

Doch damals, in Białystok, im November 1939, hatte noch niemand eine Ahnung, was einmal geschehen würde, dachte kaum einer an die ferne Zukunft, es ging darum, irgendwie die Zeit bis zum Frühjahr herumzukriegen – bis endlich die verdammten westlichen Verbündeten die Offensive beginnen würden, wer weiß, womöglich zusammen mit dem großen sozialistischen Staat, der zeigen würde, auf wessen Seite er in Wahrheit stand – und nach Hause zurückzukehren. Damals, in Białystok, machte uns »Kaufmann«, jener Arbeiter meines Vaters, Vorwürfe, wie wir alle vier das Elternhaus hatten verlassen können, die Mama, ja, die hielt sich wie stets erstaunlich, aber der Vater, der weine in den Ecken, heimlich, damit es niemand sah.

Wir hielten also Familienrat – Stella, Hipek und ich – und waren uns einig, einer von uns mußte nach Warschau zurück, und natürlich mußte ich das sein, der Jüngste. Auch weil es hier nichts für mich zu tun gab, den Eindringling, den Störenfried. Ja, dachte ich erleichtert, ich fahre, ich hatte Heimweh – nach der Nowolipie, meiner Straße, nach den Eltern und ihrer Zärtlichkeit, ich hatte genug von der Gemeinschaftswohnung, wo ich nur geduldet war. Ein Freund von »Kaufmann« sollte sich am nächsten Morgen nach drüben stehlen und war bereit, mich mitzunehmen.

Schon in der Nacht war ich in Warschau. Ich fuhr mit dem Fuhrwerk durch eine seltsame Stadt, von der alle sagten, es sei Warschau. Immerzu machten wir an Straßenkreuzungen halt, und auf jeder Kreuzung stand ein Deutscher in Uniform und regelte, einen weißen Stab schwenkend, den Verkehr. Und jeder dieser den Verkehr regelnden Deutschen hatte ein Bärtchen und eine in die Stirn fallende Tolle, jeder war ein Hitler.

Als ich aufwachte, überdachte ich meinen Traum, und ich (ein Leser von Freud) begriff: Du willst nicht zurück. Der Traum hatte mir ein Gefühl bewußt gemacht, das ich verdrängt hatte: Dort steht an jeder Ecke ein Hitler. Davon bist du überzeugt, und deshalb ist dir so schwer ums Herz. Du kannst nicht zurück.

Erzählte ich meiner Schwester meinen Traum oder teilte ich ihr nur meinen Entschluß mit, ich weiß es nicht mehr. Sie versuchte nicht, mich zu überreden: wenn nicht, dann nicht, vielleicht hast du recht. Die Lage war zu ernst, als daß irgendwer für einen anderen entscheiden konnte. Ich sagte, es wäre wohl das beste, ich führe nach Lemberg, zu meinem Lehrer, dann würde ich weitersehen, vielleicht ginge ich wieder zur Schule, vielleicht fände ich Arbeit bei Marian.

Meine Irrfahrt begann. Ich bin nie mehr in die Nowolipie zurückgekehrt. Sah nicht mit an, wie meine Straße starb.

April 1990